JE T'ATTENDS

Gytha Lodge

Je t'attends

Traduit de l'anglais (Angleterre)
par Santiago Artozqui

FAYARD NOIR

Cet ouvrage est la traduction intégrale, publiée pour la première fois en France, du livre de langue anglaise : *She Lies in Wait*, édité par Michael Joseph / Penguin Random House UK, London.

Conception graphique : Alistair Marca
Motif : © Rafal Kowalkowski/Arcangel Images

ISBN : 978-2-213-72520-8

Dépôt légal : octobre 2022

À Maman et Papa Lodge qui m'ont non seulement lue et relue,
mais qui, depuis le tout premier terrible livre que j'ai écrit
il y a vingt ans, me soutiennent. Vous êtes vraiment obstinés.

PROLOGUE

Dévalant la pente glissante, elle se fraya un chemin jusqu'à la berge et faillit perdre l'équilibre en atteignant le bord de la rivière.

« Jessie ! »

Elle sentit une montée d'adrénaline en entendant son nom et fit halte, puis se remit en marche. Ce n'était que son frère, pas son père. En haut du terre-plein. Lui, au moins, il ne l'engueulerait pas parce qu'elle n'était pas restée sur le chemin.

Tout était calme. Bien plus silencieux qu'à côté du réchaud de camping près duquel Papa balançait ses ordres sans discontinuer. Seuls le bruissement des feuilles et le chant des oiseaux parvenaient à ses oreilles.

Lorsqu'elle quitta l'ombre des arbres, un soleil impitoyable dessina des motifs sur sa peau déjà rougie par l'effort. Elle mit sa main en visière pour se protéger de la réverbération à la surface de l'eau. Elle aurait dû prendre ses lunettes noires. Elle songea à retourner les chercher, mais elle ne voulait pas risquer d'être repérée et soumise à l'inspection de ses vêtements : la moindre tache de terre entraînerait l'obligation d'aller se laver, de mettre la table et de ranger ses affaires.

Momentanément aveuglée, elle regagna la zone ombragée. Partout où se posait son regard, des formes bleues dansaient devant ses yeux. Un hêtre déployait ses branches au-dessus d'elle et des racines émergeaient du sol, comme des arceaux de croquet aplatis. Elle se prit le pied dans l'une d'elles et trébucha. Son cœur fit un bond lorsqu'elle crut qu'elle allait tomber dans l'eau. Ici, la rivière était sale, menaçante. Mais elle n'en était pas assez proche pour risquer d'y basculer, et elle retrouva l'équilibre.

Devant elle, un pan de la berge était creusé comme un hamac. Elle eut envie de s'y glisser.

« Jessie ! »

Génial. C'était Papa, cette fois-ci, et il n'était pas loin. Le ton de sa voix exigeait une réponse. D'un autre côté, la terre fraîche était comme une invitation à se cacher.

Elle descendit un pied dans la cavité, puis l'autre. Aussitôt, elle ressentit de la fraîcheur, et elle s'assit dans la terre légèrement friable. Elle s'imagina en villageoise des temps anciens, cherchant refuge dans la forêt pendant un raid viking.

Cependant, le sol n'était pas aussi meuble qu'elle l'avait cru. Les extrémités d'une rangée de racines lui pressaient le bassin et le dos. Elle se tortilla pour essayer de trouver une position plus confortable.

Elle sentit un petit choc sur sa jambe ; son short s'était accroché à l'une d'entre elles.

Quand elle tenta de le décrocher, la racine lui resta dans la main. Elle l'examina. Ce n'était pas du vieux bois, mais une chose aux squames brunes, et elle reconnut les contours blanc cru d'un os récemment exhumé.

Elle n'avait pas besoin des compétences médicales de son père pour comprendre que ce qu'elle tenait, c'était un doigt.

1

Jonah était à mi-chemin du sommet de Blissford Hill quand il sentit son téléphone vibrer dans la poche arrière de son lycra. Debout sur les pédales, il s'escrimait dans la montée et il envisagea de ne pas prendre l'appel, mais l'image de sa mère à l'hôpital lui traversa l'esprit. Puis il songea que c'était peut-être Michelle, ce qui lui tirailla les tripes. L'idée était tout aussi irrationnelle que chaque fois qu'il l'avait eue au cours des huit derniers mois, mais elle lui vint quand même.

Il freina en serrant les dents, interrompit son éreintante ascension et se cogna le tibia contre une pédale en mettant pied à terre. Le temps de tirer le téléphone de sa poche et de constater que c'était le sergent Lightman qui l'appelait, il était furieux.

« Ben ? lança-t-il en écartant aussitôt le portable de sa bouche pour ne pas dévoiler qu'il était essoufflé.

— Désolé, chef. »

Lightman n'avait pas l'air désolé. Il n'avait jamais l'air de rien, en fait. Michelle aimait l'appeler Barbie. D'une beauté exquise et sans émotion. Bien plus intelligent que Barbie, pourtant, songea Jonah.

« Un appel du commissaire divisionnaire adjoint Wilkinson. Il souhaite que vous reportiez vos congés pour enquêter sur un éventuel homicide. »

Jonah laissa Lightman dans l'expectative, ne pipant mot. Il leva les yeux vers le sommet de la colline, où quelques arbres donnaient un peu d'ombre. Le gagner était une épreuve, mais il avait envie d'une épreuve. Ses jambes le réclamaient. De sa main libre, il serra la poignée de son guidon, sentant la sueur sur sa paume. Il avait un peu trop négligé le vélo, ces derniers temps.

« Chef ?

— Où ? demanda-t-il sans prendre la peine de dissimuler son irritation.

— À Brinken Wood. »

Nouveau silence, mais cette fois-ci, ce n'était pas délibéré. Il était déstabilisé.

« Les restes sont récents ? finit-il par demander tout en se disant qu'il connaissait déjà la réponse.

— D'après Wilkinson, non. »

Le sergent Lightman était trop jeune pour comprendre.

Sa sortie à vélo était foutue, mais subitement, Jonah se sentait bien trop vieux pour ça. Il n'avait pas le souvenir de s'être déjà senti vieux.

« Envoyez une voiture me récupérer à Godshill. Prenez le sac de sport derrière mon bureau. Et trouvez quelqu'un qui pourrait me prêter son déodorant.

— Oui, chef », répondit Lightman d'une voix aussi posée que d'habitude.

Jonah remit son portable dans sa poche. La sueur commençait à refroidir sur son corps, ce qui le fit frissonner. Il fallait qu'il remonte en selle. Godshill se trouvait à quelques kilomètres.

Il demeura sur place une bonne minute, sans bouger, puis il mit pied à terre et commença à pousser lentement son vélo vers le sommet de la colline.

Hanson était tellement pressée de sortir de la voiture qu'elle fit un accroc à la manche de son nouveau tailleur en se prenant à la portière. Elle ressentit un léger haut-le-cœur. Déjà qu'il n'était pas vraiment dans ses moyens. Elle en avait acheté trois autres au cours de ses deux premières semaines en tant qu'enquêtrice, alors que jusque-là, elle n'avait jamais porté que des jeans, des t-shirts ou des pulls, et, lorsqu'elle était de sortie, des robes. Ces tailleurs étaient carrément hors de prix, elle aurait préféré investir cet argent dans les réparations dont sa voiture avait vraiment besoin. Ou dans une vie sociale, activité qu'elle semblait avoir oubliée quelque part en chemin.

Elle entra dans l'immeuble en essayant de lisser l'accroc sur sa manche. Elle pourrait peut-être convaincre sa mère de le raccommoder, pour peu qu'elle trouve le temps d'aller la voir un de ces quatre. S'il s'agissait d'un homicide, elle risquait de passer le week-end à bosser. Sans compter les nuits courtes et la caféine en perfusion jusqu'à ce qu'ils attrapent l'assassin. L'idée la fit sourire.

Quand elle arriva dans les bureaux de la Criminelle, Lightman avait la tête penchée sur son écran. Elle se demanda depuis combien de temps il était là, et s'il faisait jamais autre chose dans la vie. Y avait-il une Mme Lightman et des enfants dont il n'avait pas encore parlé ? D'une certaine façon, il avait une tête de mari infidèle. Trop beau et trop secret. À moins qu'elle ne soit en train de projeter sur lui ses mésaventures récentes.

Quand il la vit, Lightman lui adressa un bref sourire.

« J'ai eu le patron. Il a besoin qu'on aille le chercher pour l'emmener sur la scène de crime.

— Je suis sur le coup, répondit aussitôt Hanson. Il est où ?

— À Godshill. À vélo. »

Elle acquiesça, faisant comme si l'endroit lui était familier et qu'elle n'avait nul besoin d'un GPS, même si au bout de deux semaines, elle ne connaissait guère que les itinéraires menant de chez elle au supermarché et au poste, et de là, aux docks, où ils avaient enquêté sur une suspicion de fraude. La facilité à se repérer lui manquait depuis qu'elle avait quitté Birmingham, sa ville natale, où elle avait en outre passé deux ans en tant qu'agent de patrouille. Mais il fallait quand même admettre que New Forest était bien plus jolie.

« Tu vas avoir besoin de ça, dit-il en soulevant un sac de sport gris foncé. Et malgré l'urgence, je te conseille de lui rapporter un café. Il ne doit pas être ravi de faire une croix sur son jour de congé.

— D'accord. Juste... un café ? Pas un latte ou un truc du genre ?

— Oh non ! s'exclama Lightman en riant. Il ne t'a pas encore fait son sermon sur Starbucks/Costa et compagnie ?

— Non, mais je suis sûre que ça vaut le coup, répondit-elle en passant la sacoche à son épaule. D'accord. Autre chose ? Tu sais de quoi il s'agit ? »

Lightman secoua la tête.

« Le flic local va transmettre l'affaire au patron sur la scène de crime. Il vous fera un résumé, mais si le meurtre n'est pas récent, ça risque d'être plutôt succinct. »

Hanson acquiesça de nouveau en essayant de ne pas sourire. On n'est pas censé sourire à l'annonce d'un meurtre, même s'il s'est produit il y a des lustres. Mais en réalité, elle était enchantée.

Hanson était aussi nerveuse que si c'était le jour des résultats du bac. Elle lui avait parlé à toute vitesse en lui passant son sac de sport et son café, puis, sans reprendre son souffle, elle lui avait demandé ce qu'on savait à propos des restes. Jonah trouvait ça à la fois charmant et irritant.

« D'après Ben, ils ne sont pas récents, dit-elle.

— Je préfère attendre les conclusions des légistes, répondit-il avant de boire une grande gorgée de café. La plupart des gens – moi y compris – n'ont pas la moindre idée de l'âge que des os peuvent avoir. »

La sueur avait refroidi sur lui, et il était gelé, malgré le costume qu'il avait enfilé dans des toilettes publiques à Godshill. Gelé, et perdu dans des pensées qui le ramenaient trente ans en arrière. Il interrompit Hanson pour lui demander d'allumer le chauffage, et la Fiat fit une embardée quand elle se pencha pour tourner la molette.

« Désolée, dit-elle.

— Ça va. Je suis content que vous ayez pris le volant, répondit-il avec un léger sourire. Le café, c'était une bonne idée, d'ailleurs. Vous avez reporté ma mauvaise humeur d'au moins deux heures.

— Hmm. Deux heures… Alors soit je trouve un Starbucks d'ici là, soit je ne reste pas dans vos pattes.

— C'est à peu près ça. »

Brinken Wood leur tomba dessus comme par surprise. Une concentration de voitures de patrouille et d'agents en uniforme sur un parking recouvert de gravier. Il lui était impossible de ne pas se souvenir de cet endroit tel qu'il l'avait connu autrefois, une aire de stationnement pleine de boue et jonchée d'écorces, tout aussi envahie par la police qu'aujourd'hui. Les coupes de cheveux étaient différentes ; les visages, quelque part, toujours les mêmes.

Dès qu'ils se garèrent, Jonah descendit, son gobelet de café à la main. Il avait l'impression d'être remonté dans le temps. Tous ces mois passés à fouiller cet endroit, interminablement.

Il s'approcha du sergent.

« Inspecteur Sheens. Et voici l'agente Hanson. »

Deux semaines auparavant, Hanson avait le même grade que le sergent qui leur faisait face. Mais pour entrer dans la Criminelle, il fallait passer par une sorte de rétrogradation et redevenir simple agente. Jonah se rappelait qu'à l'époque où ça lui était arrivé il ne savait plus trop bien quel rapport hiérarchique prévalait, et il se demanda si Hanson éprouvait la même chose.

La sueur perlait au front du sergent. Il avait les yeux écarquillés et un sourire nerveux. Son collègue, un type trapu, la vingtaine, semblait plus calme.

Jonah s'adressa à l'un tout autant qu'à l'autre.

« Qui a trouvé les restes ?

— Un médecin généraliste qui faisait du camping en famille, répondit le sergent. Sa fille, en fait. Mais c'est lui qui nous a appelés.

— Elle a quel âge ?

— Neuf ans, dit l'agent. Mais elle semble aller bien. C'est plutôt le père qui est sous le choc.

— Ils sont encore là ?

— Nous leur avons demandé de rester sur place. Ils campaient à un endroit d'où on ne peut pas voir les restes. »

Jonah acquiesça, puis laissa le sergent le guider, même s'il savait déjà où il allait. Vers l'endroit où, il y a trente ans, sept gamins étaient allés se coucher, mais où seuls six d'entre eux s'étaient levés le lendemain.

Le Dr Martin Miller était assis à l'écart de sa famille. Sa femme regardait leur fils jouer sur son iPad, tandis que leur fille était occupée à faire voler à coups de pied la poussière aux abords du campement.

Jonah se dirigea vers la mère.

« Inspecteur Sheens », annonça-t-il en lui souriant.

Il avait dû apprendre à sourire tout en ayant la tête pleine de pensées complexes et sombres, comme du verre dépoli entre le monde et lui.

« Verriez-vous un inconvénient à ce que je parle quelques instants à votre fille ?

— Jessie ! cria son père d'une voix irritée et haut perchée. Arrête ça ! Tu vas te salir ! »

La fillette était prise entre l'envie de bouder et celle de se rebeller. Elle s'approcha d'un pas maussade de sa mère et de Jonah, s'assit et leva les yeux vers lui, les genoux remontés sous le menton.

Sa mère lui passa le bras autour des épaules, dans une brève étreinte.

« Ça ne t'ennuie pas de parler avec la police, Jessie, n'est-ce pas ? »

Jessie fit non de la tête.

« Nous n'avons pas beaucoup de questions, dit Jonah posément. Simplement quelques détails à préciser à propos de ce que tu as trouvé.

— D'accord.

— Elle ne sait rien du tout ! » s'écria son frère d'un ton cinglant.

Il était légèrement plus âgé qu'elle. Jonah avait toujours trouvé particulièrement intense le dédain des aînés pour leurs cadets.

Il lui jeta un coup d'œil. Le préado les regardait d'un air bougon. Jonah songea à lui demander de s'éloigner, mais il se ravisa et s'accroupit à côté de Jessie.

« Alors, j'ai quelques questions pour toi. »

Jessie lui jeta un nouveau coup d'œil méfiant, puis son regard dériva, elle prit un galet, le lança un peu plus loin et recommença avec un deuxième.

« Jessie ! Pour l'amour de Dieu ! » s'écria de nouveau son père.

Il s'était rapproché d'eux, à présent.

« Arrête de jeter des choses et regarde le policier dans les yeux quand il te parle ! C'est important ! »

Jonah tenta de sourire au médecin.

« Pas de problème, le rassura-t-il. Ne vous inquiétez pas.

— Jessie ! »

Jonah aurait tout aussi bien pu ne rien dire.

Jessie lança à son père un regard agressif, puis fit de son mieux pour dévisager Jonah à travers sa frange brune. Celui-ci essaya de ne pas s'irriter des interruptions du père, qui étaient manifestement dues à un manque de maîtrise de soi plutôt qu'à une volonté d'aider la police.

« Vous êtes inspecteur ? murmura Jessie.

— Oui, répondit-il avec un sourire. Inspecteur principal, en fait.

— Alors, c'est vous qui êtes le chef ? demanda-t-elle, sans totalement se départir de son air méfiant.

— Oui. »

Cela parut la satisfaire, et Jonah poursuivit.

« Tu peux me raconter ce que tu étais en train de faire quand tu as trouvé les os ? »

Elle jeta un coup d'œil à son père, puis répondit doucement.

« Je me cachais. »

Jonah vit sa mère grimacer, mais elle n'essaya pas de contredire sa fille.

« Se cacher, ça peut être rigolo, dit-il. Et ce trou, sous l'arbre, il était déjà là ? Ce n'est pas toi qui l'as creusé ?

— Je me suis juste glissée dedans. Quelque chose m'a grattée, alors j'ai tiré dessus.

— C'est naturel, acquiesça Jonah. Et c'est venu facilement ?

— Oui. Je me suis dit… Je me suis dit que c'était une racine, ou alors une plante, parce que j'avais agrippé toute une poignée de terre. Mais ensuite, je me suis rendu compte que c'était un doigt.

— Bien joué ! Tout le monde ne s'en serait pas aperçu ! »

Jessie acquiesça de la tête en souriant, puis se releva. Sa mère l'embrassa.

« J'aimerais qu'ils n'en parlent pas à leurs camarades de classe avant quelques jours, dit-il à Mme Miller une fois sa fille partie.

— Pas de problème. Ils ne les verront pas avant plusieurs semaines. Nous songeons à prolonger nos vacances, mais ailleurs. »

Des enfants scolarisés dans le privé, comprit Jonah. Ils étaient déjà en vacances, un bon mois avant les élèves du public.

« Très bien. Il vaut mieux ne pas ébruiter ceci pour l'instant.

— Bien sûr. »

Jonah entendit le Dr Miller approcher.

« C'est bon ? Parce que c'est une belle journée, et je ne crois pas que nous ayons grand-chose à ajouter.

— Oui, c'est bon. Merci de votre patience. »

Jonah se relevait à peine que le Dr Miller était déjà en train d'ordonner à ses enfants de remballer leurs affaires.

Il les poussa vers la tente, et Jonah se surprit à les suivre des yeux jusqu'à ce que Mme Miller se lève à son tour et commence à ranger quelques paquets de raisins secs à moitié entamés et une tasse.

« Je suis désolé que vos vacances aient été interrompues.

— Ça va, répondit-elle en balayant la remarque de la main avec un regard en direction de son mari. Martin est simplement... Ce n'est pas génial, pour lui, reprit-elle à voix basse. C'étaient des vacances destinées à lui faire oublier... Il a été très malade. Ils ne lui donnent qu'une chance sur deux de vivre jusqu'à Noël. »

Jonah acquiesça en se demandant si elle avait l'habitude de s'excuser pour son mari. Il avait compris qu'elle parlait d'un cancer, et ces os avaient mis au jour une petite poignée de mortalité. Il ressentit un soupçon de compassion.

Une heure et demie de déblaiement. Des dizaines de photos. Une tente érigée et huit sacs de fragments d'os soigneusement étiquetés.

Tout le monde s'échauffait et devenait irritable. Jonah avait un goût amer dans la bouche, comme après avoir bu du café froid depuis plusieurs heures. Ses pieds eux-mêmes étaient énervés, ils ne tenaient pas en place. Et il avait le genre de faim féroce qui sape toute énergie et empêche de se concentrer.

« Toujours rien ? » demanda Hanson après un énième aller-retour entre le parking et la scène de crime.

L'excitation s'était transformée en ennui, unique point commun entre les divers spectres émotionnels que l'on retrouve chez les enquêteurs.

« Je crois qu'on n'est pas près d'en voir le bout, répondit Jonah. C'est un vieux cadavre... Ça prend du temps.

— Est-ce qu'on peut être d'une quelconque... ?

— On peut être là quand ils auront besoin de nous parler », dit-il avec un demi-sourire.

Environ vingt minutes plus tard, Linda McCullough, l'agent responsable de la scène de crime, gravit la pente avec précaution et se dirigea vers lui. Jonah était content de la voir. Il fallait quelqu'un d'excessivement méticuleux sur un site où ne pouvaient subsister que les indices les plus ténus.

« Ça avance, Linda ?

— On va remplir des sacs pendant un bon moment. »

Elle remonta son masque sur le haut de sa capuche blanche. Son visage buriné ruisselait de sueur, comme ç'aurait été le cas de quiconque en combinaison par cette chaleur. Mais McCullough semblait ne pas s'en apercevoir.

« Mais si tu veux un prérapport, c'est le corps d'une adolescente pubère en état de décomposition avancé.

— Avancé de combien ?

— Ce n'est qu'une estimation, mais je dirais plus de dix ans. Moins de cinquante. »

Trente ans, songea-t-il. *Trente*.

L'espace d'un instant, il trouva difficile de croire que tout ce temps s'était écoulé. Il eut la sensation d'être le Rip van Winkle d'Irving et d'avoir passé la plus grande partie de sa vie à dormir. Rip van Winkle avait probablement ressenti cet étrange mélange de colère et de culpabilité, lui aussi.

« Linda ! »

McCullough se retourna et mit sa main en visière. Une autre combinaison blanche avait sorti la tête de la tente pour la héler.

« J'ai découvert d'autres fragments. Pourriez-vous me donner votre avis ?

— Bien sûr. »

Elle remit son masque en place et descendit de nouveau vers le site, puis disparut dans la tente.

« Donc si c'est un meurtre, il n'est pas récent », dit Hanson.

Jonah fut à moitié aveuglé par le blanc du papier tandis qu'elle tournait les pages de son carnet pour y noter ses réflexions. Elle avait l'air déçu. Peu consciente de l'importance des implications derrière ces chiffres.

« Et c'est une adolescente, ajouta-t-elle.

— Ça remonte à trente ans, répondit-il. Et elle s'appelle Aurora Jackson. »

2. Aurora

Vendredi 22 juillet 1983, 17 h 30

Lumière, obscurité, lumière, obscurité.

Chaque arbre n'était qu'une pulsation sombre quand ils passaient devant. C'était un rythme apaisant. Elle posa la tête sur la portière, laissant ses cheveux voler dans le vent chaud. Elle songea à s'envoler, elle aussi, loin d'ici, quelque part où la lumière était d'un orange doré toute la journée.

« Tu étais où, la nuit dernière ? J'ai essayé d'appeler chez toi plusieurs fois. »

C'était Topaz, lunettes de soleil relevées sur ses cheveux noirs, qui se penchait vers eux depuis la banquette arrière. Elle ne s'adressait pas à elle, bien sûr.

Aurora aurait préféré que Brett n'ait pas été sympa avec elle en la laissant monter devant. Elle voyait bien que Topaz aurait aimé être à sa place. Sa sœur était fâchée d'avoir été reléguée à l'arrière ; elle lui en voulait. Connor aussi était en colère. Il n'avait pas apprécié que Brett propose de les emmener en voiture pendant que lui-même faisait le trajet à vélo avec les autres.

« Quoi ? Oh, je suis allé au cinéma », dit Brett en passant une vitesse.

Sa main effleura la petite jupe d'Aurora.

« Désolé, murmura-t-il.

— C'est ma faute. Je suis dans tes pattes, répondit Aurora en se décalant un peu.

— Quel film ? Un truc qui fait peur ? demanda Topaz en passant presque par-dessus sa sœur.

— *Tonnerre de feu.*

— Encore ? » s'exclama Topaz.

Elle lui tapa sur l'épaule en riant.

« Tu as dû le voir vingt fois.

— Juste trois fois. Mais c'est un grand film. Il met une grosse claque à tout ce qui est sorti cette année. »

Il s'interrompit, le temps de dépasser une caravane.

« C'est quoi, ton genre de films, Aurora ? demanda-t-il.

— Quoi ? »

Elle avait lâché ça mécaniquement. Pour faire semblant d'être ailleurs. Ça lui arrivait si souvent que même lorsqu'elle écoutait, comme maintenant, la réponse sortait toute seule. Elle entendit Topaz murmurer : « Crétine. »

Levant les yeux vers Brett, elle vit qu'il souriait toujours.

« C'est quoi ton genre de films ?

— Je ne sais pas. N'importe lesquels, à condition qu'ils me fassent découvrir un autre monde, j'imagine. Des choses qui se passent dans des pays lointains, ou dans l'espace, ou dans des endroits fantastiques. J'aime bien les films romantiques, aussi. »

Elle entendit Coralie renifler de mépris et se demanda si elle aurait dû mentir, dire qu'elle aimait les films d'action. Topaz faisait toujours semblant d'en être fan, et les midinettes qui n'aimaient que les films à l'eau de rose lui faisaient lever les yeux au ciel. Aurora la laissait toujours faire, même si elle savait que tous les films préférés de sa sœur étaient soit des drames historiques, soit des comédies romantiques.

« Tu dois aimer *Star Wars*, alors ? demanda Brett. Il y a tout ça là-dedans. T'as vu *Le Retour du Jedi* ? »

Aurora fit non de la tête.

« Je comptais attendre qu'il sorte en vidéo. Mes parents n'ont pas aimé le précédent…

— Ah, mais il faut que tu le voies sur grand écran ! Tous les effets spéciaux, les croiseurs de l'Empire, les grondements qui jaillissent des enceintes… Et ça va prendre des lustres pour qu'ils le sortent en vidéo. Il faut qu'on arrange ça, Topaz ! » Il jeta un coup d'œil dans le rétro. « Il faudrait qu'on y aille tous ensemble.

— C'est une bonne idée », répondit Topaz.

Mais à la tête qu'elle faisait, Aurora voyait bien que sa sœur n'était pas contente.

Je n'aurais pas dû mentionner les parents. Elle m'avait dit de ne pas en parler.

Aurora sentit une boule dans son ventre. Elle ne savait jamais quoi dire devant les amis de Topaz. Quoi qu'elle fasse, ça n'allait jamais. Et devant Brett, c'était pire. C'était lui le plus âgé, et toutes les filles étaient folles de lui, la star de l'équipe de sport, qui pouvait attirer une douzaine d'admiratrices juste en allant s'entraîner à la piscine du lycée.

Aurora éprouvait un mélange de gratitude et d'anxiété à se retrouver là. Toutes les élèves de sa classe – toutes celles de l'école, en fait – auraient tué pour être à sa place. Brett Parker était à côté d'elle, si proche qu'elle pouvait le toucher. Et mieux encore, elle était avec *le groupe*. Avec la bande de Benners, composée de ses amis étranges, anarchiques, beaux et brillants.

C'était un groupe dans lequel elle ne cadrait absolument pas ; elle n'y avait été invitée que grâce à sa sœur. Et, ironie du sort, Topaz n'avait vraiment pas envie qu'elle soit là.

Elle posa de nouveau les yeux sur les arbres et la lumière qui perçait au travers, s'imaginant que la brise la soulevait pour la déposer doucement dans une paire de bras musclés. Elle donna à ces bras un propriétaire, et une tête aux cheveux bruns.

Elle se le représenta en train de lui parler. *Je n'ai jamais rencontré quelqu'un comme toi. Tu es tout pour moi.*

« Hé ! s'exclama Coralie en tendant la main. C'est là qu'il faut que tu te gares. »

Elle ponctua sa phrase d'un petit rire bizarre. Elle faisait ça tout le temps. Cela lui donnait l'air encore plus enfantin. Une caractéristique qui venait s'ajouter à ses vêtements roses, ses grands yeux et la confusion savamment entretenue qu'elle cultivait envers le monde.

La voiture ralentit, et Aurora vit avec regret le vacillement de la lumière décroître, jusqu'à n'être plus que les ombres des arbres qui surplombaient la route. Elle essaya de s'accrocher à cette sensation d'être bercée, mais Coralie ouvrait déjà sa portière, et Brett avait coupé le contact.

Avec réticence, elle descendit de voiture. Topaz fit de même et rejoignit Brett, qui sortait du coffre les duvets et les sacs à dos. Elle s'étira et son petit haut remonta, dévoilant son ventre bronzé, puis elle lui tourna le dos et se pencha en avant pour se toucher la pointe des pieds.

Aurora remarqua que les yeux de Brett s'attardaient sur le derrière de Topaz, où l'on voyait un bout de ses fesses et le bas de sa culotte en dentelle.

« J'ai mal partout ! » dit Topaz.

Elle se redressa lentement et regarda Brett par-dessus son épaule.

« Tu viens ?

— Euh... Bien sûr. »

Coralie fit le tour de la voiture et donna la main à Topaz. Elles s'éloignèrent en se déhanchant sur le chemin qui s'enfonçait dans la forêt.

3

Jonah emmena Hanson avec lui chez les Jackson, aux abords de Lyndhurst. Il aurait pu laisser les agents de police informer la famille, mais il éprouvait fortement le besoin d'y aller. Peut-être pour les consoler ; peut-être parce qu'il avait attendu cette conclusion pendant trente ans.

Les Jackson n'avaient jamais quitté New Forest. En général, c'est ce qui se produisait dans des cas de disparition. Alors qu'un meurtre poussait souvent la famille de la victime à partir, une affaire de disparition non résolue la liait à l'endroit où l'événement avait eu lieu. Il subsistait toujours un infime espoir que le disparu revienne un jour.

À présent, l'allée de huit cents mètres était pratiquement infranchissable, son revêtement s'était désagrégé, la transformant en un champ de mines truffé de nids-de-poule. Hanson poussa un juron quand le bas de caisse toucha la terre desséchée en roulant sur l'un d'eux. Elle donna un grand coup de volant pour éviter le suivant, et Jonah dut s'agripper au tableau de bord.

« La municipalité ne compte pas refaire cette chaussée ? demanda-t-elle.

— C'est une voie privée. Les Jackson n'ont jamais eu foi dans le bitume. Ils sont un peu à la marge. Mais je ne sais pas si c'est par amour de la nature ou par fainéantise, à vrai dire.

— Je n'ai rien contre la nature quand elle laisse ma voiture tranquille », murmura-t-elle.

Elle se gara sur l'espace à moitié dégagé devant la maison de plain-pied. Jonah ouvrit sa portière et découvrit un creux de boue séchée, une terre si dure qu'il sentit en sortant du véhicule les arêtes rocailleuses à travers les semelles de ses chaussures.

Le temps qu'il se redresse, la porte d'entrée, guère reluisante, s'était ouverte. Une silhouette ronde en cardigan à grosses mailles et robe teinte à la main se découpa dans le chambranle, l'air hésitant, clignant des yeux dans le soleil.

« Bonjour, Mme Jackson. Désolé de vous déranger, mais pourrions-nous entrer un moment, s'il vous plaît ? demanda-t-il d'une voix aussi neutre que possible.

— Je… Oui. Je suppose que oui… »

Elle s'avança un peu, sortant de l'ombre que dispensait un massif de glycines desséché.

« Ce n'est pas Topaz, si ? »

Jonah fit non de la tête, mais Hanson répondit pour lui.

« Votre fille va très bien, Mme Jackson ! », dit-elle avec un chaleureux sourire.

Jonah était content qu'elle l'ait accompagné.

« Nous aurions aimé discuter de certains développements concernant la disparition d'Aurora », ajouta-t-il.

Joy Jackson tourna brièvement la tête vers l'intérieur, glissant ses mains dans les poches de son cardigan.

« Oui. Oui, bien sûr. Pourquoi n'entrez-vous… »

Elle attendit en se balançant sur ses pieds que Jonah et Hanson se frayent un chemin entre les dalles envahies d'herbes folles de l'allée. Deux d'entre elles bougèrent quand Jonah marcha dessus.

De près, Joy était plus rougeaude et marquée que dans son souvenir. Des joues rondes couperosées ; des yeux qui se déplaçaient tout le temps dans ses orbites striées de rides.

Ses vêtements fleuraient la lavande.

« Entrez. Je vais chercher Tom. Tom ! cria-t-elle d'une voix aiguë quand elle s'enfonça dans la pénombre de l'entrée. Tom ! »

Il était pratiquement impossible d'avancer dans le couloir. Le sol était presque entièrement recouvert de manteaux, de chaussures, de boîtes et d'un assortiment d'équipements d'extérieur. Joy naviguait là-dedans sans même regarder ses pieds, ayant une longue pratique de ce fatras.

« Venez dans la cuisine. Je vais faire du thé. Tom ! »

La cuisine était tout aussi encombrée. Il n'y avait qu'environ un mètre carré d'espace disponible à une extrémité de la grande table de chêne, et une montagne de journaux, de lettres et de ferraille occupait la place restante.

« Ne vous donnez pas la peine d'en préparer, à moins que vous n'en vouliez vous-même », dit Jonah, tandis que Joy ouvrait trois placards à la suite en quête de sa boîte de thé.

Elle se tourna vers lui, l'ayant enfin trouvée.

Il longea la table en balayant la cuisine du regard. En guise de décoration, le plan de travail était recouvert d'une couche de crasse et jonché de vaisselle sale. Des objets plus volumineux étaient posés de-ci de-là. Un vieux tuyau. Une raquette de ping-pong. Un marteau.

Quand il vit la silhouette voûtée qui entra, Jonah fut pris de court. Si ce n'était grâce à sa barbe et à ses cheveux gris hirsutes, il n'aurait jamais reconnu Tom Jackson, l'arrogant excentrique bien éduqué et délibérément antisocial. Jonah ne retrouvait aucune trace de l'ergoteur qui entrait régulièrement en conflit avec le conseil municipal ou le bureau de poste. Il n'était plus que l'ombre de lui-même. Une mauvaise caricature.

« C'est la police, hein ? »

Sa voix aussi était sans vie. Jonah se souvenait de sa fureur après la disparition d'Aurora. La façon agressive qu'il avait de pointer le doigt sur eux quand il leur disait qu'ils ne s'y prenaient pas bien et que c'était pour ça qu'ils ne la retrouvaient pas. Trente années de colère pouvaient peut-être consumer toute vie chez un homme.

« Oui », répondit Joy.

Elle s'activait de nouveau, remplissant une antique bouilloire à l'évier.

« Tu veux bien… ? Je vais faire du thé. »

Tom tira un tabouret sculpté sur lequel il s'assit lourdement et posa les yeux sur Hanson, puis sur Jonah. Ensuite, il sembla perdre tout intérêt pour eux et se mit à fixer la marine sombre accrochée au mur devant lui.

Le silence, simplement perturbé par le bruit de la bouilloire, devenait gênant. La patience de Jonah s'évanouit avant que l'eau n'ait fini de bouillir.

« On voulait vous parler en priorité. Ce matin, l'affaire a connu un développement. »

Joy s'activait nerveusement. Elle sortit des tasses, puis se retourna, fouilla ses poches en quête de quelque chose qu'elle ne trouva pas.

« Ils ont des nouvelles à propos d'Aurora, dit-elle.

— Oui. Je m'en doutais. »

Quand Jonah croisa le regard de Tom, il y lut un profond manque d'intérêt. Il détourna les yeux.

« Il faudra bien sûr une identification formelle, dit-il, mais nous avons découvert des restes non loin de l'endroit où Aurora avait disparu. L'âge et le sexe sont les bons, et les ossements pourraient bien avoir trente ans. »

Il attendit une réponse. Tom écarta simplement la mèche qui lui retombait sur les yeux, tandis que Joy, pour une raison quelconque, fixait Hanson.

« Nous pensons qu'il s'agit de votre fille », conclut Jonah avec autant de délicatesse que possible.

Joy demeura bouche bée quelques instants, puis posa maladroitement une tasse.

« Elle… Oh, Tom. »

Elle inspira bruyamment, puis se mit à sangloter. Elle se retourna, enfouit son visage dans ses mains.

« Tom. Oh, Tom. Elle est… »

Hanson se précipita pour la réconforter, lui passant le bras autour des épaules. Tom Jackson demeura immobile, son regard vide à présent posé sur sa femme.

« Eh bien, elle n'allait pas être en vie, non ? lança-t-il d'une voix dure. Trente ans sans une seule foutue nouvelle. Bien sûr qu'elle est morte. »

8 h 40, un dimanche. Connor Dooley aurait dû être en week-end, mais il devait quand même se rendre tôt à l'université pour corriger des copies et se préparer à la réunion interdépartements. Cela se produisait de plus en plus souvent : les vacances et les week-ends étaient peu à peu envahis par les réunions, la paperasse et les conflits à résoudre. Ses pièces étaient également envahies. L'acajou, autrefois immaculé, était à présent enfoui sous les dossiers et les enveloppes, et dans les coins où on l'apercevait encore, il était terne et poussiéreux.

Aujourd'hui, il se préparait à se battre. C'était une bataille frustrante et inutile, due au caractère intraitable de l'agent comptable. Depuis longtemps, le besoin d'un nouveau poste se faisait sentir, et on l'avait créé l'année précédente. Les membres du département d'Histoire étaient submergés de travail : l'université avait de plus en plus de doctorants et d'étudiants en master et en doctorat. Malgré ce poste supplémentaire, le corps professoral était à huit pour cent en dessous de ses objectifs en termes de contact avec les étudiants. Néanmoins, il avait cru ce combat en partie gagné, jusqu'au moment où Lopez avait accepté un poste de professeur à Glasgow, et que l'agent comptable n'avait pas prévu de le remplacer. De but en blanc, il avait annoncé à Connor que ce poste additionnel était un luxe qu'ils n'avaient plus les moyens de s'offrir et que les trois professeurs en place pouvaient se répartir la charge de travail supplémentaire.

C'est pourquoi Connor se trouvait là, un dimanche matin, avant même que les cafés de West Nicholson Street n'ouvrent, prêt à imprimer les tableaux et les emplois du temps de son département universitaire. Prêt à vaincre l'agent comptable avec des faits. Si cette tactique échouait, il pourrait toujours l'inviter à déjeuner chez lui. Parfois, quand sa femme se dirigeait vers un de ses collègues vêtue d'une petite robe noire, tout combat devenait superflu.

La sonnerie de son téléphone lui fit à moitié plaisir. C'était une bonne excuse pour remettre à plus tard la pêche aux données. Une excuse pour arrêter de songer à serrer le goitre flasque de l'agent comptable.

Topaz. Appelait-elle pour dire qu'elle ne pouvait pas déjeuner avec lui ? Il se souvenait vaguement que ce matin – à pas d'heure, il était encore au lit –, elle lui avait fait une bise, les cheveux tirés en arrière, en tenue de sport.

Il tenta de se rappeler ce qu'elle avait dû faire depuis. À l'évidence, elle était allée courir plus tôt que d'habitude. Ensuite, elle avait dû aller dans un café, ou quelque chose dans le genre. Un de ces rendez-vous moitié réunion d'affaires et moitié bavardage entre amis.

« Salut, T, dit-il. Tout va bien ?

— Ils l'ont retrouvée. »

Ce fut un moment étrange. Il perçut de l'émotion dans sa voix, mais il avait du mal à la discerner vraiment. Il savait de qui elle parlait sans avoir besoin de le lui demander. Il s'imagina, en chancelant, que Topaz allait lui dire qu'elle était restée en vie tout ce temps, qu'elle se cachait.

« Elle est…

— Elle n'a jamais quitté le camp. »

À présent, il entendait la tension dans sa voix.

« Ils ont trouvé des restes près de la rivière. C'est elle. Elle est… »

La pause fut longue et atroce. Il n'avait aucune chance de la consoler, mais il essaya quand même.

« Oh, Topaz… Je vais passer te prendre. »

Elle eut un soupir teinté de larmes.

« Désolée… oui. S'il te plaît. On devrait y aller. Il y aura des vols… »

Connor hésita, songeant à l'agent comptable et au combat qu'il perdrait inévitablement s'il partait maintenant. Mais l'image d'une journée d'été chaude, vaporeuse, et d'une fille auréolée de cheveux blonds vint se mettre en travers de cette pensée.

« Bien sûr. Je vais annuler mes rendez-vous de demain. C'est mieux qu'on y aille. »

Il raccrocha et demeura immobile pendant un moment.

Alors elle était au bord de la rivière…

Il pensa à ce que cela signifiait. Puis il referma son ordinateur et commença à rassembler ses affaires.

4. Aurora

Vendredi 22 juillet 1983, 18 h 15

« On l'a trouvé l'été dernier, quand on est venus pour l'anniversaire de Benners. »

Topaz se frayait un chemin vers la berge le long de la pente instable. Coralie, en talons comme d'habitude, progressait sur ses jambes maigrichonnes tel un poulain, toujours sur le point de tomber, mais sans jamais le faire. Benners, Connor et Jojo n'étaient pas encore là, mais Topaz semblait incapable de patienter avant de montrer les lieux à Brett.

Celui-ci avait l'air content de faire le tour du propriétaire. Il les suivait d'assez près pour pouvoir les toucher toutes les deux en tendant le bras s'il le voulait. Aurora pensait qu'il le voulait probablement. Comme tous les autres.

Elle-même les suivait de plus loin, ivre de chaleur et de soleil. Elle les suivait parce qu'il le fallait bien. En atteignant la berge, elle se prit les pieds dans quelque chose et trébucha.

Brett se retourna, se souvenant de sa présence.

« T'es déjà venue ici ?

— Non.

— Aurora ! » lança sa sœur d'une voix cassante.

Coralie la regarda.

« Super, la hippie est parmi nous... », murmura-t-elle.

Topaz, qui, à présent, faisait face à tout le monde, bloquait le chemin de son corps, comme si elle hésitait. Derrière elle se déployait un énorme hêtre dont les racines plongeaient dans la rivière scintillante.

« Ne dis pas un mot de tout ça à papa et maman, d'accord ? demanda Topaz.

— Pourquoi leur dirais-je quoi que ce soit ? répondit Aurora en levant les yeux vers l'arbre avec un sourire. C'est joli.

— Je suis sérieuse ! »

Elle croisa le regard bleu et froid de sa sœur. En cet instant, elle était dure comme de la pierre, comme une chose sculptée dans une roche implacable, taillée, ciselée et burinée.

« Bien sûr que je ne leur dirai rien.

— Allons-y, alors », lança Brett en posant la main sur l'épaule bronzée de Topaz.

Elle obtempéra et se remit en route.

« Par ici », marmonna-t-elle.

Elle baissa la tête, se glissa sous un rideau de feuilles brillantes et disparut dans la pénombre. Aurora laissa Coralie et Brett passer devant elle, tendant la main vers le feuillage lisse et vert.

« Il fait chaud, ici, murmura-t-elle en se penchant vers l'arbre. Tu as soif ? »

Puis elle se baissa pour les rejoindre. Sous la frondaison, le sol était nu, une terre meuble, marron clair, parsemée de racines lisses. À la base du tronc, une ramification avait poussé comme un arbrisseau.

« Ici », dit Topaz en écartant deux branches du jeune arbre.

Derrière, il y avait un creux sombre sous les racines, où la berge avait été creusée.

« Sympa ! s'exclama Brett en s'avançant.

— Jette un coup d'œil, dit Topaz. On ne peut y entrer qu'un par un. »

Brett fut obligé de se mettre de profil pour passer ses larges épaules dans l'ouverture.

« Qu'est-ce qu'il y a là-dedans ? » demanda Aurora.

Ça semblait l'œuvre d'animaux. Des blaireaux ou des lapins. Peut-être une loutre.

« C'est privé, répondit aussitôt Topaz. Il ne faut pas que tu parles de ces trucs-là, d'accord ?

— D'accord », lâcha Aurora en haussant les épaules.

Brett ressortit, le visage rayonnant et taché de boue.

« Bon Dieu ! Sacré stock ! D'où ça vient ? »

Topaz lui adressa un sourire.

« C'est un ami du frère de Jojo. Il a eu un deal qui ne s'est pas fait, et il fallait qu'il rembourse son fournisseur. Benners lui a tout racheté à prix coûtant.

— Avec quel argent ?

— Il a demandé à ses parents. Ils ne se sont doutés de rien.

— Il a dit que c'était pour s'acheter une voiture, intervint Coralie. Il s'est offert un tas de ferraille pour cinquante balles et il a investi le reste là-dedans.

— Putain ! s'exclama Brett en rigolant. Il y a de quoi faire la fête ! Tu devrais jeter un œil, dit-il à Aurora.

— Non ! rétorqua Topaz en dévisageant sa sœur, les bras croisés.

— Allez ! Elle ne va pas cafter ! Elle se retrouverait autant dans la merde que toi. Elle est ici avec nous, non ? »

Aurora les regarda, puis Topaz fit un signe de la main.

Elle se laissa tomber à quatre pattes et se glissa dans l'ouverture, tachant sa jupe de terre. Quand elle pénétra dans l'obscurité, elle sentit une légère odeur de moisissure. La terre était douce sous ses paumes, elle semblait fraîchement retournée, comme celle d'une tombe.

L'espace était exigu, elle avait juste assez de place pour s'asseoir ou s'agenouiller. Quelque chose brillait dans la pénombre devant elle. Elle plissa les yeux, tendit la main et la passa sur la paroi terne et argentée. Elle se rendit compte qu'il s'agissait en réalité de plein de petits paquets soigneusement enveloppés dans du papier d'aluminium et placés dans des sacs plastique transparents.

Elle n'avait pas besoin de savoir ce qu'ils contenaient. De la drogue, probablement. Rien qui l'intéresse.

Quel dommage qu'ils aient gâché autant de place pour ça. Une légère odeur animale subsistait à l'intérieur, et Aurora songea que la bestiole qui avait creusé ce trou avait dû fuir, prise de peur. Elle pouvait s'imaginer être une bête et vivre ici. Dormir ici pendant l'hiver. S'occuper de ses petits, à l'abri des prédateurs.

Lentement, elle ressortit à reculons, puis se redressa et épousseta sa jupe. Quelques parcelles de boue, écrasées par ses genoux, restèrent accrochées à la gaze.

« Qu'est-ce que t'en as pensé ? » lui demanda Brett.

Elle lui sourit.

« C'est joli là-dedans. »

Malgré l'éclat de rire de Brett, elle entendit le reniflement de mépris de Topaz.

5

McCullough inclina la mâchoire vers lui.

« Ici. »

Ils se trouvaient dans le département de médecine légale, dans les entrailles du poste de police. McCullough l'avait appelé une heure après son retour de chez les Jackson. Il ne s'attendait pas à ce que ce fût aussi rapide. Identifier un cadavre, cela pouvait prendre des jours.

Il se pencha, avec une pensée reconnaissante pour l'ancienneté du corps et le masque que lui-même portait. McCullough passa son doigt au-dessus de la mâchoire.

« Le plombage, là. Regarde, à l'intérieur de la deuxième prémolaire.

— Et…

— Et la deuxième incisive ébréchée. C'est une identification formelle. Aucune ambiguïté. »

Jonah acquiesça. Il n'avait pas besoin qu'on le lui confirme, mais à présent, c'était officiel. Il s'agissait bien d'Aurora.

« Les archives disent qu'elle avait quatorze ans quand elle est morte, ajouta Linda.

— Cause du décès ?

— Rien de concret pour l'instant. »

Elle reposa la mâchoire sur le tissu qui recouvrait le plateau.

« L'examen visuel initial du squelette n'a pas révélé de blessure au couteau, ni de trace de passage d'une balle, mais on y verra plus clair après l'analyse numérique de l'équipe d'anthropologie médico-légale. On l'aura dans les jours qui viennent. J'aimerais vraiment avoir assez de résidus pour une analyse toxicologique, ajouta-t-elle avec un soupir de frustration, mais la décomposition est pratiquement totale.

— Une analyse toxicologique ? Pourquoi ? Une raison particulière ?

— Oui. Des traces significatives nous incitent à en trouver, des raisons. »

Elle se dirigea vers un plan de travail et souleva la bâche qui le recouvrait, dévoilant une traînée de terre recouvrant des boulettes enveloppées dans de l'aluminium.

« Dexédrine. »

De ses mains gantées, elle ouvrit un des sachets plastique et en sortit un des paquets en papier d'aluminium, déjà ouvert. À l'intérieur, se trouvait une poudre blanc cassé : elle avait l'air spongieuse, comme du plâtre qui s'effrite.

« Il y avait plusieurs paquets enveloppés dans de l'aluminium, près du corps. Le chimiste a prélevé des échantillons, et d'après lui, la Dexédrine semble être de qualité médicale. Il en reste également des traces dans la terre, et on dirait que le sol a été creusé non loin de là. Une partie a peut-être disparu, mais de là à savoir si c'est le fait d'un animal ou non, c'est difficile à déterminer. »

Jonah trempa son doigt gainé de latex dans la poudre en essayant de se remémorer les années 1980, cette décennie placée sous le signe des amphètes. Était-ce la Dexédrine, la responsable de ces nombreux décès dans des lofts luxueux ? Le speed ? La meth ? Difficile de distinguer les anciens des plus récents. Tellement de cadavres ; tellement de poudre, de cristaux et de saloperies.

« Tu peux essayer de trouver des tissus organiques pour voir s'il y a des traces ? Si elle a été enterrée avec tout ça, il y a probablement un lien.

— Merci ! ricana McCullough. Ça ne m'avait pas traversé l'esprit. »

Jonah lui adressa un léger sourire.

« Autre chose sur le corps ?

— Eh bien… »

Il essuya son doigt sur le plastique de sa combinaison et lui emboîta le pas en direction de la table.

« Rien de bien révélateur. Le corps a été submergé pendant un temps. Mais je dirais que c'est bien après le décès. »

Jonah pensa aux inondations dont le sergent avait parlé, sur le site.

« Elle ne s'est pas noyée, alors ? »

McCullough lui jeta un bref regard.

« Ce n'est pas ce que j'ai dit. »

Il lui sourit de nouveau.

« D'accord. Elle s'est peut-être noyée, mais par ailleurs, son corps a pu se retrouver sous l'eau pour d'autres raisons. Et tu n'as pas trouvé d'indices suggérant la noyade.

— Non, mais je n'écarte aucune hypothèse avant d'être sûre.

— C'est noté. Autre chose ?

— Divers objets enterrés. On les examine. Le site a probablement été détérioré bien avant les faits, et certains objets ont pu être charriés par le courant. Pour l'instant, rien d'excitant. Des paquets de chips, une canette de bière écrasée, une balle en caoutchouc, des bouts de plastique non identifiés. Pas d'arme. Rien qui puisse te tenir en haleine. Désolée. »

Jonah hocha la tête, la remercia et ressortit de la morgue. Il ressentit un soulagement mêlé d'inconfort en retrouvant la lumière du jour et la chape de chaleur moite qui lui tomba dessus. Hanson l'attendait sur les marches, ses dossiers timidement serrés contre sa poitrine. On aurait dit qu'elle travaillait encore sur l'enquête concernant les quais – belle preuve de son implication, alors qu'un meurtre était venu exciter tout le monde.

Elle lui emboîta le pas dans l'escalier.

« Le superintendant aimerait que vous fassiez le point.

— J'arrive. »

Hanson acquiesça, fit encore quelques pas, puis reprit :

« C'est vraiment un meurtre, alors ?

— Ça y ressemble.

— On lui a tiré dessus ? »

Jonah la regarda, légèrement surpris par sa question.

« C'est possible. Mais aucun indice ne va dans ce sens pour l'instant. Plus significativement, on a trouvé à côté d'elle les restes d'un stock de Dexédrine. Il est possible qu'elle ait fait une overdose, mais aussi qu'elle soit tombée sur quelque chose qu'elle n'aurait jamais dû trouver. »

Il remarqua le petit sourire de Hanson. Ses pupilles dilatées.

« Alors, c'était peut-être les autres gamins, soit ils l'ont tuée, soit ils ont dissimulé sa mort.

— Effectivement, c'est hautement probable. »

« Bordel de merde ! »

La voix du sergent O'Malley, le plus vieux membre de l'équipe de Jonah, retentit avec amertume quand les deux agents posèrent quatre boîtes remplies de dossiers sur la table devant la salle de débriefing. Son visage un peu rougeaud était flasque de surprise.

« Ne balance pas tous tes jurons tout de suite, dit Jonah avec ironie. Ce ne sont que les dossiers qu'on a sur place.

— Non : ce n'est que le premier lot des dossiers qu'on a sur place, intervint Amir, l'un des agents un peu bizarre du département Renseignement. Ceux-ci datent de 1983, poursuivit-il en rajustant son nœud de cravate. Il y a cinq autres boîtes qui couvrent les années 1984 à 1998, date où l'affaire fut officiellement classée. Les éléments plus récents – qui, d'après les entrées enregistrées dans le système, consistent principalement en des témoignages réfutés de personnes qui auraient vu la victime et des coups de fil des parents – sont sur la base de données. »

Lightman leva la main.

« Désolé, mais... 1983 ? C'est...

— Aurora Jackson, Ben. Disparition. Domnall est probablement le seul avec assez d'ancienneté pour en avoir entendu parler. »

Quand Amir prit congé, Jonah balaya son équipe du regard. Lightman, le visage impassible devant ces événements comme devant toute chose ; Hanson, qui trépignait d'enthousiasme sur son siège ; et O'Malley, pensif.

Il ôta le couvercle en plastique de la première boîte. La photo sur papier brillant qui se trouvait sur le dessus avait l'air étrangement récente. Un cliché d'Aurora, le sourire en coin, fixant l'objectif. Il avait été pris à son école. Une beauté rayonnante, même si Jonah gardait encore le souvenir d'elle avant qu'elle n'émerge de la chrysalide de l'enfance. Il se rappelait la silhouette un peu ronde, la tignasse crépue d'une fille toujours mal fagotée. La petite sœur moche de la fille que tout le monde désirait.

Il fixa la photo sur le tableau blanc.

« Sérieusement ? » demanda O'Malley en prenant Lightman et Hanson à témoin.

Cette dernière arborait une expression légèrement satisfaite. Elle connaissait déjà la blague.

« C'est… la plus grosse affaire de disparition dont je me souvienne, ajouta le sergent.

— Ce n'est plus une affaire de disparition. »

Jonah fixa une photo des restes que McCullough avait exhumés à côté de celle de l'école.

« On a retrouvé le corps d'Aurora sous un arbre, au bord de la rivière, à moins de quatre cents mètres de l'endroit où elle campait. Il y avait aussi des paquets de Dexédrine enveloppés dans de l'alu, enfouis avec elle, et il semblerait qu'il y en ait eu davantage. »

Lightman prenait des notes sur un carnet au format A4. À le voir, il aurait tout aussi bien pu être en train d'écrire une carte de vœux pour Noël. O'Malley s'était radossé, il fixait un point entre les photos et lui, le front plissé. Jonah reconnut cette expression. Elle traduisait le combat intérieur pour faire correspondre des bribes de souvenirs à la réalité des restes découverts. Une légende prenait vie. Sauf qu'elle n'était pas du tout vivante.

« Je veux que nous nous familiarisions à fond avec les éléments de l'enquête originelle. Je veux des notes et un résumé des interrogatoires, ainsi que de tout ce que vous penserez qu'on a manqué. Si vous croyez que certaines pistes n'ont pas été bien exploitées, notez-le. Si vous trouvez que quelqu'un a fait un boulot de merde, notez-le aussi. »

Seul Lightman parvint à masquer son manque d'enthousiasme devant ce plan. Ou alors, c'est qu'il l'appréciait. Il aimait bien les chiffres et les faits.

« Par ailleurs, poursuivit Jonah, nous allons reprendre l'enquête à zéro. Nous allons réinterroger chaque témoin, mais cette fois-ci, nous nous concentrerons sur la drogue, sur qui la trimbalait et sur comment on a pu ne pas trouver Aurora alors qu'elle n'était qu'à quelques centaines de mètres du campement. »

Il s'aperçut que O'Malley souriait. C'était plutôt ça, sa tasse de thé. C'est qu'il aimait ça, mener des interrogatoires, l'ancien capitaine O'Malley.

« Aujourd'hui, Juliette va venir avec moi relever les témoignages. Je veux aller voir le groupe qui campait là-bas. Juliette, vous pouvez compiler une liste d'adresses pendant que je consulte le rapport du Renseignement. J'aimerais que Domnall et Ben commencent à relire les notes de la première enquête. »

O'Malley soupira ostensiblement.

« Merci, patron. Ma vie manquait justement de paperasserie. »

Jonah lui sourit, mais ne s'excusa pas.

« Vous avez participé à la première enquête ? demanda Hanson.

— À peine, répondit Jonah. À l'époque, j'étais un bleu. Mais j'avais envie de m'impliquer. On avait fréquenté la même école, même si je ne la connaissais pas vraiment. »

Il regarda la photo. La beauté rayonnante d'Aurora ramenait en lui un sentiment de gêne. Elle lui rappelait une nuit en particulier, une série d'événements confus qu'il avait désespérément essayé d'oublier depuis trente ans.

Il détourna les yeux. Ces souvenirs n'allaient lui être d'aucune utilité, ni à lui ni aux autres.

Lightman rangea son stylo dans sa poche et se leva.

« Cette affaire a priorité sur l'enquête sur les quais dans ce cas.

— Pour les prochaines quarante-huit heures, oui, répondit Jonah. Pour la suite, je vous tiendrai au courant. Cherche des mentions d'abus de substances illicites ou de choses en rapport avec ça, ajouta-t-il à l'intention de Lightman. Si quelqu'un connaissait l'existence de cette planque de drogue, je veux le savoir. Puis je veux les mettre sur le gril à propos de tout ce qu'ils ont vu ou entendu. Parce que si elle est morte à cent mètres de l'endroit où ils se trouvaient, tous ces appels au public et toutes les recherches pour la retrouver pourraient bien être une comédie qui dure depuis trente ans. »

6. Aurora

Vendredi 22 juillet 1983, 18 h 35

Ils avaient retrouvé Benners, Jojo et Connor en revenant du hêtre au bord de la rivière. Ces derniers avaient l'air échauffé, irritable, une mauvaise humeur qui monta d'un cran lorsqu'ils comprirent où Topaz avait emmené les autres.

Benners, surtout, ce qui surprit Aurora. Elle ne l'avait jamais vu se mettre en colère. Topaz était toujours irascible, et Connor souvent agressif, mais Benners avait été élevé dans la sérénité d'une négligence bienveillante et bien pourvue. Il ressemblait au Titus Groan du roman de Mervyn Peake, ou au Sebastian Flyte de *Retour à Brideshead*, mais avec un peu plus de conscience de soi.

Il envoya Jojo et Brett ramasser du bois, puis se tourna vers Topaz.

« Tu n'aurais pas dû lui en parler, dit-il d'une voix basse entrecoupée de sautes de volume erratiques. Tout ne se résume pas à essayer d'impressionner ton dernier coup de foudre en date.

— Ce n'est pas ce que tu crois ! » répliqua Topaz en rougissant.

Benners la toisa du haut de son mètre quatre-vingt-dix.

« On ne le *connaît* pas, Topaz ! Pas comme on connaît tous les autres ici.

— Moi, je le connais depuis des années ! Je lui fais confiance.

— La question, ce n'est pas à qui *tu* fais confiance ! s'exclama Benners avant de s'efforcer de parler plus bas. Cette planque, tu ne peux pas en parler, ce n'est pas ton secret. C'est le mien. Et c'est sur moi que ça va retomber si ça se sait.

— Ça ne se saura pas. »

Connor leva la tête, les mains dans les poches, le regard dur.

« Je lui pète les bras s'il parle. Tu peux lui dire. Dis-lui que je lui pète ses putains de bras, et que ça me ferait plaisir de le faire.

— Pour l'amour de Dieu... », lâcha Topaz en levant les yeux au ciel.

Benners soupira. Il était encore en colère. Encore irrité. Il essayait de paraître calme.

« Bon, dit-il. Pas besoin de le menacer. Fais-lui simplement savoir qu'on est... tous dans le même bateau, d'accord ?

— Très bien. »

Topaz s'éloigna, Coralie sur ses talons, son ombre enfantine et toujours présente. Aurora savait que sa sœur allait se mettre à râler. Elle l'avait déjà entendue le faire mille fois, dans le verger, à la maison, même si, en général, cela ne concernait pas Benners ou Connor. Le week-end, quand il faisait chaud, la colère de Topaz envers quiconque l'avait offensée et les interventions de Coralie qui renchérissait lui parvenaient par sa fenêtre jusqu'à ce qu'elle la referme ou qu'elles la forcent à quitter la pièce.

Connor ne faisait pas beaucoup d'efforts pour rester calme, lui.

« Brett se fait vraiment pas chier, à mettre son nez partout comme ça ! » s'écria-t-il en donnant un grand coup de pied dans le vide.

Il serrait les poings si fort que les muscles et les veines de ses avant-bras dessinaient des crêtes sur sa peau.

« Il est juste là pour s'éclater, dit Benners en frottant ses cheveux hérissés de sueur. Je suis sûr qu'il ne dira rien. Il n'est pas débile.

— Il est débile. »

Benners éclata de rire.

« Je ne parle pas du point de vue scolaire. Je veux dire... qu'il n'ira pas chercher des emmerdes s'il peut les éviter. »

Connor grommela.

Benners jeta un coup d'œil à Aurora, puis regarda ailleurs. Elle se sentait bizarre chaque fois qu'il faisait ça.

« Tu sais…, commença-t-elle. Je ne dirai rien, moi non plus, tu sais ?

— Bien sûr que oui, répondit Benners en fronçant les sourcils. Je ne m'inquiète pas à ton sujet. »

Cela lui réchauffa le cœur. La confiance qu'il avait en elle.

« Bien… On devrait décharger le reste. »

Benners avait remis sa cape de pragmatisme. Le grand frère calme. Le chef scout. Sauf qu'il avait toujours été trop cool pour devenir scout.

« On peut laisser la bouffe pour plus tard, à condition que la tente et les ustensiles de cuisine soient prêts.

— Très bien ! lança Connor. Ça sera toujours mieux que de zoner dans le noir à essayer de le faire quand on sera bourrés ! »

Benners se dirigea vers la voiture, et, de la tête, Connor fit signe à Aurora d'avancer. Il était toujours en colère, mais il aboyait plus qu'il ne mordait. Et il n'était pas aussi intimidant qu'il voulait bien le croire.

« On devrait aller se baigner, dit-il quelques instants après. T'as pris ton maillot, Aurora ?

— Non… Mais j'ai des trucs… Je pourrai bidouiller quelque chose.

— Tu ne peux pas ne pas aller te baigner. C'est ce qu'il y a de mieux, ici. La lumière de la lune et l'eau froide. »

Il la regarda par en dessous quand elle se retourna en souriant devant la soudaine poésie dans sa voix, la façon dont celle-ci retrouvait pleinement l'accent de l'ouest de l'Irlande. Il parut gêné.

« Une des autres filles pourra te prêter un maillot. Pas Jojo. Elle n'a pas de fringues de filles. »

Ils vidèrent la voiture de Brett et les sacoches du vélo de Benners en deux voyages. Si le temps venait à tourner, ils disposaient de trois tentes pour se mettre à l'abri. Sept sacs de couchage et d'épais matelas en mousse. Des couvertures. Une radio à piles. Des sacs de nourriture et de l'eau minérale. Des caisses et des caisses de bière en canette et en bouteille. Des oreillers, deux réchauds et quatre lampes de poche, parce que les parents de Benners avaient des dépendances remplies de ce genre de choses.

Ils montèrent une seule tente afin d'avoir un refuge en cas de pluie, et il faisait déjà chaud comme dans un sauna à l'intérieur quand Jojo et Brett revinrent de leur expédition en quête de bois pour le feu. Ils avaient noué des fagots qu'ils traînaient derrière eux. Une idée de Jojo, songea Aurora. Jojo vivait quasiment en plein air et, dans son débardeur, elle était plus bronzée que n'importe lequel des garçons, malgré ses cheveux blonds.

« Ne suivez pas la berge vers la gauche, annonça Brett. Il y a un animal mort de ce côté-là, et ça pue. On dirait l'odeur d'une tombe qu'on vient d'ouvrir.

— Il est mort depuis longtemps ? demanda Aurora.

— Trois ou quatre jours, je pense, répondit Jojo en s'essuyant le front de son avant-bras. Trois ou quatre jours de canicule. C'est vraiment impressionnant ce que ça pue. Eh ! On pourrait le mettre dans le sac de couchage de Topaz. »

Elle se mit à sourire en prononçant ces mots.

« C'est peut-être pas le moment, rétorqua Benners en se penchant pour tripoter une corde de tente. Vous avez croisé les deux autres ?

— Non. Elles sont parties de notre côté ? demanda Brett en indiquant la direction par laquelle Jojo et lui étaient revenus.

— En théorie, oui. Topaz n'est pas un génie de l'orientation.

— Mais elles connaissent les lieux, non ? » lança Brett en ôtant son t-shirt sans paraître se soucier d'être en public.

Le tissu était trempé, et son torse aux muscles ciselés luisait de sueur.

« Elles ne risquent rien ? ajouta-t-il.

— Je suis sûr que non », répondit Benners.

En voyant Brett torse nu, Aurora se sentit subitement troublée. Elle avait envie de le regarder, mais elle craignait qu'on la surprenne. Elle détourna les yeux et remarqua alors que Connor avait l'air furieux. Elle ressentit de la compassion pour lui.

« Ah ! s'exclama Jojo en se redressant après avoir détaché les fagots. Faire ça sans demander la permission, c'est une agression visuelle ! »

Connor émit un bref ricanement, mais Brett se contenta de sourire à Jojo.

« Mais tu ne lui dis pas non, à cette agression ! s'exclama-t-il en roulant son t-shirt en boule pour le balancer vers la tente. J'ai besoin de boire un coup. C'est où ?

— Ici, répondit Aurora en poussant du pied une des glacières remplies de Kestrel.

— Ah non, pas de bière ! s'écria-t-il quand il se baissa pour regarder. Où est l'alcool fort ? »

Il fouilla dans les autres sacs, dont il tira un litre de vodka et deux gobelets en plastique. Puis il en versa une dose dans chacun et compléta avec du jus d'orange.

« Merde, t'es sérieux ? demanda Connor en riant un peu trop fort. Vodka et orange ?

— Je suis un putain d'athlète, dit Brett. Je ne peux pas avoir le bide d'un buveur de bière.

— On dirait que tu surveilles ton poids », répondit Connor, toujours ricanant.

Brett ne releva pas. Il tendit un gobelet à Aurora, qui secoua la tête.

« Oh ! Désolée, je ne… Je n'en veux pas. Merci.

— Vraiment ? s'exclama-t-il, l'air perplexe. Tu n'as pas soif ?

— Si. Mais je vais juste boire du jus d'orange. »

Elle lui prit la glacière, trouva un gobelet propre et tendit la main vers le jus d'orange.

« Si c'est le goût qui t'inquiète, dit-il doucement en le lui passant, en fait, c'est assez sucré. Le genre de truc que tu peux boire quand tu n'aimes pas boire, tu sais ?

— Elle a quatorze ans, entendit-elle Connor lancer dans son dos d'une voix bien plus rageuse que nécessaire. Et elle ne boit pas. »

Un bref silence s'installa. Puis, avec un demi-sourire adressé à Connor, Brett rétorqua :

« Je croyais que vous aimiez boire, dans la famille. Toi, ton père… »

Le silence devint lourd, tendu et soudain, Connor se jeta sur Brett, mais Benners fut tout aussi rapide et s'interposa entre eux, tandis que Brett se relevait lentement, sans abandonner son sourire.

« Qu'est-ce que tu viens de dire, putain ? cracha Connor.

— Du calme, du calme ! intervint Benners d'une voix forte. Ne mords pas à l'hameçon. Ne mords pas à l'hameçon. »

Il ceintura Connor et tenta de le retenir, mais malgré sa grande taille, il perdait du terrain rapidement, ses pieds glissaient sur la terre sèche.

Brett secoua la tête.

« Tu ne devrais pas te battre avec moi, mec. »

Ce n'était même pas une menace. Un simple fait.

« Sérieusement ! s'exclama Benners avant de se tourner vers Brett. Baisse d'un ton ! On est censés venir ici pour se détendre avec des amis, pas... »

Brett fit alors un pas en arrière.

« D'accord, d'accord, c'était... OK, je suis désolé. C'était con de ma part. Buvons un coup, et on se sentira mieux. Allez ! »

Il sortit une canette de Kestrel et la tendit à Connor, lequel sentait clairement encore pulser en lui l'envie de se battre.

« Allez, Connor, murmura Benners. Laisse tomber. »

Aurora s'approcha de Connor, le cœur battant.

« C'était ma faute. Je... J'aurais juste dû le boire. Désolée, Connor. »

Il la regarda et se détendit un peu.

« Non, tu n'avais pas à le faire. »

Nouveau silence pesant. Aurora sentait la sueur lui couler dans le dos. Puis Connor leva la main et recula à son tour.

« D'accord. »

Il prit la bière des mains de Brett, et Aurora vit dans la condensation sur le métal de la canette le reflet de la sueur sur sa peau.

« Désolé, mec », dit Brett.

Et il leva son gobelet, comme pour trinquer.

7

Jonah éprouvait une sensation étrange à rédiger des notes à partir des dossiers de l'affaire alors qu'il connaissait tout ça par cœur. Il connaissait également les personnes dont il était question, quoique pas suffisamment bien pour que cela lui soit utile.

Bien que ce groupe et, à l'occasion, d'autres, se soit servi de cette zone pour camper, il ne s'agissait pas d'un site officiel, et le chemin par lequel on y accédait n'était pas clairement balisé.

Il n'avait pas besoin de lire les rapports pour être en mesure de décrire l'endroit. Il n'avait même pas eu besoin d'y retourner, ayant gardé le souvenir des fouilles répétées qui l'avaient amené à emprunter ces sentiers encore et encore. Il se rappelait également son étrange optimisme, qui le poussait à croire qu'il finirait par trouver l'endroit où personne n'avait regardé. Ce sentiment s'était mué en une espèce de détermination désespérée qui l'avait incité à poursuivre ses recherches sur son temps libre, tard le soir, alors qu'il n'aurait pas dû être en service.

Le résumé des événements était aussi simple qu'étrange.

Sept adolescents étaient partis camper à la fin du trimestre scolaire. Trois d'entre eux avaient quinze ans, deux en avaient seize, un, dix-huit, et la dernière – Aurora – tout juste quatorze. Ils étaient tous restés éveillés jusqu'à minuit, et Aurora avait été la première à se coucher. Elle s'était mise un peu à l'écart du campement pour éviter d'être dérangée par les autres, qui, ayant bu, parlaient et riaient fort. Elle se trouvait bien en dehors du cercle de lumière dessiné par le feu de camp et était invisible à leurs yeux.

Les autres étaient allés se coucher plus tard, un par un. Ils avaient cru voir Aurora dans son sac de couchage, mais aucun d'eux n'en était sûr. Ils n'avaient rien entendu qui suggère que des actes de violence aient été commis.

Au petit matin, Connor Dooley, quinze ans, s'était réveillé en ayant soif et était donc allé chercher de l'eau. Il était tombé sur le sac de couchage d'Aurora, vide, et avait supposé qu'elle s'était trouvé un petit coin tranquille pour faire ses besoins. Mais au bout d'un certain temps, il s'était inquiété et, en fouillant le sac de couchage, il s'était aperçu qu'il était froid et humide à l'intérieur.

Connor avait alors réveillé la sœur de la disparue, Topaz Jackson, quinze ans. Les recherches qui s'étaient ensuivies avaient petit à petit intégré les six adolescents restants. Au bout d'une demi-heure, Daniel Benham, seize ans, avait déclaré qu'il allait pédaler jusqu'à Lyndhurst pour donner l'alarme. Le seul à pouvoir conduire, Brett Parker, dix-huit ans, était encore en état d'ébriété. Il était resté avec les quatre autres et ensemble ils avaient continué les recherches pendant que Daniel gagnait Lyndhurst à vélo.

La police locale avait enregistré un appel de Daniel Benham à 7 h 09, après que, ayant trouvé porte close au commissariat de Lyndhurst, il avait frappé chez un voisin pour se servir du téléphone. Une voiture de patrouille était arrivée à 7 h 48. Dès 9 h 17, une équipe complète de recherche avait été mise en place, et la communauté voisine avait été prévenue peu après. Les recherches s'étaient poursuivies activement pendant deux semaines, tandis que le pays avait été progressivement mis au fait de cette disparition.

Comme tant d'autres histoires de belles jeunes filles subitement disparues, l'affaire était devenue le sujet des conversations et des spéculations les plus intenses. Des heures de programmes télévisés et des rames entières de papier lui avaient été consacrées.

Puis, peu à peu, l'histoire avait vieilli et lassé. Trente années avaient passé, et Aurora n'avait jamais été retrouvée.

À 16 heures, il reçut un court e-mail du commissaire divisionnaire adjoint, qui venait aux nouvelles. Il en fut soulagé. Il s'attendait plutôt à ce que Wilkinson passe le voir pour s'assurer que les choses avançaient, mais même si ce dernier était d'un rapport professionnel facile, envoyer un petit résumé de ses plans était bien plus commode que de les passer en revue oralement.

Dix minutes plus tard, il avait sa réponse.

Très bien. En priorité, faites la conférence de presse, et on pourra discuter après. Pas besoin de venir à la réunion de management demain.

Jonah aimait ce genre de messages, qui mettait en valeur une des plus grandes qualités de Wilkinson. Celui-ci estimait que ses meilleurs éléments devaient être directement impliqués dans les affaires sur lesquelles ils travaillaient, et il faisait des pieds et des mains en coulisse pour leur épargner les réunions interminables auxquelles la plupart des inspecteurs étaient astreints.

Peu après 18 h 30, il sortit du commissariat pour dîner. Une journée à grignoter des cochonneries en sachet et à cavaler partout lui avait barbouillé le ventre, et il avait désespérément besoin de quelque chose de savoureux à se mettre sous la dent.

Il avait proposé à Hanson de l'accompagner, mais elle avait refusé avec un sourire, probablement partagée à parts égales entre la réticence à se retrouver coincée avec son patron et la volonté de l'impressionner en lui montrant qu'elle était sérieuse et assidue.

Il lui avait demandé de se tenir prête à faire les premières visites à son retour. Conformément au plan qu'il avait présenté à Wilkinson, il voulait aller voir autant de personnes que possible en rapport avec l'affaire avant que l'histoire ne fuite et qu'elles en soient prévenues. La surprise était une chose puissante, et il voulait tous les secouer jusqu'à l'os.

L'air était encore lourd de chaleur sur Southern Road. La circulation avait ralenti à présent que les voitures commençaient à quitter les parkings des magasins, ce qui lui permit de traverser la rue plus facilement. Il prit le raccourci au pied du Novotel, puis se dirigea vers le TGI Fridays, où il pourrait faire un sort à un cheeseburger bien gras. C'était son vice. Il aurait pu rester au poste et manger un wrap ou un morceau de cottage pie à la cantine, mais il aimait s'accorder un petit plaisir quand il avait bien travaillé.

Il n'avait jamais apprécié rester dans son bureau pour bosser sur les dossiers. Ça l'irritait et le rendait claustrophobe d'être enfermé pendant des heures. Parfois, il mettait ça sur le compte de son sang de bohémien. Mais d'un autre côté, à qui ça plaît de rester collé derrière un bureau ?

Il demanda au serveur de faire aussi vite que possible et s'installa devant un Coca-Cola light en attendant. Il se perdit une dizaine de fois dans les souvenirs du jeune policier de dix-neuf ans qu'il était à l'époque, ramené dans le présent par les bruits l'environnant.

C'était ce groupe de sept adolescents qui occupait principalement ses pensées. Ceux que tout le monde connaissait à l'école, et que, d'une certaine façon, tous aspiraient à être.

Daniel Benham – Benners, pour tout le monde, à l'époque – était le centre de ce groupe. C'était le genre d'étudiant philosophe, libre-penseur et ergoteur que les profs adoraient ou détestaient, selon le degré de menace qu'il représentait à leurs yeux. Il était également sensuel et attirant, très riche, avec un talent pour la guitare et pour le chant. La popularité lui était venue facilement.

Topaz et Benners s'étaient mis ensemble au début du secondaire, probablement attirés l'un vers l'autre par leur beauté réciproque et leur amour pour le mépris les règles. Leur romance n'avait rien donné, mais ils étaient restés amis quand la passion s'était tarie. Quant à Coralie, la meilleure amie de Topaz, jolie mais un peu creuse, elle avait participé avec entrain à toutes leurs activités, en fidèle suivante.

Connor et Jojo étaient entrés dans le cercle peu après. Cela n'avait rien de surprenant. Connor était au moins aussi intelligent que Benners, sinon plus, et sa haine de l'establishment était encore plus grande. Jojo avait des idées bien arrêtées et était aussi vive qu'eux, mais elle était probablement bien plus sauvage.

De sorte que le groupe de ces cinq amis avait constamment attiré l'attention. Souvent en conflit avec la direction de l'école, ils étaient aussi les étudiants qui brillaient le plus dans les débats ou les compétitions de musique, de dessin ou de science. Ils avaient conservé leur côté cool en donnant des fêtes devenues légendaires, grandement aidés en cela par les finances des parents respectifs de Benners et de Coralie.

Et il y avait leur vie sexuelle. Avant même ses seize ans, Benners était sorti avec la plupart des filles désirables de première et de terminale, et on disait qu'il avait passé la nuit avec plusieurs d'entre elles. Jojo s'était amusée avec certains des amis de son grand frère ; quant à Topaz et à Coralie, elles étaient hors concours.

À peine les portes du lycée franchies, leur jupe roulée pour paraître plus courte, elles étaient toutes deux entrées au panthéon du sulfureux. Parfaitement habillées et pleinement conscientes de leur pouvoir, la rumeur voulait qu'elles aient fait des choses très sordides avec des garçons très chanceux.

Après la disparition d'Aurora Jackson, ces cinq-là n'en étaient devenus que plus fascinants. Leurs rangs s'étaient brièvement ouverts pour accueillir Brett, dont le corps athlétique et le beau visage leur avaient plu.

Mais c'était le seul outsider qu'ils aient jamais admis. Après Aurora, ils s'étaient complètement refermés. Ils n'avaient plus donné de fêtes et pratiquement plus parlé à personne à l'école. Avant, ils avaient aimé attirer l'attention, mais désormais, ils la fuyaient. Jonah se souvenait de ne les avoir plus vus que de loin par la suite, leurs têtes regroupées pour une conversation privée, leur langage corporel transpirant l'hostilité.

Il soupira, convaincu qu'il allait devoir les séparer pour obtenir des réponses. Certes, trente ans s'étaient écoulés, mais il soupçonnait fort qu'ils présenteraient un front aussi uni que jamais.

Il trouva O'Malley et Lightman à leur bureau, encore en train de lire les dossiers. Ceux de Lightman étaient disposés en piles bien propres et bien alignées, contrairement à ceux de son collègue, qui avaient plutôt l'air d'un tas de romans qu'on aurait ouverts et laissés de côté sans finir de les lire. Ils semblaient encercler l'Irlandais, qui demeurait là, tête baissée, la mine égarée.

« Alors, quelque chose ?

— Rien de particulier pour l'instant, répondit O'Malley en levant les yeux vers lui. Juste une sensation de doute un peu diffuse autour des déclarations des gamins. Pas de drogues, pas d'histoire de sexe, à peine une ou deux bières... Pour un peu, on croirait qu'ils participaient à un congrès de séminaristes.

— Pas très convaincant ?

— C'étaient des ados qui faisaient la fête. Qu'est-ce que tu dirais ? »

Jonah acquiesça. Pas mal de raisons pouvaient les avoir poussés à cacher ce genre de détails. Pour commencer, le simple fait de ne pas vouloir s'attirer des ennuis, et la culpabilité : ils s'amusaient quand Aurora avait disparu. Mais il y en avait d'autres, par exemple savoir pertinemment ce qui lui était arrivé et essayer de le dissimuler.

« Ben, des idées ? demanda-t-il à son autre sergent.

— Ah, donne-lui un peu de temps ! s'exclama O'Malley avec un grand sourire. Il a fallu qu'il classe ses crayons de couleur, le pauvre petit... »

Lightman lui jeta un coup d'œil ironique et retourna à sa lecture.

Jonah sourit. O'Malley était plus rapide, c'est vrai, parce qu'il ne s'encombrait pas avec des histoires d'organisation et préférait se reposer sur son instinct et sa capacité à faire rapidement le lien entre les choses. Difficile d'imaginer comment cet homme indiscipliné, irrévérencieux, férocement intelligent et en lutte permanente contre la tentation de se détruire par l'alcool avait pu survivre à l'armée.

Hanson se matérialisa à côté de lui avec un gobelet à la main. Il lui sourit.

« Prête à y aller, Juliette ? »

Elle hocha de la tête et prit son sac.

« Je vous laisse tenir le bastion, lança-t-il à ses deux sergents.

— Sympa de ta part ! répondit O'Malley avec beaucoup de sarcasme, bien sûr.

— Ne restez pas plus tard que 22 heures, sauf si vous trouvez quelque chose d'important. »

« Tom Jackson a appelé pendant que vous êtes allé dîner, dit Hanson quand ils montèrent dans la voiture. On me l'a passé. Il voulait savoir si la presse allait bientôt être mise au courant. Je lui ai rétorqué qu'il n'y avait que vous qui pouviez répondre. »

Il acquiesça. Ils quittèrent Southampton en direction de l'ouest, à travers New Forest, tandis que, droit devant eux, le soleil brillait d'un éclat inconfortable.

« Je lui passerai un coup de fil dans la soirée.

— Il voulait également qu'on sache que sa fille aînée est revenue d'Édimbourg. Avec Connor Dooley. Elle l'a épousé, vous le saviez ? Même si elle continue à se faire appeler Jackson. »

Jonah acquiesça à nouveau. Il l'avait su. Il avait suivi les histoires de tous les membres du groupe, de plus ou moins loin. Il n'avait pu s'empêcher de les observer au fil des ans, tandis qu'ils traçaient leur sillon dans la vie.

« C'est plus simple, s'ils sont ici, non ? demanda Hanson.

— Oui, répondit-il avec un sourire. Mais c'est dommage qu'on n'aille pas faire un tour à Édimbourg. J'adore les petits motels miteux qu'ils nous dégottent. »

Il avait espéré pouvoir annoncer la nouvelle en personne à la fille des Jackson qui avait survécu, mais il savait qu'il avait été optimiste. Quoi qu'il en soit, il irait leur parler le lendemain, après la conférence de presse. Le programme de ce soir, c'était Brett Parker, Daniel Benham et Jojo Magos. Coralie Ribbans était à Londres. Elle devrait attendre, elle aussi.

Il se demanda si Topaz était encore en bons termes avec Coralie. D'après ce qu'il savait, leur relation avait changé petit à petit. Leur duo claustrophobique et légèrement manipulateur avait souffert de la liaison entre Topaz et Connor.

Jonah avait été surpris quand ils s'étaient mis ensemble. Pendant presque toute leur scolarité, Connor avait été un admirateur silencieux et amer de Topaz, et cette dernière le savait. Bien sûr qu'elle le savait. Elle en avait joué, l'attirant et le repoussant, encore et encore. À l'évidence, elle aimait ça, qu'il la désire. Qu'il fasse tout ce qu'elle voulait. Qu'il lui facilite la vie.

Jonah avait eu du mal à apprécier la Topaz de quinze ans.

Mais au cours de l'année qui avait suivi la disparition d'Aurora, quelque chose avait changé. *La perte produit d'étranges effets chez les gens*, songea-t-il. Ou peut-être Topaz avait-elle simplement commencé à mûrir.

« Alors comme ça, vous étiez à l'école avec toute la bande ? Topaz Jackson, Daniel Benham…

— Oui.

— Vous étiez copains ? »

Instinctivement, la question déplut à Jonah. Il n'était pas prêt à parler de ses expériences personnelles. Surtout dans ce cas précis.

S'il lui avait dit la vérité, Hanson aurait trouvé ça bizarre, la fascination qu'il avait éprouvée pour eux. Pour le halo de mystère et de sensualité qui les enveloppait, ainsi que pour les histoires qui circulaient sur Topaz et Coralie.

Et à l'autre bout du spectre de la féminité adolescente, Jojo, qu'il avait vue faire du skateboard au parc, en petit haut, sans soutien-gorge, le nombril à l'air et un caleçon Calvin Klein dépassant de son jean taille basse.

Mais il y avait eu Aurora, aussi, qui, à treize ans, était subitement passée de la gaucherie à une beauté éthérée. Personne n'avait plus très bien su comment l'approcher.

Rien de tout cela n'était utile.

« On n'était pas vraiment copains, finit-il par répondre. J'avais quelques années de plus que Topaz, Benners et Connor. Aurora venait d'entrer au collège quand j'étais en première, et j'étais déjà policier quand elle est morte. J'avais des amis qui les connaissaient mieux parce qu'ils avaient des frères ou des sœurs du même âge que Topaz ou qu'Aurora. Et tous étaient sexuellement attirés par Topaz et fascinés par Aurora.

— Vous en aviez ? Des frères et sœurs, je veux dire ?

— Non. »

Le ton de Jonah indiquait clairement qu'il ne comptait pas engager la conversation sur sa propre personne. Il n'avait pas envie de parler de sa famille. Il ne voulait ni de la compassion de Hanson ni de sa curiosité morbide.

Elle capta le message et se tut, suivant les instructions du GPS qui la guida à travers Lyndhurst et vers le sud. Un ou deux kilomètres avant Brockenhurst, ils s'engagèrent dans une allée privée. Jonah avait longtemps voulu trouver une excuse pour le faire. Il n'était pas le seul. La presse aimait venir ici, que ce soit pour une interview ou non. Brett Parker avait été un sujet d'intérêt pendant presque une décennie.

Il y avait un portail, bien sûr, et un vieux pavillon qui semblait habité. Mais personne ne vint leur demander ce qu'ils faisaient là. Une plaque gravée signalait qu'il fallait sonner. Hanson manœuvra aussi adroitement que possible, puis elle baissa sa vitre et pressa le bouton.

Après un bref instant, une voix crépita.

« Puis-je vous aider ? »

C'était une voix de femme. Légèrement stressée, songea Jonah.

« Je suis l'agent Hanson. Je suis en compagnie de mon supérieur. Nous voudrions parler à M. Parker.

— Vous êtes de… Oh. »

Nouvelle pause brève.

« Bien sûr. Je vous fais entrer. »

Le portail s'ouvrit avec une douloureuse lenteur, tandis que Hanson patientait en tapotant le volant de ses ongles courts.

« C'est un peu prétentieux, non ? Le portail, la sonnette…

— J'imagine qu'ils ont l'habitude des visites non sollicitées.

— Brett Parker… Il était quoi déjà ? Écrivain ?

— C'était un athlète. »

Le temps passait si vite. Il aurait cru que tout le monde dans le pays savait qui était Brett.

Hanson fit vrombir le moteur un peu avant que le portail finisse de s'ouvrir, et elle passa devant le panneau de limitation à dix-huit kilomètres à l'heure en roulant au moins à cinquante. L'allée, bordée d'arbres vénérables, suivait la pente douce de la colline pour atteindre son sommet, quelque quatre cents mètres plus loin.

« Nom de Dieu ! » s'exclama Hanson en découvrant la demeure en pierre de taille, vaste et solide, mais indéniablement élégante.

Le regard envieux qu'elle jeta sur la maison fit sourire Jonah. À présent, de toute évidence, elle ne trouvait plus cela si prétentieux.

Ce fut Brett Parker qui leur ouvrit, et non la femme qui leur avait parlé à l'interphone. Pour Jonah, c'était une entrevue étrange. Il s'était attendu à ce que Brett, le sportif terne et sans cervelle, ait sombré dans l'autosatisfaction. Il s'attendait aussi à ce qu'il ait pris un peu de poids depuis sa retraite sportive, qu'il se soit un peu laissé aller.

Mais l'homme qui se tenait devant lui était élancé, courtois, plein d'autodérision. Avec son magnifique costume bleu, sa chemise ouverte, son hâle et sa forme physique apparente, il paraissait dix ans plus jeune que Jonah.

« Entrez, entrez, dit-il en s'écartant. Il fait trop chaud pour rester là. Dieu merci, ils ne vous obligent pas à porter l'uniforme ! ajouta-t-il avec un sourire chaleureux. Si c'est pour causer, on peut s'installer sur la terrasse, non ? Elle est à l'ombre. Je vais demander à Anna de nous apporter quelques rafraîchissements.

— Merci », répondit Jonah avec un sourire plus discret.

En observant la tignasse élégante aux tons blond vénitien de Brett, il s'aperçut que celui-ci se teignait les cheveux, et il se sentit un peu mieux.

La terrasse baignait encore dans la lumière du jour. Des reflets jouaient dans l'eau de la piscine parfaitement rectangulaire, quelques pas en contrebas, au-dessus de la pelouse où un ruisseau déployait ses méandres. Des plantes s'alignaient dans des pots bien rangés devant deux parterres de fleurs semi-circulaires dont aucune feuille, aucun pétale n'avait rompu l'ordonnancement en tombant au sol.

Jonah se demanda si le jardin était le territoire de Brett ou celui de sa femme.

« C'est très joli, dit-il en désignant la scène. L'œuvre d'un paysagiste ? »

Brett lui renvoya un sourire éclatant.

« J'en ai bien peur. Mais conçu par une amie. Je peux vous donner sa carte, si vous voulez. »

Jonah émit un rire bref en prenant un siège.

« J'ai bien peur que mon jardin ne soit qu'un petit patio où traînent quelques bacs à fleurs. Rien qui mérite qu'on y consacre du temps. »

Il regarda la piscine, non sans une pointe de jalousie.

« Vous nagez encore sur la distance d'un triathlon ?

— En fait, oui, répondit-il avec un sourire légèrement ironique. Mais pas ici. C'est trop petit. Je ne supporte pas de faire demi-tour cinquante fois par séance. Et pour le triathlon, il faut s'entraîner dans la nature, sinon, c'est un choc quand on se retrouve la tête plongée dans des eaux troubles. En général, je fais des allers-retours dans le ruisseau. »

Il jeta à Jonah le coup d'œil qu'échangent souvent les sportifs. Celui qui évalue la condition physique.

« Vous êtes compétiteur ? »

Jonah secoua la tête.

« Je donne plutôt dans le vélo et, à un moindre degré, dans la course à pied, mais comme beaucoup, je n'ai jamais été un nageur et je n'ai pas envie de m'y mettre. Cependant, je vois bien l'attrait que peut susciter le triathlon. J'aime bien les sports qui vous emmènent quelque part.

— Je suis on ne peut plus d'accord. Je détestais les championnats en intérieur. Pourquoi diable courir si ce n'est pas au grand air ? »

Jonah voyait que Brett se sentait plus à l'aise. C'était difficile de percevoir que vous risquiez d'avoir des ennuis quand la discussion était amicale.

Jonah était prêt à le déstabiliser, mais pas encore tout de suite.

« Comment vont les affaires ?

— Bien. Pour autant que je le sache, dit-il avec un nouveau sourire. C'est Anna, la femme d'affaires. Je me contente de venir aux rendez-vous et de parler poliment. »

Jonah hocha la tête. À l'évidence, c'était une réplique qu'il avait bien répétée.

Il entendit le tintement caractéristique de la glace contre un verre et se retourna. Anna était apparue, ses cheveux blonds lâchement noués, vêtue d'une robe à fleurs et un rang de perles autour du cou, des sandales à talon blanc aux pieds, les jambes bronzées et musclées.

« Merci, chérie, dit Brett en se levant pour la débarrasser du plateau. Voici ma femme. Anna, je te présente… Désolé, je ne crois pas que je…

— Inspecteur Sheens », lança Jonah en tendant la main.

Les doigts fins d'Anna étaient glacés et mouillés d'avoir manipulé les verres. Elle les essuya sur sa robe avec un sourire gêné.

« Et voici l'agente Hanson.

— C'est en rapport avec notre entreprise ? demanda Anna. Si c'est le cas, je ferais mieux de rester. »

Elle évoquait un peu un papillon nerveux. Elle vint se poster derrière son mari, lui passa la main sur l'épaule puis se dirigea vers un siège sur lequel elle se percha.

« Non, rien à voir avec ça, mais restez, s'il vous plaît. Rien de confidentiel. »

Anna sourit et s'enfonça dans son fauteuil. Elle posa la main sur la cuisse de son mari, tandis que celui-ci se radossait, tout à son aise.

« Plus tôt dans la journée, un corps a été retrouvé à Brinken Wood, dit Jonah. Nous avons des raisons de croire qu'il s'agit de celui d'Aurora Jackson. »

Il fixait Brett. Du coin de l'œil, il vit Anna tourner subitement la tête, mais il focalisa son attention sur l'homme qui avait conduit Aurora jusqu'à ce campement dans la forêt.

Il remarqua le relâchement de son visage, puis la subite tension qui le gagna. Jonah savait reconnaître un choc quand il en voyait un. Brett ne s'attendait pas à ça, quelles que pussent être ses pensées.

« Aurora ? Vraiment ? J'ai toujours... »

Il s'interrompit et se massa le front du pouce.

« Oui ?

— J'ai... J'ai toujours cru qu'on la retrouverait vivante, quelque part, dit-il avec les yeux dans le vague. Bon Dieu. Elle était dans la forêt ? Comment ne l'avons-nous pas trouvée ? Nous l'avons passée au peigne fin.

— Elle était sous terre, répondit Jonah d'un ton absolument neutre. Enterrée avec un stock de Dexédrine dans une cavité, sous un arbre. »

Brett se redressa, mais on avait plutôt l'impression que son abdomen venait de se ratatiner.

« Oh, merde ! » lâcha-t-il en plaçant son bras devant son corps, en un geste de défense instinctif.

Jonah eu un très léger sourire. Autant la découverte d'Aurora avait surpris Brett, autant il était parfaitement au courant de l'existence de la drogue.

8. Aurora

Vendredi 22 juillet 1983, 19 h 20

Tandis que les autres commençaient à griller les saucisses des hot dogs et à ouvrir les petits pains et les canettes de bière, Aurora se sentait fébrile, comme à distance de tout cela. Elle sentait aussi le temps qui s'écoulait. Le soleil n'allait pas tarder à se coucher et elle voulait sortir de l'ombre des arbres, se baigner dans sa lumière.

Topaz n'était toujours pas revenue et Coralie non plus. Aurora appréhendait le retour de sa sœur, mais elle ne se sentait pas à sa place en son absence. Tous les amis de Topaz étaient plutôt gentils, mais ce n'étaient pas les siens.

Jojo l'appela. Elle était accroupie devant le brasero qu'elle avait creusé, sur lequel elle empilait des branches. Aurora l'avait vue faire la moue en regardant les réchauds à gaz brillants comme des sous neufs et leur tourner le dos.

Elle s'approcha, s'attendant à ce qu'elle lui confie quelque chose à faire, mais Jojo se contenta de murmurer quelques mots d'excuse.

« Tout ça, ce n'est pas très intéressant. Tu peux aller nager, si tu veux. En prenant tout droit par là, en direction de la rivière, il y a un banc de sable, et tu peux voir le fond. »

Elle jeta un coup d'œil aux garçons, qui avaient déjà descendu quelques canettes chacun.

« J'ai un maillot de bain dans mon sac. Si tu vas te baigner maintenant sans rien leur dire, tu pourras éviter qu'ils te voient "accidentellement" te changer. »

Aurora rit à moitié. Elle n'était pas sûre que Jojo plaisante.

« Merci. J'adorerais me baigner. »

Jojo hocha la tête.

« Demain, on sautera dans l'eau depuis les arbres et on se balancera aux cordes, mais parfois, c'est plus sympa quand c'est calme. »

Aurora se leva, saisit le vieux sac à dos noir de Jojo et s'éloigna du camp aussi discrètement que possible. Benners était en train de disserter – de donner un cours, plutôt – sur la situation politique du Pakistan. Personne ne sembla remarquer son départ.

Sur le chemin de la rivière, les arbres avaient l'air desséchés. Les feuilles mortes craquaient sous ses pieds. Hêtre, chêne, bouleau, sycomore. Au-dessus d'elle, il y avait assez de verdure pour faire de l'ombre, mais le feuillage était brûlé, lui aussi. L'interminable été avait laissé sa marque.

En descendant vers la rivière, elle trouva enfin le soleil. Une lumière jaune orangé qui lui chauffait encore la peau. La berge était escarpée, mais un peu plus loin en amont, il y avait une petite plage légèrement boueuse, et elle se fraya un chemin le long du talus avant de se laisser glisser dessus.

Elle mit sa main en visière et balaya la scène du regard. La berge opposée se trouvait dans la pénombre, la ramure des arbres donnait à l'eau une teinte noire, menaçante, mais de ce côté-ci, le sable jaune brillait dans la lumière, et l'eau était pratiquement transparente.

Elle laissa tomber à terre le sac de Jojo. À l'intérieur, elle ne trouva pas un maillot de bain, mais un étroit débardeur en lycra et un short aux couleurs mal assorties, turquoise et blanc.

Rapidement, elle ôta ses sous-vêtements et les dissimula à l'intérieur du sac, puis elle passa le short avant d'enlever sa jupe, en songeant à ce que Jojo avait dit à propos des garçons.

Elle se rendit compte qu'elle ne pouvait pas enfiler le haut sans se dénuder, et elle décida de le faire à toute vitesse, dans un même mouvement. Quand elle sortit la tête du débardeur en lycra, la forêt et la rivière avaient encore l'air désertes et silencieuses.

Elle ôta ses chaussures en dernier, puis fourra le tout dans le sac avant de remonter un peu le long de la berge en essayant d'éviter les endroits où le sable était sale ainsi que les piquants des faînes tombées ici et là. La situation devint encore plus périlleuse quand elle trébucha sur une roche ensablée en se préparant à entrer dans l'eau.

Mais sous la surface, le sable était doux. Tandis qu'elle avançait, une fraîcheur délicieuse enveloppa ses pieds et ses tibias. Elle fit quelques pas et se pencha en avant, s'immergeant jusqu'au cou.

L'eau était bien plus froide que l'air. Le souffle coupé, elle nagea jusqu'au bord du banc de sable puis se mit à le longer. Le froid l'apaisait. Au bout de quelques allers-retours, elle avait presque chaud.

Elle glissa sur le dos, posa les yeux un moment sur l'azur profond du ciel et se laissa porter par le courant jusqu'à ce que les arbres surgissent de nouveau au-dessus d'elle et que l'eau lui paraisse subitement plus froide.

Elle se redressa, se rendant compte qu'elle avait dérivé en aval. Ses chaussures et ses vêtements étaient hors de vue.

Elle était sur le point de faire demi-tour quand elle entendit des voix sur la berge. Un rire paresseux et dragueur qu'elle reconnut immédiatement. Une voix plus grave qui répondait et qui la glaça. Elle bougeait à peine les mains, juste assez pour ne pas couler.

Par pitié, pas lui.

9

Jonah partit en laissant Brett se débrouiller pour trouver un peu de paix intérieure, s'il le pouvait, et lui donna rendez-vous le lendemain matin à 9 heures au poste de police.

Le voile qui avait assombri l'expression de Brett l'avait relativement perturbé, comme si ce dernier s'était subitement retrouvé confronté à la ruine potentielle de sa réputation.

« Nous allons mettre au courant tous ceux qui campaient avec Aurora ce soir-là. Néanmoins, nous souhaiterions que vous n'ébruitiez pas l'information.

— Je comprends. »

À présent, le désir de plaire de Brett était devenu un peu pathétique. D'emblée, il s'était mis à déverser un torrent d'informations à Jonah et lui avait dit combien il regrettait d'avoir essayé de prendre de la Dexédrine.

« Je ne sais pas à quoi je pensais, avait-il déclaré en fixant d'un regard vide les glaçons dans son verre de limonade. J'étais un idiot de dix-huit ans qui voulait être le mec le plus cool du quartier. Une planque pleine de drogue ? Super, mec ! Carrément ! J'en prends tout le temps, mec. Mais en réalité, je surveillais chaque bouchée que je mangeais et j'allais me coucher tôt pour pouvoir m'entraîner. Mais qu'est-ce que j'avais dans le crâne ? » s'était-il exclamé d'un ton nerveux en se radossant.

Anna avait glissé sa main entre les siennes, et Brett l'avait saisie sans lever les yeux vers elle.

« Pouvez-vous me dire d'où venait la drogue ? avait demandé Jonah d'une voix posée.

— Oui. En fait, non. Je ne connais pas son origine précise. »

Il avait accompagné sa réponse d'un regard plein de souffrance, un regard que l'inspecteur Sheens avait vu de nombreuses fois au cours de sa carrière. Celui d'une personne qui doit décider de jeter ou non quelqu'un aux lions.

« J'enquête sur Aurora. Celui à qui ces drogues appartenaient n'a rien à craindre de moi. C'était il y a trente ans, même si je le voulais, je ne pourrais retrouver aucun acheteur. »

Cela avait suffi à faire basculer Brett. En général, il n'en fallait guère plus.

« Écoutez, avait-il dit d'un ton légèrement implorant après son aveu. Je sais qu'on dirait que… Je sais qu'il y en avait une grosse quantité, mais Benners n'avait jamais eu l'intention de la revendre. Il n'est pas comme ça. Il voulait juste s'amuser et aider ses amis. Il n'en tirait aucun profit. Et s'il en avait autant, c'est parce que quelqu'un qu'il connaissait avait eu des ennuis avec son dealer.

— Et vous avez tous décidé de ne pas en parler ?

— Oui. On ne voyait pas comment faire autrement. »

Quand ils étaient remontés dans la voiture, Hanson avait les yeux qui brillaient et un demi-sourire accroché aux lèvres.

« Daniel Benham avait donc un bon mobile pour commettre un meurtre, non ? Il dealait de la drogue à ses amis.

— C'est vrai, répondit Jonah en restant un peu sur sa réserve. C'est un mobile parmi tant d'autres.

— Il aurait pu être condamné et devenir un délinquant juvénile, insista Hanson en manœuvrant autour du petit rond de pelouse au centre de l'allée avant de redescendre vers le portail. Et s'il voulait se lancer dans la politique, il savait que ça allait le hanter. Ça aurait pu ruiner sa carrière dès le début. Est-ce lui, le suivant sur la liste ?

— Oui, répondit Jonah tandis que ses pensées dérivaient vers cette cavité et les drogues qu'on y avait cachées. Il faut qu'on discute avec Benham. Brett a dit qu'il y avait beaucoup de Dexédrine, et je voudrais vérifier ça avec McCullough. Mais il y a plus qu'un mobile derrière cette planque.

— C'est-à-dire ?

— Il y a aussi une opportunité. Combien de personnes étaient au courant de son existence ? J'en compte six.

— Eh bien, on n'en sait rien... »

Hanson était hésitante.

« Quelqu'un d'autre aurait pu tomber dessus, ajouta-t-elle.

— Avant le meurtre, vous voulez dire ? Si Brett dit vrai, la drogue ne se trouvait là que depuis trois semaines. Je suis assez certain que le secret était bien gardé. Ça nous laisse avec une toute petite liste de gens qui auraient pu y cacher le corps, selon moi : Topaz Jackson, Brett Parker, Daniel Benham, Coralie Ribbans, Connor Dooley et Jojo Magos. »

Hanson acquiesça. Il pouvait voir qu'elle y réfléchissait, et il laissa les pensées de sa collègue suivre leur cours. Les siennes se portèrent sur Benners, l'ex-gauchiste au grand cœur. Il se demanda, et ce n'était pas la première fois, comment Benners, lycéen socialiste, était devenu Daniel Benham, député conservateur de la circonscription de Meon Valley. Il ne retrouvait plus grand-chose du fils de millionnaire de la tech gauchiste, humaniste, anarchique et férocement intelligent, et surtout pas dans les articles de presse qui lui étaient consacrés et que Hanson avait exhumés. Il se demanda s'il percevrait quelque chose de l'adolescent qu'il avait été quand il lui parlerait pour la première fois depuis des années.

Jonah n'était venu que quelques fois à Bishop's Waltham. La maison de Daniel Benham était un ancien presbytère, à l'extrémité d'une rue bordée de cottages de carte postale. Elle se trouvait étonnamment loin de l'église.

Le portail était ouvert, et le massif de glycine qui avait poussé sur l'un des battants suggérait qu'il ne fermait plus. Ici, il y avait davantage de gravier, mais les limites entre la pelouse, les parterres et l'allée étaient un peu floues. Des fleurs sauvages poussaient dans des bacs sur le perron et des pensées sur le rebord des fenêtres. Le jardin de cottage dans toute sa splendeur.

« Plutôt sympa, comme piaule, ici aussi. Vous pensez que c'est l'argent de la drogue qui a payé tout ça ? » murmura Hanson.

Ils se garèrent à côté d'un Range Rover noir étincelant qui rendait Jonah plus envieux que n'importe quel tas de fric. Cette voiture valait près de dix briques, et Jonah savait qu'elle ne serait jamais dans ses moyens.

Quand Daniel Benham leur ouvrit, il avait l'air un peu plus rattrapé par son âge que Brett Parker. Sa carcasse longue et maigre commençait à montrer les signes d'une bedaine, et ses cheveux étaient fins et grisonnants. Quant à ses vêtements, ils étaient visiblement chers, mais dans un autre genre. Des bottes de chasse sur un pantalon crème. Une chemise bleu pâle. Une veste de tweed.

Deux labradors chocolat surgirent derrière lui, et Jonah dut se retenir pour ne pas sourire en voyant Hanson tressaillir. L'un des deux chiens réagit en lui sautant dessus.

« Monty ! Monty ! Descends. Bon sang, Monty ! »

Daniel lui donna une petite tape et le chien s'écarta, mais il revint aussitôt à la charge.

« Rentre à la maison, triste animal ! »

Il attrapa les labradors par leur collier et les repoussa à l'intérieur, puis referma derrière eux.

« Désolé. Ces chiens sont fous. Je pensais que vous étiez l'avant-garde du groupe, de retour de la chorale, mais ce n'est pas le cas, n'est-ce pas ? »

Il regarda Jonah, l'air pensif.

« Allez-y. Donnez-moi un indice.

— Inspecteur Sheens. Et voici l'agente Hanson. Pourrions-nous entrer ?

— Oh ! Eh bien, oui. J'avais dans l'idée de me boire un gin tonic devant la télé. Mais je suppose que... »

Aucune lueur n'avait éclairé le regard de Benham. Il ne l'avait pas reconnu. Pourtant, au lycée, ils avaient discuté plus d'une fois en fumant une clope, et Jonah lui avait même parlé de son désir d'entrer dans la police. Mais au cours des trois décennies qui s'étaient écoulées depuis, le député l'avait oublié.

Benham entrouvrit la porte et cria :

« Polly ! Polly ! Pourrais-tu emmener les chiens dans le jardin, s'il te plaît ?

— Pourquoi ? »

C'était une voix d'adolescente plutôt que de femme. Sa fille, probablement.

« On a de la visite ! Allez, Polly. Dépêche-toi, s'il te plaît. »

On entendit du mouvement à l'intérieur. Daniel demeura devant eux, droit dans ses bottes, sans tenter de faire la conversation. Jonah était immunisé contre l'irritation que ressentait un potentiel suspect. Il se contenta de poser un regard calme sur les fleurs. À présent que la nuit tombait, leurs couleurs étaient lumineuses dans la lumière bleue.

Finalement, ils entendirent crier à l'arrière de la maison, et Benham les fit passer dans l'entrée éclairée d'une lumière jaune. Il ôta sa veste et la suspendit à une patère surencombrée.

« Je viens de rentrer de promener les chiens. En général, je leur donne un peu de jambon. Ils vont être furieux. Mais je suppose que Polly peut s'en charger. »

Il enleva ses bottes et glissa ses pieds dans une paire de pantoufles en peau de mouton, puis les conduisit jusqu'à un salon au mobilier envahissant.

« Mary est chez sa mère, aussi ne pourrez-vous pas lui parler. »

Il s'installa dans un fauteuil en cuir et leur indiqua d'un geste impatient de s'asseoir sur un canapé qui croulait sous tant de coussins qu'il était difficile de trouver assez de place pour se percher au bord.

« Tout va bien, M. Benham, répondit Jonah en souriant. Nous n'avons pas besoin de lui parler pour le moment et nous n'allons pas abuser de votre temps.

— C'est très aimable à vous ! »

Benham leur adressa un regard plein de sarcasme. Jonah se réjouit de voir qu'il subsistait en lui un peu de ce mépris inné de l'autorité. Cela dit, ce n'était pas le lycéen qu'il avait gardé dans ses souvenirs qui importait, à moins qu'il n'ait tué une jeune fille de quatorze ans et caché son corps dans la boue et le papier d'aluminium.

« Alors, de quoi s'agit-il ?

— Aurora Jackson, répondit Jonah. On a retrouvé ses restes non loin du campement. »

Jonah s'était demandé si Brett se montrerait sceptique, et il s'était attendu à un long silence de sa part. En revanche, ce qu'il n'avait pas prévu, c'était le gros sanglot qui avait brisé ce silence et les larmes qui s'étaient mises à couler sur le visage du député.

« Oh, mon Dieu ! Pauvre enfant. Bon Dieu, la pauvre petite. »

Il se frottait les yeux du dos de la main, mais les larmes continuaient de couler le long de ses rides.

Hanson fit surgir un mouchoir proprement plié de sa veste à rayures, qu'il prit sans un mot. Il essuya ses larmes.

On entendit un pas un peu lourd derrière la porte, et une brune, la vingtaine, les cheveux en tresse, polo bleu clair, se glissa dans la pièce. Polly, supposa Jonah.

« C'est d'accord si je prends la voiture, papa ?

— Oui. »

La gêne de Benham crût de façon visible. Il détourna les yeux de sa fille et leva la main, comme pour lui dire d'y aller.

« Oui, pas de problème. Tu vas voir Pippa ?

— Un film avec Greg.

— Parfait. Parfait. »

Polly s'arrêta sur le pas de la porte.

« Ça va, papa ?

— Tout va très bien, Polly. Passe une bonne soirée. »

Elle demeura un instant immobile et jeta un regard soucieux à Jonah et à Hanson.

Jonah tenta de lui sourire. Cela sembla lui suffire pour le moment.

« D'accord, dit-elle. À plus. »

Elle sortit. Jonah l'entendit faire du boucan dans l'entrée pendant quelques instants, puis la porte claqua bruyamment.

« Je suis désolé de vous causer cette peine, M. Benham », dit Jonah en se penchant en avant.

Ses poignets pendaient dans le vide, mais il était difficile d'adopter une posture professionnelle alors qu'il avait l'impression de pouvoir glisser du canapé à tout moment.

« Nous avons quelques questions à vous poser.

— Je ne suis pas… Oui. Allez-y. Je suppose que l'enquête est rouverte, non ? »

Il hocha la tête, croisa les bras, mais continua de fixer ses pieds des yeux.

« Au moins, cela fera plaisir à Tom.

— M. Jackson ? demanda Jonah. Vous êtes resté en contact avec lui ?

— Un peu. Pas trop, ces derniers temps, pour être honnête. J'ai perdu mon père il y a deux ans, et à présent, nous devons nous occuper de la mère de Mary. Mais avant, quand j'avais plus de temps et d'énergie, je les voyais de temps à autre. Tom était toujours en colère à cause de la façon dont tout cela s'était passé. »

Il soupira.

« Je suppose qu'il est difficile de ne pas être en colère quand vous perdez votre fille, ajouta-t-il. Mais il avait le sentiment que la police l'avait laissé tomber. »

Jonah ne s'en souvenait que trop bien. Plus d'une fois, Tom avait déboulé au poste de police de Totton, le visage rouge de colère et de tristesse, les cheveux et la barbe en bataille, alors que lui-même s'y trouvait.

« Nous avons de nouvelles pistes, à présent, dit Jonah en jetant un coup d'œil à Hanson. L'endroit où l'on a retrouvé les restes pose question. Elle était enterrée à côté de la rivière, avec un stock de Dexédrine. Nous avons des raisons de penser que cette planque de drogue était à vous. »

Jonah, qui observait Benham, perçut un vide là où il aurait dû y avoir une réaction. Benham était parfaitement immobile, et pendant les quelques secondes suivantes, seuls ses yeux bougèrent.

Le silence fut rompu par un simple son.

« Ah. »

Jonah regarda les rides sur le visage de son interlocuteur, mais il demeura coi.

« Pouvez-vous nous confirmer que la drogue vous appartenait ? » finit-il par dire.

Benham prit une expression peinée.

« Je ne sais pas si je… Quel rapport avec la drogue ? Ça ne fait pas partie de l'enquête, non ? Je ne… C'est Aurora qui compte. C'est sur elle que vous voulez en savoir plus. Aurora. Non ? »

Hanson jeta un coup d'œil hésitant à Jonah.

« La drogue a un rapport direct avec l'enquête sur sa mort », répondit Jonah d'un ton égal.

Il avait déclaré exactement le contraire à Brett il y a moins d'une heure. Jonah sentait sur lui le regard de Hanson.

« Je vois. »

Benham se redressa légèrement et serra un peu plus ses bras autour de son corps, comme s'il avait froid.

« Alors, je pense que je ferais mieux d'attendre qu'un avocat soit présent, vous ne croyez pas ? »

À son ton, il paraissait étrangement plein de regrets. Mais il n'inspirait pas beaucoup d'empathie.

« C'est à vous d'en décider, dit Jonah en se levant. Vous êtes convoqué au poste de police central de Southampton, demain à 9 h 30. Vous n'êtes pas en état d'arrestation, mais si vous ne vous présentez pas, nous lancerons un mandat d'arrêt à votre encontre. »

Jonah sentit la fatigue lui tomber brusquement dessus quand il s'assit sur le siège passager. Il savait qu'il risquait de se montrer négligent, à présent. Il essaya de peser les avantages qu'il y avait à les rencontrer tous ce soir, face au risque de ne pas être efficace.

« Je vais demander à O'Malley d'informer les Jackson par téléphone, dit-il. Pas la peine que nous y allions ce soir. Connor et Topaz doivent être au courant, maintenant. O'Malley peut leur demander de passer au poste, je les verrai demain.

— OK », répondit Hanson.

Il sentit le soulagement dans sa voix. Tout comme lui, elle rêvait probablement d'être chez elle au fond de son canapé.

« Quand j'ai essayé de joindre Coralie sur son portable, je n'ai pas eu de réponse, et elle se trouve à plusieurs centaines de kilomètres. Du coup, il ne nous reste plus que… Jojo Magos à voir ce soir. »

Jonah acquiesça.

« Et je voudrais que vous conduisiez l'entretien de A à Z, cette fois-ci. D'accord ? » demanda-t-il en prenant son téléphone pour appeler O'Malley.

Hanson sourit, un petit éclair d'émail dans la pénombre.

« D'accord. Merci. »

10. Aurora

Vendredi 22 juillet 1983, 20 heures

Elle évoluait silencieusement dans l'eau en s'imaginant qu'elle était un serpent. Une anguille, peut-être. Elle se trouvait dans la pénombre et espérait être aussi invisible qu'elle en avait l'impression.

Elle entendait encore sa voix et, à présent, elle pouvait presque comprendre ce qu'il disait.

« … de te voir ici. »

Un méandre paresseux débouchait sur une portion de berge dégagée, à côté d'un hêtre. Deux silhouettes s'y tenaient.

Aurora sentit son ventre se serrer en le voyant en compagnie de Topaz. Il n'était plus en costume ou en tenue de sport, mais portait un jean, des chaussures de randonnée et une chemise à carreaux bleu clair qui faisait ressortir son bronzage. Ses lunettes de soleil étaient remontées sur sa tête, et un sac à dos de taille moyenne pendait à son épaule. Le tout évoquait la vie au grand air et une beauté nonchalante.

Topaz souriait, les bras croisés, un petit sac de plage blanc en bandoulière. Elle faisait porter son poids sur une hanche, ce qui laissait son autre jambe libre de ses mouvements, dans une posture presque moqueuse.

Aurora agrippa une racine qui affleurait et s'y ancra, le souffle court, un peu étourdie, pour résister à la force du courant.

« On campe. On fait ça souvent. Vous voulez voir ma tente ?

— C'est gentil de votre part, Topaz, mais j'ai ma propre tente. »

Aurora se demanda s'il y avait un soupçon de sarcasme dans sa voix, ou s'il sous-entendait quelque chose. Était-ce une invitation ? Elle ne distinguait pas bien son visage, mais elle n'osait ni s'approcher ni lâcher la racine, de peur d'être emportée par le courant.

« Vous campez où ? Par ici ? »

Il haussa légèrement les épaules.

« Quelques kilomètres plus loin. J'ai deux ou trois endroits en tête.

— Il va bientôt faire nuit, dit Topaz. Vous pourriez vous égarer. »

Aurora était sûre qu'il souriait quand il lui répondit.

« Je sais où je vais. Ne vous inquiétez pas. »

Il s'avança, passa à côté d'elle, et Topaz ne s'écarta qu'à moitié de son chemin.

« Vous devriez venir boire une bière, tout à l'heure, dit-elle. Une fois que vous vous serez installé. On est juste à côté.

— Je vais garder ça en tête.

— Au revoir, M. Mackenzie ! »

Il lui fit signe de la main, mais sans se retourner, et se glissa sous les branches du hêtre. C'est à ce moment-là qu'Aurora se rendit compte de quel arbre il s'agissait. Vu de la rivière, il avait un aspect différent, ses branches basses dissimulaient son tronc et masquaient totalement la planque. Elle retint son souffle un instant, s'attendant à ce qu'il s'arrête et dise quelque chose, à ce qu'il découvre la cachette, mais il réapparut de l'autre côté et poursuivit son chemin le long de la berge, puis se glissa sous les branches tombantes d'un autre arbre.

Topaz attendit d'être seule pour bouger. Elle décroisa les bras et jeta un coup d'œil dans son sac, puis le remit sur son épaule et s'éloigna lentement en direction du camp.

Aurora la suivit des yeux. Elle ne bougea pas pendant une longue minute, puis elle se mit à nager vers l'aval, s'éloignant de ses vêtements et du banc de sable, accompagnant de loin la silhouette en chemise à carreaux.

11

Le temps qu'ils suivent les indications du GPS pour parcourir les cinquante kilomètres entre Bishop's Waltham et le petit cottage bariolé de Jojo aux abords de Fritham, la nuit était tombée. Jonah se remémorait la version beaucoup plus jeune de Jojo Magos, et la sienne, un policier de dix-neuf ans en uniforme.

Il se rappelait les deux silhouettes prises dans le faisceau des phares de sa voiture de patrouille. La faucille et le marteau à moitié tagués et l'inscription en lettres grasses sur le mur latéral du Co-op. La façon dont les deux têtes chevelues s'étaient tournées vers lui, leur surprise… L'une avait levé la main pour masquer son visage.

Son sergent avait freiné brusquement, et Jonah était sorti de la voiture tandis que les deux ombres avaient lâché leurs bombes de peinture pour s'enfuir à toutes jambes.

« Je prends le plus grand ! » avait crié son sergent.

Jonah était d'accord. Il aimait bien l'idée de pourchasser le plus petit et le plus rapide des deux.

En se lançant à sa poursuite, il avait failli trébucher sur un pull resté par terre et, reconnaissant le visage en noir et blanc de Che Guevara floqué dessus, il avait hésité. Son sergent était devant lui. Il s'était baissé pour ramasser le pull, puis avait fixé des yeux la petite silhouette et s'était remis à courir dans High Street.

« Police ! » avait crié le sergent.

Comment s'appelait-il, déjà ? Woodman ? Il ne savait plus trop.

« Arrêtez-vous ! »

Aucun des deux n'avait obtempéré. Le grand avait tourné dans Romsey Road, laissant son sergent loin derrière. L'agilité n'était pas sa qualité première. Jonah avait tracé tout droit, à la suite du plus petit. Celui-ci avait jeté un coup d'œil par-dessus son épaule.

Elle va tourner ici, avait pensé Jonah, et il avait esquissé un sourire en la voyant faire un brusque crochet à droite pour s'engager dans ce qu'il savait être un cul-de-sac.

Il fit de même, n'ayant plus à présent que cinq à six mètres de retard. Il n'était pas assez naïf pour croire qu'il l'avait coincée. Elle ne le déçut pas. Elle s'était jetée sur la clôture d'un jardin au bout de la venelle, s'aidant des mains et des pieds pour la franchir.

Il ne pouvait s'empêcher d'être impressionné par la fluidité de ses mouvements, par la vitesse avec laquelle elle était passée de l'autre côté. Il savait qu'il serait plus lent, mais il s'élança quand même. Il s'était entraîné avec acharnement à la poursuite, mais il avait rarement l'occasion de mettre à profit cette formation. Il n'avait pu s'empêcher de sourire à nouveau en franchissant à son tour la clôture, le pull en travers de l'épaule, et avait atterri dans un petit jardin arboré.

Il avait entendu un bruit de pas derrière la maison et l'avait suivi, piquant un sprint rapide le long du passage latéral. Une lampe s'était allumée quand il était arrivé dans le jardin à l'avant, lui fournissant un peu de lumière.

Elle s'était engagée dans une rue adjacente qu'il reconnut vaguement, sans être en mesure de la nommer, mais il était certain qu'elle débouchait sur une autre artère un peu plus loin. Il avait gardé le même rythme derrière la fugitive, qui avait un peu augmenté son avance.

Ils n'étaient pas restés très longtemps dans cette rue. Moins de cent mètres plus loin, elle avait de nouveau sauté par-dessus une barrière avec une aisance évidente avant de se faufiler le long d'un autre pavillon. Il commençait à perdre le compte des clôtures qu'ils avaient franchies et des jardins qu'ils avaient traversés, et il n'était plus tout à fait sûr de savoir où ils se trouvaient. Il n'était pas impossible qu'à un moment donné ils soient revenus sur leurs pas.

Jonah commençait à fatiguer, l'alternance des sprints et des clôtures à escalader lui avait flingué les poumons. Il suait abondamment dans son uniforme, chaud et inconfortable. Mais il était également un chien de chasse lancé sur une piste, et il n'allait pas abandonner.

La fugitive finit par commettre une erreur : elle tourna à l'angle du Stag Hotel qu'on avait rénové et se retrouva devant un mur dont les briques la stoppèrent sans pitié. Jonah dut freiner brusquement pour ne pas lui rentrer dedans.

Il n'avait pas eu besoin de voir son visage quand elle s'était tournée vers lui, luisante de sueur et la mine rebelle. Il avait su que c'était elle dès qu'il avait vu le Che sur le pull abandonné, et son agilité tout autant que sa vitesse n'avaient fait que confirmer cette première impression.

« Tu aurais pu rendre les choses plus faciles ! » s'était-il exclamé en balançant le pull à ses pieds.

Elle avait baissé les yeux sur le Che, puis les avait relevés vers lui, l'air soupçonneux, prête à repartir. Jonah, encore essoufflé, lui avait adressé un signe de la tête avant de reculer.

« Merci pour l'entraînement, Jojo ! avait-il dit. À bientôt. »

Elle n'avait pas pipé mot jusqu'à ce qu'il se retourne et s'éloigne en joggant.

« T'es pas si lent que ça pour un flic, Sheens ! » avait-elle alors lâché d'un ton légèrement moqueur.

Le sergent l'attendait à côté de la voiture, impatient et un peu irrité.

« Je l'ai perdu, avait-il déclaré tandis que Jonah ralentissait l'allure jusqu'à un rythme de marche. Il s'est glissé dans un de ces HLM, mais pas moyen de savoir lequel.

— Pareil pour moi, avait répondu Jonah en secouant la tête. Un drôle d'énergumène, celui-là. Il a sauté par-dessus la moitié des clôtures du village et il a disparu. »

Le sergent avait opiné du chef en ouvrant sa portière.

« Au moins, on n'aura pas de paperasse à remplir.

— Oui », avait répondu Jonah en regardant le slogan en grosses lettres rouges sur le mur.

LA LIBERTÉ NE CONNAÎT AUCUNE BARRIÈRE DE FORTUNE OU DE

Il supposa que le mot qui manquait était « classe ». C'était presque dommage qu'ils n'aient pas eu le temps de finir, mais dans quelques jours, il n'en resterait rien. Tout serait recouvert d'une couche de peinture.

Jonah s'était assoupi sur la route, bercé par la conduite apaisée de Hanson et l'obscurité grandissante. Il se réveilla la bouche sèche, un peu désorienté, quand elle l'interpella.

« Chef ?

— Désolé. »

À présent, il se rappelait où ils étaient. En route vers le cottage bleu clair de Jojo. La voiture suivait une longue courbe qu'il ne reconnaissait pas. Il prit son sac sur la banquette arrière et farfouilla dedans jusqu'à trouver la gourde de son vélo. Il but une grande rasade.

« J'espère que je n'ai pas ronflé.

— Non, tout va bien, répondit Hanson avec un petit sourire. Et si vous avez bavé, c'était de l'autre côté de votre bouche. »

Jonah secoua la tête, mais ne put s'empêcher de s'essuyer les lèvres, histoire d'être sûr.

« Alors, Jojo Magos ! » lança Hanson.

L'espace d'un instant un peu perturbant, Jonah s'imagina qu'elle était au courant des événements de cette nuit-là, à Lyndhurst : la poursuite, le pull. Mais bien sûr, elle voulait simplement des infos, étant donné qu'il lui avait demandé de mener l'entretien.

« Contrairement à Brett Parker, elle était au cœur de la bande. À l'époque, elle était un peu garçon manqué. En fait, elle l'est toujours un peu, pour autant que je le sache. Aujourd'hui, elle est paysagiste. Vous avez effectué des recherches sur elle ?

— Est-ce qu'on sait ce qu'elle a fait cette nuit-là ? répondit Hanson en éludant. Je comprends bien qu'on attend que O'Malley et Lightman passent les notes en revue, mais…

— Elle n'est mentionnée que brièvement dans le résumé. Elle est allée se coucher peu avant 1 heure du matin, de même que les autres. Même si, en réalité, quand je dis qu'elle s'est couchée, elle s'est endormie par terre, à moitié recouverte par un duvet. Elle a affirmé qu'elle était restée ainsi jusqu'à ce que Connor la réveille à 5 heures passées. Il lui a demandé de l'aider à chercher Aurora, et apparemment, c'est ce qu'elle a fait. »

Hanson acquiesça. À présent, elle roulait presque au pas, soit qu'elle était perdue dans ses pensées, soit qu'elle voulait un peu plus de temps pour cogiter. D'après le GPS, ils se trouvaient à environ deux kilomètres de leur destination.

« Vous étiez un des policiers chargés de l'enquête, à l'époque ? demanda-t-elle brusquement.

— Seulement dans un sens très restreint, répondit-il en lui jetant un coup d'œil. Je sortais de l'école de police et je n'étais qu'un agent sans expérience. On m'a envoyé frapper aux portes, comme le reste des effectifs locaux, et j'ai passé plus d'heures que je ne saurais le dire à fouiller la forêt. Deux jours après sa disparition, la zone de recherche a été étendue pour atteindre quarante kilomètres carrés. C'était un dispositif qui sortait de l'ordinaire. Je n'ai jamais rien vu de pareil depuis. Je pense que la plupart d'entre nous n'avons pas dormi pendant les deux premières semaines. Cela paraît incroyable que nous ne l'ayons pas retrouvée.

— J'imagine qu'ils avaient fait ce que nous sommes en train de faire, non ? Ils avaient interrogé les mômes ?

— Interminablement. Pendant des mois. Je m'étais habitué à voir l'un ou l'autre se faire traîner au poste presque toutes les semaines. Tout particulièrement Connor Dooley.

— Pourquoi lui ? » demanda-t-elle en stoppant tout à fait la voiture.

Elle lui jeta un regard intense. Dans la pénombre, ses yeux semblaient bien plus durs que d'habitude.

« Parce qu'ils le prenaient pour un cas social. Et parce qu'il était d'origine irlandaise. C'était en plein pendant les Troubles, et la suspicion envers quiconque avait un accent était énorme. En outre, il était couvert de tatouages et connu pour être bagarreur. C'était un suspect idéal.

— Mais ils n'ont rien trouvé ?

— Non. »

Il regarda vers l'arrière, où une paire de phares venait d'apparaître. Hanson passa la première et se remit en marche un peu précipitamment.

« Non, reprit-il. Pas que je sache. Ce qui, à l'évidence, ne signifie pas qu'il n'y avait rien à trouver. Ça pourrait aussi vouloir dire qu'ils ne regardaient pas au bon endroit. »

Devant eux, la maison de Jojo apparut dans l'obscurité. À cette heure-ci, de nuit, elle avait l'air blanche plutôt que bleu clair, et les plantes grimpantes qui recouvraient près de la moitié des murs et du toit de la maison semblaient atones plutôt que joyeuses.

Jonah la connaissait assez bien à force d'emprunter la route qui passait devant. Un vieux copain de classe la lui avait montrée et, plus d'une fois, quand il était venu par ici, il avait légèrement ralenti pour admirer toutes ces couleurs. Un jour, il avait même vu Jojo en train de jardiner devant chez elle, en débardeur, de la boue sur le visage, luisante de sueur. Elle n'avait pas levé la tête, et il avait poursuivi son chemin en ressentant un peu de gêne, comme s'il était un voyeur.

« Alors, ils ont mis fin à l'enquête au bout d'un certain temps ? demanda Hanson en activant son clignotant avant de s'engager lentement dans l'allée.

— L'eau a coulé sous les ponts. Début 1984, un groupe de types en colère de l'IRA a projeté de faire sauter la mairie de Southampton. Ils ont failli réussir, ce qui a causé pas mal d'angoisse, et subitement, on s'est concentré sur ces gars-là plutôt que sur la disparue. Mais l'affaire d'Aurora n'a pas été classée, et à l'occasion, elle suscitait un regain d'intérêt. »

Il n'ajouta pas qu'il s'était porté volontaire pour participer à l'équipe constituée chaque fois que l'enquête avait été rouverte. Qu'il n'avait jamais vraiment cessé de chercher Aurora.

Hanson coupa le moteur, l'air pensif.

« Et à présent, cela remonte à encore plus longtemps. En revanche, nous avons un corps maintenant. Et une liste précise de suspects.

— On verra bien ce que ça nous apporte », répondit-il en sortant de la voiture.

Il était tard pour une visite. 22 heures passées. Pas vraiment un horaire amical. Jonah espérait qu'elle n'était pas déjà couchée. Si c'était le cas, il faudrait faire marche arrière et remettre la chose au lendemain. Cela dit, il serait peut-être un peu plus vif et moins porté à confondre la personne qu'il avait été avec celle qu'il était devenu.

Il passa à côté d'une vieille Jeep Wrangler bordeaux dont la capote baissée laissait voir des plants de bambou à l'arrière. Malgré la présence envahissante et presque débridée des plantes tout autour de l'allée, le pavage était immaculé, avec des joints de ciment bien propres entre les dalles couleur crème.

Ils durent se baisser pour passer sous une clématite resplendissante de santé afin d'atteindre la porte, qui était déjà entrouverte. Derrière, une silhouette élancée, en pantalon large et dont le débardeur dévoilait le bronzage, les accueillit.

« Que puis-je pour vous ? »

Tout en elle indiquait la méfiance. Jonah remarqua la tension des muscles de son avant-bras et sa main qui pressait le battant, prête à le refermer à tout moment. Sa posture était si semblable à celle qu'elle avait à Totton, cette nuit-là, que c'en était déstabilisant.

« Nous faisons partie de la police de Southampton. Je suis l'agente Hanson, et voici l'inspecteur Sheens. Pouvons-nous entrer ? »

Jonah était certain que la réaction que Jojo avait eue en entendant son nom n'était pas le simple fruit de son imagination. Elle se détendit légèrement et esquissa un demi-sourire. Contrairement à ses anciens amis, Jojo l'avait reconnu.

« D'accord ! Si vous me promettez que je n'aurai pas d'ennuis », dit-elle d'un ton malicieux.

Hanson sourit, et Jonah haussa légèrement les épaules. Le sourire de Jojo s'estompa un peu, mais elle s'effaça pour les laisser entrer.

Hanson lui céda le passage, et il emboîta le pas à Jojo. Elle marchait encore comme quelqu'un qui a passé le plus clair de son temps à bouger, d'un pas souple et relâché, à grandes enjambées.

L'intérieur était en ordre, plus qu'il ne l'aurait cru, et plus spacieux aussi. Du dehors, on aurait dit une maison de poupée, mais le couloir débouchait sur une vaste cuisine prolongée d'un côté par un jardin d'hiver et de l'autre par un salon. Leurs tons gais rappelaient les bords de mer, des bleus et des jaunes vifs, du bois délavé. Sur une petite table basse en chêne, un mug de thé bleu et blanc était posé à côté d'un livre retourné. Comme il s'y était attendu, rien n'indiquait la présence d'un autre occupant. D'après les ragots qui circulaient dans le coin, Jojo n'avait pas eu de relation sérieuse depuis des années. Pas depuis qu'elle avait perdu son compagnon à la suite d'un accident d'escalade.

« Ça ne vous dérange pas qu'on s'assoie ? » demanda Hanson.

Jojo acquiesça de la tête et se lova dans le fauteuil face au canapé, l'air interrogateur.

« Alors ? Que se passe-t-il ? »

C'était au tour de Hanson de trouver les mots pour dire qu'une fille disparue depuis longtemps était morte.

« On a exhumé des restes à Brinken Wood. Ce sont ceux d'Aurora Jackson. »

Dans un premier temps, Jojo ne bougea pas, puis elle acquiesça lentement. Sa main tremblait légèrement quand elle la tendit pour prendre son mug.

« J'imagine que sa mort était plus que probable, non ? dit-elle avant de boire une grande gorgée. Mais ce n'est pas agréable d'en avoir la certitude. Que s'est-il passé, d'après vous ? Elle a été assassinée ?

— Nous essayons d'établir comment les choses se sont passées, répondit Hanson avec le naturel évasif de tout bon enquêteur. Nous aimerions vous demander si vous savez quoi que ce soit au sujet de l'endroit où on l'a retrouvée. Il s'agit d'une cavité sous un arbre.

— Quoi ? »

Le mot avait claqué comme un coup de fouet. Presque de la colère.

« Nous avons retrouvé ses restes à côté de la rivière, dans une cavité, sous un hêtre. Savez-vous quelque chose à ce propos ? »

Jojo émit un rire étrange, rauque.

« Bien sûr que j'en sais quelque chose. C'était notre planque secrète. Notre cachette, où il y avait plus de drogue que nous n'aurions pu en consommer pendant toute une vie. »

Elle se tourna vers Jonah, le regard légèrement implorant.

« Vous voulez savoir d'où elle venait ? »

Jonah se pencha en avant afin d'indiquer à Hanson qu'il allait répondre.

« Un autre témoin nous a déjà donné cette information, mais il nous serait utile d'entendre ce que vous avez à dire sur la question.

— C'est tellement... tellement bizarre... » murmura Jojo.

Jonah voyait ses yeux aller et venir de gauche à droite, de droite à gauche, comme si elle fouillait dans ses souvenirs. Puis ils se fixèrent de nouveau sur lui.

« On l'a mise là ? C'était délibéré ? Parce que ça voudrait dire... que c'était l'un d'entre nous. »

Jonah soutint son regard, non sans remarquer que le visage de Jojo était devenu blême.

« C'est très possible », répondit-il.

Il y eut un silence. Jonah avait l'impression qu'elle allait le transpercer du regard.

« Nous ne savons pas encore ce qui s'est passé, finit par déclarer Hanson. Alors nous avons besoin que vous nous disiez tout ce qui pourrait nous venir en aide. »

Jojo s'agita dans son fauteuil. Elle regardait Hanson, à présent, et fit oui de la tête.

« Ça ne va pas me mettre particulièrement en valeur, mais un ami de mon frère avait des ennuis. Il avait acheté un gros stock de Dexédrine pour un crétin friqué de Southampton, et ledit crétin friqué s'est fait arrêter avec de la coke juste avant la transaction. Il était vraiment dans la merde. J'en ai parlé à Benners et lui ai demandé s'il aimerait l'acheter. Je lui ai dit qu'il pourrait l'avoir pour rien... »

Elle haussa les épaules.

« Je ne sais pas si c'est considéré comme du deal ou quoi... Mais c'est moi qui ai organisé ça. Je les ai mis en contact. Les parents de Benners étaient blindés, et ça semblait une excellente opportunité. On s'était dit qu'on la planquerait et qu'on la consommerait petit à petit. La Dexedrine était à la mode, à l'époque. C'était notre remontant pendant les fêtes, et parfois, Benners en prenait pour arriver à finir ses disserts dans les temps.

— Il y en avait combien ? demanda Jonah en se rappelant ce que Brett Parker avait déclaré.

— Quinze kilos, répondit Jojo en faisant une petite grimace. Une quantité dingue. On avait de quoi tenir plusieurs années. »

Jonah resta impassible. Il avait en tête le sac plein de paquets. On était loin des quinze kilos. On était même loin d'un kilo, en fait.

« Et la transaction a eu lieu combien de temps avant cette nuit-là ? » poursuivit Jonah.

Il pouvait sentir la tension chez Hanson. Contrairement à ce qu'il avait affirmé, il ne la laissait pas mener l'entretien.

« Quelques semaines plus tôt. Pas très longtemps avant. C'était encore un plan génial, très excitant.

— Du coup, je suppose que vous n'aviez eu le temps d'en consommer que quelques centaines de grammes, non ?

— À peine, répondit Jojo. Aucun de nous n'était un gros consommateur.

— Et après la disparition d'Aurora, vous avez décidé de la laisser là ? »

Jojo lui adressa un sourire creux. Elle posa son mug sur la table avec un claquement audible.

« On allait être obligés de se lancer à la recherche d'Aurora et on savait que bientôt, l'endroit aller grouiller de flics. On a fait l'impasse, et on s'était mis d'accord pour laisser la drogue où elle était. Plus tard, le fait qu'Aurora avait disparu ainsi, ça a laissé une... une ombre, j'imagine. Et aucun d'entre nous ne voulait avoir quelque chose à voir avec ça. Après, on n'a plus parlé de la drogue.

— Aucun d'entre vous n'en a parlé ? demanda Hanson avec curiosité. Jamais ? »

Jojo hésita.

« Non, non… Je crois que Benners tenait vraiment à ce qu'on reste à l'écart de la planque. Si quelqu'un tombait dessus, ce serait lui qui se retrouverait dans la merde, après tout.

— Est-ce qu'il vous a demandé de rester à l'écart ?

— Pas dans ces termes, répondit Jojo en haussant les épaules. Il a simplement dit qu'on devait tous faire comme si elle n'existait pas, pendant un moment.

— Il n'a pas précisé combien de temps ? insista Hanson. Il n'a pas suggéré qu'il comptait y retourner plus tard ?

— Comme je vous l'ai déclaré, je ne pense pas qu'il ait dit tout ça. Du moins, je ne m'en souviens pas. Je supposais que tout le monde éprouvait la même sensation que moi. Qu'il y avait “quelque chose de sale”, lâcha-t-elle dans un soupir. Mon Dieu ! Elle était là tout du long. À attendre que l'un d'entre nous y retourne, et aucun ne l'a jamais fait. »

Sauf qu'il se peut que l'un de vous l'ait fait, songea Jonah.

Un bref silence s'ensuivit, puis Hanson demanda doucement :

« Aurora était-elle au courant, pour la drogue ?

— Oh, oui. On le savait tous. Même Brett. Topaz frimait devant lui, et comme elle voulait montrer la planque à Brett, Aurora l'a vue aussi.

— Alors Topaz s'intéressait à Brett Parker ? »

Jojo eut un rire bref.

« Oui. Connor n'avait même pas droit à un regard, à l'époque. Pauvre Connor. Il était obligé de la regarder lécher les bottes de Brett, qui avait vraiment le melon, à cet âge-là. J'imagine que c'est ce qui arrive quand tout le monde vous adore. Je pense que la disparition d'Aurora l'a fait mûrir un peu, vous savez…

— Et Brett, est-ce qu'il s'intéressait à Topaz ?

— Non, pas vraiment. Elle devait probablement trouver ça frustrant. Il n'y avait pas grand monde pour lui dire non. »

Tandis que Hanson continuait avec ses questions, Jonah se leva. Il sentait peser sur lui le regard de Jojo pendant qu'il déambulait dans la pièce à la recherche d'indices révélateurs des trois dernières décennies.

« Vous êtes encore proches, tous les six ? demanda Hanson.

— Plutôt, oui. À l'époque, il a fallu qu'on se serre les coudes. Brett a été le premier à partir, parce qu'il était dans la classe au-dessus, et il est allé à Loughborough, mais dès qu'il en a eu les moyens, il a acheté une maison ici, et peu à peu, elle est devenue le centre de tout.

— Vous parliez d'Aurora ?

— Oui, bien sûr. Mais on parlait de beaucoup d'autres choses, aussi. On était amis. »

Jonah était arrivé à l'endroit où la pièce donnait sur le jardin d'hiver. Sur une étagère, il y avait six photos encadrées. Il reconnut le petit frère de Jojo, Kenny, qui vivait toujours à Lyndhurst et travaillait dans une boutique de vêtements pour randonneurs.

« Et maintenant ? demanda Hanson.

— On s'est un peu perdus de vue quand Topaz et Connor ont déménagé. Mais je fréquente encore Daniel et Brett, séparément. Coralie est partie à Londres, et elle n'a jamais montré beaucoup d'empressement à me voir. On n'a clairement pas d'atomes crochus. »

Jonah enregistrait ces infos tout en examinant les autres photos. Des enfants figuraient sur deux d'entre elles, probablement des nièces et des neveux du côté de son frère aîné, Anton. Sur une autre, son père quand il était plus jeune, la peau mate, souriant dans sa combinaison, juché sur le toit qu'il était en train de réparer.

Jonah se saisit de l'une des deux dernières : Jojo, un peu plus jeune, trente ans peut-être, trempée jusqu'aux os par un jour de crachin, son visage collé à celui d'un homme tout en mâchoire carrée et barbe de trois jours. En arrière-plan, un paysage de mer et de falaises sous une pluie battante, mais tous deux souriaient malgré la météo exécrable.

Il entendit Jojo se lever et venir se poster à sa droite. Elle se balançait nerveusement d'une jambe sur l'autre.

« C'est Aleksy, dit-elle. C'était mon petit ami. »

Jonah acquiesça. Il avait reconnu Aleksy Nowak, le célèbre grimpeur en escalade libre à qui New Forest avait ouvert son cœur, d'après la photo que le journal avait publiée, assortie de l'hommage que Jojo lui avait rendu.

« J'ai su pour son décès. Je suis désolé. »

Jojo secoua la tête, elle se frotta le bras.

« Il ne connaissait pas Aurora. Je ne l'ai rencontré que beaucoup plus tard.

— Désolé, répéta Jonah en remettant la photo à sa place. Je n'aurais pas dû… Je ne suis pas ici pour fouiller dans votre vie privée.

— Ce n'est rien. Ce n'est pas grave. »

Hanson se leva avant qu'ils aient une chance de se rasseoir.

« Je pense que c'est tout pour ce soir », dit-elle en jetant un coup d'œil interrogateur à Jonah.

Il acquiesça.

« On vous verra demain, alors. À 11 heures.

— Très bien. J'étais censée aller grimper, mais on dirait qu'il va faire un temps de chien, de toute façon. »

Jonah se surprit à la regarder, intrigué.

« Vous pratiquez toujours ?

— Oui, répondit-elle, légèrement sur la défensive. C'était ça, ou perdre une deuxième chose que j'aimais. »

Elle les suivit jusqu'à la porte, d'où elle les regarda monter dans leur voiture avant de la refermer.

Jonah aurait dû passer récupérer son vélo à Godshill et pédaler durant les vingt kilomètres jusque chez lui, à Ashurst. Il détestait le laisser hors de sa vue, même attaché, même dans une zone de basse criminalité comme Godshill, mais il était presque 23 heures, et il devait encore relire le résumé afin de préparer la conférence de presse du lendemain.

« Déposez-moi chez moi. Je m'occuperai de mon vélo demain.

— Bien sûr ! » s'exclama-t-elle.

Puis, après une brève pause, elle reprit :

« C'est où, chez vous ?

— Désolé, soupira-t-il. J'habite à Ashurst.

— Vous pouvez… ? » dit-elle en désignant le GPS.

Il obtempéra, tapant son code postal sur le clavier.

« Alors, les drogues…, commença à dire Hanson une fois qu'ils eurent regagné la route.

— … sont un développement intéressant, admit Jonah.

— Quelle quantité en ont-ils trouvée ?

— Beaucoup moins que ce que Jojo déclare.

— Alors, on dirait que Daniel Benham est retourné faire un tour là-bas. Et s'il a vu Aurora, et qu'il n'a rien dit, c'est très probablement parce qu'il l'a tuée.

— Quelqu'un, à un moment donné, a déplacé une grande quantité de Dexédrine autour du corps, rectifia Jonah. Ensuite, ce quelqu'un n'a rien dit. Mais nous ne savons pas s'il s'agit d'un des membres du groupe, et encore moins de Daniel Benham.

— Mais c'est le plus vraisemblable, non ? insista Hanson.

— Vraisemblable, ça ne suffit pas. »

Il entendit Hanson pousser un léger soupir, mais elle ne dit rien de plus. Le silence s'installa, et tandis qu'elle conduisait, Jonah se repassa dans la tête la conversation avec Jojo. Il se surprit à tourner autour des échanges sur cette photo, sur ce que Jojo avait dit à propos de son petit ami, et mit un certain temps à remarquer que Hanson le regardait chaque fois qu'elle pouvait quitter la route des yeux.

« Vous étiez ami avec elle, non ? demanda-t-elle. Avec Jojo. C'est pour ça que vous vouliez que je mène la discussion.

— De très loin. J'étais ami avec son frère aîné. Je passais parfois chez eux, ou je traînais avec eux sur l'aire de jeux. J'ai souvent fait ça dans mon enfance.

— Un possible conflit d'intérêts ne vous inquiète pas ? Vous n'êtes pas proches ?

— Non. Nous n'avons jamais été proches », répondit Jonah, de nouveau légèrement sur la défensive.

Il commençait à se rendre compte que Hanson n'aimait pas lâcher un sujet.

« Depuis, j'ai dû la croiser quatre à cinq fois, et je n'ai jamais été au-delà d'un simple bonjour. Et ça remonte à loin. J'ai cessé de fréquenter son frère quand je suis entré à l'école de police. C'était un choix délibéré, du moins en partie. Il avait tellement d'amis qui enfreignaient la loi comme si de rien n'était ! Et je sais qu'il le faisait aussi. Mais je pense qu'il s'est rangé maintenant. »

Hanson hocha la tête, l'air pensif.

« J'ai dû couper des liens avec quelques types comme ça, moi aussi ! » lâcha-t-elle subitement.

Jonah était surpris de l'entendre. Il avait lu son CV, et il la voyait plutôt comme une fille collet monté, d'un tout autre milieu que lui-même. Cela dit, il savait pertinemment qu'un CV, ça ne vous dit pas tout.

« Quoi qu'il en soit, c'est bien, ajouta-t-elle en souriant. Connaître vaguement quelqu'un ne risque pas de compliquer les choses.

— Non, répondit Jonah. Aucun risque. »

Et il essaya de ne pas penser à tout ce qu'il ne lui disait pas.

12. Aurora

Vendredi 22 juillet 1983, 21 h 25

Elle frissonnait en retournant au camp. Il faisait quasiment nuit noire, et ses cheveux, encore mouillés, avaient détrempé son haut dès qu'elle l'avait enfilé, le rendant transparent par endroits. Elle avait les yeux fixés sur la lueur rouge vif du feu qu'elle distinguait à travers les arbres. Elle espérait qu'il serait assez chaud pour la sécher.

Topaz, Benners et Brett se tenaient debout devant les flammes. Elle entendit la voix haut perchée et agressive de Topaz avant même d'arriver jusqu'à eux.

« Ouais, eh bien elle n'aurait pas dû lui dire ça ! Putain ! Elle s'est probablement perdue en nageant vers l'aval. »

Aurora sentit de nouveau le désir de se cacher l'envahir. Elle se refermait souvent sur elle-même quand sa sœur était en colère.

Mais cette fois-ci, dans un rare moment de rébellion, elle se demanda pourquoi Topaz pensait qu'elle avait le droit de faire ça. Topaz était partie en la laissant avec des gens qu'elle connaissait à peine. Elle l'avait invitée et elle avait ensuite agi comme si elle n'aurait pas dû venir.

« Tu as regardé si elle a laissé des vêtements sur la berge ? demanda Jojo tout en fixant les sardines d'une des tentes à côté de Connor.

— Non, répondit Topaz.

— On devrait essayer de la retrouver, dit Brett en jetant un coup d'œil en direction du chemin qui menait à la rivière. Elle a peut-être eu un problème en se baignant. »

Aurora n'avait pas envie de se montrer, mais elle ne voulait pas non plus qu'ils partent à sa recherche.

« Ça va, je suis là », dit-elle en s'avançant dans la clairière.

Topaz se tourna vers elle. À la lumière du feu de camp, elle semblait irradier de colère.

« Tu t'étais fourrée où, nom de Dieu ? »

Aurora s'approcha des flammes et s'accroupit devant en laissant tomber le sac de Jojo.

« Je suis allée nager », répondit-elle en éprouvant de nouveau cet étrange sentiment de rébellion.

Cette fois-ci, elle ne voulait pas s'excuser. Elle ne voulait pas calmer sa sœur. Elle n'éprouvait aucun besoin autre que celui de se blottir contre les flammes et de les regarder.

« Pendant une heure et demie ? s'écria Topaz. Tu as passé *une heure et demie* à nager ?

— Oui. Tout comme tu as passé une heure et demie à chercher du bois. »

Un silence s'installa, uniquement brisé par le crépitement du feu. À cette distance, la chaleur était suffocante. Aurora y prenait un plaisir infini. Elle la respirait jusqu'à la douleur.

Finalement, elle entendit Topaz murmurer « C'est ridicule » avant de s'éloigner. Elle la distinguait à peine au-dessus des flammes. Sa sœur s'assit à côté de Coralie, l'air vexé. Celle-ci lui passa le bras autour des épaules et se mit à lui caresser les cheveux.

« Il faut que tu manges quelque chose », dit Benners, rompant le silence.

Il se dirigea vers les réchauds, à présent éteints.

« Je vais te réchauffer un truc. »

Elle sentit Brett à côté d'elle, mais elle garda les yeux tournés vers le feu, fixant un rondin qui commençait juste à brûler.

« Tu as eu un problème pendant ta baignade ? demanda-t-il calmement.

— Non. Aucun. »

Se rendant compte qu'elle avait été un peu sèche, elle lui sourit.

« Je suis allée assez loin en amont et j'ai dû nager pour revenir.
— Bien… J'étais… Nous étions inquiets pour toi. Mais c'est bien. »

Il posa la main sur son épaule et la pressa avant de retourner à côté de Benners.

Aurora le regarda, hésitante. Elle avait toujours associé la popularité débonnaire de Brett à de l'égoïsme, à un manque d'intérêt. Elle était surprise de voir qu'il semblait se soucier d'elle, alors qu'elle n'avait que quatorze ans et qu'elle se trouvait à l'opposé du spectre de la popularité.

Lorsqu'elle détourna le regard, elle se rendit compte que Topaz la dévisageait, le corps tendu, les mâchoires serrées. Topaz était souvent irritée à cause d'elle, mais ça, c'était plus que de l'irritation. Il y avait tellement de haine dans ses yeux qu'Aurora se remit à frissonner.

13

Jonah se serait bien accommodé du silence pendant le reste du trajet, mais Hanson était alerte et d'humeur bavarde.

« Ça fait combien de temps qu'ils travaillent pour vous, les deux autres ? demanda-t-elle au bout de quelques kilomètres.

— Cinq ans. Enfin, Ben, ça fait cinq ans. Domnall est arrivé un an après. Il s'est engagé dans la police sur le tard. Avant, il était dans l'armée.

— Vraiment ? lança Hanson avec un sourire ravi. Domnall O'Malley n'a pourtant pas trop l'air... d'un militaire.

— C'est vrai, je suis d'accord. Je n'ai jamais rencontré quelqu'un qui déteste à ce point qu'on lui dise ce qu'il faut faire.

— C'est peut-être pour ça qu'il a quitté l'armée.

— Ça se pourrait. »

Jonah savait que ce n'était pas le cas. Il était au courant pour l'alcool, les avertissements et les entorses au règlement qui avaient provoqué la mise à pied de Domnall. Il connaissait également les épreuves qu'il avait endurées pour en arriver là, et les efforts qu'il avait dû faire pour s'en sortir. Mais Jonah considérait que c'était à Domnall de raconter sa vie, s'il en avait envie, et il ne comptait pas trahir sa confiance.

« Et Ben ? demanda-t-elle. D'où sort-il ?

— Une filière plus classique. Il a toujours voulu entrer dans la Criminelle et il avait suivi un cursus en sociologie parce qu'il sentait que ça pourrait l'aider. Je l'ai recruté dès qu'il est devenu agent, tout comme vous.

— Où a-t-il fait ses années de flic en uniforme ?

— Au Met, paradoxalement. »

Ce n'était pas une voie banale. En général, ceux qui commençaient leur carrière dans la police londonienne choisissaient d'y rester.

« Waouh ! Un gars de la ville !

— Un gars de la ville par adoption. Il a grandi à Morestead. C'est pour ça qu'il y est revenu. La famille. Des frères et sœurs, des nièces et des neveux.

— Une épouse ? »

Jonah tenta de ne pas sourire. C'est la question que toutes les jeunes femmes posaient. Certains jeunes hommes, aussi. Le fait que Lightman soit réservé et poli plutôt que chaleureux n'y changeait rien. Son physique suffisait toujours à attirer leur attention.

« Non, il n'est pas marié. Et il n'a pas de petite amie non plus, pour autant que je le sache. Ben, c'est boulot, boulot. »

Jonah vit que ça la faisait réfléchir. Il se demanda si elle était intéressée. Elle n'avait pas des étoiles dans les yeux, comme c'était en général le cas de ceux qui lui posaient cette question. Quoi qu'il en soit, son intérêt s'estomperait quand elle constaterait que la réserve de Lightman était un vernis qui ne craquait jamais. Quand elle se rendrait compte que le flirt, les regards appuyés et le khôl autour des yeux ne servaient à rien.

Peu après, le téléphone de Hanson émit un petit bruit dans le repose-verre où elle l'avait laissé. Il la vit glisser un regard vers l'écran et ne fut pas surpris quand elle s'arrêta au carrefour suivant pour le consulter.

« Désolée, dit-elle en se mettant à lire le message qu'elle avait reçu.

— Pas de problème », affirma-t-il en se demandant s'il n'était pas en train de l'empêcher de retrouver son petit ami.

Qui que ce fût, elle ne répondit pas et remit le téléphone dans le repose-verre. Jonah remarqua en elle une tension qui n'était pas là l'instant d'avant.

Il lut le rapport du Renseignement jusqu'à 2 heures, son regard se brouillant par moments, puis il alla au lit, irrité à l'idée de n'avoir que cinq heures de sommeil devant lui. Il rêva par intermittence d'un temps caniculaire et d'une fille sans visage en danger.

La sonnerie intrusive de son téléphone résonna juste avant 7 heures. L'esprit encore embrumé, il songea à son ex. Un instant, il crut lire « Michelle » sur l'écran, avant de s'apercevoir que celui-ci affichait « Maman ».

Quand allait-elle donc cesser, cette manie de voir Michelle partout ? Quand il se jetterait dans sa prochaine relation sans espoir ? Ou Michelle serait-elle celle dont il ne se remettrait jamais vraiment, celle qu'il allait regretter pour le restant de ses jours ?

Sa voix était rauque quand il répondit.

« Tout va bien ?

— Il y a quelqu'un... Je les ai reconnus », dit-elle d'une voix étranglée, incohérente.

Jonah sentit une vague de désespoir familière l'envahir.

« Ils sont restés devant la maison toute la nuit. Ce sont des amis à lui. Ils veulent me tuer.

— Maman, dit-il avec autant de patience que possible. Personne ne veut te tuer. Respire calmement. C'était il y a longtemps, Maman. Ils ne s'intéressent pas à toi, ou à nous. Plus maintenant.

— Arrête ! Tu essaies toujours de dire... »

Elle s'étrangla.

« Pourquoi n'es-tu pas là ? Tu es censé me protéger ! »

Comme toujours, son accès de colère se transformait en un torrent de larmes.

« Où es-tu, Jonah ? sanglota-t-elle. Je me sens si seule. Cela fait des jours. Je ne vois personne.

— Je passerai ce soir ou demain. »

Au fil des ans, il était devenu particulièrement bon dans l'art de l'apaiser. Chaque fois qu'ils se parlaient ou presque, il y avait des larmes.

« Tu n'es pas toute seule. Deborah passe tous les midis. Tu peux lui parler.

— Non, je ne peux pas ! »

Elle avait un ton enfantin. Grognon et pleurnichard.

« Mais tu l'aimes bien.

— Elle ne reste jamais. Elle se contente de préparer mon repas et elle s'en va. »

Jonah commença à discuter, mais il se rendit compte que c'était probablement vrai. Les conditions de financement avaient changé, et cela impliquait peut-être moins de temps de présence pour Deborah. Il faudrait qu'il appelle la société d'aide à domicile pour tirer cette histoire au clair.

« D'accord. Écoute, je passerai tout à l'heure. Et je vais faire en sorte que Barb vienne te voir, d'accord ? Elle aime bien te rendre visite. On l'invitera à déjeuner, ou quelque chose comme ça. »

Il faisait toujours attention quand il lui parlait de Barb. Il essayait toujours de faire comme si elle était une amie, et non quelqu'un qu'il payait pour lui tenir compagnie et préserver l'illusion que sa mère avait encore des amis et une vie normale.

« Elle aurait dû passer hier. Je voulais qu'elle vienne. »

Un instant, Jonah se sentit coincé.

« Tu lui as demandé ? Tu l'as appelée ?

— Non. Je pensais que tu allais le faire. »

Elle avait une voix boudeuse, pleine d'apitoiement sur elle-même. C'était difficile de ne pas s'énerver.

« Il n'y a plus que nous deux, Jonah. J'ai besoin que tu t'occupes de moi. »

Il soupira. Cela faisait des décennies qu'il s'occupait d'elle. Depuis qu'elle avait fui Tommy Sheens et commencé une nouvelle vie à Lyndhurst.

À dix ans déjà, il avait ressenti un profond soulagement. Tommy Sheens ne s'adonnait qu'à l'occasion à la violence physique, raison pour laquelle cela avait été si difficile pour sa mère de le quitter, du moins Jonah le supposait-il. Sa violence était verbale. Émotionnelle. Il avait contrôlé et manipulé sa mère jusqu'à ce qu'elle doute de ses propres pensées. Jusqu'à ce que Jonah n'ait plus la moindre once de confiance en soi et qu'il se mette à croire son père quand celui-ci lui disait qu'obéir à ses moindres caprices était ce qu'une famille aimante devait faire.

« J'ai travaillé toute la journée hier, maman. Mais je vais l'appeler.

— Ça ne vaut peut-être pas le coup. Peut-être qu'elle ne m'aime plus.

— Bien sûr que si. Je l'appelle un peu plus tard et je passe te voir ce soir, d'accord ? »

Il coupa la communication et resta un moment dans son lit, sentant la frustration lui tétaniser les muscles de la tête et des bras. Il aurait volontiers balancé son téléphone à l'autre bout de la pièce. Mais non, il se leva, trouva le numéro de Barb et lui envoya un texto au lieu de l'appeler. Il n'avait pas envie de la réveiller si tôt, et s'il remettait ça à plus tard, il allait oublier.

Il prit une serviette sur le radiateur et passa dans la salle de bains. Il resta trop longtemps sous la douche à ressasser ses pensées habituelles à propos de sa mère, qu'il fallait qu'il la préserve d'elle-même, mais qu'il ne voyait pas comment, que ce n'était pas sa faute si elle était comme ça, que Tommy Sheens était la cause de tout le reste, et ce depuis le moment où il l'avait épousée.

Le temps qu'il ait enfilé son costume anthracite et noué sa cravate bleu pâle – sa tenue habituelle pour parler aux médias –, il avait mis de côté les pensées sur sa famille. Il lui restait quarante-cinq minutes pour se préparer à affronter la presse.

Dehors, c'était un jour de brume et de crachin, presque une trahison après la journée de la veille. Il consulta son téléphone avant de monter dans sa Mondeo. Ni textos ni e-mails de McCullough. Il allait devoir s'exprimer sans avoir pris connaissance du rapport toxicologique. C'était mieux ainsi, dans un sens. Il n'aurait rien à cacher. Il n'aurait qu'à leur dire qu'il s'agissait d'Aurora et que la police enquêtait sur de nouvelles pistes.

Et il espérait que d'ici la fin de la journée, ils en auraient effectivement.

Topaz détestait être chez ses parents. Elle détestait la pagaille qui y régnait, son caractère figé ; la façon dont le simple fait de se trouver là semblait lui pomper toute énergie, quand ils buvaient leur thé dans leur cuisine défraîchie, dans des tasses qui l'étaient tout autant. Plus que tout, elle détestait le fait que sa présence ici faisait d'elle, à nouveau, une enfant. Cela lui rappelait la personne qu'elle avait été.

Et il y avait la chambre d'Aurora, qui était encore tellement celle de sa petite sœur. Une chambre poussiéreuse et défraîchie, elle aussi, mais où le dessus-de-lit et le plafond arboraient toujours des festons pleins de fleurs et de papillons.

Connor, qui avait déjà enfilé son jogging, ne semblait guère préoccupé par la pluie et les flaques de boue de plus en plus grandes. Il buvait son café à petites gorgées, et elle se surprit à l'observer tandis que sa mère préparait le petit déjeuner dans un grand tintamarre.

Ils avaient à peine parlé d'Aurora depuis leur départ d'Édimbourg. Pendant la majeure partie du vol, ils avaient échangé des banalités d'ordre pratique : récupérer les courses de ses parents en sortant de l'aéroport, ou décider de passer la nuit suivante à l'hôtel plutôt que chez les parents.

Ils n'avaient pas non plus mentionné Daniel ou Brett, Coralie ou Jojo, même si Topaz mourait d'envie de savoir ce qu'ils faisaient, comment ils encaissaient ça.

Et elle avait envie de leur parler, aussi. À Daniel, peut-être, qui montrerait de la compassion. À Brett, qui se contenterait d'écouter sans juger. Ou même à Jojo, qui les ferait probablement rire malgré tout.

Connor finit son café et lui adressa un signe de tête avant de sortir. En général, il l'embrassait. Mais pour une raison ou pour une autre, elle n'était même pas sûre d'en avoir envie. Elle ne pouvait s'empêcher de penser à Aurora et aux bribes de souvenirs qu'elle-même avait gardées de cette nuit-là.

Elle se sentit presque soulagée de voir Connor partir, mais dès qu'elle se retrouva seule avec sa mère, elle le regretta. Faire semblant de s'intéresser au nouveau chien d'une amie de celle-ci ou au parking de l'épicerie la rendait furieuse. Elle était tellement agitée et frustrée qu'elle se sentait à fleur de peau.

Elle finit par sortir de la cuisine en prétextant un coup de fil pour le boulot, même s'il était encore tôt et qu'elle leur avait déjà dit qu'elle avait posé des congés. Elle emprunta l'escalier mal éclairé et s'apprêtait à s'engager sur le palier quand elle vit la porte de la chambre d'Aurora bouger légèrement sous l'effet d'un courant d'air.

Elle tressaillit. Le souvenir d'un petit matin où elle s'était glissée dans la maison après une nuit passée avec Coralie et quelques terminales lui revint brusquement. La lumière était sombre et grise, tout comme aujourd'hui, et subitement, Topaz s'était sentie vide, inutile et fatiguée, consciente des larmes teintées de honte qui s'accumulaient en elle tandis qu'elle montait l'escalier.

Puis la porte d'Aurora s'était ouverte, et Topaz avait sursauté. Sa sœur se tenait là, en chemise de nuit, une gaze flottante de dentelle mauve devenue trop courte pour elle depuis qu'elle avait grandi. Mais l'espace d'un instant, dans la pénombre, elle avait paru irréelle et très belle, ses grands yeux scintillant dans la lumière.

« Je suis contente que tu ailles bien, avait murmuré Aurora. Je n'arrivais pas à dormir. Tu veux du thé ? Je peux faire chauffer de l'eau sur la cuisinière. Ça ne réveillera personne. »

Topaz avait examiné le visage de sa sœur. Elle s'était attendue à y trouver un signe de réprobation, mais ce n'était pas le cas. Il n'y avait qu'une offre bienveillante.

La bonne santé évidente de sa sœur, la façon modeste qu'elle avait eue de lui proposer quelque chose qui puisse la réconforter, avaient eu sur elle un effet des plus étranges. Elle avait eu l'impression de pouvoir échapper à la honte et, d'une certaine manière, de pouvoir ressembler à Aurora.

Jamais auparavant elle n'avait voulu être comme sa sœur.

« Merci, avait-elle dit en essayant de ne pas laisser transparaître l'émotion dans sa voix. J'aimerais bien une tasse de thé. »

En fin de compte, elles s'étaient assises de part et d'autre de la table de la cuisine et elles avaient parlé de leurs profs à l'école, tout en levant les yeux au ciel à propos de leurs parents.

Topaz n'était pas sûre d'avoir jamais remercié Aurora pour cette nuit-là. Elle ne le pensait pas. Mais le lendemain matin en se levant, l'envie d'être désirable était de nouveau devenue trop forte, et sa sœur cadette avait repris son rôle de boulet dans la vie de Topaz.

Prendre conscience à ce moment même que sa sœur avait disparu était étrange. Elle le savait depuis des années, mais à la vue de ce palier où Aurora ne se trouvait plus, sachant que ce n'était pas elle qui avait ouvert cette porte, elle venait tout juste de saisir la réalité de la chose.

Elle avança lentement et poussa le battant. Les papillons, les fleurs et les couleurs tapageuses ne lui causaient plus ce sentiment de claustrophobie. D'une certaine façon, ils lui semblaient splendides. Elle fit le tour de la chambre, passant ses doigts sur les ailes diaphanes et les motifs peints sur les murs.

Elle grimpa sur le lit d'Aurora et se roula en boule contre l'oreiller que personne n'avait changé.

Ce matin, la presse s'était montrée inhabituellement calme. La question la plus difficile avait été de savoir si l'affaire était traitée comme un meurtre. Il avait répondu sans hésiter.

« À l'heure actuelle, on ne peut écarter aucune piste, avait-il dit posément. D'autres questions ? »

Il n'y en avait pas. Ils étaient trop jeunes, ces journalistes. Ils n'avaient jamais entendu parler d'Aurora. Jonah descendit calmement de la petite estrade, et déjà, plusieurs d'entre eux pianotaient sur leurs moteurs de recherche le nom d'Aurora Jackson. Ils cherchaient à déterminer l'importance de l'affaire.

Wilkinson l'attendait au fond de la pièce, petite silhouette trapue effacée dans ses vêtements passe-partout. De la tête, il indiqua à Jonah de le suivre.

Jonah le fit volontiers. En général, il était utile d'avoir l'avis du superintendant, même quand il ne s'impliquait pas dans l'enquête.

Wilkinson glissa sa carte magnétique pour ouvrir la porte des bureaux de la Criminelle et maintint le battant ouvert pour Jonah.

« Comment ça se passe avec la nouvelle agente ? demanda-t-il.

— Bien, je crois. J'attends de voir comment elle se débrouille dans une affaire de meurtre. »

Wilkinson traversa les bureaux à moitié désertés en gratifiant d'un signe de tête quelques-uns des agents qui essayaient de le saluer. À l'occasion, lui-même se fendait d'un « bonjour » lâché sur un ton posé et un peu sombre.

Il fit halte devant son bureau, la main sur la poignée de la porte en verre, et jeta à Jonah un regard légèrement teinté de compassion.

« À quelle heure commencent vos entretiens avec les témoins ?

— À 9 heures. »

Wilkinson consulta sa montre et haussa les épaules.

« Lightman et la nouvelle sont arrivés. Ils peuvent tenir le fort en attendant. Entrez et faites-moi un topo. »

Jonah se laissa guider.

« C'est plutôt inattendu, non ? dit Wilkinson. Ce truc qui nous retombe dessus trente ans plus tard.

— Oui. »

Jonah se demandait si le passé avait le même effet sur le superintendant que sur lui. Il était quoi, à l'époque ? Inspecteur ? Jonah ne le connaissait pas si bien que ça en ce temps-là. Il leur avait fallu un moment pour devenir collègues, puis amis. Une amitié peu habituelle, entre le fils d'un bohémien et l'ancien élève de pensionnat huppé.

Wilkinson fit pivoter son fauteuil et posa les yeux sur le paysage de centres commerciaux qui s'étendait derrière sa fenêtre.

« Alors, un groupe de mômes et une planque pleine de Dexédrine. Est-ce qu'on pense qu'ils les ont enterrés ensemble ? »

Jonah avait déjà envisagé cette hypothèse. Il n'avait pas grand-chose à y opposer, si ce n'est son instinct. La façon dont ils avaient réagi. L'un d'eux aurait pu faire semblant d'être choqué, mais pas tous.

« Je pourrai vous répondre plus tard, dit-il évasivement. Je voudrais voir le rapport toxicologique avant de privilégier une quelconque théorie. J'aimerais aussi consulter les relevés téléphoniques du groupe.

— Ils se sont bien serré les coudes, ces gamins, poursuivit Wilkinson d'un air sombre. Un front uni. Ce qui, en soi, peut être suspect. »

Jonah ne discuta pas, mais il songea qu'il y avait peut-être d'autres choses que le meurtre à dissimuler. Des choses qui, même au bout de trente ans, pouvaient vous retomber dessus. Et cette pensée lui causa un nouveau sursaut d'angoisse.

Il parvenait presque à entendre le superintendant réfléchir à l'idée de consulter les relevés téléphoniques. S'assurer que son département ne sortait pas du cadre légal ou judiciaire et que ses pratiques pouvaient résister à un examen faisait partie de ses attributions. Dans ces limites, il ferait tout pour aider ses inspecteurs, mais il mettrait un frein à tout ce qui lui paraîtrait en sortir.

« D'accord. Je pense que les relevés téléphoniques se justifient. Les horaires ne vous apprendront rien, mais s'ils sont de mèche, vous pourriez le voir.

— Merci.

— Votre intuition pour l'instant ?

— Que ça pourrait prendre un bout de temps de démêler tout ça, répondit Jonah avec un demi-sourire. Guère possible d'en dire plus pour le moment.

— Vous ne vous mouillez pas, bien sûr..., souffla Wilkinson. Pour l'instant, je pense que vous pouvez mettre de côté l'enquête sur Portsmouth International. Cette affaire devient prioritaire jusqu'à nouvel ordre.

— Oui, chef. »

Il songea aux semaines que son équipe avait passées à enquêter sur les docks. Mais de toute façon, il n'avait plus le cœur à ça. L'énigme qu'était Aurora l'avait de nouveau aspiré.

Il sortit des bureaux de la Criminelle qui, petit à petit, prenaient vie.

Quand son téléphone sonna, Topaz était encore dans le lit d'Aurora. Elle vit que c'était Coralie et envisagea de ne pas répondre. Mais Coralie pouvait se montrer obstinée. Souvent, il était plus facile d'en finir tout de suite.

Elle décrocha.

« Salut, ma belle ! lança-t-elle d'une voix aussi normale que possible.

— J'ai pris un billet pour Southampton », répondit Coralie comme si c'était un bonjour.

Sa voix était plus crispée que d'habitude. Elle avait l'air contrariée.

« Oh, vraiment ?

— Je vais descendre au Regent. Papounet loge souvent dans leur suite. »

Bien sûr qu'elle allait descendre au Regent. C'était dans sa nature de toujours choisir « le plus » : le plus cher, le plus extravagant, le plus grand. Tout cela grâce à son père, lequel était toujours « Papounet », à quatre-vingt-cinq ans.

« Tu arrives à quelle heure ? Connor et moi, on pourrait passer boire un coup avec toi, si tu veux. »

Comme ça, au moins, elle aurait un prétexte pour sortir de la maison.

« Pourquoi tu ne m'as rien dit ? demanda Coralie en faisant abstraction de sa proposition.

— Je ne t'ai pas dit quoi, ma belle ?

— Qu'on avait retrouvé Aurora, répondit-elle d'un ton un peu blessé.

— Je suis désolée. Je n'ai pas eu le temps de me poser et d'y penser… »

Topaz avait du mal à mettre une véritable émotion dans sa voix.

« Mais j'aurais pu venir hier soir. J'aurais pu être là pour te soutenir.

— Oui, je sais. J'aurais aimé que tu sois là… Tu as parlé aux autres ?

— Oui. J'ai appelé Benners, dit Coralie avec un léger soupir. Il n'arrêtait pas de dire qu'il ne pouvait pas en parler. Il avait l'air stressé. Je pense que la police lui mène la vie dure.

— Mon Dieu, ça va recommencer ! Je m'attends à ce qu'ils mettent Connor en pièces.

— C'est un grand professeur, maintenant. Ils seront gentils avec lui.

— Mais ils vont le juger par rapport à ce qu'il était, pas à ce qu'il est devenu.

— Ouais. J'imagine qu'il aurait pu être moins agressif.

— Coralie ! lança sèchement Topaz.

— Tu penses que je suis dure avec lui, répondit Coralie un peu précipitamment, mais tu sais comment il était. Tu le sais. Et il était obsédé par toi.

— Non. Il m'aimait ! répondit Topaz avec fermeté.

— On t'aimait tous ! Et avant, nous autres comptions. Maintenant, il n'y en a que pour lui ! Tout le temps !

— Vous comptez toujours pour moi. Si tu as l'impression que je t'ai laissée tomber, j'en suis désolée. Mais en parler maintenant n'est pas une bonne idée. »

L'engourdissement s'estompait, laissant la place à la colère. Pourquoi Coralie avait-elle choisi ce moment pour lui dire ça ? C'était comme si elle devinait d'instinct le moment où Topaz était la plus faible et qu'elle le choisissait pour attaquer.

« C'est quoi son emprise sur toi ? poursuivit Coralie comme si elle ne l'avait pas entendue. Pourquoi tout a changé cette nuit-là ? Il s'est passé quelque chose après qu'on est allés se coucher ?

— Va te faire foutre, Coralie ! dit Topaz en tremblant de rage. Comment oses-tu, putain ? Tu... Non, tu sais quoi ? J'en ai assez ! »

Elle raccrocha et balança son téléphone contre le mur. Il rebondit et atterrit sur le tapis pastel, apparemment indemne.

« Va te faire foutre ! » répéta-t-elle.

Et soudain, de rage autant que de chagrin, elle éclata en sanglots qui secouèrent tout son corps.

Elle entendit des pas dans l'escalier, puis sur le palier. Elle espérait qu'ils la laisseraient tranquille. Mais la voix de son père résonna de l'autre côté de la porte.

« Topaz ? Tu es là ? »

Il devait bien le savoir. Ses sanglots devaient être assez audibles.

Comme elle ne répondait rien, la porte s'ouvrit lentement.

« Va-t'en, dit-elle en lui tournant le dos.

— Désolé », répondit Tom.

Mais au lieu de faire demi-tour, il s'avança et lui posa brièvement la main sur l'épaule.

« Je suis là, si tu... Si tu as besoin de parler, d'accord ? »

Topaz ne se tourna pas vers lui, mais elle acquiesça.

Tom ressortit peu après. Elle l'entendit fermer la porte, et ce n'est qu'alors qu'elle se recroquevilla de nouveau sur le lit et qu'elle enfouit sa tête sous l'oreiller.

Son téléphone vibra brièvement. Elle savait que c'était Coralie qui lui envoyait un texto, et elle aurait vraiment aimé se montrer plus dure avec son ancienne amie. Lui avoir fait plus mal. Coralie était probablement en train de s'excuser, parce que c'était ainsi que ça fonctionnait avec elle. Ses moments d'angoisse ne duraient pas.

Topaz prit son téléphone pour lire le message.

Ce n'étaient pas des excuses.

Je vais parler à la police dès mon arrivée. Je pense qu'il y a beaucoup de choses qui vont l'intéresser.

Topaz eut à nouveau envie de balancer son téléphone contre le mur, mais elle se maîtrisa et pianota sa réponse d'une main tremblante.

Tu peux raconter ce que tu veux. Je m'en fous. Les flics ne croiront pas tes histoires de dingue.

C'étaient des mots courageux, et probablement stupides. Topaz aurait aimé qu'ils expriment la vérité.

Lightman apparut à côté de lui avant qu'il ait le temps de refermer la porte de Wilkinson. Jonah prit son carnet et son stylo, en se demandant à quelle heure le sergent était arrivé. Ce dernier était impeccable, frais et dispos, comme toujours.

« Brett Parker est déjà là. Je l'ai mis dans la quatre.

— Merci.

— Avant que tu entres, j'ai quelques remarques à propos des rapports sur l'affaire. J'ai passé en revue les témoignages des trois premiers jours après le signalement de la disparition d'Aurora, et dans les transcriptions, il y a deux points intéressants qui n'ont pas été relevés par nos prédécesseurs.

— Balance.

— Connor Dooley et Jojo Magos ont tous deux évoqué le fait qu'Aurora était allée nager dans l'après-midi. Dans la déclaration de Jojo, tout semble très banal, mais Connor, dans la sienne, dit que la sœur d'Aurora était "encore en colère contre elle parce qu'elle était allée nager". Aucun des autres n'a mentionné la baignade, mais Benham raconte qu'ils s'étaient tous inquiétés et qu'ils avaient essayé de la retrouver. Voici ce qu'il a déclaré : "On s'inquiétait un peu dès qu'on ne l'avait pas sous les yeux. Je ne comprends pas comment cela a pu se produire." »

Jonah sourit. C'était typique du travail de Lightman. Un contre-examen rigoureux, méticuleux, étape par étape. Un niveau de détail dans l'analyse sans égal parmi ses collègues.

« Alors, résuma Jonah en se dirigeant vers la salle quatre, Aurora s'est absentée un moment, et ça les a tous inquiétés. On ne sait pas ce qu'elle est allée faire, ni si l'un d'eux l'a suivie. Et en 1983, on n'a pas fait grand-chose pour explorer cette piste.

— Je pense que ça vaut le coup de leur poser la question, dit Lightman.

— Autre chose ?

— Deux autres détails du même genre. Topaz Jackson et Coralie Ribbans ont quitté le site où ils campaient après une dispute avec Daniel Benham et Connor Dooley.

— Quitté comment ?

— Elles sont parties dans la forêt pendant un moment. »

Jonah acquiesça.

« C'était à quel propos, cette dispute ? On a des détails ?

— Oui. Toutes deux, indépendamment l'une de l'autre, l'ont attribuée au fait que Connor et Daniel ne souhaitaient pas vraiment que Brett soit là. En revanche, dans sa déclaration, Daniel Benham a minimisé la chose, disant que c'était une simple mésentente. J'aurais voulu en savoir plus sur cette question. Par ailleurs, Topaz Jackson s'est retrouvée toute seule. Coralie, dans sa déposition, dit qu'elle s'est éloignée d'elle pour "lui donner un peu de temps avec elle-même". Cela semble coïncider avec le moment où Aurora était partie nager. J'aimerais savoir si elle a croisé sa sœur et si elles se sont disputées. »

Lightman s'arrêta devant son bureau, et Jonah fit halte aussi, en tentant de juxtaposer mentalement ces différentes déclarations. Quel événement susceptible d'entraîner la mort d'une jeune fille de quatorze ans pouvait-il bien s'être produit dans cette forêt ?

Le sac de Hanson était accroché à sa chaise, mais elle-même ne s'y trouvait pas. À la table voisine, O'Malley était assis devant un fatras de documents. Il leva les yeux vers Jonah pour le saluer et se remit à lire, avec l'air préoccupé de celui qui construit quelque chose.

« Merci, dit Jonah à Lightman en prenant le rapport qu'il lui tendait. Qui veut un café ?

— Je veux du sucre aujourd'hui. Au moins deux ! s'écria O'Malley tandis que Lightman se contentait d'acquiescer.

— Le sucre, pour toi, c'est interdit, répondit Jonah.

— Merci, môman ! » s'exclama O'Malley en secouant la tête.

Hanson réapparut, l'air enthousiaste.

« Juliette, dit Jonah, je vais interroger Brett Parker. Domnall va m'assister, et j'aimerais que vous nous regardiez de l'extérieur. Observez, et voyez ce que vous en pensez. »

Il ne put s'empêcher de sourire devant son expression ravie.

« Oui, chef. »

Jonah se pencha sur O'Malley.

« Tu es au milieu de quoi ?

— Je ne suis pas encore certain d'avoir quelque chose, répondit O'Malley en relevant la tête. Je peux venir pour mettre Brett Parker sur le gril, pas de problème.

— Bon, c'est bien. Ben, j'aimerais que tu rejoignes Hanson dans la salle d'observation. »

Ils se dirigèrent tous vers la salle quatre. Jonah était conscient que Wilkinson détestait ce gaspillage de ressources. Quatre policiers pour un seul entretien. Mais les ronchonnements du superintendant ne voulaient jamais dire grand-chose. En fin de compte, ce que Wilkinson désirait, c'était qu'on trouve la bonne réponse. Il laissait généralement faire Jonah.

« Prêt ? » demanda-t-il à O'Malley en jetant un coup d'œil à l'endroit où Brett Parker les attendait.

Ce dernier portait un costume gris clair et une chemise blanche, mais pas de cravate. Il était assez hâlé pour avoir l'air en bonne santé malgré l'éclairage artificiel. Il arborait une expression d'ennui, mais il tapait du pied.

« Y a-t-il une question que tu voudrais que je lui pose ? demanda O'Malley.

— Tout ce qui te vient à l'esprit. Mais reste sobre, pour l'instant. »

Puis, s'adressant à Hanson, il ajouta :

« Juliette, donnez-moi dix minutes, puis venez me chercher. Dites simplement qu'on a besoin de moi. »

Hanson lui jeta un regard interloqué.

« D'accord, dit-elle. Dix minutes. »

Jonah entra dans la salle, O'Malley sur ses talons. Brett Parker parut soulagé de le voir et l'accueillit avec un signe de tête et un sourire.

« Nous sommes prêts, M. Parker. Merci d'être venu. »

Jonah s'assit sur la chaise à côté de la porte, laissant l'autre à O'Malley.

« Pas de problème. Si je peux vous aider ! »

En l'observant, Jonah remarqua son front où luisait une pellicule de sueur, et ses yeux, secs et fatigués.

« Vous ne voyez pas d'inconvénient à ce qu'on enregistre cet entretien ? demanda Jonah.

— Pas du tout ! Pas du tout ! »

Jonah inséra une cassette vierge dans l'appareil et pressa le bouton d'enregistrement.

« Je suis l'inspecteur Jonah Sheens, en entretien avec M. Brett Parker, et en présence du sergent Domnall O'Malley. M. Parker, je souhaiterais passer en revue quelques détails avec vous.

— Bien sûr. »

Brett se pencha en avant et posa les mains sur la table.

« D'après les dépositions originelles de Connor Dooley et de Jojo Magos, Aurora n'était pas restée dans votre camp tout l'après-midi. Elle est partie se baigner pendant que les autres préparaient le dîner. »

Le temps de laisser remonter les souvenirs, le regard de Brett se perdit au loin. De l'autre côté d'un gouffre de trente ans.

« Oui, je… je ne sais pas exactement quand, mais elle est effectivement allée se baigner. On en avait parlé un peu plus tôt, et je pense qu'elle s'ennuyait.

— Et vous, vous ne l'avez pas accompagnée ?

— Non. Non, je ne l'ai pas vue partir. Elle était seule. »

Jonah acquiesça.

« Vous rappelez-vous combien de temps elle s'est absentée ? »

Brett marqua une pause, puis secoua lentement la tête.

« Je ne sais vraiment pas… Je m'en souvenais peut-être à l'époque. Vous devriez regarder ma déclaration dans vos archives.

— Votre déposition originelle ne le mentionne pas. »

Une expression neutre sur le visage, Jonah laissa Brett ruminer ses propos.

« Oh… Je… je ne sais pas pourquoi je n'en avais pas parlé. Je ne m'en souviens pas. Désolé.

— Ce n'est pas grave, merci, dit Jonah en laissant son regard dériver dans la pièce avant de le fixer de nouveau sur Brett. Vous rappelez-vous que certains membres du groupe s'inquiétaient pour elle ? Que sa disparition avait provoqué une certaine irritation ?

— Je… suppose que oui. Les événements de cette nuit-là ne sont pas très clairs dans ma tête, mais… oui. Je pense que Topaz était un peu préoccupée. Oui, en effet. Parce qu'elle s'était mise légèrement en colère quand Aurora était revenue.

— Vous êtes certain qu'elle s'était baignée ? demanda O'Malley.

— Oui.

— Pourquoi, si vous me permettez ?

— Eh bien, elle avait les cheveux mouillés. Et elle frissonnait.

— Vous rappelez-vous si quelqu'un était parti à sa recherche ?

— Non, répondit Brett en secouant la tête. Je ne pense pas. Je pense qu'on était convaincus qu'elle allait revenir d'une minute à l'autre. Et quand vous avez un peu bu, c'est… c'est difficile d'estimer le temps qui passe.

— Et comment qualifieriez-vous votre état d'ébriété ?

— Mon Dieu ! s'exclama Brett avec un petit rire nerveux. C'est une question très difficile… Je ne pense pas que j'en étais à me rouler par terre. Je discutais, je dansais, je riais, et j'étais loin de tomber dans les pommes.

— Qu'est-ce que vous buviez ?

— De la vodka, principalement.

— Pure ?

— Mon Dieu, non ! répondit-il avec une grimace. Avec du tonic. Ou du jus d'orange.

— C'est tout ? lança Jonah en glissant un coup d'œil à O'Malley en train de griffonner ses notes.

— Je crois, oui. Quelqu'un avait du rhum, je pense, et j'ai dû en boire un avec du Coca. Mais c'est beaucoup trop sucré. Ce n'est pas mon truc.

— Vous n'êtes pas très bière non plus ?

— Non, je trouve que ça a mauvais goût, et c'est un gâchis de calories. Ça m'a d'ailleurs toujours causé du tort en société. »

O'Malley éclata de rire.

« Bon sang, si vous aviez grandi à Kilkenny, on vous aurait brûlé sur la place publique.

— Mais les autres buvaient principalement de la bière, non ? poursuivit Jonah.

— Oui. Même Aurora en avait bu un peu. Plus tard, cependant. Il avait fallu insister.

— Qui avait insisté ? demanda O'Malley.

— Nous tous, à différents degrés, répondit Brett avec une certaine gêne. C'est... Pour une raison ou pour une autre, quand vous vous détendez et que vous prenez du bon temps, si quelqu'un dans le groupe ne participe pas à la fête, c'est énervant. Je pense que c'est tout le groupe qui lui a un peu mis la pression. Nous étions des ados. Nous pensions qu'elle ne pouvait pas s'amuser sans boire d'alcool.

— Diriez-vous qu'elle s'était amusée, alors ?

— Oui. Après s'être baignée, elle est restée un moment sans trop parler. Je pense qu'elle avait froid plus qu'autre chose, mais nous avions fait une grosse flambée et elle a dû se réchauffer.

— Et vous l'avez tous persuadée de boire quelques bières, ce qui l'a aidée à le faire, dit O'Malley.

— Oui, je crois, répondit Brett en fronçant légèrement les sourcils. Ça n'a pas dû être si facile, pour elle. À part Aurora, nous aimions tous boire, et les autres aimaient bien prendre de la drogue.

— Pas vous ? demanda O'Malley.

— Non, pas moi. J'avais… j'avais un peu essayé pour voir, mais je trouvais que ça me donnait l'air stupide. Une dose bien plus petite qu'eux cependant, et je n'avais même pas tout sniffé. J'étais trop préoccupé par ma santé. Et si l'on avait su que je prenais de la drogue… Ma carrière aurait été terminée avant même d'avoir commencé.

— Aurora se distinguait des autres alors, poursuivit Jonah.

— Oui. À l'évidence, c'était la première fois qu'elle consommait de l'alcool. Et d'instinct, elle se sentait étrangère au groupe.

— Mais vous avez tous fait des efforts pour l'intégrer ? dit O'Malley.

— Oui. Je dirais que oui… Peut-être pas Coralie, qui n'a jamais été très douée pour s'entendre avec les gens. Et Topaz trouvait sa sœur un peu énervante. Mais on parlait tous à Aurora. On ne l'a pas laissée dans son coin. Ce n'était pas… Elle ne s'est pas éloignée parce qu'on ne faisait pas attention à elle. Nous n'étions pas insensibles, ou cruels. Tous les membres du groupe étaient sympas. »

Les yeux de Brett brillaient légèrement, et Jonah acquiesça.

« Nous avons déjà parlé de la drogue, dont nous savons d'après plusieurs sources qu'elle appartenait à Daniel Benham, dit Jonah en changeant d'approche. Vous n'avez jamais parlé de retourner la chercher ? De la récupérer ?

— Eh bien, elle n'était pas à nous, fit remarquer Brett. Daniel avait dit qu'il s'en occuperait le moment venu. Mais j'imagine qu'il ne s'est jamais résolu à le faire », dit-il avec un petit haussement d'épaules.

À ce moment-là, on frappa à la porte, et Hanson apparut, comme prévu.

« Chef ? »

Jonah se leva.

« Excusez-moi un instant, s'il vous plaît. »

Il sortit en refermant soigneusement la porte derrière lui. Hanson le dévisageait, sourcils froncés, mais Lightman gardait les yeux fixés sur la salle d'interrogatoire.

« On est raccord avec les dépositions dans le dossier pour l'instant ? demanda Jonah.

— Avec quelques variantes, répondit Lightman. Topaz, Benners et Coralie ont tous déclaré avec insistance qu'Aurora n'avait pas bu du tout. Jojo a également dit qu'Aurora était allée se coucher avant les autres parce qu'elle se sentait seule.

— Alors Brett nous livre un souvenir tout rose où tout le monde est sympa et une version différente en ce qui concerne l'alcool, c'est ça ? »

Il se tourna vers Hanson, qui les écoutait, l'air légèrement préoccupé.

« Des idées, Juliette ?

— Je me suis demandé... Eh bien, je pense que ses réponses à propos de la baignade ne sont pas très satisfaisantes. Il se souvient qu'elle avait les cheveux mouillés et qu'elle frissonnait, mais pas pendant combien de temps elle s'est absentée. D'après moi, son langage corporel dit autre chose. Je pense qu'il sait combien de temps elle était partie, même s'il ne l'a pas accompagnée. Est-il vraiment resté en permanence avec le reste du groupe ? Ou bien l'a-t-il suivie et retrouvée, d'une manière ou d'une autre ?

— Ce sont de bonnes questions, admit Jonah. On les lui posera le moment venu.

— Vous n'allez pas le pousser dans ses retranchements tout de suite ?

— Non. Nous avons rendez-vous avec Daniel Benham dans cinq minutes. Je vais laisser un peu de temps à Brett pour songer à tout ça. Il ne bouge pas d'ici.

— D'accord », dit Hanson avec un petit sourire.

Jonah passa la tête dans la pièce.

« J'ai bien peur d'en avoir pour un petit moment, lança-t-il comme à regret. Je suis désolé de vous laisser en plan. Voulez-vous un café ? Un thé ?

— Oui, répondit Brett. Un thé serait très apprécié, merci.

— Sergent, pouvez-vous vous en occuper ? Et ensuite, j'aurai besoin de vous pendant quelques minutes. »

14. Aurora

Vendredi 22 juillet 1983, 22 h 45

Benners était déjà en train de sniffer une ligne. Topaz était penchée sur lui, une main posée sur son épaule.

« Vas-y. Fais-m'en une. »

Aurora était assise un peu plus loin, à côté d'un tas de feuilles empilées près du feu. Elle sentit une pointe de déception en le voyant, même si elle savait que la drogue était à lui. Il était venu pour ça.

Soudain, le ghetto blaster de Connor cracha une vague ligne de basse qu'elle ne reconnut pas, accompagnée d'un son de synthétiseur et d'une mélodie éraillée.

Puis un bruissement dans le tas de feuilles à côté d'elle la fit sursauter et elle recula vivement.

Jojo, qui était accroupie à côté d'elle, une bière à la main, se redressa.

« Qu'est-ce que c'est ?

— Il y a… » lança Aurora en pointant du doigt les feuilles qui bougeaient.

Jojo s'approcha au lieu de reculer. Elle prit l'un des bâtons dont elle s'était servie pour attiser le feu et souleva doucement quelques feuilles. Puis elle sourit.

« C'est un hérisson ! s'exclama-t-elle. Regarde ! »

Sa silhouette à l'arrière-train pataud s'éloigna gauchement du feu de camp. Aurora la suivit des yeux, le cœur battant, jusqu'à ce qu'elle disparaisse dans la pénombre.

« Ça va ? demanda Jojo.

— Oui, désolée ! » dit Aurora en essayant de rire.

Elle retourna s'asseoir, soulagée que la musique et la drogue aient empêché les autres de voir sa réaction embarrassante.

« Je me suis montrée un peu stupide ! ajouta-t-elle.

— Mais non. La peur est une réaction naturelle. C'est utile, parfois. Ça te prévient quand quelque chose va vraiment de travers. Imagine si ça avait été une vipère là-dessous. Si tu n'avais pas bougé tout de suite, elle aurait pu te mordre, dit-elle en s'accroupissant de nouveau. C'est à ça que sert la peur. »

Elle ne regardait plus Aurora. Elle semblait être en train de parler de tout autre chose.

« Jojo ! héla Benners. Viens ! »

Jojo se leva et alla le rejoindre de l'autre côté du feu. Elle se pencha et sniffa avec la paille que Benners avait faite dans une feuille de papier à rouler. Brett, juste derrière elle, rigolait en essuyant la poudre restée sur le nez de Topaz.

Aurora sentit la peur la tirailler. Ils allaient tous en prendre. À partir de maintenant, ils ne seraient plus vraiment eux-mêmes. Ils ne seraient pas seulement ivres, ils planeraient. Défoncés. Différents.

La musique changea, le tempo s'accéléra. Un rythme entraînant, accrocheur.

Benners se redressa en criant :

« Super chanson ! »

Il bondit et tendit la main à Topaz. Aurora vit sa sœur secouer la tête et, souriant malicieusement, prendre à la place la main de Coralie. Elles se serrèrent l'une contre l'autre, et leurs corps bougeaient ensemble dans une chorégraphie bien rodée. Puis Topaz lui tourna le dos en se déhanchant et plia les genoux, se baissant un peu plus à chaque mouvement de hanche, puis se redressa de la même façon. C'était comme si elle entendait une autre musique. Une mélodie plus lente et plus sensuelle.

Aurora vit l'expression de Brett. Elle l'observa pendant qu'il les regardait. Elle se rendit compte que Connor s'était figé, lui aussi. Ce spectacle ne lui était pas destiné, mais il avait la même réaction que Brett. Puis Aurora se lassa de cet air affamé qu'ils avaient tous et elle alla chercher des chamallows dans le sac de nourriture.

15

Hanson n'était plus dans le couloir quand Jonah ressortit.

« Elle est déjà fatiguée d'observer mes techniques d'interrogatoire ? demanda-t-il à Lightman.

— Topaz Jackson et Connor Dooley sont arrivés. Elle est allée leur parler. Vous allez peut-être avoir un problème de timing. Topaz Jackson veut savoir ce qui se passe, d'après le sergent de garde. »

Jonah consulta sa montre. Trois minutes avant l'heure prévue pour le prochain entretien.

« Vous avez vu Daniel Benham ?

— Pas encore. »

Après une brève hésitation, Jonah décida de recevoir ceux qui étaient déjà là.

« Je vais voir Topaz et Connor tout de suite, dit-il à Lightman. Il faudra peut-être qu'on les sépare s'ils nous la jouent indignés, mais pour l'instant, on ne les considère pas comme des suspects. Tu peux recevoir Benham quand il arrive ? Lui proposer un café ?

— Oui, patron.

— Ensuite, retourne faire un tour dans la salle d'observation pendant que je discute avec Topaz et Connor. Je les mettrai dans la une si elle est disponible. »

La curiosité le démangeait quand il aperçut les trois silhouettes à travers les murs vitrés de son bureau. Il n'avait pas posé les yeux sur Topaz ou Connor depuis quinze ans ou plus. Il savait qu'à présent Connor était un homme respectable, dont les divers tatouages étaient dissimulés aux yeux du monde par des chemises et des toges d'universitaire. Il savait également que Topaz avait surpris l'ensemble de ses professeurs avec ses toutes nouvelles facultés d'élève concentrée et motivée. Finalement, elle s'était tournée vers le marketing, domaine où elle excellait.

Il se rendit compte qu'en fait ils avaient tous réussi. Brett, bien sûr, c'était le plus évident, mais les autres aussi. À l'exception de Jojo, ils occupaient tous des postes qui leur conféraient un certain statut : champion olympique, cadre, universitaire, politicien... Et Coralie, dans quoi travaillait-elle aujourd'hui ? Les médias ? Quelque chose en rapport avec la mode, se dit-il.

Il ne comprenait pas bien pourquoi il trouvait leur réussite si surprenante. Peut-être parce que la perte d'un proche était une blessure que vous traîniez toute votre vie durant... Et pourtant, Topaz et Benners étaient passés d'élèves fainéants à travailleurs, et d'opposants au système à piliers de l'establishment. Cela l'amena à se demander si le désir d'accéder à un statut était un signe de bonne santé, ou si ce n'était pas plutôt cela, la blessure qu'il cherchait en eux.

« Qu'est-ce que tu penses de lui ? » demanda O'Malley.

Hanson jeta un coup d'œil à Brett, qui tripotait son téléphone.

« Difficile à dire pour l'instant. Je pense qu'il ne dit pas la vérité, toute la vérité et rien que la vérité... Cela étant dit, c'est le cas de la plupart des gens.

— Je parlais de l'inspecteur, en fait ! s'exclama-t-il en rigolant.

— Oh ! Il a l'air super, dit-elle en rougissant légèrement. Intelligent, aussi. J'espère que je m'en sors bien avec lui.

— Tu te débrouilles très bien. Continue à te concentrer sur ce qui se passe et tu vas cartonner. »

Hanson lui adressa un sourire un peu gauche, puis retourna dans les bureaux de la Criminelle. Elle alluma l'écran de son PC en soupirant. Personne ne lui avait confié de tâche particulière, ce qui signifiait qu'elle ferait aussi bien de se plonger dans la paperasse.

Il était difficile de détourner les yeux de Topaz. C'était, en partie, comme un jeu de memory. Jonah ne relevait chez elle que de subtils changements par rapport à la fille de quinze ans qui avait fait perdre la tête à la moitié des garçons du lycée. Les longs cheveux noirs et brillants étaient restés les mêmes. Ses grands yeux bleu pâle étaient à peine plus cernés de rides, ses lèvres pulpeuses. Et sa silhouette était encore celle d'une lycéenne. Ses jambes étaient bronzées, lisses, et sous sa robe moulante blanche, elle avait le ventre plat. Seule son expression avait changé. Elle avait perdu ce regard entendu, ouvertement provocant. Aujourd'hui, elle était plus fragile, moins sûre d'elle.

Connor était méconnaissable. Sa constitution frêle s'était épaissie, il était presque trapu. Une crinière poivre et sel séparée par une raie au milieu avait remplacé sa boule à zéro, et il portait une barbe, courte et bien taillée. Dans son costume bleu marine, il était l'incarnation d'une vie de privilèges et de la bonne éducation. Plus aucune trace de ce gamin lunatique et colérique que son père, notoirement, frappait régulièrement.

Jonah s'installa dans la plus grande des salles d'interrogatoire. O'Malley, qui arriva un peu plus tard, prit une chaise à son tour.

« Je suis désolé qu'après tout ce temps les nouvelles d'Aurora aient été aussi tristes, dit Jonah. Ce n'est pas ce que nous attendions tous.

— On pourrait arrêter d'être désolé ? demanda Topaz d'un ton sec. Ça fait un quart d'heure qu'on nous donne du désolé. Je voudrais savoir ce qui se passe. Est-ce que vous savez comment elle est morte ? C'était un meurtre ? »

Jonah secoua doucement la tête en essayant de l'apaiser.

« On ne le sait pas encore. J'espère que vous pourrez nous aider, tous les deux.

— Plus qu'il y a trente ans ? répliqua-t-elle avec un sourire ironique. Quand vous nous avez interrogés encore et encore sans qu'il en ressorte jamais rien ?

— Aujourd'hui, nous avons davantage d'éléments à notre disposition... Vous ne voyez pas d'inconvénient à ce que j'enregistre ? dit-il en désignant le magnétophone du regard.

— Je ne suis pas sûre d'apprécier ce que cela sous-entend », répondit-elle en fronçant les sourcils.

Connor se pencha et posa la main sur celle de Topaz.

« Je n'y vois pas d'inconvénient », dit-il.

Sa voix était peut-être ce qu'il y avait de plus surprenant. Plus aucune trace de l'accent irlandais mâtiné des inflexions de Southampton de sa famille. À présent, il parlait comme un membre de la haute société d'Édimbourg.

Tout en réfléchissant, Topaz se mordit la lèvre, puis elle lâcha un bref soupir.

« Très bien. Vous pouvez nous enregistrer. »

Elle demeura bien droite sur son siège pendant que Jonah récitait les formules d'usage, et dès qu'il eut fini, elle lança :

« Racontez-moi ce qui se passe. »

Jonah baissa les yeux, puis acquiesça. Un choc pouvait bien être leur meilleur allié, aujourd'hui.

« On a retrouvé Aurora enterrée dans une planque pleine de drogue que vous connaissiez tous. Pour l'instant, la cause de son décès n'a pas été confirmée. »

Il y eut un bref silence. Puis Topaz reprit la parole.

« Que faisait-elle là-dedans ? Que lui est-il arrivé ? »

Jonah se surprit à regarder Connor. Il se posait des questions sur lui, sur son parcours. Au lycée, Jonah se méfiait de Connor parce qu'il était sujet à des accès de violence subits, mais on savait également qu'il protégeait jalousement les filles de son groupe. Il était presque vieux jeu. Il croyait en la vertu, en l'honneur et en la fragilité des femmes. D'une certaine façon, songea Jonah, cela ressemblait aux principes de son propre salaud de père.

« Nous essayons de déterminer ce qui est arrivé à Aurora. Nous avons besoin de votre aide pour le faire. Je voudrais savoir comment Aurora s'est retrouvée avec vos amis. A-t-elle été invitée par quelqu'un en particulier ? Par vous ? »

Topaz ne répondit pas tout de suite. Jonah remarqua le regard en coin qu'elle jeta à Connor et la légère moue qu'elle fit avant de se maîtriser.

« C'était nous tous », dit Connor.

Topaz soupira.

« C'était surtout les autres, en réalité. Je ne voulais pas vraiment qu'elle vienne. Je sais que… que ce n'est pas très gentil. Elle était ma sœur. Mais à l'époque, elle me faisait un peu honte. Toute ma famille me faisait honte. Une bande de hippies dépenaillés qui ne connaissaient rien au monde moderne.

— Ne pas souhaiter la présence de votre sœur n'est pas un crime.

— Non, je sais, dit Topaz en baissant les yeux. Mais je n'ai pas su la protéger, n'est-ce pas ? Je ne me suis pas assurée qu'elle allait bien. J'étais trop occupée à m'amuser… »

Jonah laissa un bref silence s'ensuivre, puis il demanda posément :

« Est-ce que vous vous rappelez qui l'a suggéré le premier ? Quelqu'un a-t-il particulièrement insisté pour qu'elle vienne ?

— Je pense que tout le monde avait un peu pitié d'elle, répondit-elle en secouant la tête. Elle se sentait très seule à l'école. »

Jonah laissa O'Malley noter cela avant de poursuivre.

« Vous ne pensez pas qu'un des garçons lui portait un intérêt particulier ? Qu'il avait des intentions à son propos ? Je suis désolé de vous demander ça devant votre mari, mais je l'inclus dans ma question. »

Le visage de Topaz prit aussitôt une expression de profond dégoût.

« Non ! Elle était si… si gauche et puérile. C'est impossible. »

Jonah remarqua que Connor regardait Topaz, et non pas lui.

« Mais c'était une très belle fille, votre sœur, insista-t-il. Il y en a certains que sa naïveté n'aurait pas arrêtés. Pour le dire de façon brutale, cela aurait même pu en exciter quelques-uns.

— C'est horrible, de dire ça ! C'est tout simplement horrible !

— Prenons Daniel Benham, par exemple, poursuivit-il. Il n'avait que deux ans de plus qu'elle. »

Topaz secoua la tête et partit d'un rire rauque.

« Écoutez, vous ne comprenez pas. Elle n'était pas canon. Elle n'était pas le moins du monde sexuellement attirante. Elle n'avait jamais eu de petit ami et jamais personne ne lui avait demandé de sortir avec elle. Elle dérivait dans son petit monde, elle regardait les plantes et les fleurs. Jusqu'à… je ne sais pas, peut-être un peu plus tôt cette année-là, quand elle avait cessé d'être aussi gauche et qu'elle était devenue jolie, elle n'était apparue sur les radars de personne. Même pas de loin. Et même à ce moment-là, une fois que tout s'était mis en place, elle n'était pas *sexy*. Elle était mignonne, elle était à l'ouest, elle était un exemple typique de ces jeunes hippies illuminées. Elle était ma petite sœur. Elle n'était la proie de personne. »

Jonah ne répondit pas tout de suite. Il baissa les yeux sur ses notes, pris d'un étrange désir de la contredire, de lui déclarer qu'elle avait tort, que les garçons avaient été fascinés par Aurora, même s'ils ne savaient trop que faire de cette fascination.

Ce bref instant de silence suffit à fissurer les certitudes de Topaz.

« Vous avez trouvé quelque chose ? Est-ce que… Est-ce qu'elle a été… ? »

Jonah marmonna évasivement quelque chose. Son regard allait de Topaz à Connor, lequel se passait nerveusement la main dans les cheveux, l'air profondément mal à l'aise.

« Pour l'instant, nous n'avons aucune confirmation de quoi que ce soit. Les analyses de données pour le site ne sont pas encore arrivées. Vous voulez un autre café ?

— Je pense que ça va aller », répondit Connor d'une voix tendue.

Jonah acquiesça lentement et décida de les laisser entre eux un moment. Il sentit leur regard dans son dos quand il sortit.

Benham avait l'air stressé. Plus que quiconque jusqu'à présent, songea Jonah. Il était blême, et il dardait les yeux de façon erratique d'un point à l'autre de la salle. Il était en sueur, aussi. L'air malade.

Son avocate, à côté de lui, était calme, le menton légèrement dressé, prête au combat. La quarantaine, râblée, jupe tailleur sombre, une gourmette Pandora et une montre à bracelet en strass. Jonah ne la connaissait pas. Elle était probablement trop chère pour la plupart des gens qu'il interrogeait d'habitude.

Une fois qu'il eut prononcé les formules d'usage pour l'enregistrement, Jonah laissa s'installer un silence. On n'entendait que le son des pages que tournait O'Malley en consultant un rapport.

« Vous vouliez en savoir plus sur la drogue », finit par lâcher Benham.

L'avocate lui jeta un regard en biais.

Un regard désapprobateur, songea Jonah.

« Oui, répondit-il. Entre autres. Nous avons des raisons de croire qu'elle vous appartenait. Des témoins nous ont confirmé que vous l'aviez achetée auprès d'un contact que vous aviez déjà sollicité par le passé. »

Benham commençait à ouvrir la bouche pour répondre quand son avocate intervint :

« Cela a-t-il un rapport avec l'enquête pour meurtre en cours ?

— Ça pourrait. Après tout, si la drogue était destinée à la vente, le propriétaire risquait de perdre beaucoup d'argent si on la découvrait. Même en tant que mineur, il risquait la prison, et très certainement une expulsion de son école ainsi qu'une tache indélébile sur son casier judiciaire.

— Ça ne signifie pas que je ferais quoi que ce soit qui puisse nuire à quelqu'un, dit Benham en secouant la tête.

— M. Benham est ici de son propre chef, afin de vous donner des informations en tant que témoin, déclara l'avocate d'une voix sèche. Si vous souhaitez l'interroger en tant que suspect, il faudra organiser un autre entretien. »

Jonah lui adressa un petit sourire, hocha la tête et poursuivit.

« À ce stade, je n'essaie pas d'établir que vous avez fait quelque chose pour vous protéger. Mais cette drogue éveille mon intérêt. La crainte d'être arrêté était un mobile suffisant pour n'importe quel membre du groupe. Avec cela en tête, j'aimerais que vous me confirmiez que la drogue vous appartenait, et que vous m'indiquiez auprès de qui vous l'aviez achetée, et pourquoi. »

L'avocate se pencha vers lui pour lui murmurer quelque chose, et Benham acquiesça.

« Elle était à moi, mais je n'ajouterai rien de plus sur cette question, si ce n'est qu'elle provenait de quelqu'un n'ayant absolument aucun contact avec Aurora.

— Vous aviez l'intention de la revendre ? » insista Jonah.

Il y eut un nouveau silence. L'avocate secoua la tête.

« Je n'ai jamais eu l'intention de vendre de la drogue. Celle qui se trouvait en ma possession était uniquement destinée à un usage à titre gratuit par les gens de mon entourage. »

Jonah ne put réprimer un sourire. C'était vraiment une réponse de politicien.

« Qu'est-elle devenue par la suite ? La Dexédrine ?

— Rien, pour autant que je le sache.

— Alors, vous avez laissé votre stock dans ce trou. Vous n'avez pas songé à la quantité d'argent que ça représentait, ou au risque qu'on la trouve et que cela vous attire des ennuis ?

— Est-ce qu'on recommence à considérer mon client comme un suspect ? l'interrompit l'avocate.

— Pas pour l'instant, répliqua posément Jonah. Mais je voudrais savoir si vous avez essayé de retourner là-bas.

— Je pense que c'est en rapport…

— C'est bon, trancha Daniel en levant la main à l'intention de son avocate. Je préférerais… Je comptais y retourner, poursuivit-il en posant les yeux sur Jonah. J'avais dit aux autres que j'attendrais qu'on retrouve Aurora. Je pensais que ça irait vite. Puis le temps a passé, et j'ai décidé qu'il valait mieux attendre que les choses se calment. Mais ça a duré, et plus ça durait, plus je me sentais incapable. Comment pouvais-je me préoccuper d'un stock de drogue pour faire la fête alors qu'Aurora avait disparu ? Et quelque chose en moi me reprochait sa disparition. J'avais l'impression de l'avoir laissée tomber. Si j'avais fait plus attention, ou si j'avais dormi plus près d'elle… »

Jonah laissa le silence se prolonger, mais Benham semblait avoir fini.

« Alors, vous n'y êtes jamais retourné.

— Non.

— Et les autres le savaient ? »

Benham fit la moue.

« Non, je ne crois pas. Je leur avais dit de s'en remettre à moi, et avec le temps qui passait, j'ai de moins en moins voulu admettre que j'avais laissé la drogue là-bas. Je n'y suis jamais retourné, et je n'ai donc jamais trouvé Aurora. N'est-ce pas éminemment ironique ? Je pensais à elle en permanence, et on l'aurait retrouvée il y a des années si j'avais fini le boulot. »

Jonah hocha lentement la tête. Il songeait que le stock de drogue avait pratiquement disparu, quoi qu'en dise Benham. Soit c'était lui qui l'avait pris, et il pensait que la police n'était pas au courant de la quantité initiale qui s'y trouvait, soit il n'avait aucune idée qu'elle ne s'y trouvait plus.

Il décida de garder par-devers lui cette information pendant un temps.

« Pourriez-vous me parler de votre amitié avec Aurora ? demanda-t-il en se radossant. Vous la connaissiez bien ?

— Pas très bien, non. Pas aussi bien que sa sœur. Notre groupe, c'était Topaz, Connor, Coralie, Jojo et moi. Mais je passais chez elle de temps à autre, et Topaz et elle prenaient le bus pour rentrer à Lyndhurst presque tous les jours. Je lui avais parlé assez souvent pour considérer qu'elle était sympa.

— Hmm. Alors vous n'êtes jamais sorti avec elle ? »

Benham lui adressa un regard perplexe, puis jeta un nouveau coup d'œil à son avocate.

« Non, jamais. Je ne pense pas qu'elle ait jamais eu un petit copain. Cela dit, elle ne me racontait pas sa vie.

— Il ne s'est jamais rien passé entre vous ? Même cette nuit-là ? Ce que je veux dire, c'est que l'alcool coulait à flots et vous aviez tous pris de la drogue. Parfois, ces choses-là arrivent.

— Non, vraiment jamais, répondit-il d'un ton ferme. Je n'ai jamais eu ce genre d'intérêt pour elle. Je l'aimais bien, mais ça n'allait pas plus loin que ça.

— Et vous n'étiez pas inquiet qu'elle ait été mise au courant pour la Dexédrine ? demanda O'Malley en interrompant sa prise de notes. Ça devait vous préoccuper, non ?

— Pas du tout ! s'exclama Benham en se redressant sur son siège. Je n'étais pas très sûr de Brett, qui aimait jouer les mauvais garçons. Mais Aurora, pas du tout, ajouta-t-il en regardant O'Malley droit dans les yeux.

— Vous aviez des raisons de penser qu'Aurora savait garder un secret ? » demanda O'Malley.

Il y eut un long silence, pendant lequel l'avocate observa son client, prête à l'interrompre. Puis Benham reprit la parole.

« Oui, j'en avais. Elle savait beaucoup de choses sur moi. Pas parce que je les lui avais confiées. Elle était tombée sur... Je ne suis pas cent pour cent... hétéro, vous voyez ? dit-il d'un air tendu. Il m'est arrivé d'avoir des relations avec des garçons, occasionnellement. L'un d'eux était en terminale. Il était batteur dans un groupe de jazz. Aurora... nous a découverts. Topaz prenait des cours de danse, et Aurora était partie se promener. En attendant que leurs parents arrivent, vous voyez ? On était dans l'ancien jardin ouvrier derrière le terrain de sport de l'école. En général, personne n'y allait jamais, alors... »

Sa voix s'éteignit. Jonah était vraiment surpris par son petit aveu. Il avait toujours pris Benham pour un homme à femmes, le genre à gratter quelques accords sur une guitare pour les subjuguer. Et en tout état de cause, on l'avait souvent vu en compagnie de très belles femmes.

« Vous en avez parlé avec elle ?

— Oui. Enfin, pas exactement parlé, précisa-t-il avec une moue. Elle a simplement hoché la tête et elle est partie. Je ne l'ai revue que le lendemain matin, dans le bus. Je crois que je n'avais pas dormi de la nuit. Mon... mon père était contre tout ça. Ça le dégoûtait. Un jour, il m'avait dit que si ça se savait, il me mettrait dehors, point final. Et, bien sûr, ma mère n'aurait pas discuté sa décision. »

Il prit le verre d'eau posé devant lui et en but une grande gorgée.

« Mais quand vous lui avez parlé, Aurora s'est-elle montrée compréhensive ? demanda O'Malley. A-t-elle assuré qu'elle n'en parlerait pas ?

— Oui. Je me suis assis à côté d'elle dans le bus. En général, personne ne le faisait, alors elle était... Elle était visiblement ravie que je choisisse de le faire. Du coup, je me suis senti très mal. Je ne veux pas paraître prétentieux, mais jusque-là, je n'avais jamais songé à ce qu'on ressentait lorsqu'on n'était pas... populaire. Par la suite, je me suis assis plusieurs fois à côté d'elle. Mais quoi qu'il en soit, quand je lui ai posé la question, elle était surprise. Très honnêtement, il ne lui était jamais venu à l'esprit d'en parler à quiconque. Ni que quelqu'un aurait pu réagir ainsi. Et elle n'a jamais soufflé mot de cette histoire. Même longtemps après que ce batteur et moi nous sommes séparés, personne n'en avait jamais entendu parler. Elle était comme ça, Aurora. »

Les larmes aux yeux, il vida son verre d'eau.

Jonah attendit qu'il se remette un peu.

« Je suis désolé de raviver tous ces douloureux souvenirs. Mais il est important pour nous de poser ces questions.

— Je comprends.

— Pourriez-vous me dire si, selon vous, d'autres membres du groupe s'intéressaient à Aurora ? Est-ce qu'il aurait pu s'être passé quelque chose entre elle et quelqu'un d'autre cette nuit-là ?

— Je... Je ne pense pas. Ils n'en auraient guère eu l'occasion. On était tous ensemble, et on ne s'est quittés que pour aller dormir. Quant à Aurora, elle est allée se coucher peu après. »

Jonah sentit une tension subite chez O'Malley.

« D'après les six déclarations faites le lendemain de la disparition, lança celui-ci, Aurora était allée se coucher en premier. Avant tous les autres.

— Désolé, je suppose... Oui. Oui, je... Ils ne sont pas précisément allés se coucher. Ils se sont... appariés, en quelque sorte. »

Jonah le regarda fixement.

« Vous me dites qu'il y a eu des relations sexuelles entre les membres du groupe avant sa disparition ?

— Je ne sais pas s'il y a eu des relations sexuelles, répondit Benham un peu précipitamment. Il faudrait le leur demander. Je les ai simplement vus s'embrasser. Et ensuite, ils se sont éloignés dans la forêt.

— Pouvez-vous préciser de qui vous parlez exactement ?

— Eh bien, des autres. Topaz, Brett... Connor et Jojo étaient blottis l'un contre l'autre, mais je pense que ce n'est pas allé plus loin que ça. »

Alors les médias, du moins certains d'entre eux, n'étaient pas tombés très loin du compte. Drogue, alcool et sexe, et la moitié des gamins n'avaient que quinze ans. Jonah se sentait mal à l'aise de l'entendre, malgré les souvenirs qu'il avait gardés de l'époque où lui aussi avait cet âge-là – des fêtes où les couples s'éclipsaient et revenaient plus tard, les vêtements en vrac et l'air ailleurs.

« Pour que tout soit clair, Topaz s'est éloignée avec Brett Parker, et Jojo avec Connor, c'est ça ? demanda Jonah.

— Oui. Oui, je crois que c'est ça.

— Et vous êtes resté avec Aurora et Coralie, dit O'Malley.

— Non, Coralie... Coralie est allée se coucher quand Topaz est partie. Elle n'avait pas spécialement envie de parler avec nous. Quant à Aurora, elle a décidé d'aller dormir quand elle a vu ce qui se tramait entre les autres. Ce n'était pas vraiment son truc. Et j'imagine que comme sa sœur était dans le lot...

— Du coup, vous êtes resté tout seul, déclara O'Malley. Tout seul, à côté du feu de camp, avec Aurora. Et ensuite, plus personne ne l'a vue. »

Nouveau silence. Des rides se formèrent sur le front de Benham.

« Mais quelqu'un l'a vue, non ? Quelqu'un l'a tuée et l'a enterrée dans ce putain de trou. »

Lightman s'était trouvé une posture confortable, bras croisés, son poids portant sur ses talons. Il s'était habitué à se tenir ainsi, et il ne voyait pas d'inconvénient à être les yeux, les oreilles et la mémoire de l'inspecteur.

Dans la salle d'interrogatoire, Topaz, assise sur sa chaise, croisa nerveusement les jambes. Après le départ de Jonah, Connor lui avait caressé l'épaule, puis il s'était levé pour s'étirer.

« Et si quelqu'un l'avait violée ? demanda Topaz en rompant brusquement le silence. Comment mes parents vont-ils le prendre ?

— Ils n'ont peut-être pas besoin de le savoir, répondit Connor en la dévisageant, les mains dans les poches.

— Si ! Je ne... Mais ça ne peut pas s'être produit, non ? Je ne vois pas comment ça aurait pu arriver. Les chances qu'un inconnu débarque et commette un tel acte... Et... Elle était avec nous. Rien que nous... Benners et Brett n'auraient jamais fait ça.

— Je ne sais pas, répondit Connor en secouant la tête. Je ne pense pas.

— Allons ! insista-t-elle. Benners ne ferait pas de mal à une mouche. Et Brett était inconscient. »

Connor détourna brusquement la tête. Il porta la main à sa bouche.

« Et c'est Benners qui l'a mise au lit, non ? reprit Topaz. C'est ce que tu avais dit. Et il ne s'est pas absenté très longtemps.

— Non.

— Et toi, après, tu as simplement discuté avec Jojo, non ? demanda-t-elle en le regardant fixement. C'est ce que tu avais dit, n'est-ce pas ? Tu n'as pas essayé de suivre...

— Topaz ! » s'exclama-t-il.

Puis il tourna les yeux vers le miroir sans tain derrière lequel Lightman les observait. Celui-ci eut l'impression que leurs regards se croisaient, même s'il savait que Connor ne voyait que son propre reflet dans la glace. Connor se détourna et se mit à faire les cent pas dans la pièce.

Topaz le suivit des yeux un moment, puis s'absorba dans la contemplation de ses mains tout en triturant ses ongles.

« Elle vérifiait les affirmations de son mari, dit posément Lightman quand Jonah vint le rejoindre dans la salle d'observation. À l'évidence, un doute subsiste. Elle n'est pas tout à fait sûre qu'il ne s'est rien passé entre Connor et Aurora, ni qu'il ne l'a pas suivie quand elle s'est éloignée du camp.

— Je vais retourner leur parler. Viens avec moi.

— Comment veux-tu que je la joue ?

— Froid. »

Connor, qui faisait toujours les cent pas, se tourna vers eux quand ils entrèrent. Jonah se sentit transpercé par son regard, il savait que Connor cherchait des signes indiquant qu'ils avaient été observés. Topaz se contenta de le dévisager, le regard neutre.

Jonah s'assit rapidement.

« Désolé pour l'attente, dit-il délibérément sèchement. La matinée a été dense.

— Vous avez un suspect ? demanda Topaz de but en blanc.

— Nous avons des pistes. C'est tout ce que je peux dire pour l'instant. »

Jonah se radossa et l'examina un instant. Puis, sans tourner la tête, il demanda laconiquement à Connor de s'asseoir.

Celui-ci lui obéit à contrecœur et s'agita ostensiblement sur sa chaise jusqu'à trouver une position confortable.

« Il semble que certains pans de vos déclarations originelles étaient assez éloignés de la vérité, commença Jonah une fois que Connor se fut posé. Vous avez tous deux affirmé qu'il n'y avait pas eu d'événements de nature sexuelle cette nuit-là. Mais nous avons maintenant la preuve que c'est faux, qu'il y en a eu plusieurs. »

Jonah remarqua que la joue de Topaz était prise d'un tic. Connor jeta un coup d'œil en biais à sa femme, puis fixa de nouveau Jonah. Aucun d'eux ne répondit.

« Il semble qu'il se soit passé quelque chose entre vous et Brett Parker, ce soir-là, dit-il à Topaz. Et que vous vous êtes éloignée du camp avec lui. »

Elle rougit. Jonah constata qu'elle évitait de regarder Connor.

« Oui. Est-ce que c'est important ?

— Ça nous apprend du moins où vous étiez, quand et avec qui, répondit Jonah sans se soucier de retenir ses coups. Des informations vitales dans une affaire de disparition. Pourquoi avez-vous systématiquement menti à ce propos, à l'époque ? »

Topaz lui adressa un regard légèrement incrédule.

« Nous vivons dans une petite communauté qui fabrique des ragots à la pelle. Vous croyez que j'avais envie que mes parents apprennent ce que je faisais ? C'était assez dur comme ça de ne pas être partie à la recherche d'Aurora. Comment croyez-vous qu'ils auraient réagi en apprenant qu'au moment où elle avait disparu j'étais en train de coucher avec le sportif du lycée ? »

Jonah laissa son regard dériver vers Connor.

« Et il semble que vous avez couché avec Jojo Magos, cette nuit-là.

— Loin de là ! répondit Connor avec un geste de la main. Jojo m'a réconforté quand je me suis épanché sous l'effet de l'alcool, et elle s'est serrée contre moi pour dormir parce qu'elle est comme ça, mais il n'y avait rien de sexuel là-dedans.

— Sur quoi vous êtes-vous épanché ? demanda Jonah.

— Sur Topaz. Et Brett. »

Jonah laissa un long silence s'installer. Connor soutenait son regard, le menton relevé, un pli dur sur les lèvres.

« Demandez à Jojo, finit par déclarer Connor. Elle vous dira exactement la même chose. »

Jonah s'agita un peu sur sa chaise avant de poursuivre.

« Alors, vous n'avez pas eu de rapports sexuels cette nuit-là ? Ni avec Coralie ? Ni avec Aurora ?

— Bien sûr que je n'ai pas eu de rapports avec Aurora ! répondit Connor d'un ton agressif. Quant à Coralie et moi, on se détestait plus qu'autre chose.

— Rien n'a changé, alors ? s'exclama Topaz d'une voix pleine d'amertume. Retour à la case départ. Connor et moi, on nous met en charpie, et la police ne cherche pas du tout ailleurs. Pourquoi aucun des adultes qu'elle connaissait n'a-t-il subi le même sort ? Comme son prof d'anglais plutôt louche ? Je vous ai dit des dizaines de fois que c'était lui qu'il fallait interroger. Il était là-bas ! »

Jonah fut un peu déstabilisé.

« Qu'est-ce que vous entendez par “là-bas” ?

— Vous êtes sérieux ? Vous avez passé en revue notre vie sexuelle, et vous avez loupé le seul élément significatif que j'ai vu ? »

Elle se pencha en avant et parla en articulant distinctement, comme si elle s'adressait à un imbécile.

« M. Mackenzie. Son prof d'anglais. Celui qui lui donnait des cours particuliers. Il campait aussi dans la forêt, cette nuit-là. J'ai discuté avec lui, sur la berge, et il m'avait dit qu'il allait marcher encore trois à quatre kilomètres. Ensuite, il est parti en passant juste devant notre planque. »

Dans l'immédiat, Jonah n'avait rien à répondre à ça. Le nom lui disait quelque chose, et il croyait se souvenir de cet homme, mais c'était tout.

« Mon Dieu ! s'exclama Topaz. Est-ce que vous avez au moins lu nos déclarations de l'époque ?

— Nous sommes en train de les parcourir, dit Jonah avec un sourire ironique.

— Il aurait facilement pu voir où se trouvait la drogue. Facilement.

— C'est une information utile, dit Jonah en se levant. Merci. Vous pouvez y aller, tous les deux. »

Il fit une pause devant la porte pour s'entretenir avec Lightman.

« Y avait-il beaucoup de choses sur Mackenzie dans leurs déclarations ? M. Mackenzie ? Le prof d'anglais d'Aurora ?

— Je crois que Topaz avait demandé si la police l'avait interrogé. Mais rien de plus concret dans les premières dépositions. »

Jonah acquiesça. À présent, il se rappelait pourquoi ce nom lui disait quelque chose. Topaz, à l'époque, avait déboulé dans le commissariat, quasiment hystérique.

« Vous m'avez déjà interrogée sur tout, avait-elle crié à l'agent qui la conduisait vers les bureaux de la Criminelle. Vous m'avez posé les mêmes questions encore et encore et encore. Pourquoi n'interrogez-vous pas ce putain de M. Mackenzie, hein ? Depuis, il continue joyeusement à donner ses cours. Pourquoi sommes-nous les seuls à souffrir ? »

Jonah aurait dû s'en souvenir. Il était même allé poser la question à son inspecteur, un homme patient.

« Écoutez, je ne suis pas sur l'affaire, avait répondu celui-ci. La seule chose que je sais, c'est ce qu'en disent les résumés du superintendant. Apparemment, Mackenzie est totalement hors de cause. Il a un alibi pour toute la soirée. »

Et pourtant, Topaz insistait pour qu'on le considère comme un suspect. Il devait bien y avoir une raison, même ténue. À moins qu'elle ne se soit attachée à le présenter comme un potentiel coupable pour faire diminuer la pression que subissaient ses amis.

Il retourna dans les bureaux de la Criminelle et chercha des yeux Hanson, qu'il trouva debout devant l'imprimante à attendre que celle-ci ait fini de cracher ses pages.

« Vous pourriez faire quelque chose pour moi ? lui demanda-t-il.

— Bien sûr ! répondit-elle en jetant un coup d'œil à l'afficheur de l'appareil.

— Aurora avait un professeur, un certain Andrew Mackenzie. Je voudrais savoir si quelqu'un l'a mentionné dans les rapports de l'époque, et quelles pistes ont été suivies à ce sujet. »

Hanson acquiesça.

« Encore dix pages à imprimer, et je m'y mets. »

16. Aurora

Vendredi 22 juillet 1983, 23 h 30

Curieusement, malgré la musique, les rires et les mots gentils, elle ne s'était jamais sentie aussi seule. Les autres voulaient qu'elle danse, qu'elle boive et qu'elle s'amuse. Elle savait pourquoi. Elle était une source d'irritation permanente. Celle qui plombait l'ambiance. Mais plus ils insistaient, plus elle sentait qu'elle se renfermait, se raidissait et s'isolait.

C'était la même lors des fêtes organisées par l'école, elle avait rarement quelqu'un à qui parler. Sa meilleure amie, Becky, n'avait jamais le droit d'y aller, parce que sa mère, qui l'élevait seule et qui semblait en général confondre l'amour et le gavage, voulait qu'elle rentre directement à la maison après les cours, malgré l'envie désespérée de Becky de pouvoir venir.

Plus tôt dans l'année, sa solitude avait semblé toucher à son terme. Zofia, la gentille et adorable Zofia, avait fait irruption dans sa vie comme un rayon de soleil. Elle accompagnait Aurora chaque fois qu'on la larguait quelque part avec Topaz, et elle bavardait sans arrêt avec elle dans son étrange anglais, faisant sentir à Aurora qu'elle était appréciée.

Mais Zofia avait à son tour été escamotée, tout ça à cause d'une seule stupide soirée.

Ce souvenir était encore trop proche et trop douloureux. Elle ferma les yeux pour chasser ces pensées, pour chasser ce sentiment de solitude, le sentiment que des centaines de kilomètres la séparaient des copains de Topaz.

Quand elle les rouvrit, rien n'avait changé. Elle était toujours là.

Elle se surprit à observer Jojo, rassurée par la différence entre elle et les autres filles. Jojo préférait danser toute seule, elle s'abandonnait au rythme sans jamais se soucier du regard des autres. Une ou deux fois, Aurora se dit qu'elle l'enviait. Elle se demanda si, pour peu qu'elle essayât, elle parviendrait à lui ressembler, à être comme elle, habile et indomptée. Elle trouvait son indépendance très belle.

C'était peut-être la seule voie possible, vu qu'elle ne ressemblerait jamais à sa sœur et ses déhanchements suggestifs.

Benners dansait, lui aussi, la tête en arrière, il sautillait en serrant d'une main contre son torse sa flasque d'alcool. Il ne ressemblait plus au Benners qu'elle connaissait.

Mais celui-ci fut le premier à se lasser. Il vint s'asseoir, ou plutôt il se laissa lourdement tomber à côté d'elle et dut se rattraper d'une main pour ne pas s'étaler par terre. Il éclata de rire et but une rasade à sa flasque.

Il empestait l'alcool. Elle se demanda si elle-même dégageait une odeur de limonade.

« Je me suis déjà senti comme ça, dit-il en souriant.

— Comme quoi ?

— Comme si je ne faisais partie de rien. Comme si j'étais totalement seul et invisible, et plus j'y songeais, plus je me sentais seul. En fait, ça m'arrive assez souvent. »

En voyant l'air surpris d'Aurora, il hocha la tête.

« Trop réfléchir. Quand tu penses et tu penses et tu penses, ça devient une barrière entre toi et tout le reste. Tu ne peux profiter de rien, et tu ne te concentres que sur le mauvais aspect des choses. Sur le fait que tu aimerais être ailleurs.

— Je suppose, oui…

— Mais laisse-moi te dire quelque chose ! »

Benners se pencha vers elle pour lui parler franchement. Son haleine aux vapeurs d'alcool lui baignait le visage.

« Et c'est important, Aurora ! Parce que tu es intelligente et que tu as beaucoup de choses à offrir. Beaucoup plus que la plupart de ces gens-là. »

Il marqua une pause, attendant qu'elle réponde, ce qu'elle fit consciencieusement.

« Quoi ?

— Tu ne devrais jamais souhaiter être ailleurs ! dit-il en lui pressant la main pour souligner l'importance de ce qu'il lui confiait. Jamais. Quoi que ce soit que tu fasses, fais-le à fond. T'isoler dans ton monde et dans ta tête, c'est important parfois, mais vivre l'est aussi. Tu dois laisser la vie faire partie de ton vécu. Tu dois sentir tout ceci et te laisser emporter. Et pour ça, il faut prendre une décision. La décision d'en profiter. »

Aurora secoua doucement la tête.

« C'est juste que ce n'est pas vraiment mon truc.

— Tu ne devrais pas dire ça ! s'exclama-t-il d'un ton presque agressif. Tu ne devrais jamais dire ça. Tu n'as pas essayé. Alors comment tu sais si ce n'est pas ton putain de truc ? Il faut que tu te dises que tout peut être ton truc. Et si tu veux profiter de la vie, il faut prendre à bras-le-corps tout ce qui t'arrive. Parce qu'une fois que tu l'auras fait et que… tu te seras investie là-dedans, que tu l'auras pris à bras-le-corps, eh bien, ça *deviendra* ton truc. Il n'y a rien dans ce monde qui ne soit pas pour toi. Il faut simplement que tu donnes une chance au monde. »

Elle le dévisagea. Il avait une expression féroce. Elle éprouvait une sensation étrange, comme si elle se trouvait au bord de quelque chose. Elle se demanda s'il avait raison, et si elle avait le choix. Peut-être pouvait-elle faire plus de choses que ce qu'elle croyait. Peut-être y avait-il quelque chose en elle dont elle n'avait pas conscience.

Benners but une nouvelle rasade de sa flasque en argent. Puis il marqua une pause, la regarda et la tendit à Aurora.

« C'est toi qui choisis », dit-il avec un regard neutre.

Aurora inspira un grand coup, puis elle lui tendit son gobelet en plastique. Elle le laissa le remplir avec ce qu'il était en train de boire. Le liquide se mêla à la limonade.

Benners lui sourit. Un vrai sourire, chaleureux. Il leva sa flasque comme pour trinquer.

« Aux chances que l'on se donne », dit-il.

Elle but en même temps que lui, et elle apprécia presque la brûlure dans sa gorge après toute cette douceur écœurante.

17

Quand Jonah regagna son bureau, les relevés téléphoniques étaient arrivés, et il les envoya immédiatement au Renseignement opérationnel. Ce qui, généralement, impliquait qu'on remplisse un formulaire en ligne pour chaque opérateur.

En fait, il était ridiculement facile de solliciter des relevés, et seules quelques rares compagnies demandaient une autorisation en bonne et due forme. Jonah avait toujours trouvé dérangeant qu'un simple formulaire vous donne accès à tous les coups de fil et les textos que quelqu'un avait passés ou écrits pendant plusieurs mois.

Lightman frappa à sa porte avant qu'il n'ait eu le temps de consulter les notes que son équipe avait téléchargées sur la base de données.

« Coralie Ribbans est arrivée. Elle dit qu'il faut qu'elle vous parle. »

Jonah éprouva à la fois de la curiosité et de l'exaspération. Il avait laissé plusieurs messages à Coralie pour qu'elle les rappelle, et elle se présentait au poste sans prévenir. Mais le timing aurait pu être pire. Jojo Magos n'était pas censée arriver avant un bout de temps, et il pouvait probablement décaler un peu son entretien avec elle.

« Si tu peux lui trouver une salle, et voir Jojo Magos plus tard dans l'après-midi, je vais recevoir Coralie Ribbans tout de suite », dit-il en affichant à l'écran les déclarations que cette dernière avait faites en 1983.

Les quelques paragraphes qu'il eut le temps de parcourir étaient dans la même veine que les déclarations des autres membres du groupe. Elle affirmait catégoriquement qu'ils n'avaient pas abusé de l'alcool, qu'il n'y avait eu aucune dispute, pas de sexe et pas de drogue. Ce qui revenait à dire qu'elle avait menti tout autant que les autres.

Mais Coralie semblait déterminée à leur parler de quelque chose, et Jonah avait le sentiment qu'elle pourrait se révéler une ressource utile. Sa vie avait pris un autre cours que celle de ses amis, et elle n'était restée proche d'aucun d'entre eux. Au contraire, jusqu'à présent, personne ne l'avait qualifiée d'amie proche, et Jojo avait même dit qu'elles ne s'entendaient pas bien.

Peut-être que Coralie, la Londonienne de la bande, était devenue une outsider. Peut-être n'était-elle plus aussi loyale qu'autrefois envers ses amis.

Quelques minutes plus tard, il aperçut une femme blonde qui se dirigeait vers son bureau avec Lightman. Jonah la reconnut immédiatement. Il ne l'aurait peut-être pas repérée dans une foule, mais à présent qu'elle se tenait devant lui, il s'agissait indubitablement de la fille qui, à l'époque, suivait Topaz comme son ombre.

Si Topaz ressemblait encore à l'adolescente qu'elle avait été, on aurait dit que Coralie cherchait à incarner l'idée qu'une gamine se fait d'une princesse. Elle était couverte de bijoux en strass, arborait une tresse roulée en chignon et portait une jupe courte évasée avec des couches de tulle entrelardées de tissu blanc, ainsi qu'un petit haut moulant, rose et sans manches.

Il la suivit des yeux jusqu'à ce que Lightman la fasse entrer dans la salle d'interrogatoire, puis jeta un coup d'œil à Hanson, qui avait regagné son bureau.

Il ouvrit sa porte et l'appela.

« Vous voulez assister à l'entretien ? »

Hanson leva les yeux sur lui, rayonnante.

« J'adorerais ! », s'exclama-t-elle en éteignant aussitôt son écran.

Dès qu'il passa la porte, Jonah fut assailli par le parfum sucré que Coralie portait et éprouva une légère nausée.

« Miss Ribbans, dit-il en se reprenant. Je suis l'inspecteur Sheens, et voici l'agente Hanson. Merci d'être venue.

— Je suis prête à tout pour vous aider. »

Il tenta de se rappeler si son zézaiement était une nouveauté, ou si elle l'avait déjà à l'époque. C'était étrange pour une femme dans la quarantaine, dont le visage était marqué par des rides du sourire et des sillons sous son maquillage.

Il voyait qu'elle ne l'avait pas reconnu. Jojo avait été la seule à s'apercevoir qu'ils avaient été ensemble au lycée. Il songea que, pour tous les autres, il n'avait pas dû être important. Seulement négligeable.

« Nous aimerions que vous nous racontiez de nouveau depuis le début ce qui s'est passé la nuit où Aurora a disparu, dit-il. Nous avons rouvert l'enquête, et ça signifie qu'on reprend tout à zéro. J'espère que vous pourrez nous donner des informations qui nous auraient échappé lors de la première enquête.

— Oui, je... J'avais dit beaucoup de choses, mais il y a quelques petits détails. Des détails que nous ne voulions pas révéler à tout le monde, au cas où nous aurions eu des ennuis. »

Sa façon de s'exprimer et ses manières étaient plutôt celles d'une enfant timide que d'une femme adulte, ce qui était un peu perturbant.

« Nous avons entendu quelques déclarations qui vont dans ce sens, répondit Jonah avec circonspection. J'aimerais que vous nous racontiez cette soirée, afin de clarifier quelques détails. »

Il passa rapidement sur le récit de l'arrivée jusqu'au campement pour s'attarder sur la dispute entre Topaz et Benners.

« Vous êtes partie avec Topaz, je crois ? demanda-t-il.

— Oui. Je l'ai calmée, puis elle m'a dit qu'elle voulait rester seule un moment au bord de la rivière, alors je suis retournée au camp.

— Avez-vous également vu Andrew Mackenzie, un prof d'anglais de votre lycée, au bord de l'eau ? »

Elle parut perplexe.

« M. Mackenzie ? Le jeune prof ? Il n'était pas là.

— Vous voulez dire qu'il ne campait pas avec vous ?

— Non, ce que je veux dire, c'est qu'il ne pouvait pas être dans le coin. Ou du moins, qu'aucun d'entre nous ne l'a vu. On en a beaucoup parlé, par la suite, et personne n'a jamais mentionné sa présence. »

Jonah acquiesça, parcourant ses notes comme s'il allait aborder le point suivant, mais il réfléchissait à Topaz. Elle avait vu Mackenzie, et elle l'avait même accusé, mais curieusement, elle n'en avait pas parlé à sa meilleure amie. Et aucun autre membre du groupe ne l'avait mentionné. Ce qui signifiait que Topaz n'en avait parlé à personne, sauf à la police. C'était une omission des plus intéressantes.

« Penchons-nous à présent sur la deuxième partie de la soirée. Contrairement à ce que vous aviez déclaré à l'époque, nous avons appris que Topaz et Brett Parker s'étaient éloignés du camp ensemble. Ils ont eu un rapport sexuel, c'est bien ça ? »

Coralie eut l'air étrangement amusée.

« C'est ce que Topaz vous a raconté ?

— Cela a été mentionné par plus d'une personne dans le groupe.

— C'est intéressant. Parce que ce n'est pas Topaz et Brett qui ont couché ensemble. C'est nous trois, parce que c'est ce que Topaz préférait. »

Il entendit Hanson émettre un très léger soupir, mais lorsqu'il coula un regard vers elle, il constata qu'elle demeurait impassible. Il approuva.

« Tout tournait autour du fait de séduire Brett », poursuivit Coralie.

Elle se glissa une mèche de cheveux derrière l'oreille et, se redressant, se regarda dans la glace sans tain. Pensait-elle avoir un public plus large ?

« Topaz faisait une fixette sur lui. Il était séduisant et sportif, et quasiment tout le monde au lycée voulait l'avoir à son tableau de chasse. Topaz était habituée à être celle que l'on désire, alors elle avait jeté son dévolu sur lui. Mais Brett s'était révélé un objectif plus difficile que prévu. Il était… intéressé par quelqu'un d'autre.

— Un membre du groupe ? » demanda Jonah.

Son changement d'attitude subit avait éveillé la curiosité de Jonah. Y avait-il eu quelque chose d'autre entre Brett et Coralie ?

« Non, non, répondit-elle aussitôt. Quelqu'un au lycée. On était tous allés dans une fête, une ou deux semaines plus tôt, et Brett... avait embrassé quelqu'un d'autre. Pourtant, Topaz était là, et elle était magnifique. Mais il avait dragué une fille de l'année d'en dessous.

— L'année en dessous de la sienne ?

— En dessous de la nôtre », répondit-elle d'un ton posé.

Il la regarda d'un air pensif.

« Alors comme ça, il s'intéressait à quelqu'un qui avait, quoi ? Quatorze ans tout au plus ?

— Oui. Mais elle n'avait pas l'air d'avoir quatorze ans. Elle était grande, élancée, elle ressemblait à un mannequin pour sous-vêtements ou quelque chose dans le genre. Loin d'être aussi sexy que Topaz, mais quand même.

— Et d'après vous, Brett ne connaissait pas son âge ?

— J'imagine que non. Mais quand, après cette soirée, Topaz s'est adressée à lui, il n'avait pas l'air intéressé. Je pense qu'il avait toujours cette blonde en tête. »

Jonah en prit bonne note. Si, à dix-huit ans, Brett Parker aimait les filles plus jeunes que lui, il aurait pu faire des avances à Aurora cette nuit-là, malgré ce que prétendait tout le monde.

« Et que s'est-il passé, alors ? » demanda Jonah.

Coralie fit la moue et se mordilla les ongles.

« Topaz voulait que Brett la désire, alors on a fait ce qu'on faisait d'habitude. Elle m'a embrassée devant lui, et elle l'a laissé se joindre à nous une fois qu'il était excité. »

Jonah se demanda pourquoi Daniel Benham n'en avait pas parlé. Peut-être avait-il considéré que ce n'était pas à lui de révéler ce secret. Ou alors, peut-être que Coralie fantasmait. Mais il avait plutôt l'impression qu'elle balançait sur ses amis en réaction à une offense dont elle pensait être victime.

« Et Aurora, était-elle au courant ?

— Elle nous a vus partir ensemble. »

Jonah griffonna une note. Il se demanda à quel point Topaz aurait pu craindre que ses parents l'apprennent. Suffisamment pour tuer sa sœur ? Ç'aurait été une réaction plutôt extrême.

« Et Aurora, elle n'était pas du tout impliquée là-dedans ? Elle n'a pas fait la quatrième ? »

La façon qu'eut Coralie de retrousser les lèvres était presque comique.

« Vous êtes sérieux ? Topaz serait partie en courant. Et Aurora n'aurait jamais trempé là-dedans. En fait, elle avait plutôt l'air d'avoir envie de vomir. La pruderie incarnée ! »

Jonah dut faire un gros effort pour ne pas sourire. Ça faisait du bien d'entendre quelqu'un parler sans honte de l'exotisme de sa vie sexuelle. En général, au cours des entretiens avec la police, les gens voulaient toujours minimiser les choses.

« Aurora était-elle encore là quand vous êtes revenus ?

— On n'est pas revenus, répondit Coralie en secouant la tête. On était tous bourrés, et on s'est endormis. Après ça, on ne l'a pas revue.

— Alors, vous avez dormi jusqu'au lendemain matin ? »

Coralie serra les lèvres. Elle ne dit rien pendant quelques secondes, puis reprit la parole.

« Non. Non, pas moi. Je me suis relevée. »

Jonah baissa les yeux vers ses notes, comme s'il consultait la déposition originale de Coralie.

« C'est en contradiction avec ce que vous aviez déclaré à l'époque, dit-il d'un ton neutre.

— Je le sais bien. Tout le monde m'avait dit de ne pas en parler. Ils pensaient... ils pensaient que la police allait s'en servir. Parce qu'il était déjà sur le gril. Et je suppose qu'il me faisait pitié... »

Il entendit Hanson remuer sur sa chaise, et il avait conscience qu'elle savait aussi bien que lui de qui parlait Coralie, mais pour les besoins de l'enregistrement, il avait besoin que Coralie le dise.

« Pouvez-vous m'indiquer de qui vous parlez ?

— De Connor ! répondit-elle avec une intensité et une antipathie perceptibles. Connor Dooley. Il a raconté à la police qu'il était allé se coucher à côté de Jojo et qu'il ne s'était pas relevé.

Mais c'est faux. Il s'était relevé, et quand je suis arrivée, il était tout seul à côté du feu.

— Vous l'avez vu ?

— Oui. J'avais besoin de faire pipi. »

Elle gigota un peu et baissa les yeux. Jonah se demanda si c'était vraiment ce qu'elle avait fait. S'était-elle levée pour prendre plus de drogue ? Pour vomir ?

« Quelle heure était-il ?

— Oh… Je ne suis pas sûre, dit-elle en haussant les épaules. C'était plus tard. J'avais passé un moment à dormir, puis je m'étais réveillée.

— Brett et Topaz étaient-ils encore là quand vous vous êtes réveillée ?

— Oui, répondit-elle d'un ton ferme. Je me suis éloignée d'eux aussi discrètement que possible, puis je me suis dirigée vers le feu de camp.

— Vous n'avez pas cherché à aller derrière le buisson le plus proche ?

— Je ne… J'étais un peu désorientée, je suppose. Je ne peux pas vraiment… J'imagine que le feu brillait dans le noir, donc je suis partie dans cette direction-là.

— Vous pensez que le feu brillait encore de façon visible à ce moment-là ?

— Oui, je crois.

— Et quand vous vous êtes approchée, pouvez-vous m'expliquer ce que vous avez vu ?

— J'ai vu Connor Dooley, répondit-elle de façon un peu plus assertive. Il était assis à côté du feu, une canette de bière à la main.

— Vous a-t-il vue ?

— Non, s'exclama-t-elle aussitôt. J'ai reculé. Il avait l'air… en colère. »

Elle s'agita sur sa chaise en tapotant doucement la table de ses ongles.

« Pourquoi pensez-vous qu'il était en colère ? »

Elle le regarda droit dans les yeux.

« Topaz était partie avec Brett et moi, et Connor détestait ça. Il était obsédé par elle.

— Vous pensez que son attitude envers Topaz était malsaine ?

— Carrément, oui ! Elle ne voulait rien savoir, elle le lui avait clairement dit à plusieurs reprises. Mais il écartait les autres garçons chaque fois qu'il le pouvait, et il la regardait avec une telle… possessivité.

— Pourtant, ils ont fini par se marier, remarqua Jonah. Topaz a donc bien dû lui trouver un quelconque intérêt.

— Ça, je ne l'ai jamais compris », répondit-elle avec une émotion subite.

Les larmes lui montèrent aux yeux, et elle dut lutter pour les réprimer, même trente ans après.

« Tout a changé, cette nuit-là. Subitement, Topaz n'avait plus que Connor à la bouche. Elle m'a totalement écartée…

— Vous avez une idée du pourquoi ?

— J'aimerais bien ! »

Jonah laissa le silence se prolonger, attendant qu'elle en dise plus, mais Coralie semblait être allée au bout de son propos. Il sortit de l'entretien avec l'image de Connor, seul et en colère, gravée dans son cerveau.

18. Aurora

Samedi 23 juillet 1983, 0 h 15

C'était comme si un interrupteur avait été allumé dans sa tête. Elle n'avait même pas besoin de se forcer. Elle but et papota à côté des braises du feu de camp, avec Benners dans un premier temps, puis avec Jojo et Connor quand ceux-ci interrompirent momentanément leurs déhanchements frénétiques. Topaz et Coralie étaient restées debout, la première avait passé le bras autour des épaules de la seconde, et elles parlaient à voix basse avec Brett. Aurora ne se souciait plus trop de ce que sa sœur pensait. Qu'elle fasse ce qu'elle voulait, et Aurora comptait bien faire de même.

« On devrait partir faire une balade à vélo la semaine prochaine », dit Jojo.

Aurora eut la sensation d'avoir loupé le début de la conversation.

Connor secoua la tête.

« On vient juste de le faire pour venir ici.

— Non, je veux dire une vraie. Une longue balade. Ensuite on campe, et le lendemain on continue. Il faudrait vraiment qu'on ait une destination digne de ce nom. Tu as un vélo, Aurora ?

— Ouais, répondit celle-ci en songeant à son vieux vélo de ville violet clair muni d'un panier. Il est un peu pourri, pour être honnête.

— On n'est pas obligé d'aller vite, répondit Jojo en souriant. Et de toute façon, Benners est nul sur un vélo.

— Tu veux dire qu'on partirait plusieurs nuits d'affilée ? demanda Connor en fronçant les sourcils.

— Ouais. Comme si c'étaient des vacances. »

Cela sembla mettre Connor légèrement en colère.

« Je ne peux pas partir en vacances, Jojo.

— Ça ne coûtera rien ! s'exclama-t-elle.

— C'est pareil. Mon père péterait les plombs. Il compte sur moi pour aller bosser.

— Mais ça ne serait que pour quelques jours, dit Benners. Je suis sûr que tu peux le convaincre de te laisser partir pendant quelques jours.

— Vous n'en savez carrément rien, putain ! cria Connor avec une sauvagerie soudaine. Carrément rien du tout ! Aucun de vous. La moitié du temps, je suis obligé de me battre pour qu'il me laisse aller au lycée, alors que je pourrais bosser. Vendre des pièces de bagnole, qui sont en général volées, ou aller planquer des trucs pour lui parce qu'il a entendu que les flics allaient faire une descente. Et même si c'est lui qui m'entraîne dans toute cette merde, c'est moi qui me fais avoir quand quelque chose tourne mal. Alors c'est quoi votre plan pour que je le persuade de partir en vacances, putain ?

— Hé, dit Jojo. Je suis désolée. C'est de ma faute. Ce n'était pas sympa. On trouvera autre chose à faire. »

Elle frotta l'épaule de Connor, qui tremblait, plein de cette colère qui confine aux larmes.

« On trouvera autre chose à faire, répéta-t-elle en pressant son front contre celui de Connor.

— Je voudrais simplement me barrer, dit-il. Je veux partir, mais il faudrait que je trouve du boulot quelque part. Je ne pourrais pas continuer le lycée.

— Ne lâche pas l'affaire, dit Benners. Si tu crois que ma famille va rester les bras croisés et te laisser chercher du boulot alors que tu es le mec le plus intelligent du pays, c'est que tu ne te sers pas de ton cerveau. Mon père t'aime encore plus qu'il ne m'aime moi. Tu n'es pas tout seul.

— Je ne peux pas faire ça, murmura Connor. Je ne peux pas prendre l'argent de quelqu'un d'autre.

— Tu peux si les autres sont d'accord, répondit Benners.

— Et si tu ne veux pas déménager chez les bourges, la chambre de mon frère sera libre à partir de septembre, dit Jojo. Tu peux t'y installer. »

Elle serra la main de Connor. Aurora voyait que la colère de Connor s'estompait devant la compassion de Jojo. Les larmes n'étaient plus très loin.

« Allez ! Prends une autre ligne avec moi, et pense à des trucs marrants ! » ajouta-t-elle.

Benners se releva en titubant.

« Je veux danser. Allez, Aurora ! Le moment est venu de prendre un bout de vie à bras-le-corps. »

Elle n'hésita qu'un instant avant de saisir la main qu'il lui tendait, et se laissa entraîner légèrement à l'écart des braises rouge orangé. Il la fit gauchement tourner sous son bras. La musique était un peu plus violente à présent. Encore une chanson qu'elle ne connaissait pas.

Elle se mit à écouter les paroles, et se surprit à sourire. Ça lui rappelait Connor, une brusque vocifération suivie de calme. Ça ne collait pas trop avec la façon dont Benners la tenait et la faisait tourner, comme s'il était un danseur de salon un peu nul. Elle éclata de rire.

« Qu'est-ce qu'il y a ? » demanda-t-il en essayant de lui faire faire un pas de danse qui le fit trébucher.

Il souriait. Il riait avec elle.

« C'est comme si tes bras et tes jambes n'étaient même pas rattachés à ton corps ! s'écria-t-elle.

— Tu ne sais pas apprécier mon talent. »

Elle sentait sa timidité s'évanouir. Elle se sentait insouciante et légère.

Il la fit tourner autour de lui en la tenant des deux mains, assez vite pour qu'elle puisse se pencher en arrière. Elle frôla le feu et poussa un cri strident mêlé d'un éclat de rire. Benners plia les bras et l'attira contre lui. Elle faillit s'affaler sur lui, le souffle coupé tellement elle riait.

« Désolé, dit Benners, qui la tenait toujours par une main.

— Sérieusement, Benners, t'es une catastrophe ! » dit Connor dans son dos.

Elle se retourna vers lui. Il avait les yeux légèrement vitreux. Elle se demanda si c'était dû à la drogue. Jojo, accroupie derrière lui, se frottait le nez. Combien en avaient-ils pris ?

Connor prit l'autre main d'Aurora et l'attira à son tour, mais d'une autre façon. Plus intime, et avec bien plus de force. Cela la surprit. Elle ne s'attendait pas à ce qu'il soit si fort.

Quand Benners lâcha sa main, elle la posa sur l'épaule de Connor. Elle ne savait pas trop si c'était parce qu'elle voulait se serrer contre lui ou l'écarter un peu.

« Essaie un peu avec un vrai danseur. »

Il se mit à bouger la tête en rythme, comme si la pulsation de la musique lui traversait le corps. Tandis qu'il bougeait, elle commença à faire de même, entraînée par son élan.

L'insouciance reflua comme une vague. Subitement, elle avait pleinement conscience de chaque partie de son propre corps. De la façon dont il devait la percevoir. De ses cheveux désordonnés et mal séchés, de sa jupe en nylon bon marché.

Et de lui. De son physique. Il était suffisamment près pour qu'elle perçoive l'odeur de son après-rasage, de sa sueur. Il lui souriait chaleureusement, lui, le garçon qui avait toujours désiré sa sœur.

Topaz aussi la regardait, mais pour la première fois de sa vie, Aurora s'en moquait. Qu'elle la regarde. Aurora comptait bien profiter du moment, comme Benners avait dit, et sa sœur devrait apprendre à vivre avec ça.

19

Connor semblait empli d'une rage silencieuse quand Jonah et O'Malley prirent place en face de lui.

« On vous a proposé du thé ? demanda Jonah en décidant d'attendre quelques minutes avant de poser les questions qui fâchent.

— Ça va, merci », répondit-il froidement.

Jonah faillit sourire. Le professeur Dooley avait probablement l'habitude de produire son petit effet quand il était en colère. Celle-ci glissa sur Jonah comme sur de la glace fondue.

« Alors, dit Jonah après avoir démarré l'enregistrement. Nous avons relevé deux ou trois choses au cours de l'enquête, et nous aurions besoin de votre aide à ce sujet.

— C'est évident. »

Derrière les verres de ses lunettes, son regard s'était durci.

« D'après vos déclarations, vous êtes allé vous coucher après que Topaz est partie avec Brett Parker. Même si depuis, nous avons appris qu'elle était partie avec Brett et Coralie, et pas simplement Brett. »

Il y eut un bref silence, puis Connor haussa les épaules.

« Je ne me souviens pas de tout ça de façon très claire. Je sais qu'elle s'est servie de Coralie pour l'attirer. Ce qui s'est passé ensuite… ne m'intéressait pas vraiment.

— Vous ne les avez pas vus s'éloigner ensemble ?

— Vraiment, je ne m'en souviens pas, répondit doucement Connor.

— D'accord. Avançons. Vous nous avez dit que vous êtes allé vous coucher à côté de Jojo Magos, et qu'elle vous a réconforté à propos de Topaz et de Brett. Vous n'avez jamais mentionné que vous vous étiez relevé.

— C'est parce que je ne l'ai pas fait, dit Connor d'une voix plate.

— Malheureusement, nous avons des raisons de penser le contraire », poursuivit O'Malley d'un ton calme.

Nouveau silence. L'espace d'un instant, Connor eut l'air un peu perdu.

« Je suis sûr... Je suis sûr de ne pas m'être relevé.

— Alors comment se fait-il qu'on vous ait vu à côté du feu, tout seul, après que tout le monde était couché ? » demanda Jonah.

Connor secoua la tête, puis il se pencha en avant et adopta un ton plus ferme.

« Écoutez, c'est quelque chose que personne ne m'a jamais dit. En 1983, on a beaucoup parlé, on a essayé de reconstituer les éléments du puzzle. Pourquoi cette question surgit-elle maintenant, tout d'un coup ?

— Le témoin affirme qu'il a subi beaucoup de pressions pour ne pas parler à la police. »

Les yeux de Connor allaient de droite à gauche. Faisait-il un effort pour se rappeler la scène, ou pour imaginer une stratégie de défense ?

« Non, dit-il. Je ne me suis pas relevé. J'étais peut-être saoul, mais pas à ce point. Si je m'étais relevé, je m'en souviendrais. Ce n'est que le lendemain matin que j'ai su qu'Aurora avait disparu, et même à ce moment-là, ce n'était pas facile de comprendre ce qui s'était passé.

— Et il ne s'est rien passé avec Aurora plus tôt dans la soirée ? Avant que vous n'alliez vous coucher ? Peut-être même avant que Jojo ne vienne vous consoler ? demanda O'Malley.

— Bon Dieu ! s'exclama Connor en se prenant la tête entre les mains. Mais combien de fois va-t-il falloir que je vous le dise ?

Il ne s'est rien passé avec Aurora. Ni avec moi, ni avec aucun des autres, pour autant que je le sache.

— Alors pourquoi votre femme s'inquiétait-elle du fait que vous auriez pu avoir suivi Aurora après qu'elle-même était partie ? » demanda froidement Jonah.

Connor sursauta, puis il leva les yeux sur Jonah, l'air d'hésiter, subitement.

« Je ne... Topaz avait confiance...

— Elle a estimé nécessaire de vous demander ce qui s'était passé, dit Jonah. Trente ans plus tard, elle a estimé qu'elle avait besoin de vous demander ce qui s'était réellement passé. Ça ne me paraît pas très affirmé, comme confiance. »

Connor secoua la tête.

« Vous... vous interprétez mal notre conversation.

— Quelle autre lecture peut-on avoir de ces propos ? Je serais ravi que vous m'en fassiez part. »

Connor baissa les yeux et se tut.

« Est-ce que vous voulez bien me dire ce qui a motivé les inquiétudes de Topaz ? demanda Jonah.

— D'accord. Ce n'est pas grand-chose, mais ça pourrait être mal interprété. J'ai essayé... de l'embrasser.

— Aurora ?

— Oui, Aurora.

— Vous avez essayé d'embrasser cette jeune fille de quatorze ans que vous trouviez apparemment sans attraits ?

— Écoutez, je ne... »

Connor soupira, puis releva la tête, l'air implorant.

« Elle ne m'attirait pas, ce n'est pas la question. Je voulais rendre Topaz jalouse. Je me suis dit que si je dansais avec Aurora, ça l'énerverait. Et ce fut le cas, mais malheureusement, sa réaction fut d'allumer Brett encore plus. Et quand ça s'est produit, quand elle l'a embrassé... J'ai juste... J'ai essayé d'embrasser Aurora, moi aussi.

— Aurora ne voulait pas ?

— Qui aurait voulu de quelqu'un qui, de toute évidence, l'utilisait ? demanda-t-il en secouant la tête. Non, elle ne voulait pas. Elle m'a dit de la lâcher, et c'est ce que j'ai fait. À ce moment-là, elle a quitté le camp, et je suis allé pleurer toutes les larmes de mon corps sur l'épaule de Jojo.

— Diriez-vous que vous étiez en colère à cause de ça ? demanda Jonah d'un ton délibérément dur. Ça a dû être un coup terrible pour votre ego.

— C'était humiliant, répondit Connor d'une voix plate. Je me sentais totalement idiot, et comme une merde, parce que j'avais contrarié Aurora. Mais la seule personne contre qui j'étais en colère, c'était moi-même.

— Et pas contre Brett Parker ? Il était quand même en train de baiser votre future femme.

— Non.

— Et pas avec la seconde fille qui n'avait pas voulu de vous cette nuit-là ? insista Jonah.

— Bien sûr que non. Elle n'y était pour rien.

— Parce que je vous vois bien vous mettre en colère à cause de ça. Je vous vois bien vous réveiller et ruminer la question. Aller broyer du noir devant le feu et finalement décider qu'Aurora allait avoir ce qu'elle méritait.

— Seigneur ! Je n'ai rien fait de tout ça.

— Vous avez essayé de l'embrasser devant tout le monde. Peut-être que danser avec elle vous avait un peu excité, poursuivit Jonah sans tenir compte de sa réponse. Vous étiez assez lunatique, à l'époque, et vous aviez beaucoup d'amour-propre. Vous vous êtes probablement dit que vous méritiez bien une petite compensation après tout ce que Topaz vous avait fait subir.

— Arrêtez ! » cria Connor.

Il tremblait légèrement.

« Tout ce que vous racontez est horrible, dit-il. Je n'ai pas touché cette pauvre gamine après ça. Je l'ai laissée dormir. Et le matin suivant, elle avait disparu. »

Jonah laissa le silence s'installer, puis il éteignit le magnétophone et proposa de faire une pause. Quand il sortit de la pièce avec O'Malley, Connor tremblait encore.

Hanson s'obligea à cesser de parcourir le dossier de Connor Dooley au bout d'une grosse demi-heure. Cela faisait dix bonnes minutes qu'il se trouvait dans la salle d'interrogatoire, et elle ne pouvait s'empêcher de penser que tout le reste n'était qu'une perte de temps.

Mais il fallait qu'elle fasse son travail, même si cela impliquait qu'elle emploie son énergie à des tâches sans intérêt. Elle referma le fichier de Connor et décida de chercher des infos sur Andrew Mackenzie, comme l'inspecteur le lui avait demandé. Il avait fermement indiqué que si Connor était la priorité, il y avait de bonnes raisons de s'intéresser à d'autres personnes, et en particulier à ce professeur.

Le casier judiciaire de Mackenzie ne prenait pas longtemps à lire. Il n'avait été interrogé qu'une seule fois, et il avait expliqué que ce soir-là, il campait avec sa petite amie à quelques kilomètres et qu'il ne l'avait pas quittée de la nuit. Pour autant que Hanson puisse en juger, ses déclarations n'avaient jamais été vérifiées. Ce qui vint s'ajouter à sa collection d'exemples d'enquêtes préliminaires ayant manqué de rigueur.

Quand elle eut fini sa lecture, elle décida d'effectuer une recherche sur Google, même si avec un nom comme « Andrew Mackenzie », ça n'allait pas être facile. Elle ajouta « professeur Southampton » et trouva un homme qu'elle pensait être le bon. Elle tomba sur quelques articles où il était interviewé à propos d'étudiants qui avaient réussi. Sur les photos, on voyait un type râblé au visage large, en chemise et pantalon beige, l'air terriblement bourgeois. Il y avait également une page à propos d'une randonnée caritative en Corse, et il avait fondé un site dédié à la lecture de la poésie de Yeats dans des lieux spectaculaires, ce qui la fit ricaner.

Puis elle tomba sur un article à propos du pot de départ à la retraite d'un certain Roald Mackenzie, un ancien inspecteur du Met. Par curiosité, elle cliqua dessus pour voir s'il y avait une quelconque référence à Andrew, et lut une brève interview du « neveu de Roald, Andrew Mackenzie, enseignant dans le secondaire ».

« Mon Dieu », murmura-t-elle entre ses dents.

Mackenzie avait de solides contacts dans la police. Pas étonnant qu'on n'ait pas creusé cette piste-là.

Elle eut du mal à ne pas bondir de sa chaise pour aller en parler aussitôt à Lightman, mais elle voyait bien qu'il était concentré sur son écran, le front plissé. Et en réalité, c'était à Sheens qu'il fallait raconter ça.

Alors elle se radossa et relut l'article, trépignant d'impatience en attendant que le patron revienne.

Jonah sortit de la salle d'interrogatoire en éprouvant l'effervescence qui le prenait chaque fois qu'il posait des questions difficiles aux témoins. C'était semblable à ce qu'il ressentait quand il avait bu trop de café. Une fébrilité mêlée d'irritation qui le poussait à chercher une nouvelle cible.

Dans des moments comme celui-ci – et seulement dans des moments comme celui-ci –, il avait l'impression de commencer à comprendre son père. Les mensonges que lui racontaient les témoins le remplissaient de rage, et il avait envie de les frapper jusqu'à ce qu'ils admettent la vérité.

Et encore, il s'était montré plutôt clément avec Connor. Il pouvait aller beaucoup plus loin, même s'il ne s'aimait pas trop quand il le faisait. Et c'était d'autant plus difficile qu'il s'agissait d'une des raisons pour lesquelles il était vraiment bon dans son boulot.

C'était presque mieux que Connor ne se rappelle pas trop ce qu'il avait fait. Ça résonnait de façon gênante avec les échos de son propre passé. Jonah voulait s'en prendre à Connor à cause de ça, peut-être parce qu'il était fatigué de s'en prendre à lui-même.

« Je ne sais pas si je le crois, dit O'Malley en le rattrapant devant la porte des bureaux de la Criminelle. Quelque chose me dit que je réagirais comme lui si quelqu'un me disait ça. Et quelque chose d'autre me dit que c'est la réaction d'un coupable.

— Difficile de trancher, admit Jonah. Je vais le laisser ruminer un peu tout ça. Et nous avons besoin de temps pour mettre la main sur d'autres preuves. C'est notre priorité, à présent. S'il s'est relevé et qu'il l'a violée, il doit y avoir moyen de le prouver, au-delà du simple témoignage de Coralie. »

En entrant, il vit Hanson tourner vivement la tête vers lui. Elle mourait d'envie de se lever.

« Qu'est-ce que vous avez trouvé ? demanda-t-il.

— Andrew Mackenzie, répondit-elle presque en souriant. On ne l'a entendu qu'une fois, et il a fourni un alibi. Il a déclaré qu'il campait avec sa copine et qu'il ne l'avait pas quittée de la nuit.

— Elle a confirmé ?

— Ils n'ont jamais vérifié ! s'écria-t-elle d'un ton triomphal. Ça fait vraiment boulot bâclé, mais en fait, c'est pire. À l'époque, l'oncle de Mackenzie était inspecteur au Met.

— Vous plaisantez ?

— Pas du tout ! »

Elle se mit à sourire franchement.

« C'est une chance qu'il ait donné une interview lors du pot de départ à la retraite de son oncle, ou je n'aurais probablement pas fait le lien. »

Jonah ne partageait pas son excitation. Mis à part la colère qu'il essayait encore d'évacuer, il avait rencontré suffisamment d'affaires de corruption pour remplir toute une vie. Elles nuisaient aux individus tout autant qu'à la réputation de la police. Si des excuses de grande ampleur se révélaient nécessaires parce qu'un assassin était resté en liberté pendant trente ans, il n'avait pas envie de se retrouver au milieu du champ de bataille.

Mais ce qu'il voulait n'avait aucune importance. À l'évidence, il fallait interroger Mackenzie.

« Vous avez trouvé où il habite, aujourd'hui ?

— Oui. Il est à la tête d'un département d'une école privée à Bristol.

— Appelez l'école, et dites-leur que nous souhaitons lui parler. Aujourd'hui. »

Il jeta un coup d'œil à sa montre. Presque 14 heures. Le déjeuner s'était évanoui quelque part au milieu du cycle des interrogatoires.

« Et pourriez-vous nous excuser auprès de Jojo Magos et lui demander si je peux la voir dans la soirée ou demain ? Ben va m'accompagner pour discuter avec ce prof. »

Lightman acquiesça de la tête, impassible.

« On remet le débriefing à plus tard, alors ? demanda-t-il en débranchant l'iPad de son ordinateur de bureau et en se levant.

— Ouais, on verra ça plus tard. Si on doit aller à Bristol, je préfère partir tout de suite. Je te résumerai les quelques trucs qu'on a appris ce matin et j'en ferai part aux deux autres par la suite. Oh ! Et on peut dire à Connor Dooley qu'il peut s'en aller.

— Je m'en charge, dit O'Malley.

— Bien.

— Qu'est-ce que je dois faire une fois que j'aurai prévenu l'école ? », demanda Hanson.

Jonah sentait bien qu'elle était déçue. Elle aurait aimé venir et assister à l'entretien avec un nouveau suspect. Mais en général, il trouvait qu'il était préférable de montrer du galon quand on allait dans ces écoles huppées. Un inspecteur et un sergent, c'était un duo gagnant.

« Vérifiez auprès de McCullough s'il y a du nouveau du côté des légistes, et mettez-nous au courant pendant qu'on sera sur la route. Je veux des preuves contre Connor si elles existent. Nous, on va discuter avec Mackenzie et voir s'il est un concurrent potentiel dans cette course. »

Elle se rassit à son bureau sans piper mot.

« C'était du bon boulot de faire le lien entre le prof et son oncle inspecteur », dit-il dans une tentative un peu vaine de la consoler.

Elle acquiesça de la tête et se concentra sur son écran.

La pluie s'était mise à tomber lorsqu'ils partirent, et le temps qu'il s'engage sur la M3, un véritable mur liquide balayait le toit de leur voiture. En passant devant la cantine, Jonah avait attrapé un sandwich qu'il comptait dévorer en chemin, mais c'était difficile de manœuvrer la voiture tout en mangeant, aussi le mit-il de côté pour plus tard.

Il songea à faire le point avec Lightman, mais pour l'instant, cette affaire était un sac de nœuds. Il y avait tellement de contradictions entre les différentes déclarations qu'il ne savait même pas par quoi commencer.

La seule chose dont ils étaient sûrs, c'était qu'ils avaient un groupe d'ados de quinze à dix-huit ans, ivres et drogués, et une innocente de quatorze ans qui était allée se coucher à quelques mètres de là. Plus un prof de lycée qui campait à quelques kilomètres avec sa petite amie. Et un gros stock de Dexédrine.

Aurora était peut-être saoule, ou peut-être que non. Ils étaient peut-être tous défoncés, ou peut-être que non. La drogue avait été déplacée par la suite, de façon concertée, ou peut-être que non.

Les nombreux mensonges qu'ils racontaient étaient apparemment sans importance. Ce groupe d'amis essayait de se protéger. Mais derrière leurs mensonges, ils dissimulaient peut-être ce qui s'était réellement passé. Pour commencer, Connor n'avait peut-être pas tout dit. Coralie avait attendu trente ans pour leur révéler qu'elle l'avait vu à côté du feu de camp. Il fallait tout déconstruire, mensonge par mensonge.

La façon dont Topaz avait caché aux autres sa rencontre avec Mackenzie lui revint en mémoire. Ça et le fait qu'on n'ait jamais exploré cette piste constituaient deux bonnes raisons de s'intéresser à lui.

« Qu'est-ce que tu as, sur le prof ? demanda-t-il à Lightman.

— L'agente Hanson nous a envoyé la déclaration originale de Topaz, où elle affirme bien avoir vu Mackenzie, dit-il en consultant son iPad. Mais elle ne le mentionne que très succinctement, en insistant sur le fait que c'était beaucoup plus tôt dans la soirée. Elle pensait que ça valait le coup de vérifier, mais elle n'a plus parlé de lui au cours de ces premiers jours d'enquête. »

Jonah essaya de déterrer les souvenirs qui lui restaient de Mackenzie. Le prof d'anglais n'avait rejoint le lycée qu'un trimestre avant que Jonah n'en sorte. Il était jeune, ça, Jonah s'en souvenait. Il avait à peine l'air plus âgé que les terminales. Un visage large, sportif, dans le genre râblé. Plus sprinter que coureur de fond.

Était-ce lui dont les filles de sa classe étaient devenues dingues ? se demanda-t-il subitement. Ou bien le prof de gym ? L'un des deux, en tout cas. Et si les filles étaient dingues de lui, Aurora pouvait très bien s'en être entichée aussi.

La bretelle vers la M4 apparut sur sa gauche. Jonah se rendit compte qu'il n'avait pas allumé le haut-parleur de son GPS, et il avait failli la louper. Il mit son clignotant, s'engagea sur la voie de gauche… et écrasa la pédale de frein en donnant un grand coup de volant pour éviter l'Astra qui le doubla par la gauche et s'éloigna en accélérant.

« Bon Dieu ! s'exclama-t-il en braquant de nouveau le volant. Désolé, ajouta-t-il dans la foulée.

— Pas de problème », répondit Lightman en retirant la main qu'il avait posée sur le tableau de bord pour se retenir.

Il n'avait pas levé les yeux de son iPad.

« Ça ne te donne pas envie de vomir ? lui demanda Jonah.

— Quoi ? dit Lightman en lui jetant un coup d'œil.

— Lire à l'écran dans une voiture. Moi, au bout de cinq minutes, ça me retourne.

— Non, répondit Lightman d'un air songeur. Ça ne m'a jamais fait ça. »

C'était à cause de ce genre de détails, songea Jonah, que les gens se demandaient si Lightman était un homme ou un robot.

L'école de Harforth, une série de bâtiments de pierre grise datant d'avant l'aube du XXe siècle abrités derrière un mur d'enceinte, dégageait quelque chose d'inélégant et de déprimant malgré les panneaux vert foncé joliment calligraphiés qui souhaitaient la bienvenue aux visiteurs. Peut-être était-ce dû à la météo, peut-être aux rectangles de grisaille.

Ils franchirent plusieurs ralentisseurs petits mais vicieux avant d'atteindre l'accueil. Sur la droite s'étendait la fine pelouse roussie par endroits du terrain de sport, où l'on distinguait une piste de cricket.

« Seigneur, je suis content de ne jamais avoir fréquenté un endroit de ce genre, commenta Jonah en montant les marches basses de l'escalier qui menait à "l'entrée des visiteurs".

— Ça rend mieux quand il fait beau », répondit Lightman d'un ton plat.

Jonah lui jeta un coup d'œil. Il se rappela que son CV mentionnait une St Paul School, ou quelque chose comme ça. Il se demanda si Lightman avait effectivement fait ses études dans un pensionnat huppé. L'idée ne lui avait jamais traversé l'esprit.

Dans le hall d'accueil, parfaitement carré, une trentenaire au visage sévère était assise devant une zone vitrée, à une table où trônait une plaque proclamant en grosses lettres « Secrétaire du principal ». En dessous, son nom était écrit si petit que Jonah ne parvint pas à le lire. Question de priorité, probablement.

« Puis-je vous aider ? »

Dans sa voix, Jonah ne perçut pas beaucoup de désir d'aider qui que ce soit.

« Oui, je vous remercie. Je suis l'inspecteur Jonah Sheens et voici le sergent Ben Lightman. Je pense qu'un de mes agents vous a appelée ce matin. Nous avons besoin de parler avec Andrew Mackenzie.

— Je suis désolée. D'après ce que j'ai compris de notre conversation, nous avions conclu que cela ne pourrait avoir lieu que ce week-end. »

Jonah fit de son mieux pour ne pas relever sa façon de parler froide et pédante.

« J'ai bien peur que ce soit dans le cadre d'une enquête de police, répondit-il avec un sourire aussi froid que celui de la secrétaire. Le temps est un facteur critique. Si nécessaire, nous lancerons un mandat d'arrêt contre lui pour lui parler, mais je pense que ça ne ferait pas très bon effet sur la réputation de votre école. »

Mackenzie les invita à s'installer dans une salle de classe vide non loin de celle où il enseignait. L'école était d'un calme sinistre. À l'évidence, le programme d'été ne faisait pas salle comble.

Mackenzie avait confié sa classe de lycéens américains morts d'ennui à une jeune femme, sûrement prof, elle aussi, et les avait suivis plutôt de bonne grâce.

Jonah se surprit à le jauger tandis qu'ils avançaient dans le couloir. Il faisait très école privée, de son pantalon crème à ses souliers cirés en passant par sa chemise bleue et son gilet marron foncé. Pas corpulent, mais pas loin, il avait remonté ses manches de chemise et dévoilé des avant-bras épais, mais Jonah songea qu'il y avait de la force sous tout cela.

« De quoi désirez-vous me parler ? » dit-il après avoir fermé la porte de la salle de classe.

Tout ici semblait dater un peu. Le lustre d'autrefois s'était évanoui.

Mackenzie s'installa derrière le bureau, laissant à Jonah et à Lightman le loisir de tirer des chaises, légèrement trop compactes, rangées sous les pupitres. Jonah se demanda si Mackenzie avait pris la place du professeur par habitude, ou s'il s'agissait plutôt d'une marque délibérée d'autorité. La façon dont Mackenzie croisa les bras et prit quelques brèves inspirations n'était pas très autoritaire. Elle dénotait l'angoisse. Peut-être même la peur.

« Ça vous ennuie qu'on enregistre ? demanda Jonah en sortant son magnétophone portable. C'est beaucoup plus facile pour nous de vérifier les faits quand tout est sur bande.

— Non, c'est très bien. Allez-y. »

Jonah pressa le bouton, il se présenta et attaqua.

« C'est à propos d'Aurora Jackson. On a retrouvé ses restes hier matin non loin de l'endroit où elle avait disparu. »

Mackenzie réagit tout autant avec son corps qu'avec son visage. Son torse s'affaissa vers l'avant, un de ses bras glissa avant qu'il ne fasse l'effort de les croiser de nouveau.

Jonah attendit qu'il s'exprime, mais il dit simplement : « Oui. Aurora. » Il se mit à respirer plus fort et souffla plusieurs fois, puis il tourna la tête vers la fenêtre.

« À l'évidence, c'est un choc pour vous. Mais nous avons besoin de vous poser des questions sur Aurora et sur cette nuit-là. Tout ce dont vous pourrez vous souvenir. Bien sûr, elle n'était qu'une élève parmi tant d'autres, dit-il en haussant les épaules, alors je n'attends pas de vous un portrait détaillé.

— Elle n'était pas du tout comme mes autres élèves », dit Mackenzie avec une dureté dans la voix qui surprit Jonah.

Il posa sur Jonah un regard froid, et pour la première fois, celui-ci prit conscience de l'âge de son interlocuteur, de ses rides, de sa fatigue.

« Elle n'était pas du tout comme eux, et pas seulement parce qu'elle a disparu, mais parce que j'avais l'impression d'être en face du prochain Márquez, de la prochaine Woolf ou du prochain Faulkner. Ça a été un terrible gâchis. Le pire gâchis possible. »

Jonah sentait la présence du corps de Lightman à côté de lui, absolument immobile. Il savait que l'intensité de la réaction de Mackenzie l'avait surpris aussi.

« Depuis, vous n'avez jamais retrouvé un élève à sa hauteur ? »

Mackenzie secoua la tête, puis esquissa un haussement d'épaules.

« J'ai quelques têtes de temps à autre. Il y en a beaucoup dont je pensais qu'ils réussiraient, et la plupart l'ont fait. Je n'ai eu que quelques écrivains, essayistes ou journalistes au terme d'une vie consacrée à l'enseignement. Mais aucun d'eux… Je ne sais pas. Aucun d'eux n'était aussi original qu'elle. Ou ne semblait comprendre une idée aussi vite. Mais mes souvenirs sont peut-être biaisés par ce qui s'est produit… »

Lightman lui demanda d'un ton neutre s'il avait personnellement connu Aurora.

Mackenzie ricana.

« Autant qu'on puisse personnellement connaître un élève. J'étais mort de trouille à l'idée qu'une des filles puisse mal interpréter mes encouragements. Je n'avais jamais eu que deux petites amies avant, et je n'avais pas la moindre idée de comment éluder une attention non sollicitée. Je me souviens d'une fille de terminale qui est arrivée dans ma classe, tard le vendredi soir, alors que j'étais en train de corriger des copies, et je l'ai pratiquement mise dehors à grands cris. La pauvre petite voulait probablement un simple conseil, mais j'étais paranoïaque à l'idée de me retrouver seul dans une pièce avec elle.

— Alors, il n'y a rien eu qui sorte de la relation habituelle entre un professeur et un élève ? poursuivit Lightman.

— Bien sûr que non, répondit Mackenzie en ayant surtout l'air déçu par Lightman. Vous vous enthousiasmez pour les élèves, pour leurs capacités, pour ce qu'ils feront dans la vie et vous cherchez ce que vous pourriez faire pour les aider. Parfois, vous en appréciez un – ou pas – en tant que personne, mais vous essayez de faire en sorte que cela ne vous affecte pas. Il m'est déjà arrivé d'avoir des gamins intelligents dont je pensais qu'ils étaient de vrais petits cons, mais ça ne m'empêchait pas de me plier en quatre pour les aider.

— Merci, dit Jonah. Nous avons aussi des questions sur cette nuit-là. Celle où Aurora a disparu. Nous pensons que vous avez vu au moins l'un des membres du groupe, près de leur camp. Saviez-vous qu'ils étaient plusieurs ?

— J'ai vu Topaz, la sœur d'Aurora. Je dois dire que l'idée qu'Aurora y était ne m'avait jamais traversé l'esprit. Elles ne passaient pas beaucoup de temps ensemble à l'école. Topaz était très différente. Intelligente, elle aussi, mais obsédée par son image. À l'époque, j'ai pensé qu'elle était avec sa bande habituelle. Benners et… Mon Dieu. Je… Connor, oui, c'est ça. Et Jojo. Et la petite ombre de Topaz… Comment s'appelait-elle ?

— Coralie ? Elle n'était pas avec elle quand vous l'avez croisée ?

— Non. Topaz était toute seule. Elle se promenait le long de la berge. Je marchais sur ce chemin depuis un moment et je pense que je lui ai fait peur.

— Que faisait-elle ? » demanda Lightman.

Mackenzie le dévisagea d'un œil vide.

« Hmm… Elle avait un sac. Elle se dirigeait dans l'autre sens. J'imagine qu'elle était allée se baigner.

— Vous n'avez pas vu d'où elle venait ? demanda Jonah.

— Non, répondit Mackenzie en secouant la tête. Écoutez, je… Je sais que Topaz pouvait être un peu vache avec sa sœur, mais je ne pense pas qu'elle ait quelque chose à voir avec sa mort. Elle était dévastée après sa disparition.

— Tout cela est utile, merci, dit Jonah. Vous n'avez pas vu autre chose, plus tard dans la soirée ?

— Non. Je me trouvais à cinq ou six kilomètres en aval quand j'ai établi mon camp.

— Avec votre petite amie ? C'est ça ?

— Oui. Ex-petite amie. C'était il y a trente ans, quand même… Je suis marié, aujourd'hui, et pas avec elle.

— À quelle heure avez-vous retrouvé votre petite amie ?

— Aaahh… Pour être honnête, je ne m'en souviens pas. Je l'ai probablement précisé dans ma déclaration, à l'époque. »

Il passa son pouce sur son front creusé de rides.

« Je suis sûr qu'on peut vérifier ça, dit Jonah. Et une fois là-bas, vous n'en êtes plus reparti ? Vous n'avez rien entendu ? Vous n'avez pas croisé d'autres campeurs ?

— Nous n'étions près d'aucune route. C'était délibéré. Les zones de camping officielles sont en général bondées en cette période, et le temps était idéal. Cela dit, mon choix avait énervé

Di. Elle n'était pas très enthousiaste à l'idée de parcourir trois kilomètres sur un sentier dans le noir pour aller jusque-là. J'ai dû partir à sa rencontre, dit-il avec un demi-sourire. J'aurais probablement dû voir là un signe de notre incompatibilité finale.

— Vous avez bu quelques verres, ce soir-là ? Je crois avoir lu dans un rapport que vous aviez tous deux consommé du vin.

— Oui, je pense qu'on a dû boire deux verres chacun.

— Alors, il est possible que vous ayez dormi et que vous n'ayez rien entendu ?

— Oui. Je suppose. Je n'ai pas vraiment le sommeil léger. »

Il haussa les épaules tout en esquissant un sourire.

« Merci. Pourriez-vous me donner le nom de votre ex-petite amie ?

— Oh ! Diana... Diana Pitman. J'ai dû faire un effort pour m'en souvenir ! ajouta-t-il avec un petit rire.

— Pensez-vous à autre chose qui pourrait nous être utile ? Quoi que ce soit ? »

Mackenzie réfléchit un instant.

« Non, je ne vois pas. Je... je ne suis pas sûr de ce dont je me souviens, après tout ce temps. Ni de ce dont je ne me souviens pas correctement. J'ai probablement exagéré dans mes souvenirs les événements qui se sont produits en essayant désespérément de me les rappeler, et à force de m'en vouloir de ne pas avoir établi mon camp plus près du leur. De m'en vouloir de ne rien avoir entendu. »

Jonah acquiesça.

« Voici ma carte. Prévenez-moi si quelque chose vous revient. Si vous avez quoi que ce soit d'utile, par exemple des anciens devoirs d'Aurora, ou des extraits de son journal, ça serait appréciable. »

Mackenzie prit la carte, la regarda et fit oui de la tête. Jonah sentit une légère moiteur quand il lui serra la main. Il suait.

Il les regarda sortir sans piper mot.

20. Aurora

Samedi 23 juillet 1983, 0 h 35

Tout était fragmenté. Perturbant. L'alcool et la danse lui donnaient le vertige. Le vertige du contact. Avec la sueur entêtante de Connor.

« Je me sens un peu… bizarre. »

Elle s'écarta de lui, complètement en sueur, elle aussi, et elle faillit perdre l'équilibre, mais Connor la retint.

« Ça va ?

— Je ne sais pas. »

Elle entendit un éclat de rire, et Connor se raidit. Il regardait derrière elle, vers sa sœur. Bien sûr, c'était Topaz qui avait ri.

Elle se retourna. Topaz, debout tout près de Brett, lui murmurait quelque chose à l'oreille. Elle avait posé la main sur son épaule, et ses longs cheveux lui effleuraient l'avant-bras. Aurora se sentit profondément mal à l'aise.

Brett souriait, mais son regard pivota vers elle. Elle n'eut pas le temps de faire semblant d'être contente de constater que sa sœur avait jeté son dévolu sur lui.

Son sourire s'évanouit, et il s'écarta un peu de Topaz.

« Hé ! On devrait danser ! » s'exclama-t-il.

Il se baissa pour poser son verre et s'approcha un peu d'Aurora et de Connor.

« Allez ! »

Il se mit à bouger la tête et à se déhancher légèrement.

Topaz ne le suivit pas. Elle rejoignit Coralie, la prit par les mains et se mit également à danser, collée contre elle, les mains à présent pressées contre le dos de son amie.

Aurora sursauta quand Connor se remit à bouger. Il l'invita à se joindre à lui.

« Désolée. Je n'ai plus envie de danser, dit-elle doucement.

— Ne sois pas bête » répondit Connor en se serrant contre elle.

Elle ne voulait plus qu'il la touche. Plus encore, elle ne voulait pas qu'il la force à bouger avec lui. Ses bras étaient mous et ses pieds s'étaient mués en des choses lourdes et maladroites.

Elle observa Topaz faire tourner Coralie, puis son regard passa de Brett à Connor, puis de nouveau à Brett, et elle non plus ne pouvait s'empêcher de la regarder.

Tout en souriant, Topaz fit un quart de tour et attira Coralie contre elle, puis elle lui inclina la tête jusqu'à ce que leurs lèvres se touchent. Coralie ne résista pas. Elle passa ses bras autour de Topaz et l'attira encore plus dans ce baiser.

Aurora ne parvenait pas à détourner ses yeux. Elle était aussi hypnotisée que Connor et que Brett, pour des raisons très différentes.

Elle se demanda si Topaz préférait vraiment les filles aux garçons. Si quelque chose ne lui avait pas échappé dans le comportement de sa sœur. Mais elle se rappelait trop de petits amis, trop de rendez-vous galants devant le gymnase et derrière l'abribus. Trop de flirts et de caresses.

Brett rigola.

« Waouh, les filles ! »

Topaz s'arrêta un bref instant. Elle le regarda juste assez longtemps pour lui faire un sourire suggestif, puis elle agrippa les cheveux de Coralie et lui tira la tête en arrière. Ensuite, elle se pencha sur la gorge de son amie et commença à lui lécher le cou et à l'embrasser.

Brett s'avança lentement vers elles, une main sur la nuque. Puis il s'approcha encore, et Topaz ouvrit le cercle pour l'y inclure. Elle le laissa presser ses lèvres contre les siennes. La main de Brett descendit le long du dos de Coralie, puis se glissa sous sa jupe.

Aurora se sentait de plus en plus nauséeuse. Elle voulut s'écarter de Connor, mais il s'accrochait à elle.

« Je veux m'en aller, dit-elle en finissant par se libérer.

— Non ! » s'exclama Connor d'un ton un peu désespéré.

Mais Aurora en avait fini avec eux.

Elle tourna les talons, quitta le camp et s'enfonça dans l'obscurité de la forêt en titubant.

21

Dès qu'ils reprirent la route, Jonah appela O'Malley et Hanson par Bluetooth. Cette dernière répondit aussitôt, et avec beaucoup d'enthousiasme.

« Pouvez-vous demander à Domnall de se joindre à vous ? demanda Jonah.

— Je ne sais pas où il est. Je ne l'ai pas vu depuis que vous êtes parti. »

Ce qui n'avait rien d'inhabituel. Quand le sergent tenait une piste, il la suivait partout où elle le menait sans prendre le temps de mettre l'équipe au courant.

« Très bien. Je l'appellerai sur son portable tout à l'heure. Mettez-moi au courant des derniers développements.

— D'accord. J'ai quelque chose des médecins légistes. Linda McCullough veut que vous la rappeliez. Ils ont regardé de près une canette de bière qui se trouvait dans la planque avec le corps, et elle est à moitié pleine de Dexédrine.

— À moitié pleine ?

— Oui ! McCullough dit que c'est vraiment bizarre. Il n'y en a qu'une toute petite partie au fond qui s'est dissoute, mais le reste est totalement sec. »

Jonah essaya d'enregistrer la nouvelle.

« Alors, la poudre s'est retrouvée dans la canette après que la bière avait été bue.

— C'est ce qu'elle pense. »

C'était assez déconcertant. Jonah voyait plusieurs explications possibles : une tentative de mettre la drogue dans la boisson de quelqu'un, mais qui avait échoué parce que la canette était vide ; une façon rapide de dissimuler des stupéfiants ; ou un indice placé à dessein pour brouiller les pistes. Il écarta assez vite la deuxième option. Il y avait des moyens bien plus faciles de se débarrasser de la drogue que de la verser dans l'étroite ouverture d'une canette et de l'enterrer. Si c'était une tentative avortée, pourquoi Aurora était-elle quand même morte ? Pourquoi avait-on enterré la drogue avec elle ?

Jonah avait le sentiment dérangeant que la troisième option était la bonne, et que quelqu'un avait anticipé l'éventualité qu'on retrouve Aurora. Était-ce Connor ? L'avait-il violée puis tuée, avant d'essayer de faire porter le crime sur Daniel Benham en plaçant une canette pleine de drogue à côté d'elle ?

Il se rendit compte que Hanson était en train de lui parler.

« Chef ?

— Désolé ! Vous disiez ?

— Mackenzie. J'ai retrouvé la femme qui était partie camper avec lui. Diana Pitman.

— C'est du bon boulot, répondit Jonah en se souvenant que lui-même venait tout juste de découvrir son nom. Où est-elle ?

— Elle enseigne dans une école à York, à présent. Vous voulez que je la contacte ? »

Jonah soupira à l'idée du long trajet en voiture qui l'attendait.

« Oui. Voyez ce que vous pouvez en tirer. Si c'est nécessaire, nous irons à York.

— D'accord. Je vais l'appeler. Et pour l'instant, tout ce qui revient sur Andrew Mackenzie est plutôt rassurant. Google ne trouve rien de spécial non plus. Mais j'ai fait une demande au Renseignement pour en savoir plus.

— Vous pouvez prendre les devants et commencer par appeler toutes les écoles où il a enseigné pour vérifier ses antécédents. Si son CV est sur LinkedIn, vous pouvez prendre ça comme point de départ, mais vérifiez toutes les dates. Le meilleur moyen de dissimuler les problèmes que vous avez pu avoir au cours de votre carrière est de faire semblant de ne pas avoir travaillé quelque part.

— OK !

— Mais commencez par Connor, ajouta-t-il. Pour l'instant, nous n'avons aucune raison de considérer que Mackenzie est notre principal suspect.

— Très bien. »

Il voyait bien que Hanson n'était pas vraiment contente. À l'évidence, elle avait été enthousiasmée par le fait que Mackenzie était un suspect qu'on avait oublié, et elle voulait suivre cette piste. Jonah savait que pour faire un bon flic, il fallait une part d'instinct. Mais l'autre part consistait à accomplir les tâches rébarbatives.

« Quelque chose sur Jojo Magos ?

— Oui. Elle a dit qu'elle allait passer la journée au mur d'escalade de Southampton. Elle sera joignable sur son mobile vers 20 heures. »

Jonah jeta un coup d'œil à l'horloge du tableau de bord, laquelle indiquait 16 h 52. Même s'il y avait de la circulation, ils seraient revenus bien avant.

« Vous voulez que je lui mette la main dessus ? demanda Hanson.

— Non. Ce sera peut-être plus productif de lui parler là-bas. Je m'en occupe. Contactez l'ex-petite amie et creusez la piste Mackenzie, on se penchera sur les autres. »

Il coupa la communication, songeant à Hanson et à la manière dont elle pouvait s'intégrer dans son équipe. Leur façon de travailler ensemble avait toujours été très importante. Chacun apportait ses qualités particulières, et Jonah s'en servait en fonction des besoins.

Juliette Hanson était différente de l'agent arrogant et impulsif dont il venait de se débarrasser. Il la voyait mal suivre des pistes en faisant preuve d'agressivité ou de méthodes discutables. Ce qui signifiait également qu'il ne la voyait pas bousiller une enquête.

Mais Jonah essayait de déterminer où elle pouvait s'intégrer le mieux. De toute évidence, elle était dynamique, comme O'Malley. Et plus intuitive que logique, contrairement à Lightman. Il décelait aussi en elle un besoin de compliments et de reconnaissance qui pouvait se révéler utile, mais également difficile à gérer, selon la façon dont les choses tourneraient.

Il mit ça de côté pour l'instant et décida de se concentrer sur l'entretien qu'il venait d'avoir avec Mackenzie, pendant qu'il était encore frais dans sa tête. La réaction du professeur en apprenant la nouvelle et l'énorme fierté qu'il tirait d'avoir eu Aurora pour élève avaient de quoi inquiéter. Jonah n'était pas vraiment sûr que Mackenzie n'éprouve que des regrets de n'avoir pas été là pour elle. Il ne lui donnait cours que quelques heures par semaine, après tout.

Pendant un long moment, seul le bruit des essuie-glaces et de la pluie légèrement moins forte vint meubler le silence qui s'était installé dans l'habitacle. Il y avait de plus en plus de circulation, et la route se transforma en un labyrinthe de feux de positionnement rouges.

« Quand on aura retrouvé l'ex, on devrait vérifier ce que les collègues de Mackenzie ont à dire sur lui, dit-il au bout d'un moment.

— Tu cherches du côté des relations douteuses avec des élèves ?

— Je cherche de tous les côtés. Mais s'il a un problème avec les adolescentes, ça peut être un signe.

— Tu veux que je creuse le sujet ?

— Non. Ça me va très bien que Hanson le fasse. Autant qu'elle se sente utile et occupée. Elle sera accro avant de se rendre compte à quel point ce boulot est ennuyeux en réalité. »

Hanson aperçut Lightman qui entrait dans les bureaux de la Criminelle et leva les yeux dans sa direction. Le sourire chaleureux qu'il lui adressa était un peu embarrassant, aussi replongea-t-elle le nez dans son écran.

Elle ne savait toujours pas si elle devait lui faire confiance. Mais d'un autre côté, elle se surprenait à essayer de faire en sorte que Lightman l'apprécie. C'était comme si la Juliette adolescente était encore en elle, quelque part, à vouloir que les garçons populaires lui parlent.

Lightman se dirigea vers elle, plia son manteau et le plaça sur le dossier de sa chaise. Il était difficile d'essayer de faire abstraction de sa présence alors que leurs postes de travail se trouvaient face à face. Entre eux, il n'y avait qu'une paire d'écrans plats.

« Comment ça se passe ? demanda-t-il.

— Ça va. Deux des écoles m'ont parlé de Mackenzie, et j'attends le coup de fil du principal de sa dernière école à Bournemouth.

— Rien de particulier ? »

Il était toujours debout, l'air intéressé.

« Rien de notable, répondit-elle en haussant les épaules. Une fois, il est allé à une manifestation pacifiste pendant les heures de cours. Un élève qui aurait dû être à l'école l'y a vu. Ses parents ont signalé la chose, mais l'école n'a pris aucune mesure particulière. Ses élèves travaillaient bien, et il était populaire. L'école a conclu que cela ne la regardait pas tant qu'il continuait à assurer ses cours.

— Pas vraiment pertinent, alors... » commenta Lightman.

Hanson jeta un coup d'œil en direction de la porte quand elle se rendit compte que l'inspecteur n'était pas arrivé derrière Lightman.

« Le patron est en chemin ?

— Non. Il est parti s'entretenir avec Jojo Magos. »

Hanson croisa son regard un instant.

« Au mur d'escalade ?

— Oui.

— Ce n'est pas un endroit peu adapté à un interrogatoire ?

— Il y a du pour et du contre à parler à un suspect là où il se trouve, dit-il avec un petit sourire. Mais d'une façon générale, je pense que l'inspecteur Sheens est plutôt bon pour déterminer à quel moment il faut prendre le contrôle de la situation. »

Il s'assit posément à son bureau tandis qu'elle se plongeait dans la deuxième page de résultats concernant Andrew Mackenzie sur Google. Elle cliquait méticuleusement sur chacun des liens, lesquels concernaient souvent d'autres Andrew Mackenzie, et poursuivit sa tâche jusqu'aux dernières pages.

Son poste téléphonique sonna à 18 heures. Elle espérait que c'était l'école, et non l'inspecteur. Elle aurait voulu avoir quelque chose d'autre à lui annoncer.

« Agente Hanson.

— Oh, bonjour. J'appelle de Bornemouth East », dit une voix de jeune femme.

Elle était aimable, avec un léger accent du Nord.

« Je suis l'une des assistantes du principal. Vous vouliez des renseignements sur Andrew Mackenzie. Désolée de vous rappeler si tard. J'ai dû m'adresser à différentes personnes.

— Ce n'est pas un problème du tout. Je vous remercie vraiment d'avoir rappelé.

— Je vous en prie ! Mackenzie a un bon dossier ici, mais il y a quelque chose que j'ai pensé que vous aimeriez savoir. Il a eu une relation avec une de nos terminales après qu'elle avait quitté le lycée. Du point de vue de la loi, ce n'était pas problématique, étant donné qu'elle était majeure et qu'elle ne fréquentait plus notre établissement. Mais étant donné qu'il l'a rencontrée ici, et qu'au départ il était son professeur, les parents ne l'ont pas tellement bien pris.

— Cela pourrait être intéressant, merci, dit Hanson en ôtant le capuchon de son stylo pour prendre des notes. Pensez-vous que cette relation a réellement commencé après son départ du lycée ? Ne l'ont-ils pas eue en secret pendant qu'elle y allait encore ?

— A priori, l'équipe pense que non. Mais il est difficile d'en être sûr. À l'époque, ils ont fait de leur mieux pour le découvrir et pour s'assurer qu'il n'y avait pas eu le moindre abus. Mais tout semblait en ordre. La fille en question était certaine que ce n'est que plusieurs mois après son départ, le jour où ils s'étaient rencontrés par hasard dans un pub, que l'idée d'une relation leur avait traversé l'esprit. Étant donné les circonstances, je pense que l'école a fait tout ce qu'elle devait faire.

— Oui, merci, dit Hanson. Vous avez le nom de la fille ?

— Je présume que rien de tout ceci ne sera rendu public ? s'assura l'assistante, subitement sur ses gardes.

— Non, non. Ce n'est que pour l'enquête. C'est probablement sans importance.

— Très bien. D'après notre avocat, je ne viole aucune clause de confidentialité en vous donnant son nom, étant donné qu'elle n'est plus élève ici. Elle s'appelle Pria Anand.

— Super ! Pouvons-nous vous rappeler si nécessaire ?

— Oui, pas de problème. Mais la semaine prochaine, je suis en congé. Je vais vous donner mon numéro de portable, au cas où. »

Hanson le nota avant de raccrocher. Elle remarqua que Lightman la regardait avec curiosité.

« Une relation suspecte ? demanda-t-il.

— Peut-être. Apparemment, ça n'a commencé qu'après le départ de la fille. Plusieurs mois après. Moi, je trouve ça plutôt louche. »

O'Malley manifesta qu'il était de retour en claquant la porte du bureau. Il s'avança vers eux, l'air un peu distant.

« L'après-midi a été profitable ? demanda Hanson.

— C'est possible, répondit-il. Je vous débriefe dès qu'on sera au pub. »

Jonah parcourut à pied les trois kilomètres jusqu'au mur d'escalade de Southampton en moins de temps qu'il ne l'aurait fait en voiture dans les bouchons de début de soirée. Le pantalon de son costume était trempé quand il arriva, mais sa veste de randonnée avait gardé au sec le reste de son corps. Il ne pouvait s'empêcher de penser que la pluie aurait dû être plus chaude : une tempête d'été tropicale, et non une triste invasion grise et froide.

Le bureau de l'accueil était au pied d'un mur d'escalade saillant, une masse bleu foncé parsemée de prises fluorescentes. Il montra son badge au jeune homme maigre qui s'y tenait.

« Oh… Vous voulez voir le directeur ?

— J'ai simplement quelques questions à poser à l'une de vos membres. Elle est d'accord pour me parler ici. »

Le jeune homme hésita un peu, regardant autour de lui pour voir si quelqu'un ne pouvait pas lui donner un conseil, puis il haussa les épaules.

« D'accord. Mais… Ne dérangez pas trop les gens quand ils sont en train de grimper. Et ne vous tenez jamais sous quelqu'un qui grimpe, OK ?

— Je vais essayer », répondit Jonah avec un petit sourire.

Il mit presque un quart d'heure à trouver Jojo. L'endroit était plus vaste qu'il ne l'aurait cru, une enfilade de pièces dont chacune donnait sur la suivante et proposait chaque fois un défi différent. Certaines étaient des voies très hautes où il fallait s'encorder, d'autres avaient des surplombs, d'autres encore, des murs grands ou petits, et d'autres enfin avaient des prises pour les pieds seulement.

Dans chaque salle, quelques grimpeurs étaient à l'œuvre, aussi différents les uns des autres que les salles. Certains cavalaient comme des araignées sur les murs, d'autres peinaient à ne pas tomber. L'air était sec à cause de la magnésie qui couvrait des dizaines de mains, mais c'était une odeur agréable.

Jojo se trouvait dans une des salles à deux étages munies de cordes, au sein d'un groupe de quatre personnes. Quand il entra, elle avait presque atteint le sommet du mur, encordée mais les cheveux détachés. Il la regarda progresser latéralement, sans jamais cesser de bouger, déplaçant avec précaution ses jambes et ses bras nerveux. C'était un spectacle plein de grâce et un peu hypnotique, ses mains et ses pieds trouvaient les petites prises violettes et ne touchaient jamais les autres.

Elle s'arrêta un instant et, suspendue sur une main, plongea l'autre dans son sac de magnésie.

« Je pense qu'il va falloir que tu y ailles en jeté ! s'exclama l'un des hommes au pied du mur. Tes bras ne sont pas assez longs. »

Jonah comprenait pourquoi elle s'était arrêtée. La dernière prise violette était très loin sur sa gauche, et en hauteur.

« En jeté ? Tu déconnes ? dit Jojo. T'as pas plus nul, comme conseil ? »

Elle se pencha plutôt tout doucement sur sa gauche, en équilibre sur – apparemment – un seul orteil, son poids portant sur son genou, puis elle leva le pied droit et glissa son orteil dans un trou qui devait se trouver à hauteur de sa hanche, la main gauche toujours libre, et soutint tout son poids à l'aide de son bras droit et de son pied gauche jusqu'à ce que sa prise soit bien assurée. Son corps ainsi placé, elle bascula son poids depuis sa jambe gauche sur son autre jambe tout en tendant le bras vers le haut, puis elle se souleva en tirant de façon constante sur sa jambe droite et son bras droit.

Sa main gauche agrippa la prise, dont Jonah avait cru qu'elle était hors d'atteinte, et elle se suspendit à elle, puis annonça :

« Je descends ! »

La corde se tendit, et le partenaire qui l'assurait – Jonah gardait suffisamment de souvenirs de ses escalades pour se rappeler au moins certains termes – la fit descendre.

« Pas mal », lui dit son partenaire.

Il ressemblait plus à l'idée que Jonah se faisait d'un grimpeur : grand et élancé, avec des épaules si larges qu'il avait l'air triangulaire, et des jambes fines aux muscles si bien dessinés que Jonah les distinguait alors qu'il se tenait simplement debout.

« Mieux que si j'avais tenté un jeté, en tout cas ! » s'exclama Jojo en souriant.

Elle commença à détacher la corde.

Jonah s'avança, et elle leva les yeux vers lui. Son visage fit une moue bizarre lorsqu'elle le reconnut, quelque part entre le sourire et la grimace.

« Quand j'ai dit que j'allais faire de l'escalade, ça voulait dire que j'étais occupée. »

Jonah haussa les épaules en souriant.

« Ça m'a paru une meilleure idée que de m'asseoir dans une pièce sans fenêtres. Puis-je vous parler quelques minutes ? »

Il sentait le regard des trois autres. L'attente d'une explication.

Jojo le dévisagea longuement, mais elle arborait à peu près le même sourire que lui.

« Très bien. Quelques minutes. Allons-y. »

Elle le conduisit à travers trois des salles, puis sous un porche poussiéreux, jusqu'à une zone éclairée au néon à côté des distributeurs où l'on pouvait s'asseoir. L'endroit était désert.

Jojo se dirigea vers une table dans un coin et s'assit sur une chaise en plastique en remontant un pied sur le rebord.

« Il y a du mauvais café dans les machines, si vous voulez, dit-elle.

— Ça va. J'en ai plein au poste. »

Il s'installa en face d'elle, conscient du regard qu'elle posait sur lui.

« Qu'est-ce que vous voulez savoir ?

— Plusieurs choses, répondit lentement Jonah. Pour commencer, j'ai eu l'impression que quelque chose vous préoccupait. Pas simplement la mort d'Aurora, mais peut-être quelque chose en lien avec elle. »

Jojo baissa les yeux et se mit à tripoter le strap de protection qu'elle avait roulé autour de son majeur. Elle ne dit rien.

« Y a-t-il quoi que ce soit dont vous voudriez me parler ? Quelque chose de difficile à dire ? »

Il savait qu'il avait raison. Il pouvait lire sur son visage l'envie pressante de parler lutter contre la peur des conséquences que cela pourrait entraîner.

« J'ai simplement... »

Elle prit une profonde inspiration.

« Je vous ai dit qu'on n'avait jamais touché à la planque. Mais ce n'était pas si simple. Quand on s'est rendu compte qu'Aurora avait disparu et qu'on devait prévenir la police, on a paniqué. »

Jonah acquiesça de la tête.

« Il y avait quinze kilos de substances illicites à cinq cents mètres du camp. Je suis sûr que j'aurais paniqué, moi aussi. »

Jojo eut un petit sourire, mais elle ne leva pas les yeux vers lui.

« Alors on... on en a parlé, et malgré la panique, à un moment, on s'est rendu compte qu'il fallait cacher la Dexédrine. Du coup, Brett et moi, on est allés là-bas et on a comblé l'accès. On n'a pas regardé à l'intérieur... On voulait juste la dissimuler. On a donné des coups de pied dans la berge en surplomb jusqu'à ce qu'elle s'effondre et qu'on ne voie plus l'entrée. »

Elle leva finalement les yeux vers lui. Il y lut de la fatigue. De l'horreur. Une étrange forme de peur, aussi.

« Nous l'avons enterrée là-dedans sans même le savoir.

— Brett Parker et vous ? demanda doucement Jonah.

— Oui, acquiesça Jojo. Brett Parker. »

Le silence s'installa, tandis que Jonah les imaginait en train de crapahuter pour cacher la drogue. Il essaya de visualiser la précipitation, la décision de le faire sans regarder à l'intérieur.

« Quand saurez-vous comment elle est morte ? demanda-t-elle d'une voix un peu rauque.

— Franchement, je n'en sais rien.

— Je n'arrête pas de me demander si elle ne s'était pas endormie là-dedans ou... ou si elle était blessée... Et si on l'avait tuée sans s'en rendre compte ?

— Tout ce que je peux vous dire, c'est que nous ferons de notre mieux pour découvrir ce qui lui est arrivé. »

Il se pencha légèrement et, subitement, il se trouva assez près pour percevoir la légère odeur de sueur et de magnésie qui émanait d'elle.

« Il est peu probable que quelqu'un l'ait mise vivante dans ce trou.

— Oui. Je suppose que oui. »

Elle continua de tripoter sa bande de strap, en tirant dessus jusqu'à ce qu'il s'enroule sur lui-même en une fine cordelette collante.

« J'aurais besoin que vous passiez faire une déposition à propos de ça, dit Jonah une fois qu'elle eut abandonné l'idée d'arracher le barnier. À l'évidence, c'est difficile à avouer, mais si vous ne saviez pas qu'elle se trouvait là, vos actes n'ont rien de criminel.

— Mais ils ont quelque chose de stupide, en revanche. Et de lâche. Nous aurions dû faire face à nos responsabilités. Nous aurions tous dû assumer. »

Elle soupira, pencha la tête et se frotta le cou.

« C'était une décision commune ? »

Jojo acquiesça.

« Et tout le monde était d'accord ?

— Je pense qu'on était tous aussi effrayés les uns que les autres. Imaginez ce que nos parents auraient pensé... et le lycée. »

Jonah laissa quelques secondes s'écouler sans rien dire.

« Vous allez rester ici combien de temps ? demanda-t-il en désignant la salle à l'extérieur, où deux grimpeurs tentaient une voie non loin de la porte.

— Deux heures environ. Jusqu'à ce que je tétanise trop pour que ça vaille le coup.

— Vous venez combien de fois par semaine ?

— Quatre à cinq fois, mais on se retrouve aussi chez l'un ou l'autre, à l'occasion. Beaucoup de gens ont des murs dans leur hangar.

— Mon Dieu... Et vous travaillez, en plus. Vous me faites me sentir paresseux.

— Ce n'est rien à côté de ce que faisait Aleksy, dit-elle en souriant légèrement. Deux séances par jour, minimum. Un jour de repos toutes les deux semaines. »

Jonah hocha la tête en y songeant.

Puis il dit :

« C'était une grosse chute ? Celle qui l'a tué ? »

Jojo se tendit brusquement et détourna les yeux.

« Désolé, dit aussitôt Jonah. Je ne suis pas très doué pour...

— Ça va. Il avait déjà grimpé cette voie de nombreuses fois. C'était simplement un échauffement avant d'en essayer une autre plus difficile. Tout aurait dû bien se passer, mais c'est ça le problème avec l'escalade libre. Une seule faute de concentration suffit. »

Elle se tut un instant.

« Quel crétin, murmura-t-elle d'un ton intense.

— Je suis désolé » répéta doucement Jonah.

Elle se frotta de nouveau la nuque, et Jonah se demanda si elle ne s'était pas froissé un muscle lors de son escalade.

« Il y a autre chose dont je voulais vous parler quand vous êtes passé à la maison. Ce n'était pas... Le problème, c'est que ça fait si longtemps, je ne suis pas vraiment sûre que ce soit vraiment arrivé. C'est une moitié de souvenir, j'étais saoule et... et défoncée. Je me souviens qu'à l'époque je n'étais déjà même pas sûre que ça se soit produit.

— Ça vaut probablement le coup d'en parler, même si vous n'êtes pas sûre. Je préfère suivre une douzaine de fausses pistes qu'en louper une bonne parce que quelqu'un n'était pas sûr.

— OK, bon, je ne suis même pas certaine que c'en soit une... J'ai sûrement exagéré la chose. C'est simplement que je pense que je me suis peut-être relevée à un moment. Parce que j'ai ce souvenir d'Aurora qui parle à quelqu'un à côté du feu. Mais je ne pouvais pas voir à qui, parce que la personne était dans la pénombre. Et vous savez ce que c'est, quand vous n'êtes pas sûr de ne pas vous être autoconvaincu de quelque chose... Eh bien quand elle a disparu, je n'en ai jamais parlé, parce que je ne sais vraiment, vraiment pas si c'est arrivé.

— Intéressant... Vous ne vous rappelez pas ce qu'elle disait ?

— La seule chose dont je me souviens, c'est qu'elle disait qu'elle avait soif, très soif ! répliqua Jojo en secouant la tête. Mais je l'ai peut-être inventé.

— Peu importe, c'est bon à savoir », répondit Jonah en songeant à ce que Coralie avait dit à propos de Connor.

Si celui-ci s'était réellement relevé dans la nuit, peut-être qu'Aurora l'avait fait, elle aussi, et qu'elle s'était disputée avec lui.

« Vous voulez que je passe au poste maintenant ? demanda Jojo. Pour faire ma déposition ?

— Mon Dieu, non ! s'exclama Jonah avec un demi-sourire. J'ai envie de rentrer chez moi. Demain, ça ira très bien. »

Elle lui adressa un regard à la fois méfiant et légèrement teinté d'humour, puis elle haussa les épaules en souriant.

« Comme vous voudrez, Columbo.

— 9 heures ? »

Il vit qu'elle hésitait.

« L'heure ne vous convient pas ?

— Je suis assez mal lunée avant 10 heures.

— Eh bien, 10 heures, ça va bien aussi. Je ne voudrais pas perturber votre tranquillité...

— Super. À demain, donc. »

Il tira une carte de visite de sa poche. Elle était un peu cornée, mais Jojo la prit avec un bref hochement de tête.

« Si vous avez besoin de me parler de quoi que ce soit d'ici là... Profitez bien de votre séance d'escalade. »

Il avait beau être perdu dans ses pensées quand il ressortit dans la rue, il reconnut à un fourmillement au niveau de sa nuque la sensation d'être observé et se tourna vivement sur sa droite. Il eut à peine le temps d'apercevoir une silhouette, grand manteau et chapeau, avant qu'elle ne disparaisse derrière l'angle de l'immeuble.

Il courut jusque-là, mais lorsqu'il passa l'angle, personne n'était en vue. La chaussée brillante de pluie était déserte.

O'Malley insista pour qu'ils aillent dans un « vrai » pub, et non dans le bar rénové à l'éclairage envahissant qui se trouvait en face du poste.

« S'il n'y a pas de lumières tamisées et de tabourets garnis de cuir, ce n'est pas un vrai bouge ! » avait-il déclaré.

Ils finirent donc par marcher près d'un kilomètre jusqu'à un établissement à l'aspect peu prometteur, le Boathouse, qui arborait une enseigne noire et crasseuse, tandis que sur un tableau posé sur le trottoir, une citation pleine de fautes d'orthographe vantait les mérites de l'alcool.

À l'intérieur, c'était mieux, décida Hanson. Les meubles étaient confortables plutôt que vétustes, et l'éclairage chaleureux. La pluie ayant détrempé son tailleur, elle apprécia également le feu de cheminée, guère de saison. Elle se dirigea vers la table la plus proche de l'âtre et accrocha son sac au dossier d'une chaise.

« Je paie la tournée ! dit-elle.

— Non, non, ça va, répondit O'Malley. Mon idée, ma tournée. Vous prenez quoi ?

— Hum… Une Staropramen. Mais je conduis, alors je n'en prendrai qu'une.

— Une blonde pour moi, dit Lightman. N'importe laquelle, ça m'est égal. »

Pendant que O'Malley allait passer la commande au bar, Hanson s'adressa à Lightman, plus pour meubler que pour autre chose.

« Alors, il était comment, Mackenzie ? Il a dit quelque chose d'intéressant ?

— L'inspecteur l'a trouvé un peu bizarre. Tout cela avait l'air de beaucoup l'émouvoir.

— Mackenzie, ou le patron ? dit-elle en souriant.

— Mackenzie ! répondit Lightman en riant. L'inspecteur Sheens n'a pas la réputation de perdre ses moyens pendant les interrogatoires.

— Et vous ? demanda-t-elle avec curiosité. Y a-t-il certaines affaires qui vous atteignent ? »

Lightman ne répondit pas immédiatement.

« Je fais beaucoup d'efforts pour que ce ne soit pas le cas. Je pense que ça n'aide pas. Et pendant les entretiens, je ne joue pas la carte de l'émotion. Je ne suis pas très doué pour rendre les gens chaleureux à mon égard... Mais ça ne veut pas dire que je ne ressens rien. Particulièrement dans les affaires de meurtre. Certaines... Ce que je veux dire, c'est que lorsque vous interrogez une mère à propos de son conjoint qui vient de tuer sa fille dans un accès de colère, c'est difficile de ne rien ressentir pour elle. »

Hanson acquiesça lentement. Elle se souvenait parfaitement du jour où elle s'était rendue dans une maison parce que des voisins avaient signalé qu'un bébé y pleurait depuis des heures. Elle était un flic en uniforme, à l'époque. Son sergent avait interrogé la mère, épuisée et en larmes, tout en tripotant les affaires de bébé qui se trouvaient sur le plan de travail. Finalement, le sergent avait pris le bébé dans ses bras, regardé dans sa bouche et calmement demandé à la mère de les suivre au poste. Celle-ci avait rempli les biberons de son minuscule bébé avec de l'eau bouillante, et il avait la bouche pleine d'ampoules.

Pendant toute une semaine, Hanson n'avait pas pu dormir correctement. Elle n'arrêtait pas de penser à ce bébé sans défense, ou au hochement de tête de la mère quand elle avait compris qu'elle s'était fait prendre et qu'elle avait demandé si cela voulait dire qu'à l'avenir quelqu'un d'autre allait s'occuper de son bébé. Il y avait tant d'espoir dans sa voix. Depuis, Hanson craignait qu'on ne puisse faire confiance à personne, pour peu qu'il soit dans une situation trop stressante. Elle s'était aussi rendu compte que l'imagination des gens n'avait aucune limite quand il s'agissait de faire le mal.

Elle décida de changer de sujet avant de se retrouver piégée dans trop de sombres pensées.

« Bon. C'est quoi, les codes ? Comment je fais pour impressionner le patron ?

— En gros, il faut mettre à profit tes talents. Il est très porté sur la psychologie de l'équipe, et il veut que celle-ci soit autonome. Il connaît ses propres faiblesses, et il se sert de nous pour les pallier.

— Alors... tu es plus méticuleux que lui ?

— J'ai une meilleure mémoire, la corrigea Lightman, et je suis plus précis. Mais il est beaucoup plus intelligent, ajouta-t-il en souriant.

— Et Domnall ?

— Il est doué pour tirer les informations des suspects, vif d'esprit et intuitif. Intellectuellement, il est capable de faire des sauts logiques et d'agir rapidement, ce que l'inspecteur Sheens a du mal à faire en première intention. L'approche du patron est plutôt holistique, ce qui le ralentit. »

Hanson se demanda ce qu'elle-même pouvait apporter. Elle était intelligente et observatrice. Des qualités que ses collègues avaient toujours remarquées, et même l'inspecteur avec qui elle travaillait avant, lequel remplissait généralement ses rapports sur elle d'appréciations telles que « bonne communication » ou « soutien à l'équipe », en pensant que ça lui plairait.

« Tenez ! » dit O'Malley en lui tendant deux pintes avant de repartir vers le bar.

Il revint avec un grand verre rempli d'un liquide translucide et pétillant, assorti d'une rondelle de citron. Il semblait qu'il ait préféré prendre un gin tonic. Ce qui, elle le savait, était un bon moyen de cacher son goût pour l'alcool. Tout le monde pouvait boire des pintes pendant qu'il s'envoyait des triples.

Il se percha sur un tabouret, ce qui, vu sa corpulence, offrait un spectacle un peu comique.

« Alors, demanda-t-elle. Qu'est-ce que tu as fait cet après-midi ?

— Je suis allé discuter avec quelques dealers. Essayer de voir si quelqu'un n'aurait pas écoulé un gros stock de Dexédrine après la mort d'Aurora. J'ai du mal à croire qu'ils l'auraient enterrée sans chercher à s'en débarrasser, non ?

— La chance t'a souri ?

— Je suis tombé sur un truc potentiellement intéressant. Bon, ce n'est pas comme s'ils avaient des archives qu'on pouvait consulter, mais l'un d'eux m'a dit qu'un ou deux ans plus tard, le marché avait été inondé, ce qui avait fait chuter les prix ; malheureusement, il n'avait pas investi, alors il ne sait pas d'où elle venait.

— Quinze kilos, ça suffirait pour inonder le marché ? demanda Hanson.

— Ouais, si quelqu'un fournissait simultanément de grosses quantités de drogue à des petits dealers.

— Ils se souvenaient d'autres ventes ?

— Pas beaucoup. L'un d'eux se rappelle un petit deal avec une fille qu'il n'avait jamais rencontrée, mais on parle de cinq à dix grammes, là, et il n'est pas certain que ça ne se soit pas produit auparavant. Un autre se souvient de quelques deals avec un type qu'il n'a rencontré qu'un petit nombre de fois, pour des quantités beaucoup, beaucoup plus petites. Il ne pense pas que le compte y soit, même en les additionnant toutes. »

Il but son verre d'un trait avant d'ajouter :

« Seigneur, je suis à sec. Je parle trop. Quelqu'un a besoin de refaire le plein ? »

Hanson, qui avait à peine trempé les lèvres dans sa bière, secoua la tête. Elle but deux petites gorgées.

« Laissez-moi y aller », dit-elle.

Mais il était déjà debout.

« Non ! Ça va.

— Est-ce qu'il va penser que je suis nulle si je ne parviens pas à suivre son rythme ? demanda-t-elle à Lightman.

— Domnall ? Tu n'as pas besoin de te soucier de ça. Il ne boit pas. C'est juste du tonic.

— On a déjà des paris sur l'assassin ? » cria O'Malley depuis le bar.

Hanson tressaillit, mais le barman ne sembla pas se formaliser de cette question.

« Je veux répartir ma mise, répondit Lightman. À parts égales entre les quatre garçons.

— C'est pas une méthode ! s'exclama O'Malley. Faut que t'aies les couilles de suivre ton instinct. »

Il paya et revint vers eux avec son verre.

« Et toi, Juliette ?

— Ah, je ne sais pas. Il faudrait que j'en sache plus. »

Son téléphone sonna. Elle le tira de sa poche et éprouva un tiraillement désagréable en constatant que c'était encore Damian.

Elle détestait l'effet que cela lui faisait, de voir son nom sur un texto. Chaque fois qu'elle pensait avoir tourné la page, un nouveau message arrivait.

Dans la barre de notifications, elle pouvait lire la première ligne. Ça commençait par « Je suis désolé... », mais elle avait déjà reçu de tels messages. Elle en avait aussi reçu beaucoup qui déversaient sur elle sa colère. Qui lui disaient qu'elle n'était qu'une sombre crétine et qu'elle avait tort sur toute la ligne. Qu'elle était partie en se basant sur des suppositions débiles. Qu'elle aurait dû l'aider dans ces temps difficiles au lieu de s'en aller.

Et il y en avait eu d'autres, où il l'accusait de l'avoir trompé et faisait comme si c'était pour ça qu'elle était partie. Il semblait fonctionner en s'appuyant sur ce genre de logique tordue.

Elle se sentit vidée de toute énergie, comme chaque fois qu'il lui envoyait un texto. La même perte de positivité, la même angoisse dans sa poitrine.

« Tout va bien ? » demanda O'Malley.

Elle leva les yeux vers lui, puis vers Lightman qui l'observait avec une expression indéchiffrable.

« Oui, répondit-elle en éteignant l'écran de son téléphone. Tout va bien. C'est juste mon pénible ex-petit ami. »

Elle n'avait plus envie de rester là à discuter avec eux. Elle finit sa bière et se leva.

« Je ferais mieux d'y aller. J'ai quelques coups de fil à passer...

— Je te raccompagne, dit Lightman en se levant.

— Heureusement que ça ne me dérange pas de boire tout seul, dit O'Malley d'un ton ironique.

— Oh, désolée ! »

Hanson se sentait coupable. Elle n'avait pas pensé à O'Malley, ni au fait qu'il avait peut-être besoin de compagnie.

« Je suis sûre que je peux...

— Tout va bien, tout va bien ! s'exclama-t-il en riant. Il faut que je retourne travailler, de toute façon. J'ai des gens à voir. Des dealers à trouver. Je vais bientôt rentrer au poste. »

Lightman lui tint la porte au moment de sortir, puis, au lieu d'essayer d'engager la conversation, il se mit à marcher à côté d'elle en silence. Les pensées de Hanson se tournèrent rapidement vers

Damian et la fille dont elle avait trouvé deux messages enflammés sur son téléphone.

Hanson ne la connaissait même pas. En fait, il s'était avéré que cette femme était la copine d'un des collègues de Damian. Ce n'était pas la première fois qu'elle avait soupçonné ce dernier, mais il s'en était pris à elle tellement souvent en la faisant se sentir coupable pour un simple sourire adressé à un homme, qu'elle ne s'était jamais concentrée sur ce que lui faisait. Elle avait toujours été sur la défensive.

Puis elle avait fini par se rendre compte qu'il dissimulait beaucoup de choses derrière ses crises de jalousie. Elle ne savait pas combien de temps ce mensonge avait duré, et Damian avait nié encore et encore qu'il y ait quoi que ce soit, à part une femme malheureuse dans son couple, jusqu'à ce qu'elle trouve sur son ordinateur une photo de Damian avec elle qui datait de plusieurs semaines.

Quelque chose en elle la poussait toujours à l'interroger jusqu'à ce qu'il admette la vérité. Mais elle avait été obligée d'accepter qu'il ne la lui avouerait jamais, et que la seule chose à faire était de le quitter.

« On devrait aller au pub plus souvent, dit subitement Lightman. Quand on n'est pas en plein coup de bourre sur une affaire, et quand il n'y a pas d'autres distractions. »

Elle s'attendait à ce qu'il sourie, mais il avait l'air parfaitement sérieux.

« Oui, répondit-elle sans vraiment y croire. On devrait.

— Bon… Tu as probablement mieux à faire. Mais Domnall et moi, non. Alors, tant que tu nous fais l'honneur de nous accompagner de temps à autre… »

Curieusement, elle eut envie de lui remonter le moral.

« Non, je n'ai pas mieux à faire, vraiment. Et c'est bien de vous voir tous les deux en dehors du boulot. Désolée si je suis triste et nulle. En général, je vaux mieux que ça. Promis juré.

— Tu es quelqu'un de bien…, dit-il. Vu les standards qui se pratiquent », ajouta-t-il après une pause.

Malgré elle, cela la fit sourire.

Il avait beau pleuvoir, Jonah repartit vers le poste à pied. Il tentait de se concentrer de nouveau sur l'affaire, et non sur le souvenir dérangeant de la silhouette qui l'avait épié, cachée dans la pénombre, avant de s'évanouir.

S'il devait privilégier une théorie, la plus probable serait que quelqu'un avait persuadé Aurora de l'accompagner jusqu'à la planque, puis l'avait tuée une fois là-bas. Avait-elle été étranglée, était-elle morte d'overdose – ou par un autre moyen –, cela n'était pas encore clair. Si Coralie et Jojo avaient raison quant à ce qu'elles avaient déclaré, Aurora et Connor s'étaient tous deux relevés. C'était suspect.

Il songea à tout ce que Jojo lui avait révélé, et se surprit à passer en revue les souvenirs qu'il avait gardés d'elle quand elle était ado. Elle avait déjà cette expression railleuse, indomptable, et cet esprit de compétition. Il se demandait jusqu'où allaient cette sauvagerie et ce désir de tout essayer.

Il tournait en rond. Il y avait tellement de choses sur quoi se pencher qu'il ne pouvait pas se permettre de rester bloqué sur une seule. Alors il fit ce qu'il faisait toujours... Il mit tout ça de côté, en arrière-plan, pour plus tard.

Hanson était encore à son bureau quand il arriva. Il la salua de la tête et vint s'asseoir à côté d'elle.

« Je suis à peu près certain de vous avoir dit de vous barrer. Vous n'avez pas reçu le mémo ?

— Désolée, chef, répondit Hanson avec un sourire fantomatique. C'est Ben qui a commencé. Je me suis dit que je devais entrer dans la course, et quand il a été prêt à partir, j'étais un peu engluée dans...

— Sur quoi bossez-vous ?

— Plusieurs choses... Il y a un truc qui me préoccupe vraiment. Deux en fait, mais un plus que l'autre. »

Jonah était tout à fait prêt à rentrer chez lui. Il était trempé, fatigué et d'humeur maussade. Mais il avait déjà éprouvé le sentiment que Hanson éprouvait à présent. Travailler sur sa première affaire de meurtre avec un enthousiasme enfiévré. Avoir le cœur qui bat plus vite quand on découvre une incohérence.

« Allez-y.

— Quand les recherches ont commencé, les gens étaient à pied. Aucun n'a vu la planque, ce qui est logique si elle était derrière les branches du hêtre. On peut imaginer qu'ils sont passés sous les branches basses et qu'ils ont poursuivi leur chemin.

— Oui. Ça me paraît coller.

— Mais à 17 heures, ils ont ramené des chiens de Southampton, dit-elle en lui tendant un vieux rapport d'enquête d'un agent à Lyndhurst. On leur a fait renifler les affaires d'Aurora, et ils avaient tous été entraînés à détecter les substances illicites. Alors comment se fait-il qu'aucun n'ait trouvé un endroit où nous savons qu'elle était allée, et qui devait puer la Dexédrine ? »

Jonah fronça les sourcils. Il prit le rapport et le parcourut. Il se souvenait vaguement de l'arrivée des chiens. Mais en ce premier jour de recherches, on l'avait affecté au porte-à-porte avec son sergent. Ils avaient passé l'après-midi à presser des sonnettes et à poser des questions.

« Vous avez raison. Je ne... »

Il songea à ce que Jojo lui avait avoué. Au fait qu'ils avaient comblé l'entrée de la planque.

« Jojo Magos va passer demain, dit-il lentement. Elle veut faire une déclaration indiquant qu'elle a comblé l'entrée de la planque avec Brett. Cela aurait probablement rendu plus difficile aux chiens de détecter son odeur, mais si Aurora s'y trouvait déjà, une trace olfactive les y aurait menés. »

Hanson acquiesça, les joues un peu plus roses d'excitation.

« S'ils l'ont recouverte, ça explique un peu certaines déclarations bizarres qu'ils ont faites le lendemain. Ils essayaient de dissimuler que deux d'entre eux avaient caché la planque... Oui, regardez ! »

Elle avait collé des petites étiquettes fluo sur certaines pages dans la pile de dépositions, et elle en sortit une pour la lui montrer.

« Topaz avait déclaré que Brett était allé fouiller du côté de la route principale, et que Jojo était restée au camp. Mais Connor a dit que Brett était allé patauger dans la rivière et que Jojo était partie du côté de la route. Brett a admis être allé dans la rivière, mais il y avait un extrait un peu bizarre de sa déposition à propos d'une question sur le fait qu'il n'était pas trempé quand la police est arrivée. Sur la bande, il dit qu'il avait enlevé son pantalon avant d'aller dans l'eau, mais ils ont indiqué dans la transcription qu'il avait marqué une pause avant de répondre. Ici. »

Jonah ne put s'empêcher de sourire devant sa méticulosité. C'était rafraîchissant chez une nouvelle recrue. En général, seul Lightman allait aussi loin dans le détail.

Il parcourut la déposition en hochant la tête.

« Bon boulot, Juliette.

— Alors, est-ce qu'on se dit que c'est tout ce qu'ils cachaient ? Sont-ils simplement allés planquer la drogue, ou y a-t-il autre chose ? Certains ont-ils délibérément tracé une fausse piste pour les chiens, soit pour dissimuler la drogue, soit parce qu'ils savaient qu'elle était là ? Et dans ce cas, comment ont-ils su comment faire ? Quand nous avons parlé au type des stups, il a affirmé que c'était vraiment difficile à faire.

— Vous avez raison, murmura Jonah d'un air pensif. On me l'a déjà dit. Que les chiens flairent comme les humains voient. Plusieurs choses à la fois.

— Alors celui qui a fait ça connaissait probablement bien le milieu des narcotiques.

— Ouais... Benners.

— Ou Jojo Magos, par l'intermédiaire de son frère. »

Jonah acquiesça. Il s'imagina une fois de plus Jojo en train de cacher la drogue.

« Vous devriez vraiment rentrer, à présent, Juliette. Moi, je pars dans trente secondes. Et merci. C'est une information importante. »

Il allait sortir, quand il se retourna.

« Et le reste, comment ça s'est passé ? Quelque chose de particulier à propos de Connor ?

— Oh, non ! s'exclama Hanson, légèrement troublée. J'étais en train de me pencher sur son cas quand j'ai pensé à cette histoire de chiens...

— Demain matin, alors, s'il vous plaît. Et si vous êtes coincée, Facebook et LinkedIn sont de bonnes options.

— Bien sûr. »

Une légère rougeur avait teinté ses joues, et sa façon d'acquiescer était un peu surjouée.

Jonah se sentit désolé pour elle. Il était vraiment satisfait de son travail. Mais il savait aussi que dans une enquête, les petits détails pouvaient se révéler aussi cruciaux que l'analyse ou les intuitions. En outre, il fallait obéir aux ordres autant qu'à son instinct. Il avait appris à la dure le genre de dégâts que pouvaient causer les policiers qui n'en faisaient qu'à leur tête.

22. Aurora

Samedi 23 juillet 1983, 0 h 50

Les images défilaient dans son esprit, aussi floues que les arbres devant lesquels elle passait. Topaz embrassant Coralie. La poigne de fer de Connor quand il l'avait saisie. Brett, si captivé par les deux filles qu'il avait l'air hypnotisé.

Et tissé dans cette trame, plus aigu, plus profond aussi, le souvenir du crépuscule et du pic à glace qui l'avait transpercée quand elle avait suivi M. Mackenzie. Quand elle s'était faufilée à travers le sous-bois, dégoulinante d'eau, et qu'elle l'avait vu – son M. Mackenzie, Andrew – passer les bras autour d'une petite brune et l'embrasser.

Il y avait tellement de questions qu'elle aurait voulu lui poser. Tant de choses pour lesquelles elle désirait ardemment une réponse. Comment avait-il pu lui faire ça ? Comment avait-il pu le lui cacher ? Comment pouvait-il tourner le dos à tout ce qui existait entre eux ?

Et cette voix rampante dans sa tête qui disait : *Peut-être ne pensait-il pas vraiment qu'il existait quelque chose. Peut-être ne s'est-il jamais intéressé à toi. Peut-être que tout cela n'était que dans ta tête.*

Ses pensées, où qu'elles se tournent, lui tordaient les tripes, et elle se sentait déjà assez mal comme ça. Elle avait chaud, elle était prise de vertiges et de nausées.

Un soudain haut-le-cœur la plia en deux, et elle vomit. Le liquide sortait par sa bouche et son nez, encore et encore.

Elle ne parvenait pas à garder l'équilibre, elle avait peur de tomber dedans, alors elle fit un ou deux pas de côté et s'affala sur sa hanche avec un bruit sourd, ses jambes raclant les brindilles et les cailloux.

Elle ne s'était jamais sentie aussi seule.

23

Jonah n'avait pas bien dormi. Il avait passé trop de temps à relire le dossier de l'enquête, sans remarquer que l'heure tournait, jusqu'à ce que son téléphone émette un petit bruit qui le fit sursauter, à 0 h 52.

C'était un texto. Il ne reconnut pas le numéro de l'émetteur.

On retourne au mur d'escalade jeudi. Vous devriez vous trouver des chaussures et vous joindre à nous.

Au bout d'une ou deux secondes, il éclata de rire. Puis il envoya sa réponse :

C'est une aimable proposition. Vous comprenez quand même que je ne vous ai pas donné ma carte pour que vous m'invitiez à venir faire du sport ?

Il reposa son téléphone, et un autre texto arriva peu après.

Ça ne veut pas dire que ce n'est pas une bonne idée, Columbo. Bonne nuit.

Il décida de ne pas répondre – même si la tentation de se laisser aller au badinage était grande –, plombé qu'il se sentait par tout ce passé. Si ses relevés téléphoniques se retrouvaient un jour dans une salle de tribunal, il voulait que rien ne puisse suggérer qu'il n'avait pas bien fait son travail.

Quand il finit par se mettre au lit et s'assoupir, une série de rêves vint troubler son sommeil. Il campait avec Jojo, Benners, Topaz et Connor, parfois en compagnie des autres et parfois non. Dans chacun de ces rêves, il s'apercevait subitement qu'Aurora avait disparu et que quelque chose de terrible lui était arrivé. Mais il ne parvenait jamais à convaincre les autres de s'en inquiéter. Ils continuaient de danser et de rire pendant qu'il courait désespérément entre les arbres pour tenter de la trouver. À un moment, tout se mélangeait, c'était un bébé qu'il cherchait, et Michelle était là aussi. Ce fut une nuit agitée.

Durant ses intervalles de veille, il révisait mentalement sa future conversation avec Wilkinson à propos d'Andrew Mackenzie. L'idée d'informer son supérieur de l'existence d'une éventuelle affaire de corruption dans la police ne le réjouissait pas particulièrement.

Il prit sa douche à 6 h 30, puis se rendit au poste en voiture. Les routes étaient désertes, mais il pleuvait toujours, et la chaussée était glissante sous les roues de la Mondeo.

Il s'attendait à être le premier arrivé, mais en entrant, il aperçut la tignasse de Lightman qui dépassait au-dessus de son écran.

Jonah se dirigea vers son bureau. Mieux valait laisser Lightman continuer ce qu'il était en train de faire. Mais en s'approchant, il entendit sortir des enceintes de l'ordinateur du sergent quelque chose qui ressemblait à un commentaire de match de foot, et il comprit que Lightman était en train d'observer Brett Parker en action.

« Les jeux Olympiques de Barcelone, en 1992. Le quatre cents mètres. »

La voix du commentateur monta dans les aigus tandis que les grandes foulées puissantes de Brett se faisaient de plus en plus rapides. Il dépassa l'homme de tête en quelques mètres et franchit la ligne d'arrivée quelques instants après.

« Je n'avais pas conscience qu'il avait à ce point régné sur son sport, admit Lightman à la fin de la vidéo.

— Régner est probablement le bon terme. Pendant quelques années, il était quasiment invincible.

— Il n'y a plus grand-chose après la fin des années 1990, dit Lightman en faisant défiler les vidéos proposées. Même si des fans ont posté beaucoup de choses sur YouTube, ce qui est bien pratique.

— Il est passé au triathlon. Quand il n'a plus été capable de gagner des médailles au sprint.

— Tu penses qu'il est encore dans un club ? Si c'est le cas, ses membres devraient bien le connaître.

— Ça vaut le coup de vérifier, dit Jonah.

— D'autres pistes d'investigation évidentes sont ses amis de lycée, et ceux d'Aurora. Particulièrement ces derniers. Je peux demander aux Jackson de m'aider. »

Jonah sentit une petite boule dans son ventre. C'était un volet de l'enquête inévitable, mais il avait espéré secrètement qu'il ne s'ouvrirait pas.

« Je m'en charge, répondit-il. Je dois les mettre au courant des avancées de l'enquête dès que l'heure sera humainement décente. Essaie de trouver les anciens amis de Brett sans passer par lui.

— D'accord. Je vais voir ce que je peux faire.

— Préviens-moi quand tout le monde sera arrivé, dit Jonah en se dirigeant vers son bureau. On tiendra un débriefing en bonne et due forme. »

Il ne savait pas trop où il allait, à prendre en charge les discussions avec les Jackson. L'idée qu'un des membres de son équipe s'en occupe le paniquait, mais si les Jackson mentionnaient un des noms qu'il craignait, et Jonah pensait qu'ils le feraient, il n'y pourrait rien. Il ne pouvait pas dissimuler à son équipe un témoin potentiel.

Il s'assit à son bureau, puis se releva, trop nerveux pour tenir en place. Il passa un coup de fil à Wilkinson en espérant qu'il soit déjà arrivé, mais ne fut pas surpris que ça ne décroche pas.

Il commença à réfléchir au débriefing, mais là encore, il peinait à se concentrer. Puis, peu après 7 h 40, McCullough l'appela, même si techniquement parlant, le laboratoire des légistes n'ouvrait qu'une heure vingt plus tard.

« On a le retour des analyses numériques, déclara-t-elle sans dire bonjour. Elle a une fracture des deux métacarpes et une autre du sacrum, à gauche de l'articulation sacro-iliaque. C'est une articulation du pelvis, et c'est difficile à fracturer. Tout cela mis ensemble suggère fortement le viol. Même si les fractures du sacrum sont inhabituelles. »

Jonah sentit quelque chose de froid lui enserrer le cœur. À vrai dire, ce que McCullough avait découvert n'était pas inattendu. Aurora avait quatorze ans, elle était belle et probablement victime d'un meurtre. Mais il avait encore en tête la fillette gauche qu'elle était à douze ans, quand ses cheveux retombaient sur les pages du livre qu'elle était en train de lire, ses pieds tapant contre le mur sur lequel elle s'était assise en attendant que sa sœur sorte du lycée pour prendre le bus avec elle.

« Qu'est-ce que cela suggère ?

— Qu'on a lourdement appuyé sur l'une de ses jambes lorsqu'on l'a agressée, en y mettant beaucoup de pression, et que la personne qui a fait ça était bien plus forte qu'elle. Les fractures au niveau de ses mains se sont vraisemblablement produites quand elle a essayé de se protéger.

— On a des chances de trouver de l'ADN ?

— Elles sont extrêmement minces. Je vais faire des prélèvements sur les tissus que nous avons, et je me pencherai en détail sur les textiles et sur les sols, mais on aura forcément perdu beaucoup de données en trente ans.

— D'accord, merci ! Tu es en mesure d'écarter toute intervention animale dans la disparition de la drogue ? Parce qu'il semble que la quantité initiale était beaucoup plus importante.

— À quel point ?

— Quinze kilos.

— Un animal n'aurait absolument pas pu déplacer quinze kilos de Dexédrine enterrés, affirma McCullough sans hésitation. C'est forcément un être humain qui l'a fait. Je verrai si nous pouvons trouver des traces d'utilisation d'une pelle ou d'autres signes indiquant une interférence. Le site est encore protégé.

— Merci. Quelque chose du côté toxicologique ? »

McCullough soupira.

« Pour clarifier mes remarques précédentes, je n'ai ni cheveux, ni ongles, ni yeux, et je ne peux donc rien tester. »

Jonah sentit qu'elle laissait quelque chose en suspens.

« Mais… ?

— Ce n'est pas vraiment un mais. J'ai été aussi méticuleuse que possible, et j'ai envoyé des échantillons de terre se trouvant autour du corps à la chromatographie, et si nous avons vraiment, vraiment de la chance, on pourra séparer la Dexédrine non métabolisée des autres composés présents dans la terre et confirmer sa présence en quantité suffisante pour pouvoir affirmer qu'elle a été ingérée par la victime. Mais si les températures ont grimpé suffisamment pendant les fouilles, il n'y a aucune chance, et l'été a été chaud.

— Oui, bien sûr. C'est ce que je dis toujours…

— Te fous pas de moi, Sheens.

— Merci, dit Jonah en riant. Je sais que tu es vraiment occupée en ce moment.

— Je suis toujours occupée. Je vais me mettre à dire non plus souvent, et à rentrer chez moi à 17 heures, et vous pourrez tous vous plaindre à ma messagerie.

— Mais qu'est-ce que tu ferais de tout ce temps libre ?

— Avoir une vie, peut-être ?

— Ouais. Mais d'après ce qu'on m'a dit, c'est très surfait… »

Il raccrocha et se mit à penser à la violente agression dont Aurora avait été victime, en évacuant au maximum ses émotions. Du point de vue de l'enquête, cela clarifiait beaucoup les choses.

En gros, il était peu probable qu'une des filles l'ait tuée, et encore plus improbable qu'elle ait d'abord été agressée par un homme puis tuée par une femme.

Néanmoins, cela ne signifiait pas qu'une des filles n'était pas impliquée, ou qu'aucune d'elles n'était au courant. Si l'une avait menti pour protéger un des garçons, ce ne serait pas une première. Loin de là.

L'autre conséquence, c'était la conversation délicate qu'il devrait avoir tôt ou tard avec la famille Jackson. En tant qu'être humain doué d'émotions, il voulait rendre cette révélation aussi peu douloureuse que possible. Mais en tant que policier chargé de découvrir l'assassin d'Aurora, il avait l'opportunité de se servir de cette information pour provoquer un choc.

O'Malley se réveilla cinq minutes avant que son réveil ne sonne. Il se sentait vaguement optimiste quant à la journée à venir. La veille, il avait fait du bon boulot avec le dealer, et ça pourrait bien les aider. En sortant du pub, il était directement allé trouver le frère aîné de Jojo, Anton Magos.

Anton n'avait pas été surpris de le voir à sa porte. Rares étaient ceux qui aimaient qu'un flic vienne interrompre leur soirée, et Anton affichait l'expression rancunière et méfiante de ceux qui pensent que les policiers sont des êtres nuisibles. Tandis qu'Anton le jaugeait du regard, O'Malley songeait que l'aîné des Magos n'avait peut-être pas toujours été bien traité par la police. Il arborait des dreads grisonnantes rassemblées en une queue-de-cheval et portait un cardigan élimé qui sentait légèrement le fauve.

Mais O'Malley avait le don d'être perçu comme un être humain plutôt que comme un flic et, en général, son accent l'aidait en cela. Chez la plupart des gens, cela semblait désamorcer toute menace. Aussi Anton l'avait-il laissé entrer, pour finalement admettre que c'était bien lui qui avait servi d'intermédiaire à Daniel Benham quand celui-ci avait acheté les quinze kilos de Dexédrine. Son contact était un certain Matt Stavely, qui habitait dans les cités de Thornhill.

O'Malley avait soupiré intérieurement en entendant ce nom. Thornhill en pleine nuit, ce n'était pas l'idée qu'il se faisait d'une soirée sympa. Mais au moins, il n'avait pas de gyrophare ou d'uniforme, c'était déjà ça.

Il avait grimpé dans sa Fiesta pour s'y rendre – heureusement, le trajet ne prenait pas longtemps à cette heure-ci –, et il avait rejoint la cité du Printemps, aussi peu printanière qu'il était possible de l'être. Un alignement de petits immeubles à l'aspect déprimant avec une tour en arrière-plan, au pied de laquelle se trouvait une aire de jeux.

Stavely habitait dans le dernier petit bâtiment. Devant se trouvait un parking où personne n'avait jamais essayé de planter un arbre ou un parterre de fleurs.

O'Malley se gara sous un réverbère, sans espérer que cela dissuaderait qui que ce soit de vandaliser sa voiture. Thornhill était de plus en plus une zone de non-droit gangrenée par les gangs. Mais depuis toutes ces années qu'il y venait pour parler à ses nombreux résidents, O'Malley avait développé un semblant de relation avec certains, et il comprenait bien que la culture des gangs était enracinée dans la peur plutôt que dans l'agressivité.

Il grimpa quatre à quatre les marches de l'escalier extérieur, déterminé à en finir au plus tôt. Stavely habitait l'appartement 36, au deuxième étage. Il n'y avait plus de numéro sur sa porte, mais deux traces estompées à l'endroit où le trois et le six s'étaient trouvés, et quatre trous de vis.

Il percevait le son d'un téléviseur, quelque chose avec des coups de feu et des cris. Il frappa énergiquement. Un instant plus tard, le son fut coupé et il entendit des pas. Il y eut une pause, comme il s'y attendait. Ici, on n'ouvrait pas sa porte sans vérifier qui était derrière.

Puis le battant, retenu par une chaînette de sécurité, s'entrouvrit. Un visage fin et barbu apparut dans l'embrasure.

« Matt ? demanda O'Malley en se faisant le moins menaçant possible. J'ai besoin de votre aide. Est-ce que je peux entrer une minute ?

— Quoi comme aide ? »

O'Malley balaya du regard le couloir pour vérifier qu'il était désert, puis il sortit son portefeuille et l'ouvrit, dévoilant quelques billets de dix et de vingt.

Stavely le toisa, puis il referma le battant, ôta la chaîne et ouvrit en grand. O'Malley le jaugea à son tour. Plutôt frêle dans son pull à capuche gris, un bonnet noir sur des cheveux poivre et sel et une peau qui avait l'air de n'avoir jamais vu le soleil.

« Par ici », dit Stavely en le conduisant à travers un tout petit couloir qui n'avait que deux portes.

Ils passèrent devant une chambre plongée dans la pénombre, où O'Malley ne distingua guère qu'un matelas et une armoire. L'appartement sentait le tabac froid, mais il était plus propre qu'il ne l'aurait cru. Il n'y avait pas d'odeur de nourriture en putréfaction, et Stavely était très propre lui aussi.

Ils entrèrent dans un salon avec cuisine américaine où trônaient un grand écran et une PlayStation : une féroce fusillade y était figée en pleine action. À en juger d'après les immeubles et les armes, la scène avait l'air de se passer en Russie et elle était, pour O'Malley, d'un réalisme dérangeant.

Stavely s'assit à côté des manettes, où l'attendait une canette de bière.

« Qu'est-ce que vous voulez ? demanda-t-il d'un ton neutre.

— Rien pour mon moral, répondit O'Malley en s'appuyant contre le plan de travail. En fait, je cherche des renseignements. Et ce n'est pas un genre de renseignement susceptible de vous attirer des ennuis. »

Stavely se figea. Il dévisagea O'Malley, puis prit une cigarette dans un paquet coincé entre le coussin et l'accoudoir du canapé et l'alluma sans piper mot.

« C'est une information qui remonte à trente ans, poursuivit O'Malley. Alors, c'est plutôt ancien. Il s'agit d'un gros stock de Dexédrine que vous avez vendu à un garçon du nom de Daniel Benham. »

O'Malley remarqua le léger rictus qui déforma les lèvres de Stavely, mais il ne dit rien.

« Vous vous rappelez sûrement la fille qui avait disparu, Aurora Jackson… »

Il attendit une réaction. Stavely finit par acquiescer de la tête.

« On a retrouvé ses restes. Le problème, pour nous, c'est qu'elle a été enterrée à côté d'une grosse quantité de Dexédrine, et qu'on a besoin d'écarter de l'enquête la piste des stupéfiants. Nous n'allons pas, et j'insiste là-dessus, enquêter sur des crimes liés au trafic de drogue. »

Nouveau silence.

« En quoi ça vous aide, de savoir d'où elle provenait ?

— Si c'était une source habituelle, on saura que ce n'était pas en rapport avec le meurtre d'Aurora. Parce que c'est bien ce qui lui est arrivé. »

Il attendit que Stavely enregistre l'information. C'était un homme prudent, songea O'Malley, et probablement pas stupide.

O'Malley n'avait pas de grosses attentes en la matière quand il rencontrait des petits dealers.

« Ce que vous voulez démontrer, c'est qu'être au courant pour la Dexédrine, ce n'était pas dangereux en soi », dit Stavely.

O'Malley acquiesça.

« Je ne crois pas que sa mort ait quoi que ce soit à voir avec la drogue. Mais j'ai un supérieur extrêmement méticuleux, et il va poursuivre la piste des stupéfiants jusqu'à ce qu'on puisse l'écarter à coup sûr. Moi, je veux l'écarter. »

Stavely tira une longue bouffée sur sa cigarette, puis fit tomber la cendre dans le cendrier.

« Je ne sais pas, mec, dit-il lentement. Ça sonne un peu comme des ennuis. »

Stavely était renfermé, à la manière dont le sont souvent ceux qui survivent en gardant des secrets.

« Il va falloir m'aider, à un moment donné, dit O'Malley à voix basse. Le patron ne va pas laisser tomber. Si vous le connaissiez, vous n'en douteriez pas. Votre meilleure chance, et Dieu m'en est témoin, c'est de nous aider maintenant, pendant que vous en avez encore le choix, et lui donner envie de fermer les yeux sur votre cas. »

Stavely posa sa cigarette en équilibre sur le bord du cendrier et garda les yeux fixés dessus pendant un moment.

« Qu'est-ce que vous voulez que je fasse ?

— Simplement répondre à quelques questions. Sur la drogue et sur Daniel Benham. »

Stavely laissa échapper un long soupir et secoua la tête.

« Moi, je vous ai fait entrer pour vous vendre quelque chose.

— Pensez-y, dit O'Malley en ressortant son portefeuille. C'est un autre genre de vente. »

Il tira deux billets de vingt, qui éveillèrent aussitôt l'attention de Stavely. Le changement d'attitude était flagrant.

« Voilà ! » dit-il en les posant sur la table devant le dealer.

Stavely les regarda. Il se passait doucement les mains l'une sur l'autre. O'Malley se dit que c'était un signe suffisant pour continuer.

« Vous avez récupéré la Dexédrine après qu'un deal était tombé à l'eau, c'est ça ? »

Il y eut un bref silence, puis au grand soulagement du sergent, Stavely répondit.

« C'était un type à qui j'en avais déjà vendu. Un gars de la haute. Il la voulait pour en revendre. Alors j'ai fait appel à mon fournisseur.

— Mais l'acheteur s'est rétracté ?

— Il s'est fait choper. Il vendait dans des soirées chics, et une fille est morte. Le petit copain de la nana l'a balancé.

— Et vous ne pouviez pas la rendre à votre fournisseur ? »

Stavely leva les yeux vers lui, l'air incrédule.

« C'est impossible. On ne peut jamais faire ça. Jamais. Et si vous essayez, ils ne vous vendront plus jamais rien. Ce n'est pas un putain de centre commercial.

— Mais vous deviez quand même les payer, OK, je comprends, dit O'Malley pour l'apaiser.

— Ouais. Et j'étais assez mal. Mais… on m'a mis en contact avec Daniel Benham.

— On, c'est Anton Magos ? »

Nouveau silence, et Stavely haussa les épaules.

« Ça ne fait rien, trancha rapidement O'Malley. Parlez-moi de Daniel Benham. Il voulait l'acheter ?

— Ouais. Enfin… Il n'avait pas l'air trop sûr.

— Il n'était pas très déterminé ?

— Non, il… Il m'a demandé comment ça se faisait que j'aie ça, et je le lui ai expliqué. Ensuite, il m'a demandé ce qui se passerait si je ne pouvais pas payer, et je lui ai répondu… Je lui ai répondu qu'ils me couperaient les deux jambes. Et c'était pas vraiment une blague. »

Stavely tripota un peu sa cigarette.

« Il vous a demandé autre chose?

— Non, dit Stavely en secouant la tête. Il s'est décidé à ce moment-là. Et vous savez, je ne voudrais pas qu'il ait… Je sais que maintenant, il est devenu un politicien de merde, mais à l'époque, il m'a vraiment rendu service, vous savez ? Je suis convaincu qu'il m'a acheté la drogue parce qu'il voulait m'aider. »

O'Malley acquiesça, mais il se demandait si Stavely était dans le vrai, ou si Benham avait en tête une ou deux petites fêtes bien corsées.

« Il vous en a racheté depuis ? »

Stavely hésita, ce qui piqua la curiosité du sergent.

« Nous voulons simplement en savoir plus sur lui, poursuivit ce dernier. En tant que personne, quoi.

— Je ne m'en souviens pas, répondit Stavely avec une expression têtue.

— OK. Et les autres, vous les avez rencontrés ? demanda O'Malley en constatant que Stavely ne lui en dirait pas plus sur le sujet. Connor Dooley, Topaz Jackson... »

Stavely secoua la tête en tirant une bouffée sur sa cigarette.

« Je connaissais un peu Jojo, parce que je traînais parfois avec Anton. Mais pas les autres. »

O'Malley laissa un silence s'installer, puis il hocha la tête.

« Merci. C'est très bien. J'aurais peut-être besoin que vous passiez enregistrer tout ça, à un moment donné.

— Fait chier, dit posément Stavely.

— Ça serait mieux pour vous », répondit O'Malley en le fixant.

Stavely soutint son regard, puis il haussa les épaules.

Il ne se leva pas pour raccompagner O'Malley. Celui-ci claqua la porte et fit un pas de côté pour ne pas être dans le champ de vision de l'œilleton. Il attendit un moment que le son du jeu vidéo résonne de nouveau, mais au bout de quelques secondes, c'est la voix de Stavely qu'il entendit.

Personne ne lui répondit, et un instant plus tard, Stavely reprit la parole, mais O'Malley n'était pas en mesure de comprendre ce qu'il disait. Un coup de fil, alors. Et comme il n'avait entendu aucune sonnerie, c'est que Stavely en avait passé un à la suite de sa visite. Ce qui était des plus intéressants.

À 8 h 10, Jonah arriva chez les Jackson. Il avait caressé l'idée de les appeler pour s'épargner le trajet, mais il savait que ce genre de nouvelle était plus facile à gérer en face à face.

Cette fois-ci, ce fut Tom qui vint lui ouvrir. Il était en train de s'essuyer la bouche, Jonah l'avait probablement interrompu pendant son petit déjeuner.

« Bonjour, M. Jackson. Désolé de passer si tôt, mais je voulais vous informer des développements de l'enquête.

— Comme je l'ai déjà dit à la police à de nombreuses reprises au fil des ans, je préfère être informé que le contraire, quelle que soit l'heure », répondit-il d'un ton un peu condescendant.

Il s'écarta, et Jonah se glissa dans le peu d'espace qui restait dans le couloir. En fait, ça avait l'air un peu mieux rangé que lors de sa précédente visite. Les piles étaient en ordre, et il y avait même quelques endroits sans détritus. Peut-être Topaz et Connor s'étaient-ils activés.

Ils se trouvaient tous dans la cuisine. Joy, assise en bout de table, lui lança un regard de hibou éperdu, les yeux écarquillés et pleins de méfiance. Topaz, installée à un angle, se penchait vers lui pour l'observer. Seul Connor continua de manger, ingurgitant lentement son bol de porridge, tête baissée, jusqu'à ce que Jonah prenne la parole.

« Désolé, répéta-t-il. Je débarque en plein petit déjeuner.

— Ce n'est pas grave, répondit aussitôt Topaz. Que se passe-t-il ?

— Nous avons de nouvelles informations. »

Joy se leva subitement et lui apporta une chaise pour qu'il s'assoie face à eux. Tom reprit place devant ses œufs au plat et croisa les jambes.

« Nous avons eu les résultats de l'analyse numérique, et plusieurs signes indiquent qu'Aurora a été victime, sous une forme ou une autre, d'une agression sexuelle avant sa mort. »

Topaz tressaillit de façon visible. Connor s'arrêta enfin de manger. Il posa soigneusement sa cuillère au bord de son bol, mais il n'eut aucun geste de réconfort pour sa femme. Quant à Joy et à Tom, aucune réaction. C'était comme s'ils s'étaient figés sur place.

« À l'évidence, c'est une nouvelle bouleversante, mais ça nous aide à mieux déterminer qui l'on cherche.

— Et vous cherchez qui, alors ? demanda Tom d'une voix un peu chargée.

— Un homme, potentiellement un de ceux qui campaient avec elle ce soir-là, dit-il prudemment. Nous cherchons aussi à savoir si quelqu'un d'autre connaissait la planque où nous avons trouvé Aurora. On ne peut encore tirer aucune conclusion là-dessus, mais nous savons que les ados qui s'y trouvaient la connaissaient. Nous enquêtons également sur une potentielle consommation de stupéfiants pendant la fête. »

Jonah se sentait coupable de devoir lui annoncer autant de mauvaises nouvelles d'un coup. Mais il valait mieux pour eux qu'ils soient mis au courant, il le savait. Retarder ce moment ne ferait que le rendre plus difficile encore, si la police dénichait de nouvelles preuves.

Il vit le visage de Topaz s'empourprer, et elle tendit une main un peu tremblante vers son verre d'eau. Tom la regardait, et Jonah songea qu'une conversation délicate s'annonçait peut-être.

« Vous pensez que c'est lié ? finit par demander Tom.

— C'est possible. Mais pour l'instant, je ne privilégie aucune théorie... Pourrais-je solliciter quelque chose de vous ?

— Quoi donc ?

— Nous désirons parler aux autres amis d'Aurora. Ceux dont elle était proche et à qui elle aurait pu se confier.

— Eh bien, moi, je ne... Topaz et Joy pourraient vous aider, je suppose. Je n'ai jamais été très doué pour retenir les noms.

— C'est vrai, renchérit Joy un peu précipitamment. Tu as une très mauvaise mémoire, hein, Tom ?

— Pas de problème, le rassura Jonah. Vous pouvez en parler tous les trois et me dire ça plus tard dans la journée. Si je ne suis pas disponible, vous pouvez donner les noms à l'un des membres de mon équipe.

— Votre équipe ? s'exclama Tom. Vous êtes combien dans votre équipe ?

— Trois, en plus de moi. L'agente Hanson, que vous avez déjà rencontrée, et mes deux sergents, O'Malley et Lightman. Et nous disposons également du soutien du superintendant, de l'équipe des médecins légistes et d'autres départements si nécessaire.

— Vous êtes quatre à travailler directement sur l'affaire, alors. C'est bon à savoir », dit M. Jackson.

Il hocha la tête d'un air approbateur, même si sa voix tremblait encore un peu.

Jonah se leva et partit, regrettant de ne pouvoir assister à la conversation qu'auraient Topaz et Tom à propos de la drogue. Ç'aurait été intéressant.

O'Malley fut le dernier à arriver, à 9 h 20. Il était encore assez tôt, mais Jonah avait déjà l'impression qu'une demi-journée s'était écoulée.

Il convoqua l'équipe dans la salle de débriefing pour lui faire part de la découverte de Hanson à propos des chiens qu'on avait réussi à tromper et leur confirmer qu'Aurora avait bien été violée.

Ils acquiescèrent tous d'un air sombre quand il eut fini.

« La question clé, pour nous, ça doit être : est-ce Connor qui l'a violée ? Qu'est-ce qu'on a d'autre sur lui depuis hier ?

— Pas grand-chose, répondit Lightman. Coralie est la seule à l'avoir vu se relever, et il faudrait qu'on en apprenne plus sur sa tentative d'embrasser Aurora.

— On peut mettre la pression aux autres là-dessus, répondit Jonah.

— J'ai vérifié sa déposition à propos de ce qui se serait passé le lendemain matin, quand il s'est rendu compte qu'elle avait disparu, et il n'y a pas de trous. Il explique bien ce qu'il a fait, avec quelques détails qui précisent les événements ici et là, comme on s'y attendrait de la part de quelqu'un qui essaie de se rappeler ce qui s'est passé. Et il avait l'air d'avoir envie de la retrouver.

— Ou du moins, il faisait semblant d'en avoir l'air, intervint Hanson.

— C'est le premier à s'être levé, remarqua Jonah. Il aurait pu s'assurer qu'il avait effacé toute trace de ses actes avant de réveiller les autres. J'aimerais vérifier en détail les déclarations de tout le monde à propos du lendemain matin. Tout ce qu'ils ont pu voir et qui aurait été oublié par la suite. »

Hanson et Lightman acquiescèrent, tandis que O'Malley levait la main.

« J'ai retrouvé le dealer qui avait fourni la drogue à Daniel Benham. Je suis allé discuter avec lui, et on pourrait le persuader de venir faire une déposition, je crois. »

Jonah cligna des yeux, légèrement décontenancé par la soudaineté de ce nouveau développement.

« Tu as fait ça quand ?

— Hier soir, répondit O'Malley avec un pâle sourire. C'est un type intéressant. Il m'a confirmé le déroulement de la transaction, via Jojo et son frère. Il avait le sentiment que Daniel Benham avait surtout cherché à l'aider, mais il a nié toute implication ultérieure avec eux. Je vais taper un rapport.

— Merci, Domnall. C'est... c'est de l'excellent travail. Autre chose ?

— La petite amie de Mackenzie sera là à midi et demi, lança Hanson.

— Super ! Bon. Allons-y. »

Coralie consulta de nouveau son téléphone, mais elle n'avait reçu aucun message. D'aucun d'entre eux. Elle ressentit un brusque accès de solitude, que la salle du restaurant de l'hôtel où elle prenait son petit déjeuner n'atténuait guère.

Elle ne s'était pas vraiment attendue à ce que Topaz ou Connor entrent en contact avec elle, même s'ils étaient sûrement furieux qu'elle ait trahi leurs secrets. Elle l'aurait presque souhaité, malgré la culpabilité qui lui vrillait l'estomac. Jojo, de toute évidence, n'allait pas lui envoyer de texto. Elle ne l'avait jamais contactée au cours de toutes ces années.

Mais de la part de Brett et de Daniel, Coralie trouvait cela blessant. La veille, elle leur avait envoyé deux textos chacun. Elle pouvait voir qu'ils avaient été lus, mais aucun des deux ne lui avait répondu.

Après tout ce qu'ils avaient traversé ensemble, ça lui faisait l'effet d'une trahison. Elle se sentait exclue et terrifiée. Est-ce qu'ils étaient en train de parler d'elle à la police ? S'étaient-ils retournés contre elle ?

Subitement, elle en eut assez d'attendre. Elle saisit son téléphone, la clé de sa chambre et s'en alla en laissant la moitié de son petit déjeuner sur la table.

Le temps d'atteindre le couloir, elle avait déjà composé le numéro de Brett.

Le superintendant se présenta dans le bureau de Jonah peu après le débriefing. Ce qui, pour autant que Jonah le sache, signifiait de possibles ennuis. L'inspecteur le fit entrer en se disant que lorsqu'il lui parlerait de Mackenzie, les ennuis auraient tendance à croître.

« Je ne sais pas si vous avez lu le journal, dit Wilkinson en refermant la porte derrière lui, mais il y a plein de spéculations dans le genre *Le Maître des illusions* à propos d'un groupe de gamins qui avaient d'étranges pratiques. J'aimerais que vous fassiez une déclaration aujourd'hui, pour calmer un peu tout ça.

— Ce n'est que le troisième jour de l'enquête, protesta Jonah.

— Mais vous avez du nouveau ?

— Oui, mais rien que j'aimerais révéler à la presse.

— C'est de bonne guerre », admit Wilkinson avec un soupir.

Jonah voyait bien qu'il était déçu, mais son chef le connaissait depuis suffisamment longtemps pour lui faire confiance.

« J'ai quand même quelques éléments à faire passer.

— Dites-moi tout ! » lança Wilkinson en s'asseyant face à lui.

Il lui résuma ce qu'ils avaient découvert à propos de l'enquête bâclée sur Mackenzie et de l'attitude étrange qu'avait ce dernier par rapport à Aurora. Puis il enchaîna sur Connor et le fait qu'à ses yeux il était le principal suspect.

« Je veux examiner en détail tout ce qui le concerne ! J'aimerais particulièrement savoir si, à l'époque, ils l'avaient convoqué tant de fois parce que quelque chose leur paraissait louche, ou par simple sectarisme.

— Je vois ce que vous voulez dire, répondit Wilkinson en se mordant la lèvre. Mais je pense qu'il faut faire de Mackenzie notre principal suspect.

— Vous ne trouvez pas que beaucoup de choses pointent vers Connor ? protesta Jonah.

— Ce n'est pas encore très clair. On n'a presque rien fouillé du côté de Mackenzie.

— Il ne semble pas avoir connu l'endroit où elle était cachée.

— Comment en être sûr avant d'avoir épluché ses allées et venues ? Je sais, je sais… Il ne faut pas faire abstraction d'une piste potentielle qui nous mènerait à Connor Dooley. Mettez un des membres de l'équipe sur lui. Les autres peuvent se concentrer sur Mackenzie. Cette fois-ci, il ne faut pas qu'on se loupe. S'il y a eu corruption il y a trente ans, aujourd'hui, nous devons être irréprochables. »

Jonah se sentit envahi par la résignation. Il savait que le superintendant avait raison, même si ce qu'il proposait ne lui semblait pas aller dans le bon sens.

« Très bien, dit-il. Comme vous voudrez. »

Wilkinson se leva, puis, en forme de compensation, déclara :

« Je présenterai des excuses pour votre absence au Comité de la cohésion municipale.

— Merci, chef », dit Jonah en essayant de faire comme s'il n'avait pas oublié cette fichue réunion.

24. Aurora

Samedi 23 juillet 1983, 1 heure

Elle ne pouvait penser à rien d'autre qu'à vomir. Tout se résumait à ses haut-le-cœur et à ce qui sortait de sa gorge grande ouverte.

Assise, la tête et le haut du corps tournés sur le côté, elle écartait instinctivement ses cheveux de la main.

L'état dans lequel elle était lui faisait un peu peur. Elle craignait que l'alcool ait abîmé quelque chose en elle.

« Hé ! »

Soudain, elle sentit un bras sur son épaule. Une caresse amicale. Mais elle n'avait pas la force de lever les yeux pour voir de qui il s'agissait. Son corps plié en deux était bien trop occupé à se vider sans interruption d'un liquide qui ressemblait de plus en plus à de l'eau.

« Laisse-moi t'apporter un peu de jus d'orange. »

Elle reconnut la voix de Benners. Elle ne voulait pas qu'il s'en aille, même pour aller chercher quelque chose qui pourrait la soulager. Elle était trop terrifiée. Trop malheureuse.

Mais les haut-le-cœur finirent par s'estomper et elle put acquiescer. Elle ne voulait pas non plus qu'il la trouve pathétique.

Elle finit par arrêter de vomir juste avant qu'il ne revienne, et quand elle leva les yeux vers lui, elle vit une version floue de Benners, comme si ses yeux n'étaient plus capables de se focaliser sur quelque chose. Elle pouvait quand même distinguer le sourire de compassion qu'il lui adressa en s'asseyant à côté d'elle.

« Tiens, voilà ! » dit-il en ouvrant la brique en carton.

Elle la porta à ses lèvres. C'était difficile de boire au bec verseur déchiré. Le jus d'orange tiède coulait sur son menton. Elle s'interrompit pour s'essuyer.

« Mon Dieu. Je dois avoir l'air horrible.

— Personne n'a l'air génial quand il est dans cet état-là, répondit Benners en rigolant. Mais pas de problème. Je ne suis pas en train de te juger. »

Il leva de nouveau la brique de jus d'orange. Aurora tenta d'accompagner son geste de la main, mais elle tremblait et elle n'avait pas retrouvé toute la maîtrise de ses mouvements.

« Allez, bois-en encore un peu. Tu as besoin d'avaler quelque chose. »

Elle essaya de nouveau et parvint à faire couler un mince filet de jus d'orange dans sa bouche. Une gorgée. Une deuxième.

Mais la nausée la reprit, elle se tourna sur le côté et vomit de nouveau ce qu'elle venait de boire.

Benners la laissa faire, en lui massant l'épaule et en essayant de l'apaiser. Une des mèches d'Aurora retomba en avant, et il l'écarta pour elle.

« C'est nul, hein ? dit-il. Mais tu t'en sors très bien. Ça m'arrive encore de finir dans cet état-là de temps en temps. Je pense que je suis le roi du monde, puis je bois encore quelques coups et je deviens trop sûr de moi. L'alcool a cet effet-là. C'est comme si c'était sa méthode pour se reproduire. Une fois qu'il t'accroche, il te murmure à l'oreille de continuer. »

Quand elle eut fini, il lui tendit de nouveau la brique de jus d'orange.

« Bientôt, ça va te rester dans le ventre. Et ton corps a besoin d'eau et de sucre. »

Elle n'avait pas envie de boire, mais elle obtempéra pour lui faire plaisir. Cette fois-ci, elle parvint à en ingurgiter une bien plus grosse quantité et elle se sentit immédiatement mieux.

« Je n'aurais pas dû boire, dit-elle une fois qu'elle fut certaine qu'elle n'allait pas vomir.

— Bien sûr que si ! Tu ne peux pas te balader en évitant de faire des choses au cas où il t'arrive un truc de ce genre. C'est un instant dans la vie. Quelques minutes désagréables, et en général, une gueule de bois assez carabinée le lendemain. Mais tout ça – cette souffrance, là, maintenant –, c'est ce qui provoque la joie et le sentiment de libération que tu éprouvais tout à l'heure. Comment pourrais-tu jouir de ce pur bonheur sans avoir à souffrir en échange ? »

Elle ne distinguait toujours pas bien son visage. Il semblait dériver sur le côté.

« Mais comment peux-tu appeler ça du bonheur alors que tu sais que c'est ça qui va suivre ? Que tu es heureux pendant un moment mais qu'ensuite ce truc te tombe dessus ?

— C'est précisément ça qui fait que c'est du bonheur ! »

Il se pencha vers elle, et il parlait avec tellement de conviction qu'il était difficile de ne pas être d'accord.

« Si ce n'était pas temporaire, ce serait simplement normal, non ? La normalité. Et alors, ça deviendrait aussitôt ennuyeux. Décevant. Rien du tout. »

Subitement, elle eut peur de sentir le vomi. Elle s'écarta de lui.

« Désolé. Je t'intimide, dit-il avec un sourire.

— Non. Tu as raison. C'est simplement que… J'ai déjà vu Zofia dans cet état plusieurs fois et j'avais décidé que ça ne m'arriverait jamais.

— Zofia… La blonde ? Qui prenait le bus de temps en temps ? »

Aurora acquiesça.

« Ses parents l'ont emmenée. Elle s'était liée d'amitié avec des filles de terminale qui buvaient vraiment beaucoup, et après une fête, elle a fini à l'hôpital. Ses parents ont décidé que l'école, ce n'était pas bien pour elle.

— Mais on ne va pas permettre que ça t'arrive, répondit Benners en haussant les épaules. Tu peux t'amuser sans que ça se termine mal.

— Je suppose… J'aimerais bien arrêter de vomir, cela dit.

— Pendant le reste de la soirée, on peut s'amuser de façon inoffensive, sans boire, dit-il en se relevant. Allez, viens ! Il fait encore chaud près du feu, et quand je suis parti, Jojo et Connor se disputaient à propos de la musique électronique. »

Elle eut besoin de son aide pour se remettre debout et garder l'équilibre. Il la laissa s'appuyer contre lui pendant tout le chemin, faisant de temps à autre un pas de côté pour éviter de lui marcher sur les pieds. Elle-même marcha plusieurs fois sur les siens.

« Je ne rentre pas dans le cadre, dit-elle en s'arrêtant subitement. Je ne suis pas l'une d'entre vous. Ou l'une d'entre qui que ce soit.

— Non, tu n'es pas l'une d'entre quiconque. Tu es l'une de toi. Juste l'une de toi. Et ça, ça a plus de valeur que tout le reste. »

De près, il avait l'air plus grand. Plus féroce. Et subitement, il se désintéressa d'elle. Il tourna la tête vers le feu de camp, à présent tout proche. Sa lumière soulignait le tronc des arbres. La scène lui rappelait la nuit de la Saint-Jean, et de but en blanc, un film d'horreur dans lequel les portes de l'enfer s'ouvraient.

Benners la prit par la main et l'entraîna vers le camp, mais elle avait toujours du mal à garder l'équilibre. Elle heurta un tronc et s'érafla l'épaule.

Il marqua une pause, puis l'entraîna de nouveau jusqu'à ce qu'ils arrivent au bord de la clairière, où le feu répandait sur toute chose un orange riche et sensuel.

Quelqu'un poussa un cri, de douleur peut-être, et elle se glissa devant lui pour voir ce qui se passait, le cœur battant, le souffle court.

Il y avait deux silhouettes blotties l'une contre l'autre près du feu, dont l'une émettait des sons étranges. Elle s'avança, sans distinguer de qui il s'agissait.

Mais l'espace d'un instant, elle cessa de voir double et se rendit compte que Connor était en train de pleurer. Tout son corps était secoué de sanglots, et Jojo le serrait dans ses bras et le consolait.

« Ça va aller, disait-elle. Ce n'est rien.

— Je le hais ! Je le hais ! »

C'était presque aussi gênant que s'ils les avaient trouvés tout nus. Lorsque Connor leva les yeux et la vit, elle sentit le rouge lui monter aux joues. Sur le moment, on aurait dit qu'il la haïssait, elle aussi.

« Désolée », dit-elle doucement.

Elle se trouvait avec Benners près de la tente ; les sacs de couchage ; les victuailles. Aurora s'écarta de Benners et se baissa. Elle dut poser trois fois la main par terre pour conserver son équilibre tandis qu'elle tirait un tapis de sol d'une pile et se saisissait d'un des sacs de couchage soigneusement roulés.

Benners lui jeta un regard bizarre quand elle se releva, quelque part entre la gêne et la déception.

Il la suivit tandis qu'elle s'enfonçait dans la pénombre, à l'écart de Connor, de Jojo et de l'intimité de cette scène de souffrance, à l'écart de Topaz, de Coralie et de Brett. Elle ne s'arrêta que lorsqu'elle n'était plus en mesure de les entendre, et jeta le tapis de sol sur un carré de terre qui avait l'air assez lisse.

« Tu vas être bien, si loin du camp ? demanda Benners.

— Oui. Merci. »

Elle s'escrima un moment pour dérouler le sac de couchage, après quoi elle n'arriva pas à l'étendre correctement. Elle sentit qu'il se penchait sur elle.

« Tu veux que je reste un instant et qu'on discute un peu ?

— Non, j'ai envie de dormir. »

Elle attendit qu'il la contredise, ou qu'il acquiesce, mais Benners ne dit rien pendant qu'elle ouvrait le sac de couchage et se glissait laborieusement dedans. En fin de compte, ce ne fut que le craquement discret de ses pas sur le lit de feuilles et de brindilles qui lui fit comprendre qu'il était parti.

25

Pour l'enregistrement, Jojo répéta d'un ton solennel tout ce qu'elle avait dit à Jonah au centre d'escalade. Elle expliqua en détail comment elle avait scellé l'entrée de la planque, en se postant au-dessus, tandis que Brett se tenait en dessous, et à quel point elle regrettait de ne pas avoir d'abord jeté un coup d'œil à l'intérieur.

« Pour autant que vous le sachiez, quelqu'un d'extérieur au groupe avait-il eu vent de cette planque ? demanda Jonah une fois qu'elle eut fini. Avant ou après la disparition d'Aurora ? »

Elle leva les yeux vers lui, puis détourna le regard.

« Je ne pense pas.

— Vous n'avez vu personne près du camp cette nuit-là ? Personne n'a dit qu'il avait aperçu quelqu'un qui aurait pu voir le groupe y aller ou en repartir ? »

Elle secoua de nouveau la tête. Jonah se surprit à s'attarder sur les muscles saillants de ses bras.

« Vous faisiez déjà de l'escalade à l'époque ? »

Au regard qu'elle lui lança, il vit que la question l'avait déconcertée. Lightman, assis à côté de lui, n'eut aucune réaction, ce qui était une de ses plus grandes qualités.

« Je... Oui. J'en fais depuis l'âge de huit ans. Mon grand frère, Anton, m'y a initiée à l'époque où il travaillait au centre d'escalade à l'air libre, près d'Ashurst. Enfin... Il m'avait laissée essayer l'escalade à proprement parler. Je passais déjà l'essentiel de mon temps fourrée dans les arbres.

— Alors, vous avez toujours été attirée par le plein air ? Et sportive ?

— J'imagine », dit-elle d'un ton hésitant.

Il pensait à la main brisée d'Aurora, en se demandant si quelqu'un l'avait tenue pendant qu'une autre personne l'agressait. Et il songea une fois de plus à Connor et à Jojo blottis l'un contre l'autre, cette nuit-là.

Mais instinctivement, il sentit qu'il en saurait plus si elle avait l'impression qu'il était de son côté, comme cela s'était passé au centre d'escalade.

Il lui sourit.

« Je songeais au fait qu'il est assez étrange que vous ayez sympathisé avec quelqu'un comme Coralie. Elle n'est pas vraiment du genre... sportif, ou actif.

— Oh ! s'exclama Jojo avec un sourire ironique. Eh bien, on n'a jamais été si proches que ça, Coralie et moi. Elle était obsédée par Topaz. J'ai toujours pensé que pour Coralie, c'était au-delà de la simple amitié, et je sais que depuis, elle a eu des petites amies tout autant que des petits amis, c'était donc probablement déjà le cas à l'époque. Elle aimait beaucoup Benners aussi, à vrai dire. Il se montrait très protecteur envers elle, même s'il la trouvait un peu creuse. J'imagine qu'on s'est juste retrouvées dans le même groupe d'amis.

— Et par la suite, comment ont-elles évolué, ces amitiés ?

— La disparition d'Aurora nous a indubitablement rapprochés pendant un temps. Je pense... je pense que pour nous, parler aux autres était difficile. Ils n'avaient pas subi cette perte. Et tout le monde affichait une curiosité morbide à notre égard... Par la suite, Brett est devenu un membre important de la bande. Et même si, au début, je trouvais qu'il était un peu con, j'ai fini par l'apprécier.

— C'est alors que Topaz et Connor ont déménagé.

— Oui, c'était... il y a quoi ? Sept ans ? Il n'y a pas si longtemps que ça. Ils continuent de revenir de temps à autre. Ils sont juste un peu plus difficiles à contacter.

— Ils vous ont manqué ? »

Jojo sembla un peu surprise par la question.

« J'imagine, finit-elle par dire. À ce moment-là... je suppose que j'essayais de ne pas trop ressentir quoi que ce soit. Ce n'était qu'un an après la disparition d'Aleksy. »

Jonah acquiesça.

« Et comment s'était-il intégré ?

— Très facilement, répondit-elle avec un sourire. Sous ses airs durs et burinés, Aleksy était un pitre. Il aimait faire des blagues et des farces aux gens, et notre groupe avait besoin de ça. Il a laissé un grand vide.

— Était-il plus proche de l'un d'entre eux ? »

Il la vit pincer les lèvres un instant, comme si elle songeait à refuser de répondre. Il s'attendait à ce qu'elle lui dise qu'Aleksy n'avait rien à voir là-dedans. Mais elle sembla changer d'avis.

« Daniel, Brett... et surtout Topaz. Connor et lui n'ont jamais été très proches. Je pense que c'est parce que Connor n'est pas foutu d'arrêter d'être sérieux deux minutes. Et il rendait Coralie un peu perplexe, même si elle n'avait rien contre le fait qu'on la taquine.

— Vous avez parlé de l'affaire entre vous, depuis ? »

Il remarqua que Jojo rougissait un peu.

« Eh bien... Je sais que vous nous aviez demandé de ne pas le faire, mais... J'ai éprouvé le besoin d'en discuter. De ce qui s'était passé. À nouveau. Je n'étais pas... Il fallait juste que je parle à Daniel et à Brett. Séparément. Au téléphone.

— Pas à Topaz ? demanda-t-il, intéressé. J'aurais pensé, étant donné qu'il s'agit de sa sœur...

— Non, répondit Jojo un peu maladroitement. Non, je ne trouvais pas si facile que ça de lui parler.

— Mais vous avez toujours été proche de Connor ?

— Oui... J'imagine. On s'est toujours compris.

— Cette compréhension mutuelle a-t-elle franchi certaines lignes ? »

Elle fit une moue amusée.

« Je vous ai déjà dit à quel point Topaz l'obsédait.

— Alors rien… de physique ne s'est produit entre vous cette nuit-là ? »

À présent, elle était vraiment gênée.

« Eh bien… Pour être honnête, je n'en suis pas sûre. On s'est pris dans les bras l'un de l'autre. Et je… Quand je me suis réveillée, je me suis dit que nous nous étions peut-être embrassés, et je me suis sentie incroyablement mal à l'aise à cette idée. Ce que je veux dire, c'est que nous étions amis. Entre nous, il n'y avait rien de plus qu'un soutien mutuel et beaucoup d'alcool.

— Vous n'en avez pas parlé ?

— Ça n'avait pas d'importance, dit-elle d'un ton subitement cassant. Quand on s'est réveillés ce matin-là et qu'on n'a pas trouvé Aurora… Qu'est-ce qu'on en avait à foutre de s'être roulé une pelle ? »

Elle se radossa en croisant les bras.

« Et vous rappelez-vous si Connor s'est relevé ? Vous ne vous êtes pas réveillée pendant la nuit pour constater qu'il n'était plus à côté de vous… ?

— On m'a posé la question, à l'époque, répondit-elle avec un léger soupir. Je ne crois pas. Je n'ai pas le souvenir qu'il ait bougé, qu'il soit parti ou revenu, mais si c'était déjà flou avec la gueule de bois que j'avais, ça l'est encore plus aujourd'hui.

— Pourriez-vous répéter pour moi la bribe de souvenirs dont vous m'avez parlé lors de notre dernière conversation ? Et nous en aurons fini. »

Jojo obtempéra, l'air encore plus hésitant que la première fois. Elle termina son exposé en soupirant impatiemment. Jonah éteignit le magnétophone en souriant.

« Merci d'être venue faire votre déposition. C'était important que nous ayons ça sur bande. »

Jojo acquiesça et lui adressa un sourire un peu perplexe.

« Quand vous voulez, Columbo. »

Une fois Jojo partie, Lightman lui demanda pourquoi il lui avait posé des questions sur son ex-petit ami.

« On doit s'intéresser à lui ?

— Oui et non, répondit Jonah. Il n'y a pas de raison particulière de le penser, mais il a fait partie du groupe pendant un moment, et c'est la deuxième mort inattendue qui se produit au sein de la bande. Je pense que ne pas poser de questions serait une omission.

— Je vais consulter les rapports de police là-dessus, alors, dit Lightman.

— Tu es le meilleur ! »

En s'asseyant à son bureau, Jonah repensait au passé. À la beauté d'Aurora et à ce qu'elle aurait pu accomplir dans la vie. Et aussi à la façon dont quelqu'un aurait pu la séduire, peut-être même avant cette fameuse nuit.

Par ailleurs, il essayait de se préparer au coup de fil qu'il devait passer à Tom. Et au nom qu'il espérait ne pas entendre. Chaque fois qu'il y songeait, il avait l'impression de se tenir au bord d'une falaise. Il ne pouvait se permettre de se laisser entraîner dans des souvenirs qui menaçaient de le détruire.

Il soupira, et décida qu'il était temps de parcourir les notes de son équipe sur les dépositions de l'époque. Il fut immédiatement absorbé par sa lecture, et l'énorme différence dans le nombre de convocations n'en était pas la moindre raison. Coralie n'était venue que deux fois, Jojo quatre, Brett cinq et Topaz sept.

Pour les deux autres, le saut quantitatif était flagrant. Daniel Benham avait été convoqué à quatorze reprises, soit trois de moins que Connor Dooley, pour qu'on vérifie et contre-vérifie ses dires. La police voulait savoir pourquoi Benham avait été désigné pour partir chercher de l'aide, pourquoi il ne s'était pas joint aux recherches pour retrouver Aurora, et à quelle heure il l'avait vue pour la dernière fois, parce que sa déposition n'était pas tout à fait semblable à celle des autres. Cela dit, en fin de compte, ces dernières s'étaient révélées mensongères, et aucune n'était tout à fait semblable à aucune autre.

Pourtant, la police avait insisté avec lui, le jeune rejeton brillant d'un homme d'affaires local, connu et fortuné. Le genre d'adolescent qui s'en tire toujours, quoi qu'il fasse. Le genre de mâle privilégié qui réussit facilement dans la vie.

Jonah ne comprenait pas le raisonnement qui sous-tendait cet apparent manque de confiance. Rien dans les dépositions des uns et des autres ne permettait de pointer le doigt sur Benham plutôt que sur les autres. Était-ce une mauvaise attitude qui lui avait valu ce traitement ? Quelque chose qui n'apparaissait jamais dans ces transcriptions froides ? Ou sa manie de toujours tout discuter et sa réputation de fumeur de joints anarchiste ?

Il essaya de reconstruire en imagination la vie de Daniel Benham. Il songea à la façon dont elle avait peut-être été modelée par un meurtre.

À quinze ans, Benham était un socialiste qui savait se faire entendre. Il rongeait son frein en attendant d'être assez vieux pour voter et pour rejoindre le Labour. Il était prêt à s'opposer au Premier ministre parce qu'il pensait que celui-ci tuait les personnes vulnérables en leur ôtant tout soutien. Il s'était investi dans de nombreuses causes humanitaires, et si son socialisme était du genre gauche caviar, il était également sincère. Il l'avait conduit à participer à des meetings et à fonder un groupe socialiste au lycée.

Mais à un moment donné, ses principes étaient passés à la trappe. Son socialisme s'était mué en centrisme, puis, l'âge aidant, Benham avait évolué vers la droite et les Tories. Étaient-ce ses actes, le fait d'être un meurtrier, qui l'avaient changé ? Ou cette évolution était-elle due à la disparition d'une fille qu'il avait appréciée ?

Curieusement, Jonah avait du mal à voir en Benham un assassin. Mais c'était vrai de tous les membres de la bande, songea-t-il.

Peu avant midi, Tom Jackson le rappela pour lui communiquer la liste des amies d'Aurora.

« Elle en avait deux », dit-il.

Ce simple fait réveilla chez Jonah à la fois de la peur et de la tristesse.

« D'après Topaz, la seule personne à qui elle parlait vraiment était Becky Morris. Elle était venue ici une ou deux fois. Une fille très réservée.

— Topaz sait-elle où nous pourrions la joindre ?

— Oui. Elle dit qu'elle l'a trouvée sur Facebook et qu'elle a accepté son invitation à devenir "amies". Si vous lui donnez votre e-mail, elle vous enverra un lien vers son profil.

— Ça serait très utile, merci. »

Jonah lui lut son adresse, et Tom la répéta à haute voix, probablement à l'intention de Topaz.

« Et il y avait Zofia Wierzbowski », ajouta Tom en épelant soigneusement son nom.

Jonah sentit la sueur lui couler dans le dos.

« Selon Topaz, elles faisaient toutes les deux du théâtre après les cours et, parfois, elles attendaient le bus ensemble. Je pense qu'à terme elle serait venue ici, mais elle n'en a jamais eu l'occasion. Topaz ne sait même pas si elle est encore au Royaume-Uni. Ses parents l'avaient retirée de l'école quelque temps avant... avant Aurora. Elle s'était acoquinée avec un groupe à l'influence néfaste, et je me souviens qu'Aurora avait pris ses distances avec elle. »

Jonah se demanda si Tom se rendait compte qu'il avait le cœur au bord des lèvres quand il le remercia d'une voix un peu étranglée. Il raccrocha.

Il se leva, les yeux fixés sur ce nom. Une envie subite de déchirer le bout de papier le saisit. S'il en écrivait un autre, avec juste le nom de la première amie, qui saurait que Zofia avait été mentionnée ? Tom Jackson n'irait certainement pas vérifier ça auprès du reste de l'équipe, non ?

Mais Topaz ? Si jamais elle décidait de contacter elle-même ces filles ? Et si l'affaire débouchait sur un procès, et que sa décision de dissimuler ses propres actes mettait tout par terre ?

Il pourrait la contacter lui-même afin de tenter de limiter les dégâts. Mais ça serait la pire des choses à faire. Elle reconnaîtrait son nom et réagirait sans doute. Et alors, il faudrait qu'il fournisse les messages de Zofia en tant que preuves.

La seule chance qu'il avait, c'était de laisser l'équipe lui parler en espérant que son nom ne soit jamais mentionné. Qu'elle ne pense pas qu'il avait un rapport avec les questions qu'ils lui poseraient. Ou, mieux encore, qu'elle l'ait oublié.

En sortant de son bureau, il avait la tête qui tournait. Lightman et Hanson travaillaient devant leurs ordinateurs, si concentrés qu'aucun d'eux ne leva les yeux avant qu'il ne commence à parler.

« Les Jackson m'ont donné les noms de deux amies d'Aurora », dit-il d'un ton aussi détaché que possible.

Lightman prit aussitôt de quoi noter. Jonah mit une fraction de seconde de plus que ce qu'il aurait voulu pour lui dicter les noms, mais Lightman ne sembla pas le remarquer.

« Je sais que vous avez tous deux des tâches en cours, mais j'ai besoin que vous me retrouviez la seconde. Topaz m'envoie un lien vers la page Facebook de la première, alors je vais la contacter.

— D'accord, je vais regarder ça, dit Lightman. L'ancienne petite amie de Mackenzie a rappelé. Elle va nous dire quand elle pourra passer dès qu'elle se sera arrangée pour la garderie.

— Très bien. Le Renseignement nous a-t-il envoyé quelque chose sur Mackenzie lui-même ?

— Apparemment, espérer avoir une réponse aujourd'hui est un peu optimiste, répondit Lightman avec un petit rire. Amir dit qu'ils ont la tête sous l'eau en ce moment. »

Jonah soupira. Le Renseignement avait toujours la tête sous l'eau. C'était un état permanent. Ou du moins, c'était ce qu'ils se plaisaient à dire.

« Ils me font de la peine. Mais dites-leur que c'est une priorité pour le superintendant et qu'il vaudrait mieux qu'ils fassent preuve de zèle.

— Ça sera fait.

— Autre chose ? demanda-t-il à Hanson.

— Pas grand-chose. J'aimerais bien jeter un coup d'œil à certains des dossiers que O'Malley a consultés, mais… »

Elle balaya du regard le chaos qui régnait sur le bureau du sergent en faisant la grimace.

« Je serais vous, j'attendrais plutôt qu'il revienne », dit Jonah en parvenant à accompagner sa remarque d'un petit rire.

Il se retira de nouveau dans son bureau et alluma son ordinateur portable. Son cœur battait toujours aussi fort, et il s'enjoignit de respirer profondément. Il lui fallait mettre de côté ses pensées sur Zofia et ne pas rester les bras ballants à attendre que son équipe trouve quelque chose.

L'e-mail de Topaz était arrivé, avec le lien vers le profil Facebook de Becky Morris. Sa photo semblait avoir été prise par un professionnel, le visage rond et très visiblement maquillé, la pose faussement modeste. Elle avait l'air gauche, hésitant.

Un rapide coup d'œil lui apprit qu'elle était à présent fabricante de bijoux. Elle possédait un magasin de vente en ligne, du nom de Bells and Whistles, ainsi qu'une boutique qui ne se trouvait qu'à deux kilomètres du poste et qui était ouverte en ce moment.

Jonah attrapa sa veste.

« Je vais voir Becky, l'une des amies d'Aurora, dit-il à son équipe d'un ton désinvolte. Je serai revenu dans moins d'une heure. Appelez-moi s'il y a une urgence. »

Il éprouva un gros soulagement à sortir du commissariat, à s'éloigner de l'endroit où ils cherchaient une Polonaise qu'il avait connue autrefois. En descendant les marches du perron, il était tellement absorbé dans ses pensées qu'il oublia les conseils de prudence qu'il avait lui-même donnés, jusqu'à ce que le grondement subit d'un moteur le fasse sursauter.

Il se retourna et aperçut les feux arrière d'une voiture, une vieille Fiesta peut-être, s'éloigner de l'autre côté de l'avenue. Mais avec les deux files de voitures qui les séparaient, il ne distingua pas grand-chose de plus.

Son cœur battait à nouveau la chamade tandis qu'il gagnait le parking derrière le bâtiment, où il avait garé sa Mondeo. Il marqua une pause avant de presser le bouton de sa clé électronique, puis, non sans se sentir un petit peu ridicule, il se baissa pour regarder sous le fond de caisse s'il n'y avait pas quelque chose de bizarre.

Il ne trouva rien, mais la sensation de danger lui colla à la peau pendant tout le trajet jusqu'à la boutique de Becky.

Hanson avait du mal à travailler, et elle ne savait pas très bien pourquoi. Elle n'arrêtait pas de songer à l'inspecteur et à Jojo, ainsi qu'à la tension qu'elle décelait parfois chez lui quand ils parlaient d'Aurora ou de ses amis. Il était carrément stressé avant son départ, et elle se demanda s'il connaissait cette Becky qu'il était allé voir.

Lightman, assis en face d'elle, était plongé dans les dossiers qu'il lisait sur son écran. Elle était partagée entre l'envie de s'en ouvrir à lui et la peur de dire quoi que ce soit. Finalement, elle se pencha sur le côté.

« Ben, qu'est-ce que tu penses du fait que le patron bosse sur une affaire où il connaissait la victime ? Tu ne crois pas que c'est un peu... bizarre ? »

Lightman leva les yeux vers elle, puis il acquiesça lentement.

« S'il l'avait bien connue, je dirais que c'est une mauvaise idée. Mais être dans la même école et l'avoir aperçue de temps à autre... Je ne pense pas que ça pose problème.

— Tu crois que ça se limite à ça ? insista-t-elle. Il lui a sûrement parlé de temps en temps, non ?

— Pas que je sache.

— Et Jojo ? poursuivit-elle avec une boule dans le ventre. Elle, c'est sûr qu'il la connaissait bien. »

Lightman prit l'air pensif.

« Je ne pense pas que ça devrait créer d'interférence. Comme je te l'ai dit, Sheens n'est pas quelqu'un de particulièrement émotif. »

Hanson acquiesça. Elle essayait de s'aligner sur l'opinion de son collègue. Peut-être devait-elle simplement apprendre à mieux connaître son patron. Mais elle sentait malgré cela, à un certain niveau, que quelque chose clochait avec Jonah Sheens. Et elle voulait vraiment savoir quoi.

Le Bells and Whistles occupait une partie du petit rez-de-chaussée d'un immeuble du XIXe siècle qu'on aurait pu trouver beau si les enseignes vétustes et miteuses de la friterie et du bookmaker qui l'encadraient n'avaient pas vampirisé sa façade.

La vitrine arborait beaucoup de rose et de strass. Le genre d'endroit à attirer les adolescentes comme des pies. Néanmoins, à cette heure-ci, la boutique était déserte, hormis la femme qui lisait un magazine derrière le comptoir.

Dès qu'il entra, Jonah fut convaincu qu'il s'agissait de Becky, malgré son absence de maquillage et ses cheveux en bataille. Elle avait le même visage rond et le même air hésitant.

« Puis-je vous aider ? », demanda-t-elle tandis qu'il approchait.

Son accent des milieux populaires de Southampton était très marqué, et le sifflement dans sa voix semblait suggérer un peu d'asthme.

« Je suis l'inspecteur Sheens, dit-il avec autant de nonchalance que possible. Je souhaiterais échanger quelques mots avec Becky Morris. Est-ce vous ?

— Ouais, répondit-elle avec un peu de méfiance. Excusez-moi, vous êtes… de la police ?

— Oui. Mais vous n'avez pas à vous inquiéter. Je dirige l'enquête à propos de la mort d'Aurora Jackson, et je voulais vous poser quelques questions.

— Aurora ? Ouais, OK. Je veux dire… Je pense pas que je pourrai beaucoup vous aider.

— Cela ira très bien. Je me suis simplement dit que vous connaissiez peut-être un ou deux détails sur elle qui pourraient nous aider.

— D'accord. Mais j'ai personne pour me remplacer aujourd'hui. Il faudra qu'on parle ici. Vous… vous voulez vous asseoir ?

— Non, ça va », répondit-il avec un sourire.

Becky se jucha sur le tabouret haut derrière son comptoir.

« OK. Qu'est-ce que vous voulez savoir ?

— J'aimerais savoir si, d'après vous, Aurora avait l'air heureuse dans les jours qui ont précédé sa disparition.

— Je crois, oui. Je veux dire… Aussi heureuse que d'habitude.

— Elle ne l'était pas beaucoup, en général ?

— Non… Pas vraiment. Pas malheureuse. Mais, vous savez, pas vraiment joyeuse non plus. L'école, c'était dur pour nous deux, vous savez ? »

C'était étrange de la regarder. Elle se tassait visiblement, comme si les souvenirs de cette époque lui pesaient.

« Vous étiez des souffre-douleurs l'une ou l'autre ?

— Ouais. Un peu. »

Elle montrait à la fois de la rancune et de la gêne, un mélange qu'il avait déjà rencontré chez beaucoup de victimes de brimades scolaires, y compris des hommes ou des femmes adultes, comme Becky, qui auraient dû tourner la page et oublier tout ça. Mais ce genre de choses marquait les gens à vie.

« C'est triste à entendre. Y avait-il quelqu'un en particulier ?

— Principalement deux filles de terminale, Lisa et Emma. C'étaient des jumelles, et elles étaient assez vaches avec tout le monde.

— Diriez-vous qu'Aurora a été poussée au désespoir ?

— Qu'est-ce que vous voulez dire ?

— Pensez-vous qu'elle était sur le point de faire quelque chose de stupide ?

— Non, pas du tout, répondit Becky avec un petit rire. En fait, les choses allaient un peu mieux. Topaz était allée leur parler. »

Jonah fut surpris. Il n'avait aucun souvenir que Topaz soit jamais intervenue en faveur de sa sœur.

« Et que leur avait-elle dit, Topaz ?

— Elle les avait vues nous pousser, Aurora et moi, dans la cour de récréation, et elle avait déboulé comme une furie ! »

La voix de Becky était encore légèrement teintée d'adoration, même au bout de trente ans.

« Elle leur a dit de nous foutre la paix, et que si jamais elles s'en prenaient encore à nous, Connor allait leur mettre une grosse raclée. »

Jonah se surprit à sourire. C'était caractéristique de Topaz de se servir de son prétendant à son avantage. Mais elle s'était portée au secours de sa sœur quand celle-ci en avait eu besoin, malgré la gêne que lui causait le fait qu'elle soit un peu perchée. Il se demanda si elle l'aurait également fait ivre ou défoncée, ou quand la personne qui menaçait sa sœur était quelqu'un à qui elle s'intéressait.

« Désolée, je ne pense pas que ça soit très… Je ne sais probablement rien d'utile, dit Becky en frottant ses mains sur sa jupe.

— Ça m'aide à mieux comprendre Aurora, la rassura Jonah. Et du côté des petits amis ?

— Qui ? Aurora ?

— Oui.

— Non. Aucune de nous… Elle n'avait personne. »

Il perçut quelque chose dans son expression. Pour la première fois, quelqu'un ne riait pas à l'idée qu'Aurora puisse entretenir une relation avec quelqu'un.

« Elle avait déjà eu quelqu'un ?

— Non… Pas exactement. »

Elle s'interrompit un instant.

« Désolée. J'ai besoin de mon inhalateur. »

Elle fouilla sous son comptoir et en tira un inhalateur de Ventoline bleu.

« Vous avez de l'asthme ? Ça doit être pénible. »

Elle aspira une bouffée, retint son souffle, puis acquiesça.

« J'ai toujours eu ça », dit-elle une fois qu'elle eut expiré.

Elle avait le souffle un peu court, mais Jonah savait se montrer patient, bien qu'il mourût d'envie qu'elle poursuive.

« La situation était-elle compliquée ? Quelqu'un la harcelait ?

— C'était… ce n'était pas… c'était quelqu'un qu'elle aimait bien. »

Jonah patienta, mais il commençait à se douter de ce qu'elle allait dire.

« Elle était complètement amoureuse de notre prof d'anglais, M. Mackenzie. Enfin, on l'était toutes un peu. Mais Aurora avait du mal à parler de quoi que ce soit d'autre. Et elle allait toujours le voir pour lui demander des trucs, des cours supplémentaires avec lui…

— Il lui a donné des cours particuliers ? En dehors de l'école ?

— Ouais. Il lui donnait un coup de main pour une compétition où elle s'était inscrite, et elle avait écrit un livre, et elle voulait qu'il le lise.

— Alors, vous diriez… qu'il l'avait un peu encouragée ? »

Elle laissa s'installer un bref silence.

« Je ne sais pas. Peut-être. Elle me parlait toujours de la façon qu'il avait de la regarder et du fait qu'il y avait cette chose entre eux. J'imagine qu'une partie de moi la croyait, et qu'une autre pensait aussi que tout ça n'était que dans sa tête.

— Elle n'a jamais mentionné s'il l'avait touchée ? Ou embrassée ?

— Non, répondit-elle en ayant l'air d'en être sûre. Je pense qu'elle me l'aurait dit. Le moindre commentaire positif sur son travail la mettait dans tous ses états, alors si quelque chose s'était passé, je crois qu'elle m'en aurait parlé, non ? »

Jonah acquiesça évasivement, songeant que ce n'était peut-être pas si évident que ça, si le prof en question lui avait demandé de n'en parler à personne.

« Et pendant la semaine qui a précédé sa disparition ? Vous rappelez-vous s'il s'est passé quelque chose de particulier entre eux ?

— Non, répondit-elle d'un ton hésitant. Non, mais j'étais bizarrement en colère contre lui. Elle n'avait accepté d'aller faire du camping que parce qu'elle pensait que ça l'impressionnerait. C'était le genre d'activité dont il parlait tout le temps. Les longues randonnées, camper dans la nature... Ce n'était pas du tout son truc, à Aurora. Elle aimait rester dans sa chambre avec ses bouquins. »

Jonah sentit un soupçon de malaise.

« Elle lui avait dit qu'elle allait camper ? »

À nouveau, Becky marqua une brève pause.

« Ouais. Ouais, je pense. Je me souviens qu'elle était terrifiée à l'idée de ne pas le voir pendant six semaines parce que les vacances d'été approchaient. Et elle ne s'en cachait pas tellement... Ouais, quand j'y pense, elle l'avait même dit devant toute la classe, en fait. »

Jonah mit fin à la conversation en remerciant Becky pour son aide. Elle s'excusa de ne pouvoir lui en apprendre plus. Mais il songea qu'elle lui en avait appris bien assez.

En rentrant au poste, il trouva les trois membres de son équipe à leur bureau. O'Malley leva la tête.

« Oh, regardez qui a quelque chose à nous dire ! » s'exclama-t-il aussitôt.

Jonah sourit, malgré l'espèce de boule au ventre qu'il trimbalait depuis le matin.

« On va convoquer Mackenzie, répondit-il.

— Allez, chef, lâche le morceau ! On dirait que tu vas exploser », dit O'Malley en pivotant sur son fauteuil pour pouvoir allonger ses jambes.

Hanson avait également les yeux fixés sur lui.

« La meilleure amie d'Aurora m'a affirmé que celle-ci était dingue de son prof d'anglais, et qu'elle est plutôt sûre que cette dernière avait annoncé devant toute la classe, et devant lui, où elle allait camper.

— Alors, il savait qu'elle était sur les lieux, s'écria Hanson.

— C'est intéressant, dit Lightman de son ton neutre habituel. À mettre en parallèle avec la relation qu'il a eue avec une de ses anciennes élèves.

— Oh, d'ailleurs, il y a du nouveau là-dessus, dit O'Malley. Il s'avère que l'élève en question est devenue sa femme, et qu'ils ont trois enfants. Aujourd'hui, elle s'appelle Pria Mackenzie. »

Jonah ne savait trop que faire de cette information.

« Waouh ! OK. Ça serait peut-être bien de lui parler, par la suite. Mais pour l'instant, on convoque Mackenzie. Et Topaz, dont je suis sûr qu'elle aura des choses à nous dire sur lui. »

Topaz, qui faisait du shopping en ville, se présenta peu de temps après. Dès que Jonah entra, elle n'attendit pas qu'on lui pose une question et embraya d'emblée.

« Vous avez commencé à fouiller autour de Mackenzie ?

— Je ne peux pas vous révéler de détails, mais oui. C'est l'une de nos principales pistes.

— Avec moi, si je comprends bien.

— Avec vous six, qui étiez là quand elle a disparu. Vous êtes tous en mesure de nous donner des informations sur ce qui s'est passé. J'aimerais que vous nous aidiez autant que vous le pouvez.

— C'est ce que je fais déjà.

— Je vous remercie pour l'aide que vous nous avez apportée en ce qui concerne les amies d'Aurora. Mais nous avons d'autres questions. Sur Mackenzie, pour commencer.

— Allez-y ! dit-elle en redressant la tête.

— Quand vous l'avez rencontré sur la berge, vous étiez près de la planque, non ?

— Oui, je vous l'ai déjà dit.

— Mais vous n'en avez parlé à aucun de vos amis. Ce qui paraît bizarre, étant donné que pendant un bon moment, vous avez passé en revue avec eux tous les événements de la soirée. »

Topaz rougit légèrement, mais elle se contenta de hausser les épaules.

« Vous aviez organisé ce rendez-vous ?

— Non ! répondit-elle sèchement. Bien sûr que non. Je n'avais pas la moindre idée qu'il serait là, et je ne m'intéressais pas du tout à lui.

— Vous ne lui vendiez pas de la drogue ?

— Quoi ? Ne soyez pas stupide ! » s'écria-t-elle en rougissant un peu plus.

Jonah songea qu'il avait raison, ou qu'il n'était pas très loin de la vérité.

« Vous savez que nous ne sommes absolument par intéressés par ces histoires de deal, dit-il doucement. Seule Aurora est importante.

— Je sais, mais ce n'est pas ce que je faisais, insista-t-elle en secouant la tête. Ma présence à cet endroit était une simple coïncidence. Ce qui est important, c'est que *lui* y était, et qu'en repartant il aurait pu voir la planque.

— D'accord, dit Jonah en notant mentalement de mettre la pression à Mackenzie sur le sujet.

— Quelle espèce de dégénéré l'aurait violée ? demanda soudain Topaz. Elle n'était qu'une gamine.

— Je vous prie de m'excuser pour cette question, mais étiez-vous sexuellement active à son âge ? »

Topaz releva la tête, les yeux brillants de colère.

« Ce n'était pas la même chose. Je n'étais pas comme elle. Je savais ce que je faisais. Je le comprenais, et je... je n'étais pas une enfant comme elle.

— Mais quelqu'un l'a trouvée sexuellement attirante, insista Jonah. Vous vouliez que nous nous penchions sur le cas de Mackenzie, mais je pense que c'est plutôt de votre mari que vous n'êtes pas très sûre, non ? Vous a-t-il dit que nous lui avons posé des questions sur Aurora ? »

Elle croisa les bras, ce qu'il interpréta comme une posture défensive, mais ensuite, elle respira un grand coup.

« Oui, il me l'a dit. Il vous a expliqué qu'il avait essayé de l'embrasser. Mais c'était purement par jalousie. Je le sais. Il voulait me prouver que d'autres personnes pouvaient s'intéresser à lui. Mais elle lui a dit non, et elle est partie.

— A-t-il essayé... de la forcer à l'embrasser ?

— Je ne pense pas. Je... je pense qu'il était un peu en colère parce qu'elle l'avait mis dans une posture délicate, mais c'est tout.

— Et il n'a pas essayé de la suivre ?

— Pas que je sache, non, répondit-elle posément. Je suis partie avec Brett. À ce stade, il était assez branché par tout ça, et c'était excitant. Il était le garçon que tout le monde désirait, alors j'imagine... j'imagine que j'ai suivi le mouvement. »

Elle soupira, l'air exaspéré.

« Pourquoi vous concentrez-vous sur les ados, et pas sur son prof ?

— Nous allons l'interroger. Je sais que vous avez des idées bien arrêtées à son sujet.

— Vous en auriez aussi, si vous aviez vu comment il la regardait, rétorqua-t-elle avec un rictus. Il suffisait qu'elle ouvre la bouche, et il se mettait aussitôt à sourire et à lui dire à quel point elle était merveilleuse. C'était malsain. Ça l'a toujours été. »

Jonah passa un moment à faire le point avec Lightman et Hanson, un peu à cran à cause de la fatigue et de l'impression d'être submergé par ses pensées. Il avait besoin d'eux pour se concentrer sur son travail et s'assurer que rien n'était oublié.

Ce dont il n'avait pas trop besoin, c'était que Hanson s'exclame joyeusement :

« J'ai trouvé Zofia Wierzbowski. Elle est sur Facebook et se fait appeler Zofia Wier. Je suis sûre que c'est elle. Le lycée de Southampton est sur la liste des établissements qu'elle a fréquentés.

— Bien, dit Jonah en essayant de demeurer impassible. Elle vit dans le coin ?

— Non, elle habite à Wrocław, quelle que soit la façon de prononcer ce nom. Mais je lui ai envoyé un message, et si je n'ai pas de réponse, j'essaierai de trouver son numéro de téléphone.

— Super ! s'écria-t-il en éprouvant très exactement le sentiment inverse. Autre chose pour moi ?

— Pas encore, dit Lightman tandis que Hanson faisait non de la tête.

— J'aurai peut-être besoin de vous dans la salle d'interrogatoire, Hanson. »

Il repartit vers son bureau, mais bifurqua vers la machine à café. Il en avait déjà trop bu, mais il espérait qu'à force le brouillard qui lui encombrait la tête disparaîtrait.

L'ex-petite amie de Mackenzie arriva avant ce dernier. Jonah l'observa pendant qu'on la conduisait jusqu'à la porte de son bureau. Un cardigan moelleux, une robe chasuble, le visage rond, les cheveux courts, bouclés et légèrement grisonnants. Et lorsqu'elle se tourna vers Hanson, qui la priait d'entrer, un sourire chaleureux. Une irrésistible aura maternelle émanait d'elle.

Jonah sentit émerger un sentiment inévitable de culpabilité envers sa mère, qui n'avait jamais ressemblé à ça, sentiment qui se mêlait au remords de ne pas être passé la voir la veille au soir et de ne pas avoir réussi à la joindre aujourd'hui. Il saisit un feutre et inscrivit « maman » sur son carnet avant d'aller rejoindre Hanson et l'ex-petite amie de Mackenzie.

En chemin, il se rendit compte qu'il avait oublié son nom. Il songea à le demander à Hanson quand elle s'arrêta au seuil de la salle en lui jetant un coup d'œil interrogateur, mais il était certain que la femme l'entendrait, étant donné que la porte était ouverte.

« Venez », dit-il à Hanson avant d'entrer.

Jonah remercia la femme de s'être déplacée, puis passa un court instant à noter la date et l'heure sur son carnet, mais quand il eut fini, son nom ne lui était toujours pas revenu.

Il écrivit une autre note et la glissa à Hanson.

Je n'arrive pas à me rappeler son nom. Démarrez l'entretien, svp !

Hanson secoua la tête avec un petit sourire.

« Nous aimerions enregistrer cet entretien, si vous n'y voyez pas d'inconvénient, Diana.

— Bien sûr ! », répondit-elle avec un autre de ses chaleureux sourires, plissant les yeux derrière ses grosses lunettes.

Hanson tendit une main hésitante vers le magnétophone, et Jonah lui fit signe d'y aller.

« Je suis l'agente Hanson, en compagnie de l'inspecteur Jonah Sheens. Entretien avec Diana Pitman-Wells. »

Jonah nota le nom, puis s'adossa pour écouter tandis que Hanson posait ses premières questions.

Diana parlait avec facilité, leur faisant volontiers le récit de la nuit où Aurora avait disparu, lequel concordait avec celui de Mackenzie : ils avaient campé ensemble, ils s'étaient couchés avant minuit et avaient dormi jusqu'à 7 heures du matin.

Satisfait pour l'instant, Jonah lui demanda d'expliquer l'histoire de sa relation avec Andrew Mackenzie – commencée un mois et demi avant cette fameuse nuit –, puis, à partir de là, de leur indiquer comment elle avait évolué par la suite.

Ce qui l'intéressa le plus, c'était la dégradation progressive de leur couple.

« C'est à partir de ce jour-là que les choses ont commencé à aller de travers, dit-elle. Son élève avait disparu. Cela, je le comprenais. On l'a appris en rentrant chez lui le dimanche soir. On avait allumé la télé pour regarder un truc, je ne sais plus trop quoi, probablement une pièce de théâtre. Mon Dieu, il aimait ça, le théâtre. Mais avant que ça commence, les infos sont tombées... Je pense qu'après il n'a plus jamais vraiment été mon petit ami.

— C'est-à-dire ? »

Elle déglutit.

« Désolée. C'est ridicule. Je suis mariée, heureuse en ménage, et tout cela remonte à trente ans, mais en parler est encore... Je suppose que c'est une blessure à l'ego, en quelque sorte. Ça vous marque à vie. Je me rappelle encore comment... Nous étions sur le canapé, à moitié affalés l'un sur l'autre, fatigués et avec une légère gueule de bois. Et soudain, il s'est redressé, tendu comme un ressort, et m'a repoussée. Il avait les yeux rivés à la télé, et il ne me disait rien, je n'ai compris qu'il s'agissait d'une de ses élèves que grâce au reportage.

— Il avait l'air en colère ? demanda Hanson.

— Plus que ça. Il tremblait. Puis il a appelé le principal chez lui pour lui demander si l'école était au courant de quelque chose, et ce qu'ils comptaient faire. Il a fini par demander ce que lui-même devait faire, mais je ne pense pas qu'il ait obtenu une réponse très claire. Quand il a raccroché, j'ai voulu savoir ce que le principal avait dit, mais il s'est contenté de fixer un point dans le vide. Il n'avait même pas l'air de m'entendre. Et subitement, il est sorti de la maison. »

Jonah attendit un instant qu'elle poursuive, mais elle semblait avoir atteint un point d'achoppement.

« Il est parti ?

— Oui, répondit-elle en reprenant son élan. Il n'a donné aucune explication... Je l'ai suivi jusqu'à la voiture. C'était comme si je parlais à un type défoncé. Je lui ai demandé trois fois où il allait, et il a fini par m'entendre. Il m'a répondu qu'il allait se joindre aux recherches et que je pouvais venir si je voulais. Mais je pense qu'il se moquait de ce que je pouvais bien faire, pour être honnête.

— C'est une réaction très étrange, non ? demanda Hanson.

— C'est ce que j'ai pensé. Mais je suppose... Je me suis rendu compte qu'on aurait tous été affectés si l'un de nos élèves avait disparu. À l'époque, ça ne faisait pas très longtemps qu'il enseignait. Il se sentait peut-être responsable de son sort, d'une façon ou d'une autre.

— Vous avait-il déjà parlé d'Aurora auparavant ? demanda Jonah.

— Mmm... Je n'en ai pas le souvenir, répondit-elle en haussant les épaules. On ne parlait pas trop d'un élève ou d'un autre en particulier. Peut-être parce qu'on était trop occupés à se plaindre de la direction, ou de la paperasse. Mais par la suite... il ne parlait presque plus que de ça.

— Au point que ça vous a semblé malsain ? » suggéra Hanson.

Jonah prit mentalement note de parler à sa collègue des questions orientées. Ce n'était pas ce qu'il avait entendu de pire, mais dans cette affaire, ils ne pouvaient se permettre le moindre faux pas. Si Mackenzie avait quelque chose à voir avec la mort d'Aurora, la police et ses pratiques allaient se trouver sous le feu des projecteurs.

« Je n'en sais rien », répondit Diana.

À l'évidence, elle était très perturbée.

« Pourriez-vous nous décrire son comportement pendant la période qui a suivi ? » demanda Jonah.

Le visage de Diana avait perdu son charme maternel. Elle semblait peinée. Blessée.

« Je me rappelle qu'il... qu'il ne faisait plus que ça. Pendant plusieurs semaines, quand il n'était pas dehors en train de la chercher, il lisait la presse ou collait des affiches signalant sa disparition. Il avait fixé au mur de la cuisine une carte où il plantait des épingles. L'une d'elles signalait l'emplacement où elle campait, une autre l'endroit où nous avions dormi. Je m'en souviens. Nous ne nous résumions plus qu'à cette épingle, et il ne nous mentionnait même pas quand il en parlait, il disait simplement à quel point il regrettait de ne rien avoir entendu. De ne pas s'être arrêté pour camper plus près du site où elle se trouvait.

— Aviez-vous l'impression qu'il voulait la retrouver ?

— Oui. Il voulait absolument être celui qui la retrouverait. Il avait même sympathisé avec l'inspecteur en chef chargé de l'enquête. Il l'appelait pour lui suggérer de nouvelles pistes, et il était de lui-même allé parler à ses camarades à l'école.

— J'imagine que votre relation s'en est ressentie, dit Jonah.

— Tout cela y a mis fin, le reprit-elle. Au bout de trois mois pendant lesquels j'étais pour ainsi dire invisible à ses yeux, et que passer du temps avec lui se résumait à l'écouter marmonner des spéculations sur l'endroit où elle pouvait être, j'en ai eu marre. J'avais beau éprouver beaucoup de compassion pour lui, et de la tristesse pour cette fille, ce n'est pas possible d'être invisible aux yeux de l'homme que vous aimez. »

Jonah acquiesça. Son témoignage était intéressant. Il avait déjà vu des assassins essayer de prendre la tête des recherches. Il avait connu des petits amis, des pères, des épouses et même une fille qui avaient lancé des appels à l'aide publics avant que leur château de cartes ne s'effondre. Mais dans ces affaires, ce comportement avait été public, justement, circonscrit à des moments où ils voulaient donner l'impression d'être des membres de la famille de la victime dévastés par le chagrin. Pour eux, les recherches n'avaient pas été une préoccupation de tous les instants. C'est d'ailleurs en partie pour ça qu'ils s'étaient fait prendre.

En outre, une petite voix intérieure lui soufflait que l'obsession de Mackenzie pour retrouver Aurora ressemblait à la sienne. S'était-elle estompée peu à peu, comme pour lui, mais sans jamais vraiment disparaître ?

« Votre excursion, dit-il en repensant aux déclarations de Becky Morris dans sa boutique, est-ce que vous vous rappelez si elle avait été planifiée longtemps à l'avance ?

— Oh… Oui, je crois… Il avait passé plusieurs semaines à essayer de me convaincre. C'était longtemps avant, oui.

— Et vous aviez choisi l'endroit ? »

Diana fronça les sourcils.

« Je pense que nous en avions discuté pendant un moment. Il voulait faire une longue randonnée, et moi, je voulais quelque chose de plus court, qui me laisse le temps d'aller voir ma sœur pendant la journée. Du coup, je ne suis pas sûre. Peut-être n'avons-nous décidé ça que quelques jours avant notre départ.

— Était-ce vous ou lui qui avait suggéré la zone approximative où vous iriez ?

— Je suis désolée, je ne m'en souviens pas. Mais si c'était moi, j'aurais insisté pour que ce ne soit pas trop loin. »

Jonah acquiesça de nouveau, songeant à la possibilité d'un acte prémédité. Mackenzie aurait-il vraiment pu prévoir de faire boire sa petite amie, puis de s'éclipser discrètement ? Et avait-il organisé tout son week-end en fonction d'Aurora ? Il savait qu'elle ne serait pas seule, mais avec des amis.

Ou alors, Aurora et lui s'étaient-ils mis d'accord ? Sa remarque en classe était-elle un message codé destiné à sa seule intention ?

« Puis-je vous poser une dernière question ?

— Bien sûr.

— En votre âme et conscience, vous qui connaissiez bien Andrew Mackenzie, diriez-vous que son comportement était suspect ? Vous êtes-vous jamais demandé s'il y avait quelque chose... d'inapproprié entre lui et son élève ? »

Il vit son visage se durcir.

« Je ne l'ai jamais pensé. J'ai toujours trouvé qu'il était un homme bon. Je pense encore qu'il l'est, mais je suppose... C'est si loin..., dit-elle en secouant la tête. C'est si difficile d'être sûre ! Je me demande si je me souviens de lui tel qu'il était vraiment, ou si mes souvenirs se sont peu à peu modifiés.

— Rien de plus précis ?

— Que pourrais-je dire de plus ? répondit Diana d'un ton misérable. Je ne veux pas croire qu'il soit impliqué là-dedans, et je ne l'ai jamais cru. Mais c'est tout ce que je peux dire.

— Merci, dit Jonah. Vous nous avez grandement aidés. »

Il éteignit le magnétophone et se leva, laissant Hanson raccompagner Diana tandis qu'il regagnait son bureau.

Il avait presque atteint son sanctuaire quand il vit la porte des bureaux de la Criminelle s'ouvrir, et O'Malley faire un pas de côté pour laisser entrer Mackenzie.

Hanson n'était qu'à quelques mètres, avec Diana. Celle-ci s'arrêta net et porta la main à sa bouche.

Mackenzie la vit un instant plus tard. Le regard qu'il lui lança transpirait une peur maladive.

26. Aurora

Samedi 23 juillet 1983, 2 h 50

Ce fut le froid qui la réveilla. Ou les frissons. Elle claquait des dents et tout son corps était secoué de tremblements.

Sa bouche était si sèche qu'elle avait du mal à respirer. Elle ne voulait pas quitter la chaleur de son sac de couchage. Elle ne voulait pas bouger. Mais la soif était trop forte, et après avoir passé un moment à se recroqueviller en essayant d'en faire abstraction, elle se glissa hors du duvet.

L'espace d'un instant, elle fut désorientée par l'obscurité profonde qui régnait. La lueur brillante du feu de camp avait disparu, et la nuit était sans lune.

Encore frissonnante, elle croisa les bras pour se réchauffer en essayant de déterminer de quel côté aller. Elle tenta de s'en souvenir.

Elle avait disposé son sac de couchage en mettant le haut à l'opposé du reste du groupe. Elle l'avait fait exprès. Il fallait donc qu'elle parte dans la direction du bas pour les retrouver.

Elle fit quelques petits pas hésitants. Elle ne voyait pas où elle posait les pieds. Pourquoi avaient-ils laissé le feu s'éteindre ?

Entre les troncs, elle finit par distinguer une lueur rouge sombre. Au ras du sol, comme une rampe de scène.

Elle déboucha dans la clairière et vit qu'elle était déserte, et que le feu n'était plus qu'un petit tas de cendres blanches et de braises rouge orangé. Il n'y avait plus personne en train de sangloter.

Plus de musique. Plus de conversation. Rien que le bruissement du vent dans les frênes qui venait ponctuer le profond silence.

Et elle avait toujours froid. Vraiment froid.

Elle s'approcha des braises, s'accroupit devant et tenta de souffler dessus pour ranimer le feu, puis chercha autour d'elle un peu de bois. Elle trouva un fagot de petites branches non loin des canettes de bière restantes.

Elle décida d'en ouvrir une, dont elle but trois gorgées qui n'étanchèrent en rien sa soif.

Elle était toujours traversée de frissons en la reposant. Ses doigts étaient gourds et malhabiles quand elle essaya de dénouer la ficelle autour du petit bois. Ils ripèrent trois fois. Quatre fois. Et elle perdit patience. Elle tira sur une des branches, longue et épaisse, jusqu'à l'extraire du fagot. Puis elle recommença, encore et encore, jusqu'à en avoir six à mettre sur les braises.

Si elle n'avait pas autant frissonné, elle aurait laissé le feu tel quel. Elle n'aurait pas cherché à modifier sa lumineuse blancheur, afin de la contempler. C'était beau.

Mais elle était gelée jusqu'aux os. Elle jeta les branches dessus, par à-coups, et cassa en deux la dernière en songeant qu'il lui faudrait attiser les flammes.

Penchée sur le foyer, elle se servait de la branche pour retourner les braises quand elle entendit un bruit. Un craquement, comme des pas sur la terre sèche.

Elle tourna vivement la tête, le cœur battant à tout rompre.

Frénétiquement, elle balaya du regard les arbres, tandis que des taches bleues dues à l'empreinte que la lueur des braises avait laissée sur sa rétine dansaient devant ses yeux. Elle ne distingua rien. Elle se demanda si elle n'avait pas rêvé, mais elle perçut un mouvement. Quelqu'un était là.

27

Jonah n'aborda pas Mackenzie comme quelqu'un qu'il faudrait briser. Le professeur l'était déjà, et sa réaction à la pression tendait vers le désespoir plutôt que vers la colère ou la panique.

Son avocat, jeune et plutôt froid, était arrivé peu après lui. Jonah le trouvait pénible, principalement parce que ses lunettes en verre poli reflétaient la lumière chaque fois qu'il tournait la tête, et il le faisait beaucoup. Dès le début, ces reflets lui tapèrent sur les nerfs.

Il décida de mettre immédiatement sur le tapis les commentaires de Becky Morris, en se disant que Mackenzie, dans l'état de choc qui était le sien, n'allait pas se laisser leurrer par un quelconque sentiment de sécurité.

« Une des amies d'Aurora déclare que celle-ci vous a dit où elle comptait aller camper cette nuit-là. En fait, d'après elle, Aurora l'aurait dit à toute la classe, mais elle s'adressait clairement à vous. »

Mackenzie sembla perplexe.

« Je ne m'en souviens pas. Pas du tout. Et Diana et moi, on avait organisé cette randonnée des semaines à l'avance.

— Mais vous n'aviez pas déterminé où vous iriez, non ?

— Nous… Je pense que si. »

Il fixa un point entre Hanson et Jonah.

« Diana vous a dit que non ? Je ne… je ne pense pas qu'on aurait décidé ça à la dernière minute. C'était compliqué. Il fallait qu'on se retrouve quelque part, qu'on s'assure qu'elle n'avait pas à marcher plus qu'elle ne le désirait et que moi je puisse parcourir un trajet plus long. Je suis sûr que je l'aurais planifié. »

Il secoua la tête.

« Pouvez-vous me le confirmer ?

— Mon client vous a déjà dit tout ce dont il se souvient, intervint l'avocat.

— Eh bien, dans ce cas, passons à votre relation avec Aurora », lança Jonah avec un petit sourire.

L'inspecteur s'installa confortablement sur sa chaise, indiquant ainsi qu'il avait tout son temps.

« J'étais son professeur, répondit Mackenzie d'un ton empreint de désespoir. Hier, je vous ai dit à quel point j'admirais son intelligence.

— Et d'après vous, comment vous considérait-elle ?

— Elle appréciait probablement le fait que j'aimais bien son travail, dit-il avec un petit haussement d'épaules un rien gauche. Et elle était solitaire. Je pense… je pense que j'étais l'une des rares personnes avec qui elle pouvait parler de littérature.

— Quel genre de littérature ?

— Beaucoup de classiques, et les grands auteurs américains contemporains, répondit-il aussitôt.

— Vous semblez parfaitement vous en souvenir…

— Parce que c'était important pour moi ! répliqua-t-il en se penchant et en postillonnant un peu, emporté par sa conviction. J'étais son professeur, et j'aimais enseigner. J'aime toujours ça. »

Son brusque sursaut d'énergie sembla l'abandonner, et il se tassa de nouveau sur son siège.

« Vous avez un passif de relations floues avec une élève, reprit Jonah au bout d'un instant. Un parent préoccupé par ça a déposé une plainte contre vous, plus tard dans votre carrière. Vous avez entamé une relation avec une élève, qui est par la suite devenue votre femme.

— Ce n'était pas mon élève, rétorqua aussitôt Mackenzie. Il ne s'est rien passé jusqu'à son départ de l'école. Et je vous garantis que ça ne m'avait même pas traversé l'esprit jusqu'à ce que je retombe sur elle dans un pub, en octobre de la même année. Il n'y avait rien de répréhensible dans tout cela, quant au parent dont vous parlez, il avait déposé plainte en réaction au fait que son fils avait été exclu.

— Du coup, elle avait quel âge quand vous l'avez rencontrée de nouveau ? Dix-huit ? Dix-neuf ans ?

— Dix-huit ans. Presque dix-neuf.

— Et vous ?

— Vingt-six ans. »

Jonah acquiesça lentement.

« Et quand vous l'avez recroisée, vous avez été immédiatement intéressé par elle ?

— Non. J'étais content de savoir ce qu'elle devenait. Pri était là avec des copains de la fac, et j'avais toujours pensé qu'elle réussirait. Elle était allée à Oxford, et c'est là-bas que je l'ai revue. Nous avons parlé boulot, de ce qui lui plaisait, de ce qui ne lui plaisait pas. Et finalement, nous sommes convenus de nous revoir à l'occasion.

— Et vous n'aviez jamais auparavant éprouvé de l'intérêt pour elle ? Vous n'avez jamais eu l'impression qu'elle s'était amourachée de vous quand elle était votre élève ? »

Mackenzie ouvrit la bouche, puis il hésita. Une expression douloureuse apparut sur son visage. Jonah entendit Hanson s'agiter sur sa chaise.

« Peut-être, dit Mackenzie. J'étais un jeune professeur de sexe masculin. J'étais probablement idolâtré plus que je ne l'aurais dû.

— Vous pensez qu'Aurora était sujette à cette idolâtrie ?

— Je ne sais pas, répondit Mackenzie en faisant la moue. Probablement.

— Probablement ? »

Mackenzie tapa du doigt sur la table.

« Vous ne pouvez pas comprendre ce que c'est. Pour la plupart d'entre elles, vous êtes le seul jeune homme qu'elles connaissent à une période de leur vie où tout tourne autour des histoires de cœur. Lors de ma première année d'enseignement, j'ai reçu huit roses pour la Saint-Valentin. Nom de Dieu ! Elles étaient entourées de garçons manquant totalement de considération, et moi, j'étais à peine plus âgé qu'elles et pas complètement débile du point de vue émotionnel. En outre, elles étaient censées se concentrer sur moi pendant une heure, alors bien sûr qu'elles pensaient toutes qu'elles étaient amoureuses de moi. »

Jonah glissa un coup d'œil vers Hanson, qui avait pris un air pensif.

« Pensez-vous que la sœur d'Aurora partageait cet intérêt pour votre personne ? demanda-t-elle.

— Topaz était un tout autre genre de fille, répondit Mackenzie avec de l'ironie dans la voix. Elle avait simplement envie que je m'intéresse à elle. Elle voulait que tous – hommes, adolescents, et même son ombre, Coralie – la désirent.

— Vous pensez que sa relation avec Coralie dépassait le cadre de la simple amitié ?

— Pas au sens propre. Je ne pense pas qu'elles aient jamais eu une véritable relation. En revanche, je suis convaincu que l'intérêt que Coralie portait à Topaz était de nature sexuelle. L'équipe pédagogique était à peu près sûre qu'elle était bisexuelle. »

Jonah trouva cela éminemment intéressant. Si Coralie voulait garder Topaz pour elle, ça pouvait lui donner de bonnes raisons de haïr Connor. Suffisantes, peut-être, pour en faire un coupable aux yeux de la police.

« Et quand vous avez rencontré Topaz, cette nuit-là, au bord de la rivière, il ne s'est rien passé entre vous ? demanda Jonah en changeant de sujet.

— Bien sûr que non, ricana Mackenzie. J'avais beau être jeune, je savais déjà que ce genre de fille était une véritable source d'ennuis.

— Ce rendez-vous n'était pas programmé ?

— Non ! Comme je vous l'ai dit, je n'avais pas la moindre idée qu'ils se trouveraient là, et je n'étais pas plus content que ça de les y voir.

— Vous ne l'avez pas rencontrée pour lui acheter de la drogue ? »

Mackenzie le regarda un court instant, bouche bée.

« Pourquoi aurais-je fait cela ? Je n'en prends pas, et Topaz n'était pas une dealeuse. »

Il marqua une nouvelle pause, puis demanda avec une curiosité qui avait l'air sincère :

« En était-elle une ?

— Bon, formulons-le autrement, répondit Jonah. Topaz vous a croisé sur la berge, mais elle n'en a jamais soufflé mot à ses amis, même lorsqu'ils ont passé en revue à de multiples reprises les événements de cette nuit-là. Ce qui m'indique que quelque chose n'était pas clair là-dedans, vous ne croyez pas ? »

Mackenzie le toisa en riant à moitié, mais il n'avait pas l'air de trouver ça drôle… Absurde, plutôt, songea Jonah.

« Ce n'est pas… Il n'y avait rien d'étrange, et rien de programmé, dit-il en secouant la tête.

— Alors, elle ne vous a pas montré de site particulier pendant que vous y étiez ?

— Quel site ? On était dans les bois ! »

Mackenzie avait vraiment l'air perplexe, aussi Jonah décida-t-il de laisser tomber pour l'instant, principalement pour se donner le temps de réfléchir à tout ça.

O'Malley arborait une expression qui n'était pas de bon augure. Dès que Jonah entra dans les bureaux de la Criminelle, le sergent fonça vers lui, son téléphone à la main. Il avait tout du messager porteur de mauvaises nouvelles.

« On est dans la merde sur Twitter ! » lui annonça-t-il.

Jonah prit l'iPhone que le sergent lui tendait en éprouvant une brusque montée de stress.

C'était le compte Twitter de BBC News. « FLASH INFO : le professeur d'Aurora Jackson interpellé. » L'image montrait Andrew Mackenzie en train d'être conduit au poste de police. La photo, prise du trottoir d'en face, n'en était pas moins très nette.

« Merde !

— C'est ce que j'ai dit ! s'exclama O'Malley.

— C'est une photo de presse.

— Non coupable, chef. Mais je serais heureux d'aller demander à l'agent qui est allé chercher Mackenzie s'il est un connard avec un grand "c" et s'il a quelque chose à dire.

— Vas-y », dit Jonah d'un ton plus déprimé qu'en colère.

Une publicité comme celle-ci entraînait une pression supplémentaire, et Jonah n'était sûr de rien à propos de Mackenzie. À ce stade, il ne voulait ni le mettre en examen ni le relâcher. Il avait prévenu le professeur de s'attendre à passer la nuit au poste. Jonah disposait de quarante-huit heures pour l'interroger avant de prendre cette décision, et tout semblait indiquer qu'il valait mieux qu'il mette ce temps-là à profit.

Il se prépara à avoir une conversation avec le superintendant, lequel allait probablement se mettre en rogne, vu les nouvelles.

Wilkinson était déjà au courant de la tempête qui agitait les réseaux sociaux. Il était visiblement contrarié, mais il ne pensait pas que la fuite était due à un des membres de l'équipe. Jonah en fut soulagé, parce que en tant que dernière arrivée, Hanson aurait été la première à être montrée du doigt.

« Le bon côté, c'est que le standard a reçu un appel d'une fille qui pense que Mackenzie l'a agressée sexuellement, dit Wilkinson. Et la mère d'une autre l'accuse au nom de sa fille. Les avantages des réseaux sociaux ! ajouta-t-il sèchement.

— Bien. Nous vérifierons leurs déclarations.

— Faites-le. Et respectez bien la procédure. Mettez plus de ressources sur Mackenzie, si nécessaire.

— Oui, chef. »

Jonah était pensif en sortant du bureau de Wilkinson. Les trois membres de son équipe levèrent sur lui des regards interrogatifs quand il les rejoignit.

« Comme vous l'avez constaté, nous sommes un peu sous l'œil des médias, à présent. Du coup, comme on n'a que quarante-huit heures devant nous avant d'être obligés de le relâcher, on va se concentrer sur Mackenzie, même s'il y a de bonnes raisons de continuer à sérieusement creuser du côté de Connor. Ben, j'aimerais que tu t'arranges pour qu'on le mette au frais jusqu'à demain, et ensuite, contacte sa femme et organise un nouvel entretien avec elle. Rappelle aussi tous ses anciens établissements. Mets-leur un peu de pression pour voir s'ils n'ont pas essayé de se couvrir en ne nous disant pas tout.

— D'accord.

— J'ai réfléchi à cette histoire de Topaz qui vendrait de la drogue à Mackenzie, dit O'Malley. Quand j'ai cherché qui aurait écoulé de la Dexédrine, un des types a mentionné qu'une brune qu'il n'avait jamais rencontrée auparavant en avait dealé une petite quantité. D'après moi, elle en a piqué un peu dans la planque, et c'est pour ça qu'elle n'a jamais admis devant ses amis qu'elle avait vu Mackenzie. »

Jonah digéra l'information.

« Alors, c'était elle, la petite brune...

— Oui, dit O'Malley.

— C'est une très bonne idée ! Passe-lui un coup de fil et essaie de voir si tu arrives à le lui faire admettre.

— Pas de problème ! s'exclama O'Malley en souriant. Je suis sûr que je trouverai un moyen.

— Et moi, chef ? demanda Hanson.

— Dans un premier temps, je veux que vous appeliez les Jackson et que vous les informiez qu'un professeur "dont l'identité est pour l'instant confidentielle" est en garde à vue, et rien de plus. Expliquez-leur que nous avons de bonnes raisons de l'interroger, mais que nous ne sommes encore sûrs de rien et que nous ne l'avons pas placé en détention, etc. Je suis certain que vous connaissez la musique.

— Oui, chef.

— Après, continuez à fouiller sur Connor.

— Oui, chef. »

Hanson marqua une brève pause.

« Voulez-vous que j'assiste avec vous à l'interrogatoire de Mackenzie, demain ?

— Ça dépendra probablement de ce que Ben va trouver », répondit Jonah.

Tandis que Lightman se levait pour aller s'occuper de la mise en cellule de Mackenzie, Jonah remarqua l'expression légèrement troublée de Hanson.

« Vous pensez qu'il y a une question que nous aurions dû lui poser ?

— Je crois simplement que c'est le candidat le plus probable. Il était sur place, il savait qu'elle se trouvait là, et il a de toute évidence le goût des adolescentes, vu qu'il s'est mis en couple avec une fille de dix-huit ans. »

Jonah posa une fesse sur le bureau qui faisait face à celui de Hanson.

« C'est difficile d'affirmer ça comme ça, dit-il lentement. Je pourrais vous présenter plusieurs scénarios à ce sujet. Le premier, c'est celui d'un jeune prof de vingt-six ans qui est conscient que beaucoup de ses élèves l'aiment bien, mais qui aime bien l'une d'elles en particulier. Il ne fait rien, parce qu'il sait qu'il ne peut rien faire. Plus tard, ils se rencontrent dans un pub, par hasard, et il s'aperçoit qu'ils ressentent tous les deux la même chose. Sauf qu'à présent, c'est possible. Ils ont toujours su qu'ils étaient faits l'un pour l'autre, et la vie leur a donné raison. Ils se sont mariés et ont eu des enfants.

— OK, dit Hanson.

— Le deuxième, c'est un autre jeune prof de vingt-six ans, qui ne devrait vraiment pas aimer son élève, mais qui se montre faible à ce sujet. Ils flirtent, bien qu'il sache que c'est mal. Peut-être même échangent-ils un baiser, une fois, quand ils sont seuls, mais elle promet de n'en parler à personne, et elle n'a pas le droit de dire qu'ils sont ensemble avant que quelques mois ne s'écoulent.

— Hmm. OK.

— Et le troisième… C'est un prof qui a persuadé toute une série de jeunes filles qu'elles étaient amoureuses de lui, et qu'il les aime. Il les a toutes abusées sexuellement, et les a convaincues de se taire. Comme il choisissait bien ses victimes, ça a marché. Plus tard, l'une d'elles, qui a grandi, s'intéresse toujours à lui, et il se dit qu'il pourrait tout aussi bien l'épouser. Car qui irait soupçonner un homme marié avec une belle jeune femme et heureux en ménage ? »

Hanson acquiesça en silence.

« Alors, il faut qu'on détermine quel est le bon scénario ? dit-elle au bout d'un instant.

— Oui. Mais gardez à l'esprit que cette personne est en réalité plusieurs personnes différentes. À l'époque, Mackenzie était peut-être à la fois un homme qui désirait fonder une famille et faire une bonne carrière dans l'enseignement, et un jeune homme de vingt ans et quelques qui ne pouvait pas résister à l'attrait de ses étudiantes, en fonction du moment. La difficulté, c'est de déterminer quelle version de Mackenzie était présente cette nuit-là. Et c'est également vrai pour tous les autres… Le Connor Dooley de cette nuit-là, était-ce l'universitaire taciturne, ou l'adolescent qui se battait tout le temps et subissait la violence de son père ? Brett Parker était-il l'athlète consciencieux, ou le sportif libidineux avec un passé dont les jeunes filles n'étaient pas absentes ? »

Hanson porta la main à sa bouche et tira sur sa lèvre tout en réfléchissant à ce que Jonah venait de dire.

« C'est sûr que n'importe lequel d'entre eux pouvait être n'importe qui, d'une certaine façon. Mais je ne vois pas comment nous pourrions le savoir si nous ne leur mettons pas la pression.

— C'est peut-être vrai. Mais chaque chose en son temps. Bien. À présent, je ferais mieux d'aller chercher mon vélo et d'accomplir mon devoir filial. Ne restez pas trop tard, ou vous allez me donner mauvaise conscience. »

28. Connor

Samedi 23 juillet 1983, 5 h 20

Il sentit qu'il avait la gueule de bois avant même d'être totalement réveillé. Un mal de tête massif. Il avait l'impression que le moindre mouvement allait le faire vomir, et son corps était en feu.

Il resta allongé un moment avec la sensation d'être en train de mourir, mais l'envie d'uriner devenait trop pressante. Il ouvrit les yeux, puis tourna la tête pour échapper à la lumière qui l'aveuglait.

Il était tôt, le jour venait probablement de se lever. Jojo était couchée près de lui, sur le côté, un bras puissant étendu au-dessus de sa tête et l'autre replié, le poignet lui masquant le visage.

L'espace d'un instant, il s'inquiéta. S'était-il passé quelque chose entre eux ? Il avait pleuré, songea-t-il. Et elle l'avait consolé. Il avait râlé et s'était énervé contre Topaz.

Il se sentait misérable. L'humiliation s'ajoutait à l'envie de vomir. Il essaya de ne pas y penser. Il avait simplement besoin de pisser et de boire quelque chose qui ne soit pas de la bière.

Les yeux rivés au sol, il se dirigea vers l'autre extrémité de la clairière, enjambant avec précaution un sac de couchage vide quand il apparut dans son champ de vision. Un des autres devait déjà être debout, alors.

Se soulager lui prit longtemps, et rester debout lui donnait chaud et encore plus envie de vomir. Il ne fut pas loin de le faire en revenant vers le feu de camp. Il fouilla dans son sac à dos et en tira un briquet, un paquet de bonbons à la menthe, une boussole

– tous les trucs inutiles qu'il avait apportés. Mais où était donc l'aspirine ?

Il finit par la trouver dans une poche latérale, et se souvint qu'il l'avait mise là pour qu'elle soit plus facilement accessible. Il prit une bouteille d'eau à moitié vide et s'assit sur une bûche à côté du brasier. Il demeura ainsi, les yeux fixés sur une tache de soleil sur le sol, à attendre que le cachet fasse son effet.

Soudain, il se rappela Brett et Topaz, et sentit une vague d'angoisse lui serrer les tripes. Ils étaient probablement encore en train de dormir, ensemble, avec Coralie. Serrés les uns contre les autres.

La nausée et la colère le firent bondir sur ses pieds. Il allait partir. Il ne voulait rester à côté d'aucun d'entre eux.

Sur le chemin du parking, il aperçut Benners sur un bout de pelouse roussie par le soleil, la bouche grande ouverte, étendu en étoile sur le dos, à moitié recouvert par son sac de couchage.

Connor était presque arrivé à l'endroit où ils avaient laissé les vélos quand il se rappela qu'il avait oublié son duvet à côté de Jojo. Il songea à retourner le chercher, mais ça lui parut trop difficile. Tout était difficile, en fait, à part continuer à marcher droit devant lui. Se concentrant sur l'endroit où il mettait les pieds, il poursuivit son chemin.

C'est alors que le souvenir de l'autre sac de couchage lui revint à l'esprit. Il s'arrêta.

Aurora. Ça devait être celui d'Aurora. Benners en avait rapporté un, Jojo se trouvait encore dans le sien à côté de ses affaires, et il ne savait pas comment Topaz, Brett et Coralie s'étaient protégés du froid, mais ils n'auraient certainement pas laissé un sac à l'autre bout du camp.

Il se remit en route, hésitant. Elle avait peut-être eu froid, et elle était partie dormir dans la voiture… En arrivant sur le parking, il alla jeter un coup d'œil dans l'habitacle, mais il n'y avait personne derrière les vitres poussiéreuses.

Le trajet jusqu'au camp lui paraissait interminable, et plus encore s'il devait retourner à l'endroit où il avait vu ce sac de couchage, mais il décida quand même de le faire. Tout du long, il soutint un monologue silencieux et plein de rage en songeant qu'à présent Aurora devait probablement être en train de dormir dedans.

Mais en arrivant, il constata que rien n'avait changé. Le sac n'avait pas bougé depuis tout à l'heure. Il était ouvert, et vide.

Il s'accroupit. Ce coup-ci, il allait peut-être vraiment vomir. Il fallait qu'il mange quelque chose. Mais d'abord, il devait s'assurer qu'Aurora allait bien.

Connor glissa la main dans le sac de couchage. Froid comme de la glace. Il commença à se dire que quelque chose clochait.

Il pensa à la rivière. La veille, elle était allée se baigner. Mais quand il déboucha du sentier tortueux sur la petite plage, elle était déserte, l'eau était propre, scintillante et étale.

Il commença à éprouver un sentiment d'angoisse diffus, en partie lié à l'alcool et en partie à l'inquiétude. Il remonta la berge vers l'amont en songeant qu'il lui restait un endroit à vérifier. Suivre le chemin entre les arbres par lequel Topaz, Brett et Coralie étaient partis ? Plutôt crever... Mais il le fit quand même.

La première chose qu'il vit, ce fut un amas de corps où se distinguait une bande de peau pâle, même à cette distance. Il n'aurait jamais cru que son envie de vomir pouvait encore augmenter, mais ce fut pourtant le cas. Néanmoins, il parvint à se contrôler, et il approcha.

C'était la peau de Coralie. Sa jupe courte, relevée, laissait voir ses fesses. Elle ne portait pas de sous-vêtements et avait la poitrine à l'air. Il détourna les yeux, agrippé à son idée comme on peut l'être quand on a la gueule de bois.

Brett était juste derrière elle, couché sur le ventre sur un tapis de sol. Il était habillé, ce qui était une petite consolation.

Topaz était plus loin, et Connor s'avança vers elle en essayant de ne pas les regarder. Elle aussi était habillée, et elle s'était même glissée dans son sac de couchage. Elle semblait intacte, indifférente, et ce n'est que parce qu'il l'avait entendue haleter quand il se trouvait près du feu qu'il savait qu'elle avait pris part à la fête.

Aurora n'était pas là. Bien sûr que non. Topaz n'aurait pas laissé sa sœur s'approcher de tout ça.

Il s'accroupit à côté d'elle, observant son visage au front plissé, sa chevelure défaite, sa peau bronzée. Il savait qu'elle se mettrait en colère s'il la réveillait. Mais il savait aussi qu'il fallait qu'il le fasse.

« Topaz, dit-il doucement… Topaz, répéta-t-il en lui poussant un peu l'épaule. Je n'arrive pas à trouver Aurora. »

29

Jojo ramena ses pieds sur le canapé et posa la tête contre un coussin, contente que Brett ait songé à inclure une pièce aussi confortable dans son intérieur au design méticuleux.

Il lui avait fallu un bon bout de temps avant de se sentir bien chez lui. La taille de la maison, ses hauts plafonds, ses vastes pièces… Au début, tout lui avait paru à côté de la plaque. Elle se sentait bien plus à l'aise dans la demeure de Benners, non dénuée d'un certain mauvais goût, où ils s'étaient réunis pendant des années avec la bénédiction du père de ce dernier.

Non pas qu'elle ni les autres n'aient été impressionnés par l'endroit, mais aucun ne s'y était senti à l'aise. La première fois qu'ils s'y étaient retrouvés, à l'occasion d'une des fêtes de Brett, au milieu de cette décoration aussi neuve qu'austère, ils s'étaient serrés les uns contre les autres en parlant à voix basse.

Puis, petit à petit, ils s'y étaient habitués. En partie grâce à Brett, qui les avait enjôlés, tout sourire, et avait fait de son mieux pour qu'ils se sentent à l'aise. En partie grâce à Anna, une merveilleuse hôtesse, qui remplissait leur verre avant même qu'ils aient remarqué qu'il était vide et qui cuisinait divinement bien.

Jojo était également venue ici l'année suivante, pendant six mois, cinq jours par semaine, pour faire du jardin la création parfaite qu'il était devenu. Enfin, presque parfaite. La gentillesse de Brett quand il lui avait accordé le contrat avait été contrebalancée par une discussion très polie à propos de ce à quoi le jardin devait ressembler. Ils étaient parvenus à un compromis, Jojo ayant accepté les pelouses manucurées et les angles droits qu'il désirait, tout en insistant pour le remplir de couleur, de verdure et de vie. En fin de compte, tous deux étaient convenus que ce jardin était spectaculaire.

Et curieusement, petit à petit, la maison de Brett, initialement perçue comme froide et peu accueillante, était devenue une sorte de refuge. Même après qu'elle avait terminé le jardin, Jojo avait continué de rendre visite à Brett et à Anna, et à s'enfoncer dans leur canapé tandis qu'ils entretenaient la conversation pour qu'elle n'ait pas à le faire. Elle n'était pas certaine qu'elle aurait tenu le coup dans les mois qui avaient suivi la mort d'Aleksy sans l'existence de cet endroit, ni sans ces deux-là.

Ce soir-là, sentant qu'elle n'allait pas cesser de revivre le moment où ils avaient rebouché la planque, elle était instinctivement venue chez eux. Brett l'avait fait entrer, l'air de comprendre ce qu'elle ressentait, et ses yeux arboraient les mêmes cernes que ceux qu'elle avait vus autour des siens en se regardant dans le miroir.

« Viens boire un thé », avait-il dit d'une voix posée.

Il lui avait passé un bras autour des épaules, puis l'avait conduite au salon sans rien dire. Elle lui était aussi reconnaissante de son silence que du bref geste de compassion qu'il avait eu.

« Tu peux prendre ta place habituelle. Anna est en train de faire du café et des cookies. »

Il lui avait jeté un coup d'œil un peu inquiet.

« Ça ne t'embête pas si Daniel vient aussi ? Il a appelé tout à l'heure. »

Jojo lui avait souri tout en se lovant au bout du canapé.

« Ça ira très bien. Mais je ne peux pas te promettre qu'on ne va pas se liguer contre toi !

— Si vous ne le faisiez pas, ça me manquerait ! Je vais te chercher une tasse de thé. »

Jojo l'avait suivi des yeux, prise d'un subit sentiment d'incertitude. Pour la première fois, elle se rendait vraiment compte que rien ne serait jamais plus pareil. Comment pourraient-ils encore se faire confiance, alors qu'il était éminemment probable que l'assassin d'Aurora Jackson soit l'un d'entre eux ?

Sa place sur le canapé était aussi confortable qu'elle l'avait toujours été, mais elle ne lui procurait plus ce sentiment de sécurité implicite. Celui-ci s'était évanoui, et elle doutait qu'il revienne jamais.

Quand il retrouva Anna dans la cuisine, Brett lui passa la main dans le dos. Sa femme était postée devant le minuteur du four, un peu angoissée.

« Comment ça se passe ?

— C'est quasiment prêt, je crois. »

Brett l'écarta gentiment de la porte du four, qu'il ouvrit pour jeter un coup d'œil aux cookies légèrement dorés.

« Il faut les sortir maintenant, dit-il en prenant une manique.

— Désolée. J'attendais que le minuteur sonne.

— Tu dois regarder leur couleur. Personne n'aime les cookies trop cuits. »

Il fit glisser le plateau et le posa sur la cuisinière. Les cookies, douze petits disques parfaits, sentaient bon – une riche odeur chocolatée.

« J'aurais dû en faire deux fournées, marmonna-t-il. Les autres pourraient arriver, et Connor en mangera probablement quatre...

— Si on est à court, on a aussi des biscuits ! » lança Anna en prenant la cafetière.

Elle lui adressa un sourire rassurant, mais Brett n'était pas d'humeur à être rassuré. Il avait le sentiment que si tout n'était pas parfait, un désastre se profilerait à l'horizon. Ce n'était pas un mode de pensée inhabituel chez lui. Le fait que lorsqu'on ne parvenait pas à contrôler un petit détail, tout s'effondrait.

C'était un trait de caractère qu'il essayait de dissimuler à ses amis. Seule Anna était au courant de l'angoisse qui le prenait chaque fois qu'il organisait une soirée, du fait qu'invariablement, c'était lui qui se chargeait des courses et qui s'activait pour préparer le repas très à l'avance.

Néanmoins, cela allait au-delà du simple contrôle. C'était devenu le mode de fonctionnement du groupe, à présent.

Curieusement, tandis que Benners s'était transformé en Benham, un père et une personne plus solennelle, Brett était devenu la colle qui les soudait tous. Les autres s'en rendaient-ils compte ? Il n'en était pas convaincu, mais il avait conscience de cette pression sur ses épaules et il s'en réjouissait. Il percevait instinctivement que sans sa volonté d'apaiser, d'écouter et de persuader, le groupe volerait en éclats.

Il prit une spatule et fit glisser les cookies un par un dans une grande assiette en se disant qu'au moins ils avaient un bel aspect. Il se demanda s'il devait en donner dès à présent un ou deux à Jojo, ou plutôt attendre que Benners arrive. Il se demanda également s'il aurait dû proposer aux trois autres de venir.

Même si Jojo et Benners n'avaient pas été invités, leur présence avait un je-ne-sais-quoi de complotiste. L'idée lui mit la boule au ventre. Il détestait penser que le fait d'avoir retrouvé Aurora au bout de trente ans allait les dresser les uns contre les autres.

Un vacarme retentit derrière lui, et il se retourna le cœur battant pour constater qu'Anna avait renversé la carafe de lait en essayant d'en verser dans le mousseur.

« Putain ! s'écria-t-il en le regrettant aussitôt.

— Oh, mon Dieu ! dit Anna en saisissant un torchon. Je suis vraiment désolée !

— Ce n'est rien ! répondit-il avec un ton d'excuse. Ce n'est pas grave. »

Il s'approcha d'elle et lui passa un bras autour de la taille. De l'autre, il lui prit le torchon des mains.

« Je m'en occupe », dit-il posément.

Il essuya le lait renversé en gardant le bras autour de la taille d'Anna.

« Tu vois ? C'est réglé, tout va bien. »

Il l'embrassa dans le cou. Elle posa sa main sur la joue de Brett et s'appuya contre lui.

« Je suis assez pénible aujourd'hui, hein ? murmura-t-il.

— Je pense que tu as de bonnes raisons pour ça, répondit-elle avec un rire un peu tendu.

— Aucune raison n'est assez bonne pour que je m'en prenne à toi... Cette robe te va magnifiquement bien ! »

Puis, avec un dernier baiser, il s'écarta d'elle.

« J'ai promis du thé à Jojo, dit-il.

— Il est en train d'infuser.

— Tu es merveilleuse. »

Il prit le gros mug bleu que Jojo aimait bien et versa une goutte de lait dedans, puis le thé. Il s'inquiétait un peu. N'était-il pas trop fort ? Mais il décida de laisser les choses en l'état. Anna avait fait de son mieux.

Il sentit son téléphone vibrer dans sa poche tandis qu'il retournait au salon. Puis il vibra encore. C'était un appel, pas un texto.

Curieusement, il savait que c'était Coralie sans avoir besoin de le vérifier. Il sentit un léger tiraillement d'estomac. Il aurait dû lui dire que Benners allait venir. En ce moment, elle était très tendue, partagée entre la colère et le désespoir total à l'idée que Topaz l'avait rejetée.

Il tira son téléphone de sa poche et vit son nom à l'écran, ainsi que le début d'un message où elle lui disait qu'il fallait qu'ils se parlent. Avec un léger soupir, il posa le mug devant une Jojo à l'air assombri.

« C'est Coralie. Je ne serai pas long. »

Connor en avait marre de ce trajet en voiture bien avant qu'ils arrivent. Ou plutôt, il en avait marre du silence. Être assis à côté de sa femme dans une voiture ne faisait qu'amplifier la chose. Cela contrastait avec la franchise habituelle de leurs échanges, la façon dont tous deux aimaient bien réfléchir à haute voix quel que soit le sujet.

D'un côté, il avait envie de la consoler. Mais d'un autre, il lui en voulait. En étaient-ils vraiment là au bout de trente ans ? À un tel niveau de doute et de méfiance ?

Cela se voyait jusque dans sa façon de conduire. En général, elle aimait foncer en donnant de grands coups de volant, mais ce soir, elle se retenait. Elle accélérait lentement, s'arrêtait à chaque intersection et respectait scrupuleusement les limitations de vitesse. Ils avançaient avec une lenteur désespérante, à tel point qu'il se demandait si elle ne le faisait pas exprès pour l'énerver.

« Qu'est-ce qu'on fait s'il n'est pas là ? » finit-il par dire.

Il était déterminé à obtenir une réponse de sa part. Elle haussa légèrement les épaules.

« On rentre », répondit-elle.

Connor n'avait pas souvenir d'avoir déjà éprouvé une telle envie de secouer sa femme.

Heureusement, ils n'eurent pas à affronter l'éventualité de rentrer chez eux. Brett répondit à l'interphone d'une voix plus déprimée que d'habitude.

« Salut, Brett, dit Topaz d'un ton hésitant. C'est Connor et moi. Je suis désolée de ne pas avoir appelé...

— Aucun problème ! Vous savez que vous êtes toujours les bienvenus. Entrez. »

Topaz remonta l'allée en gardant son train de sénateur. Connor fut légèrement déconcerté en voyant que la Mitsubishi de Jojo était déjà garée à droite de la maison.

« On dirait qu'on n'est pas les seuls », murmura-t-il.

Topaz, comme on pouvait s'y attendre, ne répondit rien, mais il remarqua qu'une ride plus marquée lui barrait le front.

Il ne savait pas bien pourquoi la présence de Jojo le préoccupait. Peut-être parce que maintenant, ce n'était plus eux tous contre la police. Plus depuis qu'ils savaient ce qui était arrivé à Aurora.

Mais il y avait autre chose qui le mettait mal à l'aise. Il s'était toujours senti proche de Jojo. Si on oubliait Benners, elle avait été sa meilleure amie pendant la plus grande partie de sa vie. Il éprouvait de la jalousie, en quelque sorte, à l'idée qu'elle était plus proche de Brett à présent. Mais c'est le genre de chose qui se produit quand on se marie et qu'on déménage, songea-t-il. Les gens vous oublient.

Ce sentiment ne s'atténua pas lorsque Brett les fit passer dans le salon, où il trouva Jojo installée sur le canapé, un mug de thé dans les mains et une expression distante sur le visage. Il lui fallut un long moment pour leur sourire et se lever pour les accueillir.

« C'est si bon de vous revoir » dit-elle d'une voix rauque.

Topaz et lui l'embrassèrent tour à tour, et l'étreinte de Jojo lui sembla chaleureuse, forte et rassurante.

« On va être au complet, dit Brett comme en s'excusant. Daniel devrait arriver d'une minute à l'autre, et Coralie est également en chemin.

— Oh ! s'écria Topaz en se frottant le bras. Tu ferais mieux de la prévenir que nous sommes là. Je ne crois pas qu'elle me porte dans son cœur en ce moment.

— Je ne pense pas qu'elle m'ait jamais portée dans son cœur ! répondit Jojo avec un sourire torve.

— Et moi donc ! » s'exclama Connor.

Pour une raison ou pour une autre, cette remarque sembla irriter Topaz. Elle lui jeta un regard noir et alla s'asseoir à l'autre extrémité du canapé.

« Mais ça sera quand même mieux si nous sommes tous là, dit Jojo en soupirant. Personne ne devrait se sentir exclu. »

Connor n'était pas sûr d'être d'accord avec ça. Il y avait certaines choses dont il désirait ne plus jamais parler.

Tandis qu'elle conduisait, des phrases tournaient en boucle dans la tête de Coralie. Certaines qu'elle avait entendues, d'autres qu'elle avait lues, mais elles résonnaient dans sa tête comme si quelqu'un les prononçait à voix haute.

Daniel, prudemment : *Pas ce soir. Je veux simplement rester chez moi et réfléchir à tout ça...*

Brett, légèrement coupable : *Tu devrais passer. Tout le monde est là... Ne sois pas bête, ma chérie. Personne ne s'est ligué contre toi. Si j'avais su cela à l'avance, je t'aurais demandé de venir.*

Et, encore et encore, les mots de Topaz, prononcés sur un ton venimeux : *Va te faire foutre, Coralie.*

Ces gens-là étaient censés être ses amis. Les personnes à qui elle avait essayé de plaire toute sa vie durant. Celles qui étaient censées être présentes quand elle en avait besoin.

Sauf qu'elle n'avait plus l'impression que ce soit le cas. Pas depuis que Topaz lui avait préféré Connor.

C'était une blessure qui n'avait jamais cicatrisé. Elle était presque convaincue qu'elle aurait pu le supporter s'il s'était agi de quelqu'un d'autre. N'importe qui sauf lui.

Ce choix avait empoisonné leur amitié. Elle l'avait constaté dès les premiers mois. Et même s'il avait rapproché les autres pendant un temps, en fin de compte, il avait tout contaminé.

Elle se sentit prise de nausées et de vertiges en descendant de voiture, peut-être à cause de la peur. Qu'avaient-ils bien pu dire à son sujet ? Avaient-ils décidé de faire front contre elle ? Comment osaient-ils ?

Son cœur battait à tout rompre et ses paumes étaient moites quand elle sonna. Autrefois, elle serait entrée sans attendre qu'on lui ouvre. Mais ce soir, elle se sentait comme une étrangère.

Ce fut Brett qui lui ouvrit, et le sourire chaleureux qu'il lui adressa lui fit l'effet d'un baume au cœur.

« Je suis content que tu sois venue, dit-il posément en la serrant dans ses bras. Entre apporter un peu de bon sens dans les débats ! » ajouta-t-il en s'écartant d'elle.

Le sentiment de panique qu'elle éprouvait s'atténua légèrement, même si elle aurait souhaité qu'il lui passe un bras autour des épaules ou quelque chose de ce genre au moment d'entrer. Dès qu'elle franchit le seuil du salon, elle eut l'impression de se retrouver dans un environnement hostile. Personne ne pipait mot, comme si c'était elle le sujet de la conversation qu'elle venait d'interrompre.

Daniel lui sourit, mais détourna rapidement le regard, et elle se demanda si c'était lui qui était en train de parler. Brett se posa sur l'accoudoir du canapé, l'air de prendre un peu de distance, lui sembla-t-il.

« Salut, Coralie, dit Jojo en se levant. Désolée ! C'est trop confortable. »

Jojo s'approcha à grandes enjambées pour l'embrasser, mais Coralie ne parvint pas à se détendre quand elle sentit ses bras l'enserrer. Les étreintes n'étaient pas une pratique courante entre elle et Jojo.

Dès que celle-ci se fut rassise, le silence retomba. Topaz et Connor ne la regardaient même pas. La première, les bras croisés, gardait les yeux rivés au sol, et tout chez elle semblait indiquer la colère.

Coralie sentit la panique revenir. Ils ne voulaient pas d'elle ici. Il fallait qu'elle s'en aille.

Mais des pas résonnèrent derrière elle, et Anna apparut avec un plateau plein de tasses de café et une assiette de cookies.

« Coralie, ma chérie ! s'exclama-t-elle en posant son plateau sur la petite table basse en verre avant de l'embrasser chaleureusement. Oh ! Tu nous as manqué ! »

Anna avait beau être frêle, elle l'embarqua dans son étreinte, et Coralie trouva cela profondément réconfortant. Elle sentit les larmes lui monter aux yeux. Par le passé, il lui était arrivé de se montrer peu charitable avec la discrète et inintéressante Anna. Pourtant, celle-ci lui faisait sentir qu'elle était véritablement la bienvenue. Qu'elle était aimée, même.

« Désolée, dit-elle quand Anna s'écarta. Londres a la mauvaise habitude de te prendre au piège avec tous ces trucs nuls.

— Brett est pareil, répondit Anna en adressant un petit sourire à son mari. Une fois qu'il s'y trouve, il se souvient à peine qu'il devrait m'envoyer un texto.

— Je m'en souviens, dit Brett en riant. C'est simplement que je choisis de ne pas le faire. Je suis trop content d'avoir enfin un peu de paix et de tranquillité...

— Espèce de connard ! s'exclama Jojo. Tu parles assez pour quatre ! »

Soudain, c'était comme avant, malgré le silence de Topaz. Ils échangeaient des plaisanteries, et Benners les observait, le sourire aux lèvres, attendant probablement le moment pour se lancer dans une de ses diatribes sur l'économie.

« Viens t'asseoir, dit Anna en entraînant Coralie vers le petit canapé. Oh ! Le café ! »

Se relevant d'un bond, elle se mit à distribuer les tasses à la ronde. Elle avait préparé un cappuccino pour Coralie, car elle s'était souvenue que c'était ce qu'elle préférait. Puis elle présenta le plateau de cookies à tout le monde, mais seuls Jojo et Connor en prirent un.

« Écoutez ! dit subitement Topaz en parlant par-dessus le bruit de la conversation. Je sais que nous sommes arrivés sans prévenir, mais… Je deviens folle avec tout ça et je… je voudrais comprendre ce qui se passe. »

Un bref silence s'ensuivit.

« Tu veux dire la police ? Ce qu'ils font ? demanda Daniel d'une voix douce.

— Oui, répondit Topaz. Ils ont placé M. Mackenzie en garde à vue. C'était son prof d'anglais. Je leur avais dit de s'intéresser à lui il y a trente ans. J'espère qu'il n'est pas trop tard et qu'ils trouveront quelque chose… Mais qu'est-ce qu'ils vous ont demandé, à vous ? Et qu'est-ce que vous avez dit ?

— Oh ! Je ne suis pas sûr… qu'ils aient envie qu'on fasse ça, dit Brett sur un ton d'excuse. On m'a spécifiquement demandé…

— On s'en tape ! s'exclama Jojo en faisant claquer son mug sur la table basse. Ce qui est évident, c'est qu'on s'est tous caché les uns les autres des petits détails. Pendant trois putains de décennies. On a dissimulé des petits trucs, et il faut que ça cesse. C'est trop important, maintenant. J'ai l'impression qu'avec toutes ces conneries on s'est débrouillés pour cacher un assassin, que ce soit un prof ou pas, et il est temps que ça cesse.

— On n'en savait rien, dit calmement Daniel.

— Non ! Mais on pensait surtout à nous. Moi tout autant que les autres. Parce que, en fait, qu'est-ce qu'on en avait à foutre d'avoir des problèmes à cause de la drogue ? On aurait retrouvé Aurora, et peut-être même encore en vie. »

Tout le monde accueillit son coup de gueule en silence. Puis Connor dit :

« Tu es sûre que tu te souviens clairement de tout ? Parce que moi, ce n'est pas le cas. Il y a des événements que j'ai rabâchés tant de fois que je les ai probablement modifiés du tout au tout.

— Ça ne signifie pas que tu ne dois pas en parler, répondit Jojo. Tout va sortir lors du grand déballage.

— Je veux tout savoir, dit Topaz d'un ton sec en toisant son mari. Je me moque si ce ne sont que des bribes de souvenirs. Je veux savoir ce qui s'est passé, et comment il… comment quelqu'un a fini par violer et par tuer ma sœur alors que nous étions tous là. »

Coralie sentit un étrange tiraillement dans son ventre. Il était impossible de ne pas avoir de la peine pour Topaz.

Elle vit Daniel se pencher en avant comme pour se lever, puis arrêter son geste. Elle se demanda s'il voulait consoler Topaz, ou si c'était autre chose.

« Tu en es sûre ? Qu'elle a été... dit Brett en rompant le silence.

— La police en est sûre », répondit Topaz d'une voix neutre.

Brett poussa un long soupir, les yeux dans le vague. Coralie avait l'impression d'attendre qu'il réfléchisse au problème avant de le résoudre d'une façon ou d'une autre. Mais ce fut Daniel qui prit la parole.

« Mon sentiment, c'est que toutes les questions qu'ils nous ont posées portaient sur nous. Ils ne m'ont rien demandé à propos d'autres personnes qui auraient pu s'intéresser à Aurora, ou qui auraient pu savoir que nous nous trouvions là.

— C'est à cause de l'endroit où elle a été trouvée, répondit Jojo d'une voix lasse. Qui d'autre connaissait la planque et aurait pu y cacher son corps ? Je ne vois personne. Et ils m'ont posé la question.

— On a peut-être été observés, dit Brett. Par Mackenzie, ou par quelqu'un d'autre.

— Tu avais vu quelqu'un ? » demanda aussitôt Topaz.

Brett secoua la tête avec un sourire légèrement ironique.

« J'aimerais bien. Je ne veux pas croire que M. Mackenzie, que je connaissais à peine, est coupable. Et je ne parle même pas du reste d'entre nous.

— Bien sûr que ce n'était pas l'un de nous, dit Connor d'un ton irrité. On le sait. Aucun de nous n'est un salaud de violeur.

— Aucun de vous n'a intérêt à l'être, putain », lâcha Topaz d'une voix chargée d'intensité.

Coralie vit que Connor ouvrait la bouche pour répondre quelque chose de méchant, mais Brett intervint avant qu'il ait eu le temps de le faire.

« C'est horrible pour toi, c'est sûr ! dit-il à Topaz. Plus que pour quiconque, et de loin. C'était ta sœur et tu l'aimais. Mais il faut qu'on se serre les coudes. On a failli être séparés il y a trente ans, et je préfère crever plutôt que les laisser recommencer ça aujourd'hui. Personnellement, j'ai confiance en chacun d'entre vous. Et je pense qu'on peut résoudre cette affaire. À nous tous, on doit savoir quelque chose qui nous indique qui l'a fait. C'est obligé. Alors, si quelqu'un a dit à un pote où on allait camper, ou s'il s'est vanté d'avoir de la drogue, ou quoi que ce soit d'autre, il faut qu'on le sache tous. Il n'y aura pas de reproches. Personne ne pouvait savoir qu'elle allait se faire assassiner. Si vous pensez que vous avez dit quelque chose à quelqu'un, ou si vous croyez que quelqu'un aurait pu être au courant… »

Un long silence s'installa.

« Merde ! s'exclama Jojo. Je n'en sais rien. Je peux parler de cette nuit-là, ou du lendemain matin. Les moments où je n'étais pas trop ivre, en tout cas, mais… »

Elle secoua la tête.

« On peut au moins essayer d'y réfléchir, non ? suggéra Brett d'une voix posée. Car je n'aimerais pas qu'un de mes amis aille en prison parce que la police n'a pas trouvé de meilleur suspect.

— Bien sûr qu'on peut ! » s'exclama Coralie d'un ton aussi optimiste que possible.

Mais à présent, Jojo toisait Brett, l'air un peu rebelle.

« On va le faire, dit-elle. Mais en ce qui me concerne, ce n'est pas la seule chose à laquelle je vais réfléchir. L'heure est venue de dire la vérité, toute la vérité et rien que la putain de vérité ! »

Coralie se surprit à observer Connor. Il s'écarta légèrement du canapé, puis acquiesça.

« Tu as probablement raison », dit-il.

Coralie détourna les yeux. Elle avait de nouveau une légère envie de vomir.

30. TOPAZ

Samedi 23 juillet, 6 h 15

« Alors, vous n'avez pas pensé à vérifier qu'elle était là ? » demanda Brett d'un ton où perçait la colère.

Cela faisait bientôt une heure qu'il arpentait la forêt en l'appelant à grands cris de plus en plus désespérés. Il venait tout juste de rejoindre les autres, à présent que l'absence de réponse de la part d'Aurora commençait à signifier quelque chose.

« Après l'avoir laissée dormir à des kilomètres de tout le monde dans une putain de forêt ? »

Topaz ne tenait pas en place. Elle s'agitait inutilement, la peur chevillée au corps.

« Je n'ai pas fait gaffe », répondit Benners.

Quand Topaz parvenait à lever les yeux sur lui, elle le trouvait totalement bizarre, si livide et si effrayé qu'il n'en était même plus reconnaissable.

« Eh bien, vous auriez dû ! s'écria Brett.

— Arrête de nous critiquer, putain ! Toi, tu étais trop occupé à baiser pour t'en soucier », rétorqua brutalement Connor d'une voix grave.

Il était accroupi, le dos contre un arbre dont il arrachait des bouts d'écorce d'une main. Brett secoua la tête.

« Je sais, je sais. Je... J'aurais dû... Je suis désolé. S'accuser les uns les autres ne va nous mener nulle part. Écoutez, il faut que l'un de nous aille chercher de l'aide. Et je ne crois pas pouvoir le faire, parce que je ne peux pas conduire dans cet état-là.

— Je vais y aller, moi, dit Benners. Je peux y aller à vélo, et vous, vous n'avez qu'à continuer à la chercher.

— Putain ! s'exclama Topaz, subitement incapable de garder ça pour elle. Qu'est-ce qu'on va faire ? Si quelqu'un…

— On va la retrouver, dit calmement Brett. Je suis sûr qu'elle va bien.

— J'y vais ! lança Benners.

— Et qu'est-ce qu'on va faire pour la drogue ? » demanda Connor avant qu'il n'ait eu le temps de faire un pas.

Topaz s'immobilisa pour la première fois depuis une bonne heure.

« Oh, mon Dieu. On est vraiment dans la merde, hein ?

— Non, répondit Jojo. Il suffit qu'on la cache. On peut recouvrir l'accès.

— La planque n'est pas facile à trouver, dit Brett d'un ton songeur. OK. Faisons ça. Et ensuite, on continue à chercher Aurora.

— Je pense que c'est moi qui devrais m'en occuper, dit Benners.

— Ne sois pas stupide, répliqua Jojo. Personne ne va se retrouver tout seul dans la merde pour un truc où nous avons tous participé. On va assumer. Vas-y ! »

Benners hésita un instant, puis il partit en courant vers le parking où se trouvait son vélo.

« Allons-y ! » dit Jojo à Brett.

Elle traversa la clairière en direction de la rivière et lança aux autres par-dessus son épaule :

« Vous feriez bien de ranger un peu, ici aussi. Il y a un paquet de Dexédrine encore à moitié plein qui traîne quelque part par là. »

Connor se releva lentement. Topaz le fixa.

« Que va-t-il se passer ? lui demanda-t-elle.

— Je n'en sais rien. Mais on ne va pas la laisser toute seule dans la nature. »

31

Une fois sur la route, Jonah se demanda s'il n'était pas en train d'aller pour rien à Godshill, à une heure aussi tardive. Il était plus que probable que son Cannondale ait disparu. Un vélo si racé, qui avait l'air si cher... Même quelqu'un qui ne s'y connaissait pas pouvait être tenté.

Il fit de son mieux pour ne pas y penser et se concentra sur la conduite et sur Andrew Mackenzie. Malgré la mise en garde qu'il avait faite à Hanson, il était d'accord avec elle. Mackenzie était le candidat le plus probable. Néanmoins, le professeur lui avait paru sincèrement ignorer l'existence de la cavité où l'on avait retrouvé le corps d'Aurora.

Mais pour l'instant, l'instinct de Jonah lui disait de continuer à s'intéresser à Connor, à Daniel et à Brett, qui avaient tous passé la nuit avec Aurora, et qui connaissaient la planque.

En traversant Brook, il vit des panneaux indiquant Fritham, et ses pensées dérivèrent vers le cottage de Jojo, ce qui l'amena à penser au matin qui avait suivi la disparition d'Aurora. À Jojo et à Brett, pris de panique tout en rebouchant le trou où elle gisait... Quelque part, il trouvait cette réaction étonnamment froide, et cela le troublait.

Quand il atteignit le carrefour de Furzley Lane, la route qui passait devant le cottage de Jojo, il tourna la tête dans cette direction. Il ralentit alors, pour observer plus attentivement. Un halo rouge orangé tranchait avec le bleu marine du ciel, on aurait presque cru voir la lueur d'un réverbère. Sauf qu'il n'y en avait aucun sur cette route, et la lumière provenait de quelque part à côté de la maison de Jojo.

Il sentit son cœur se glacer dans sa poitrine et freina, puis fit un brusque demi-tour. Heureusement qu'aucun véhicule ne le suivait, parce qu'il n'avait même pas songé à le vérifier.

L'antipatinage se mit en route quand il prit le virage pour s'engager dans Furzley Lane, mais il en fit abstraction et continua d'accélérer. Il passa en trombe devant deux allées, les yeux fixés sur la lueur qui se trouvait à présent sur sa droite. Il distinguait de la fumée, une colonne d'un noir sale qui occultait le halo orangé.

Elle montait de la maison de Jojo.

Hanson éteignit son ordinateur de bureau à 20 heures avec un vague sentiment d'insatisfaction. Elle ne savait pas vraiment ce qu'elle cherchait parmi toutes ces notes, et depuis le matin, elle n'avait rien trouvé qui ressemble à une incohérence ou à un mensonge.

Lightman était encore au travail. Il lui adressa un sourire distrait quand elle lui dit au revoir.

Elle avait à peine fait cent mètres quand un appel interrompit l'autoradio de la voiture. Un instant plus tard, le nom de Damian s'afficha sur l'écran du tableau de bord.

Elle sentit son estomac se nouer et songea à refuser l'appel, mais elle savait qu'il réessaierait aussitôt, alors elle baissa le volume et laissa le téléphone sonner. Neuf sonneries. Dès qu'elles cessèrent, la radio se remit en marche.

Quelques instants plus tard, la musique s'interrompit de nouveau. Cette fois-ci, c'était un texto. Elle poursuivit sa route en faisant un effort de volonté pour ne pas consulter son téléphone. Mais dans Midway Road, un feu rouge l'obligea à s'arrêter, et au bout d'une ou deux secondes, elle craqua, coupa le moteur et fouilla dans son sac à la recherche de son téléphone.

Elle eut le temps de le déverrouiller et de voir le message de Damian s'afficher en bandeau en haut de l'écran.

Il faut que je te voie. Je suis chez toi.

Le nœud au creux de son ventre devint une vague d'angoisse. Que diable faisait-il à Southampton ? Elle pensait qu'elle avait finalement tourné la page en partant de Birmingham.

Le feu passa au vert. Elle balança son téléphone sur le siège passager, redémarra et reprit la route. Elle n'était qu'à quatre kilomètres de chez elle, et il n'y avait pas beaucoup de circulation. Elle y serait dans quelques minutes.

Elle se sentait déconnectée de son propre corps, ses pensées tournant en boucle. De quoi voulait-il lui parler ? Était-il en colère ? Allait-il se mettre à l'implorer ?

Au feu rouge suivant, elle reprit son téléphone et écrivit :

Je ne suis pas là. Je travaille tard. Je t'appelle demain, peut-être.

La réponse lui parvint moins d'une minute plus tard. Elle jeta un coup d'œil à l'écran pour la lire.

Je ne bouge pas d'ici. Tu rentres à quelle heure ?

Son cœur se mit à battre plus vite. Elle était de plus en plus près de chez elle. Elle l'imagina en train de l'attendre à côté de sa voiture. Peut-être souriant. Peut-être avec une expression rageuse.

Un nouveau bip signala l'arrivée d'un autre texto, du patron, ce coup-ci. Elle hésita un instant, puis décida de ne pas le lire. Il était trop tard pour le boulot, songea-t-elle, et s'il y avait urgence, Sheens l'aurait appelée. Ce qui n'était en réalité qu'une façon de justifier le fait qu'elle n'était pas en mesure de gérer quoi que ce soit d'autre en ce moment.

Cinq cents mètres plus loin, elle prit subitement à gauche en direction de la rocade. Elle accéléra et s'engagea à vive allure sur la M27, tandis que son téléphone se remettait à sonner.

Il ne se manifesta plus pendant les dix minutes qu'il lui fallut pour arriver jusqu'au Holiday Inn.

Ses jambes flageolaient quand elle descendit de voiture. Elle songea à laisser son téléphone à l'intérieur, mais d'une certaine façon, ne pas savoir ce que Damian lui disait était pire.

Elle le prit et attrapa le sac de voyage sur sa banquette arrière. Elle avait envisagé de ne plus le laisser là après leur rupture, parce qu'il ne s'y trouvait que pour les occasions où elle décidait de passer la nuit chez lui sans l'avoir prévu assez tôt. Mais elle ne s'était jamais résolue à le faire.

Le téléphone sonna de nouveau pendant qu'elle traversait le parking. Elle n'avait pas envie de lire ses messages.

Mais elle le consulta quand même.

Tu ne rentres pas ? Tu es avec un homme ?

Elle songea à faire abstraction de lui, mais elle se dit que ça ne servirait à rien.

Non. Je travaille. Désolée.

Le temps qu'elle le lui envoie, il était déjà en train de taper un nouveau message.

Alors, si je passe au poste de police, tu y seras ? C'est ce que je devrais faire, alors.

Elle répondit aussitôt.

Tu sais que ce n'est pas convenable.

Il rétorqua dans la foulée.

Ha ha ! T'es une putain de menteuse. T'es avec un homme, c'est ça ? Je savais que tu m'avais quitté pour quelqu'un d'autre. Tu me trompais, c'est ça ? Putain de salope.

Hanson entra dans le Holiday Inn en ne sachant pas bien si elle titubait ou si elle flottait. Il n'y avait aucune queue, ce qui tombait bien, parce qu'elle n'était pas convaincue de pouvoir rester longtemps debout sans tomber. Elle réserva une chambre pour la nuit et n'entendit même pas combien cela allait lui coûter. Puis elle emporta son téléphone à l'étage et le posa sur sa table de nuit, attendant la série de messages dont elle savait pertinemment qu'ils allaient arriver.

Jonah tambourina à la porte, puis, sans attendre, tourna la poignée. Elle s'ouvrit sur le couloir plongé dans la pénombre. Il y avait un mince brouillard de fumée, et une lueur tremblotante filtrait à travers le jardin d'hiver.

Il comprit que c'était une remise qui avait pris feu, et non la maison elle-même, mais celle-ci se trouvait dangereusement proche du foyer de l'incendie et risquait fort de s'embraser à son tour.

Il s'avança. Toutes les lumières du rez-de-chaussée étaient éteintes, ce qui signifiait que Jojo était probablement allée se coucher.

« Jojo ! » cria-t-il en montant l'escalier quatre à quatre.

Il n'avait pas le temps de se soucier du fait qu'il n'avait pas l'autorisation d'entrer. Les fumerolles, légèrement âcres, menaçaient de s'intensifier, et si elle dormait, elle courait un véritable danger.

En débouchant sur le palier, il vit trois portes, toutes ouvertes, dont l'une donnait sur une salle de bains. Il l'appela de nouveau et entra dans la pièce sur sa gauche.

C'était une chambre double à la décoration spartiate, avec un lit où s'empilaient des coussins. Une chambre d'amis, à l'évidence.

Il n'entendait toujours pas le moindre son indiquant une présence quand il pénétra dans l'autre pièce, une chambre spacieuse avec du parquet et des Velux. Elle n'était pas éclairée, mais il distinguait le duvet et les oreillers sur le lit, qui n'était pas défait. Personne.

Ce lit vide le mit mal à l'aise, d'autant que toutes les lumières étaient éteintes et que la voiture de Jojo était garée devant chez elle. Il fallait bien qu'elle soit quelque part. À moins qu'elle ne se trouve dans la remise en flammes…

Il ressortit aussi vite que possible, la gorge légèrement irritée par la fumée.

« Jojo ! » cria-t-il de nouveau en se ruant dans l'escalier.

Il courut jusqu'au jardin d'hiver. Soudain, il aperçut le feu derrière la verrière. Devant les flammes féroces et affamées qui dévoraient la remise à côté du cottage, se découpait une silhouette aux cheveux courts.

Jonah se dirigea vers la porte donnant sur le jardin, le soulagement lui donnant légèrement le tournis. Jojo se retourna quand il l'ouvrit, les yeux grands ouverts, les bras croisés, presque comme si elle avait froid en dépit de la fournaise.

Il lui fallut un moment pour enregistrer la scène : elle était habillée, immobile, et à ses pieds se trouvait un jerrycan. Jonah entendit alors le hurlement des sirènes qui approchaient.

32. Jojo

Samedi 23 juillet 1983, 6 h 40

Elle n'était pas particulièrement alerte ce matin. L'idée, évidente, résolvait un très gros problème. Mais au moins, elle l'avait eue.

« Tu vas où ? lui demanda Brett. C'est par là.

— Tu peux commencer à dissimuler la planque, mais s'assurer qu'on ne la voie pas, ça ne va pas suffire. »

Elle continua d'avancer en examinant le sol. Ça devait être quelque part par là.

Elle le sentit avant de le voir. Une odeur pénétrante, aigre-douce. Même à cette heure matinale, on entendait le bourdonnement des mouches.

Elle quitta le sentier et suivit l'odeur en essayant de ne pas vomir, mais quand elle s'approcha des restes de l'hermine, la puanteur était quasiment insupportable.

Elle se protégea le nez et la bouche en les plaquant contre son épaule, et saisit la dépouille par ses pattes arrière, encore à peu près intactes, puis elle se releva en la tenant aussi éloignée d'elle que possible.

Elle trottina jusqu'à la rivière. Brett l'attendait à l'ombre de l'arbre. À l'évidence, il n'avait pas pris l'initiative de commencer sans elle.

« Qu'est-ce que tu fous, putain ? » demanda-t-il en la voyant arriver.

L'odeur dut le heurter de plein fouet. Il changea de couleur et s'éloigna vers la berge, mais Jojo le rejoignit d'un bond. Elle posa l'hermine à moitié décomposée sur le sol et la traîna du bord de l'eau vers l'entrée de la planque.

Derrière elle, Brett émit un hoquet étranglé, puis vomit toutes ses tripes dans la rivière. C'était un son écœurant, même si elle devait bien admettre qu'elle avait pitié de lui. La bête dégageait une odeur infecte.

Elle continua de progresser, se baissant pour passer sous les branches, et ne lâcha l'hermine, en grimaçant, que de l'autre côté du tronc. Brett arrêta de vomir et se dirigea vers elle en s'essuyant la bouche du dos de la main. Des larmes perlaient de ses yeux injectés de sang.

« Pourquoi… ?

— C'est pour les chiens, répondit-elle. Parce que s'ils ne la trouvent pas, il va y avoir des chiens, et il faut qu'il existe une raison valable pour expliquer qu'ils s'intéressent à cet arbre, et quelque chose sur quoi ils puissent se concentrer en dehors de la planque. »

Brett se recouvrit le nez en tirant sur son t-shirt.

« Tu aurais pu attendre qu'on ait fini de cacher ce putain de trou. Si je vomis dedans, ça la fout mal. »

Jojo fit abstraction de sa remarque. Elle grimpa sur une racine et s'accroupit au-dessus de la cavité. À ses pieds, la terre était meuble, et d'où elle se trouvait, l'entrée de la planque était invisible. Elle ne pouvait voir que les arbrisseaux qui avaient poussé entre les racines du hêtre. Bientôt, songea-t-elle, on ne la verrait de nulle part.

Elle donna des coups de pied dans la terre sèche, qui commença à s'effriter et à tomber par paquets.

En contrebas, à côté de l'entrée de la planque, Brett essayait toujours de se couvrir le visage pour se protéger de l'odeur.

« Allez ! s'exclama Jojo. Il faut que tu combles le trou, sinon, ils vont le repérer. »

Il protestait toujours quand il se mit à écarter les arbrisseaux, puis à remblayer la terre à la main avant de la tasser avec ses pieds.

« Tu m'en mets plein la gueule ! cria-t-il.

— Il y en a assez ? demanda-t-elle. C'est recouvert ?

— Ouais, répondit-il en faisant un pas en arrière et en laissant les arbrisseaux reprendre leur place. Je ne pense pas que quiconque puisse la voir. »

Jojo sauta pour le rejoindre et examina attentivement l'endroit où l'entrée s'était trouvée. Ils avaient de la chance qu'elle ait été bien cachée dès le début, et que le trou, en contrebas, ait donc été facile à recouvrir.

En faisant très attention, on voyait que la terre venait d'être remuée, même à travers les feuilles des petits arbres. Elle était plus sombre et plus humide par endroits. Mais il faisait déjà chaud, et elle aurait le temps de sécher avant que quiconque ne vienne.

« OK ! dit-elle. Il faudra que ça le fasse comme ça. »

Brett acquiesça et ôta finalement son t-shirt de devant sa bouche. Il était encore vert. Dans d'autres circonstances, Jojo aurait eu envie de se moquer de lui. Il avait semblé tout à fait convaincu qu'il tenait l'alcool bien mieux qu'elle.

« Merci d'avoir… d'avoir réglé ça, dit-il au bout d'un instant. Je ne suis bon à rien, aujourd'hui, et je sais que c'est probablement moi qui ai le plus à perdre dans tout ça. »

Jojo le dévisagea longuement.

« De rien, finit-elle par lâcher d'une voix grave. J'ai l'habitude de nettoyer le bordel pour les copains. Et maintenant, tu fais partie de la bande. »

33

À 5 heures, Hanson laissa tomber l'idée de dormir. Elle s'était réveillée environ toutes les demi-heures, et par deux fois, tellement en sueur que ses draps étaient trempés.

Elle s'en voulait. Elle n'était pas vraiment sûre de savoir de quoi elle avait peur. Que pouvait bien faire Damian pour lui nuire ? Si elle était rentrée chez elle, qu'aurait-il fait, à part répéter les horreurs qu'il lui avait déjà dites ?

Elle s'en voulait aussi d'avoir lu tous ses messages jusqu'à ce qu'ils cessent, après minuit, et d'avoir consulté son téléphone chaque fois qu'elle s'était réveillée. Elle aurait dû en faire abstraction, mais elle n'y parvenait pas.

Elle fit sa toilette, enfila des sous-vêtements et une chemise propres, puis fit chauffer de l'eau dans la bouilloire pour se préparer une tasse de café. Il était trop tôt pour le petit déjeuner, et de toute façon, elle n'aurait rien pu avaler, dévorée qu'elle était par l'angoisse. Elle entama son café tout en réglant sa note et le finit dans sa voiture.

Les routes étaient désertes et baignées de soleil. Elle arriva au poste en un rien de temps. Peu avant 5 h 45, elle était à son bureau. Personne n'était encore là, et elle trouvait apaisant le calme qui régnait.

Elle alluma son ordinateur et passa un moment à consulter les dossiers des suspects, en commençant par celui de Brett Parker.

Elle parcourut les diverses dépositions de 1983, sans rien trouver de nouveau. Ensuite, elle prit celui de Connor Dooley, dont le nom figurait dans une plainte déposée en 1982.

Quand elle ouvrit le fichier, elle constata avec un sentiment de malaise qu'en réalité c'était le père de Connor qui avait fait l'objet d'une plainte. Des voisins avaient signalé à la police qu'il battait son fils. Les deux agents qui étaient passés chez lui le lendemain avaient noté que Connor avait des bleus aux avant-bras, mais son père avait tout nié, et Connor avait mollement affirmé qu'il s'était fait mal en grimpant à un arbre. Les agents lui avaient demandé de les appeler si quelque chose d'autre arrivait, et ils étaient partis.

Il n'y en avait pas plus sur la question, et les autres rapports portaient tous sur la disparition d'Aurora. Depuis, plus rien. Elle se demanda si le père de Connor avait continué à commettre ces abus envers son fils, et à quel point cela avait pu affecter ce dernier. Assez, peut-être, pour l'amener à traiter d'autres personnes en usant de la même violence ?

Elle écrivit une note à ce propos, puis passa à Jojo Magos.

Il n'y avait rien de récent, mais huit ans auparavant, il y avait eu un incendie chez elle. La lecture de ce rapport éveilla l'intérêt de Hanson. Le sinistre s'était accompagné de nombreuses dégradations, ce qui voulait dire que Jojo avait vraiment mis quelqu'un en colère. Mais d'après ce qu'elle lisait, la compagnie d'assurances n'avait pas voulu payer, parce que le feu avait été déclenché avec l'essence de sa tondeuse à gazon, et que Jojo n'avait aucune preuve de la présence de quelqu'un d'autre chez elle.

Hanson griffonna une série de notes pour son usage personnel, puis, au moment où elle allait refermer le dossier, elle vit un nouveau fichier apparaître à l'écran. En l'ouvrant, elle fut déçue, car elle crut dans un premier temps qu'il s'agissait d'une copie du précédent, mais quand elle vit le nom de l'inspecteur Sheens et la date apparaître, sa déception se mua en une étrange inquiétude.

Que diable faisait-il hier soir chez Jojo Magos ?

Malgré l'angoisse qui l'avait saisi la veille, Jonah eut du mal à émerger le matin. Il ne s'était couché qu'à 3 heures passées, une fois que les pompiers avaient totalement maîtrisé l'incendie. Au cours des quelques minutes qu'il leur avait fallu pour arriver et se mettre en place, le feu avait gagné le cottage de Jojo.

Tandis qu'ils déployaient leurs lances à incendie, Jojo s'était précipitée à l'intérieur. Jonah l'avait appelée et avait tenté de lui emboîter le pas, mais un des pompiers lui avait intimé de reculer.

« L'un de nous pourra entrer dès que nous serons en tenue ! » avait-il dit.

Mais Jojo était ressortie en serrant dans ses mains une boîte et une pile de photos. Jonah se rendit compte qu'elle était allée sauver les souvenirs qui lui restaient d'Aleksy.

Il avait appelé les forces de l'ordre de Southampton, puis avait envoyé un texto aux membres de son équipe pour les prévenir que l'assassin tentait manifestement de menacer les témoins, et qu'il fallait faire très attention, mais il avait décidé de remettre au lendemain le reste des explications.

Dès leur arrivée, les agents de police avaient posé quelques questions à Jojo et pris quelques photos, tandis que les pompiers arrosaient les flammes. Il apparut rapidement que le sinistre avait démarré dans la remise où Jojo stockait ses outils et ses fournitures, qu'on avait aspergés d'essence. La police avait examiné les alentours et demandé à Jonah de venir voir les serres, qui avaient été méthodiquement vandalisées.

Jojo l'avait suivi sans piper mot et sans montrer la moindre surprise devant ce qu'elle voyait. L'attention de Jonah était partagée entre les dégâts qu'il constatait et la réaction de Jojo, une sorte d'acceptation hébétée qu'il essayait d'analyser sans pourtant y parvenir.

Cette nuit lui avait paru à la fois interminable et étrangement brève. Il avait eu du mal à détourner les yeux de la progression des flammes, puis de leur lent déclin jusqu'au néant.

Comme les autres agents, il avait suggéré à Jojo d'aller à l'hôtel, et elle avait acquiescé, le regard vide, puis s'était mise à en chercher un sur son téléphone. Avant qu'elle s'en aille, Jonah avait posé les yeux sur la boîte de souvenirs d'Aleksy qu'elle était parvenue à sauver.

« Vous avez toujours le téléphone d'Aleksy ? » lui avait-il demandé.

Jojo lui avait jeté un regard perplexe.

« Pourquoi… ?

— On a mis le feu à votre maison, et votre compagnon est mort de façon subite. Ces événements n'ont peut-être aucun lien entre eux, mais ce serait une folie que d'enquêter sur un meurtre sans s'intéresser à ça. Je pense que nous devrions prendre un moment pour parler d'Aleksy et de ce qui lui est arrivé, simplement pour être sûrs que nous n'avons rien oublié.

— Vous en prendrez bien soin ? demanda-t-elle.

— Bien sûr », répondit posément Jonah.

Elle souleva maladroitement la boîte, qui à l'origine contenait manifestement des chaussures de randonnée, et ouvrit à moitié le couvercle, puis fouilla dedans et en tira un vieux Motorola qu'elle lui tendit. Sans rien ajouter, elle la referma et se dirigea vers sa voiture.

Une fois qu'elle fut partie, Jonah fit le point avec les agents de police et ils se mirent d'accord sur le fait que ce serait lui qui l'interrogerait le lendemain matin à propos de l'incendie. Et finalement, il rentra chez lui sans son vélo.

Malgré sa fatigue, le sommeil avait été long à venir. Il lui avait été presque impossible de se débarrasser du sentiment qu'une menace planait, même après être parti de chez Jojo, et sur le chemin du retour, chaque fois qu'il avait vu des phares dans son rétroviseur, il s'était senti nerveux. Son cerveau fatigué protestait : une enquête sur une vieille affaire n'était pas censée se dérouler comme ça. Il n'y avait jamais cette sensation d'urgence et d'immédiateté.

Il avait prévu d'arriver au bureau à 7 heures, avant tout le monde, pour avoir le loisir de réfléchir au calme, mais à partir de 6 heures, il avait éteint son réveil chaque fois qu'il avait sonné, et son projet avait pris l'eau.

Finalement, il s'était extirpé de son lit à 7 h 40 et s'était fait du café. Bizarrement, il avait tiré deux mugs de son placard au lieu d'un seul. Le moment où il s'était aperçu que ça faisait maintenant plusieurs mois qu'il vivait seul n'avait pas été agréable. Il avait rangé les deux mugs et versé le café dans une thermos.

Jonah déposa le téléphone d'Aleksy au bureau de l'équipe informatique et demanda une liste de tous les messages et les appels qui se trouvaient dessus, puis se dirigea lentement vers les locaux de la Criminelle. Hanson pivota sur son siège dès qu'il entra. Elle avait l'air d'être là depuis un moment, à en juger d'après le gobelet de café pratiquement vide sur son bureau. Il n'était que 8 h 15. Deux ou trois autres collègues étaient présents, mais ni Lightman ni O'Malley n'étaient encore arrivés.

« Chef, dans la base de données, je viens de voir qu'on avait signalé un crime chez Jojo Magos.

— Les bonnes nouvelles se diffusent vite », dit Jonah en souriant à moitié.

Hanson s'agita sur son fauteuil, visiblement mal à l'aise.

« Ça dit que vous étiez sur place…

— Oui. C'est un coup de chance. J'étais parti chercher mon vélo à Godshill et j'ai vu la lueur de l'incendie en passant devant chez elle. C'était un feu assez impressionnant.

— Bien… Bien… Et… ce n'est pas le seul dossier que j'ai trouvé.

— Dites-moi tout.

— Ce n'est pas la première fois que ça arrive, dit-elle en appuyant sur ses mots. Une de ses remises a pris feu il y a un peu plus de huit ans. L'incendie s'était propagé dans le jardin et elle avait perdu beaucoup de matériel, dont certaines choses assez onéreuses, comme des tondeuses ou des groupes électrogènes. Il avait aussi détruit sa cuisine. »

Jonah la dévisagea en essayant d'intégrer ce qu'elle lui décrivait. Ça ressemblait étrangement au sinistre de la veille.

« Ça n'a pas l'air accidentel, dit-il lentement.

— La compagnie d'assurances a soupçonné une fraude et a dépêché un enquêteur. Tout semblait indiquer qu'elle l'avait allumé elle-même. Il y avait un jerrycan d'essence, ouvert, qui de toute évidence avait servi à allumer le feu. Ils avaient trouvé une salopette appartenant à Jojo roulée en boule derrière l'une des serres, et elle puait l'essence. Il y avait eu une longue bataille judiciaire, mais l'assurance avait fini par payer. Son avocat avait fait du bon boulot, je pense.

— C'est intéressant, dit Jonah. Bien joué. »

Il se sentit un peu décontenancé en se rappelant le jerrycan aux pieds de Jojo. Jojo, habillée, dont le lit n'était pas défait, et qui ne faisait rien pour arrêter la progression des flammes.

« Ça paraît bien pratique que ce soit arrivé de nouveau pile au moment où elle est au milieu d'une enquête pour meurtre, ajouta Hanson. Elle se pose en victime au moment où on cherche un assassin. En outre, j'aimerais bien regarder de plus près ce qui a été brûlé.

— Je suis d'accord, répondit-il en essayant de sourire. Il faut qu'on regarde ça de près. Mais il faut que vous gardiez en tête la possibilité que tout ceci ne soit qu'une coïncidence, bien sûr. »

Il gagna son bureau et se laissa glisser dans son fauteuil en réfléchissant à tout ça : l'absence de réaction de Jojo, l'amour qu'elle portait à son jardin. Il se demanda si elle était capable de l'abîmer pour détourner leur attention, ou si elle avait mis quelqu'un suffisamment en rogne pour qu'il commette cet acte. L'impression de menace latente ressurgit. Il dut se retenir pour ne pas aller mettre en garde Hanson. Elle ne risquait rien dans les bureaux de la Criminelle. Mais il décida qu'il valait mieux que l'équipe sache que l'affaire vieille de trente ans avait pointé le bout de son nez dans l'actualité la plus récente.

Hanson se sentait mal à l'aise. Il lui semblait extrêmement peu vraisemblable que Jojo ait été victime de vandalisme à deux reprises, et l'essence donnait au sinistre de la veille une aura de soupçon. Mais l'inspecteur Sheens n'avait pas eu l'air particulièrement enthousiaste en entendant ça. Une attitude qui pouvait être de la prudence, ou autre chose.

L'inspecteur Sheens était sur les lieux...

Elle ne pouvait s'empêcher de songer à la façon dont il s'était comporté avec Jojo, et au fait qu'il était allé s'entretenir avec elle au centre d'escalade, seul. Hanson aurait aimé éprouver de l'enthousiasme à l'idée de résoudre cette affaire, mais en fait, ce qu'elle ressentait, c'était le poids de la préoccupation.

Elle savait que son léger mal de tête allait bientôt devenir un véritable élancement. Elle lança l'impression des différents rapports sur les incendies, puis se massa les tempes en attendant que la machine les crache.

Elle était toujours dans cette position quand elle entendit une voix joyeuse dans son dos.

« Comment ça va ? »

C'était O'Malley. Elle leva les yeux vers lui, légèrement désorientée, et essaya de lui sourire.

« Bien. Mais j'ai vraiment besoin d'aspirine. Tu en as ?

— Oh ! La nuit a été longue, hein ? Vas-y, retourne-toi la tête ! répliqua-t-il, tout sourire, en lui balançant une boîte de Panadol qu'il avait sortie de son tiroir.

— C'est tentant ! » répondit-elle en se levant pour aller chercher un verre d'eau.

Lightman sortait de la kitchenette quand elle y arriva, deux mugs de café à la main, et elle se sentit gênée en comprenant qu'il était probablement arrivé quand elle se tenait la tête entre les mains.

« Je t'en ai pris un, dit-il en lui tendant le mug.

— Oh… merci !

— On dirait que tu es là depuis un moment.

— Ouais. Je me suis réveillée tôt, alors je me suis dit que tant qu'à faire… »

Puis, prise d'une impulsion, elle ajouta :

« Je vais t'envoyer des trucs sur Jojo. C'est intéressant. Il y a quelques années, elle a été victime d'un incendie, probablement volontaire. »

Lightman trouverait peut-être ça excitant, lui.

« Merci ! Envoie. »

Jonah se rendit compte qu'il était presque l'heure du débriefing et qu'il n'avait pas trop travaillé à déterminer leur ligne de conduite. Il tenta de s'extirper de l'hébétude soucieuse qui le gagnait en consultant ses notes. Il les lisait depuis deux minutes lorsque O'Malley vint frapper à sa porte.

« Matt Stavely vient d'appeler. Il voudrait savoir s'il peut passer, il a d'autres choses à nous dire.

— Intéressant, dit Jonah. La réponse est oui, absolument.

— D'accord, je vais voir quand il peut venir. »

O'Malley revint une minute après.

« Il dit qu'il a un entretien pour un travail, mais qu'il peut être ici à 3 heures.

— OK. C'est parfait. Faisons donc le débriefing. »

O'Malley acquiesça et appela les deux autres.

Lightman récupéra ses notes et se leva, mais Hanson ne réagit pas tout de suite. Le regard dans le vague, elle avait l'air aussi perdue que lui.

« Tout va bien ? » demanda-t-il en faisant quelques pas vers elle.

Elle lui jeta un regard surpris.

« Oui. Désolée. Je... réfléchissais, c'est tout. »

Elle prit son mug, son iPad et lui emboîta le pas.

« Alors un petit tour d'horizon vite fait, dit-il tandis que Hanson refermait derrière elle. Andrew Mackenzie est en garde à vue jusqu'à demain au plus tard. J'aimerais parler à sa femme le plus vite possible, et ensuite, j'aurai probablement envie de l'interroger à nouveau. Ben, tu peux la convoquer ?

— Bien sûr, répondit le sergent en notant la chose.

— Pour l'instant, on sait qu'Aurora a été violée, qu'elle s'était amourachée de Mackenzie et que celui-ci savait qu'elle allait partir camper. Du coup, il nous intéresse beaucoup, mais on a également eu quelques développements du côté de chez Jojo Magos. Un incendie chez elle, qui semble être la réplique exacte de celui qui s'est produit huit ans auparavant. Est-ce quelqu'un qui a mis le feu, ou bien est-ce Jojo elle-même ? Ce n'est pas clair, mais je vais m'entretenir avec elle en priorité. Elle n'a probablement pas violé Aurora, mais ça ne veut pas dire qu'elle n'a pas aidé quelqu'un à le faire. »

O'Malley acquiesçait de la tête, et Hanson le regardait, l'air pensif.

« D'ailleurs, et c'est en rapport avec cet incendie, j'aimerais que vous fassiez attention quand vous n'êtes pas au poste. On dirait que quelqu'un est en colère, et désireux de passer à l'action. Désolé pour les messages quelque peu cryptiques d'hier soir, mais je ne voudrais pas que vous preniez de risques si quelqu'un se sent menacé. D'accord ? »

Tous trois acquiescèrent. Il leur dit de continuer à travailler sur l'affaire, puis alla remplir de café son mug à moitié vide. Hanson était déjà dans la kitchenette quand il arriva, en train de s'en verser une grande rasade.

« Vous avez mal dormi, vous aussi ? demanda-t-il en jetant le café froid dans l'évier. Il y a pas mal de choses désagréables auxquelles penser. Au bout de, quoi ? vingt-huit ans de police, je me retrouve encore à ressasser les éléments de l'enquête alors que je ferais mieux de dormir. »

Hanson lui adressa un vague sourire.

« Vous avez dû voir bien pire.

— Oui », dit Jonah.

Il vida la cafetière et fit abstraction de l'affichette enjoignant à celui qui se versait la dernière tasse d'en refaire. Personne ne s'en souciait jamais, à moins d'en vouloir une.

« Mais j'ai personnellement connu Aurora. Ça rend vraiment les choses plus difficiles. »

Un bref silence s'installa. Quand il leva les yeux, il s'aperçut que Hanson le regardait de façon très inquisitrice.

« Vous rappelez-vous la dernière fois que vous lui avez parlé ? demanda-t-elle.

— Aurora ? Je ne lui ai jamais parlé. Je l'ai simplement croisée de temps à autre. Elle était beaucoup plus jeune que moi. »

Son cœur lui était remonté dans la gorge. C'était la première fois qu'il avait été obligé de mentir à un membre de son équipe, et ce mensonge semblait l'envahir tout entier. Il tourna le dos à Hanson et s'éloigna en direction de son bureau, la nuque brûlante. Il sentit son regard peser sur lui tout au long du trajet.

De retour dans son bureau, il sortit les rapports sur le premier incendie chez Jojo et tenta de se concentrer dessus, mais dans sa tête, les images des reflets d'une boule disco sur des cheveux blonds dans la pénombre tournaient sans discontinuer.

Rien de tout ça n'avait d'importance aujourd'hui, se tança-t-il. La seule chose qui comptait, c'était de trouver l'assassin d'Aurora.

Bon. Aleksy. Quelque chose clochait avec Aleksy et cet incendie.

Lorsqu'il avait demandé à Jojo de lui donner son téléphone, ce n'était que par acquit de conscience. Mais à présent, il y avait une raison beaucoup plus valable de s'intéresser au décès de son ancien petit ami. Aleksy était mort... quoi ? À peine une dizaine de jours après le premier incendie ?

Cette coïncidence apparente l'incitait à envisager que la mort d'Aleksy puisse être un meurtre. Il était tout à fait possible que quelqu'un ait menacé Aleksy et Jojo en mettant le feu à leur jardin, et qu'Aleksy soit resté sourd à ces menaces.

Si c'était effectivement un meurtre, il était beaucoup plus récent que celui d'Aurora. Ce qui était un avantage. L'enquête sur la mort d'Aurora était plombée par des problèmes de données perdues, de souvenirs vagues et par le fait qu'à l'époque la police ne s'était pas montrée très rigoureuse, mais cette enquête-ci semblait bien plus facile à reprendre. Pour commencer, ils avaient le téléphone d'Aleksy, ce qui était – et de loin – le meilleur moyen de récupérer ses messages et la liste de ses appels. Les relevés standards ne fournissaient que les appels vers ou depuis un numéro donné, mais pas le contenu des messages.

Travailler sur un meurtre remontant à huit ans signifiait également que les gens auraient des souvenirs plus frais, qui n'auraient pas été reconstruits par des interrogatoires répétés. En outre, c'était une piste inattendue, ce qui était également un avantage. Si Aleksy avait découvert quelque chose et qu'il était mort à cause de ça, Jonah pouvait suivre la piste laissée par le second meurtre pour résoudre le premier.

Il passa mentalement en revue les déclarations du groupe à propos d'Aleksy. Il n'y avait pas grand-chose. Jonah sentait qu'il avait beaucoup de questions à leur poser à ce sujet.

Il tapa le nom d'Aleksy Nowak dans le moteur de recherche de la base de données de la police. Il n'y avait qu'une seule entrée : le rapport du coroner. Et il n'était pas long.

Le coroner du comté avait conclu qu'Aleksy était mort des suites d'une chute d'escalade. Les dommages subits par sa colonne vertébrale et l'impact secondaire sur son crâne indiquaient qu'il était tombé à une vitesse estimée à entre douze et dix-sept mètres par seconde, ce qui impliquait une chute d'au moins neuf mètres. La mort avait été instantanée. Le coroner avait noté que d'habitude, on disposait un matelas durant les sessions d'escalade libre, mais que le défunt s'en passait généralement, et que de toute façon, il n'aurait été d'aucun usage pour une telle chute.

Ensuite, le rapport décrivait dans quelles circonstances on avait retrouvé Aleksy, ce qui ne s'était produit que le lendemain. Jojo avait prévenu la police le 14 juillet en constatant qu'Aleksy n'était pas rentré à la maison. Elle avait déclaré qu'il était parti faire de l'escalade et avait essayé de leur indiquer où il était susceptible de se trouver, même si le choix était assez vaste, étant donné qu'Aleksy était prêt à passer une journée sur la route pour quelques petites heures d'escalade.

C'était une grimpeuse qui l'avait retrouvé dans la lande, dans l'East Sussex. Elle avait prévenu la police. Dans sa déclaration, elle disait l'avoir trouvé au pied d'une voie qui s'appelait Mechanical Vert.

En tapant ce nom dans Google, Jonah tomba sur un site d'escalade qui donnait quelques détails sur cette voie. D'après ce guide, c'était une 6a délicate, qui exigeait qu'on se serve beaucoup de ses doigts et de ses orteils.

Le guide poursuivait en détaillant plusieurs passages. Il partait du principe que l'escalade se faisait encordé, remarqua Jonah. La voie s'élevait sur onze mètres au-dessus d'un sol rocailleux. Le site décrivait de nombreux passages difficiles en début de voie, mais le haut ne semblait pas receler de défi particulier, une fois passés les quatre premiers mètres. Il conseillait aux grimpeurs de s'efforcer de franchir l'obstacle initial, la suite étant plus facile.

Il passa un moment à essayer de trouver d'autres informations sur Aleksy. Il y avait des dizaines de vidéos où il escaladait des parois montant à des hauteurs impossibles, avec le genre de dénivelé qui donnait l'impression à Jonah qu'il allait lui-même tomber. Aleksy avait été un grimpeur extraordinaire, c'était évident, et vidéo après vidéo, tous les témoignages allaient dans ce sens. Il en avait assez vu pour considérer que c'était un fait établi.

Et pourtant, songeait-il, Aleksy était tombé en empruntant une voie relativement simple, après avoir passé la partie difficile. Jonah était de plus en plus convaincu qu'il s'agissait d'un acte criminel.

Hanson avait désespérément besoin de certitudes. Sa vie privée, avec les messages de Damian, était un désastre total et la source d'une profonde anxiété. Et à présent, sa vie professionnelle était devenue un énorme sujet de préoccupation, parce qu'elle était certaine que son patron lui avait menti.

C'était quoi, le protocole, dans un cas comme celui-ci ? Et de quoi le soupçonnait-elle ? D'intérêt personnel ? D'un ancien penchant pour Jojo ? Ou pour Aurora… ?

C'était ridicule. À l'évidence, elle ne pensait pas qu'il l'avait tuée, alors que six adolescents et l'un des professeurs d'Aurora se trouvaient sur place ce soir-là. Mais l'inspecteur Sheens lui mentait, et elle supposait qu'il mentait aussi au reste de l'équipe. Il soutenait qu'il n'avait jamais bien connu aucun des membres du groupe quand ils étaient gamins.

Elle fixait son écran, une boule de peur dans l'estomac.

C'est alors que Chrome lui balança une alerte à propos d'un message Facebook. Elle vit qu'il provenait de Zofia Wier, et le début du message s'était affiché :

Bonjour, oui. J'étais une amie d'Aurora. Je serais

Presque mécaniquement, elle cliqua sur le pop-up et attendit que Chrome affiche un onglet avec l'application Messenger. Cela faisait un moment qu'elle n'avait pas regardé ses messages. Plusieurs étaient marqués comme « non lus », mais elle cliqua directement sur celui de Zofia.

Bonjour, oui. J'étais une amie d'Aurora. Je serais contente de parler à vous, mais quand elle est morte, je ne la voyais plus pour un moment. La dernière fois était à une fête. Le lendemain, ma mère m'a retirée de l'école et m'a envoyée chez mes grands-parents en Pologne.

Hanson commença à taper une réponse en espérant que ce qu'elle écrivait avait un sens, mais en s'en moquant à moitié.

Bonjour, Zofia. Merci beaucoup de nous avoir contactés. Outre la fête, nous avons d'autres questions à propos d'Aurora, et vous pourriez nous aider. Seriez-vous d'accord pour un entretien téléphonique avec moi et l'inspecteur Sheens, qui est à la tête de l'enquête ?

Un petit « v » lui indiqua que le message avait été vu. Zofia était en ligne.

L'icône signalant que Zofia était en train de taper apparut, puis disparut. Vraisemblablement, elle réfléchissait à la réponse qu'elle allait donner.

Elle se remit à taper, puis son message apparut.

Je peux mais est-ce que c'est l'agent Jonah Sheens ?

Hanson sentit un petit tiraillement étrange dans son ventre.

Oui. Vous le connaissez ?

La réponse vint un instant plus tard.

Oui. Mais vous pouvez lui poser des questions sur la fête. Il était là aussi.

Hanson passa une bonne minute à fixer ce message avant de pouvoir taper une réponse. Elle écrivit que si Zofia lui donnait un numéro de téléphone ou un identifiant Skype, elle organiserait l'entretien. Puis elle se leva en vacillant un peu et se dirigea vers le bureau de l'inspecteur.

34

Hanson frappa à la porte si discrètement que Jonah l'entendit à peine. Il lui fit signe d'entrer en se sentant inexplicablement nerveux.

Elle referma derrière elle.

« Il y a plusieurs choses qui me préoccupent, dit-elle d'une voix tendue. Vous m'avez affirmé que vous ne connaissiez pas Aurora, mais une de ses proches amies vous connaît. En plus, elle déclare que vous étiez à une fête avec elles la semaine précédant la disparition d'Aurora. »

Pour autant qu'il s'en souvienne, il n'avait jamais ressenti une telle panique. Ce n'était pas simplement l'impression que sa carrière allait tomber du haut d'une falaise et ne jamais s'en remettre. Il avait aussi honte devant sa dernière recrue. Mais l'idée de tout lui avouer lui donnait envie de prendre ses jambes à son cou.

Néanmoins, il commençait à se rendre compte que Hanson n'était pas du genre à lâcher l'affaire. Finalement, il lui dit « J'y étais », tout en se demandant comment il pourrait faire pour qu'elle s'intéresse à autre chose, pour détourner son attention.

« Et au cours de cette fête, vous n'avez pas du tout parlé à Aurora ? Même si sa meilleure amie pense que vous êtes au courant de tout ce qui lui est arrivé cette nuit-là ?

— Il ne s'agit pas d'Aurora », répondit-il en ayant la sensation qu'il avait atteint un point de non-retour.

Il n'y avait plus qu'une seule voie possible.

« Venez, asseyez-vous », dit-il d'une voix rauque.

Hanson hésita, puis elle prit la chaise à l'autre extrémité de son bureau.

« J'espérais que vous ne trouveriez pas Zofia, à cause de cette fête. C'est… Je ne voulais pas en parler. C'était parti en vrille avant même que j'arrive là-bas. »

Il avait la gorge sèche, et il dut déglutir avant de poursuivre.

« Ma famille était… mon père était un bohémien, et ma maman, en l'épousant, avait rejoint leur communauté. Elle était folle de lui, comme beaucoup de ceux qui tombent amoureux d'un narcissique. Quand elle commença à le voir sous son vrai jour, elle était déjà enceinte. Il était violent et manipulateur, et il ne supportait pas que quelqu'un résiste à son désir de tout contrôler. »

Il se surprit à tout lui raconter, même les passages les plus humiliants. Il lui parla de l'érosion de l'estime de soi, autant chez lui que chez sa mère, et de la façon dont son père se servait de lui comme d'un outil pour la blesser.

Il lui avoua qu'elle avait finalement pris conscience de ce qui arrivait à son fils, qu'elle s'était séparée de son mari, et que, au cours des neuf années suivantes, son père avait régulièrement essayé de la forcer à revenir. À de nombreuses reprises, Tommy Sheens avait fait les quatre-vingts kilomètres jusqu'à Lyndhurst, et lorsque sa mère avait arrêté de lui ouvrir la porte, il s'était retourné contre son fils.

« Il m'en voulait, ce jour-là. Il avait découvert que j'étais devenu flic. Il ne l'avait appris qu'au bout de près d'un an, et il était furieux. La police, c'était ce qu'il détestait et ce qu'il craignait le plus. »

Jonah voyait que Hanson s'impatientait, aussi poursuivit-il en racontant que Tommy Sheens s'était présenté avec Duke, un vieil ami de Jonah, et qu'il avait essayé de l'embarquer de force dans sa voiture. Jonah s'était battu avec les deux, il avait mis Duke K.-O. et il avait continué à marcher vers l'endroit où la fête avait lieu.

Jonah voyait à son expression que Hanson n'était pas impressionnée par ce qu'il lui disait. Il faillit éclater de rire en songeant qu'elle était encore loin d'avoir tout entendu.

« Ce n'est qu'en arrivant chez Martin que je me suis aperçu que j'avais vraiment fait une chose stupide. J'étais couvert de sang, j'avais un œil au beurre noir, et il était plus que probable que mon père allait porter plainte. Ce qui aurait probablement mis fin à ma carrière dans la police. Alors, j'ai fait ce que beaucoup d'autres auraient fait, je me suis saoulé à mort.

— Et Aurora assistait à cette fête, dit Hanson d'un ton plat. Alors, laissez-moi deviner. Vous étiez ivre, et il s'est produit quelque chose que vous regrettez.

— Peut-être, répondit Jonah. Mais pas avec Aurora. »

Vers 9 ou 10 heures du soir, il s'était dirigé vers Aurora pour lui parler, une fois que le whisky et le punch étaient passés. Elle se tenait dans un coin de la pièce, seule, l'air gauche.

« Elle était surprise que je me souvienne d'elle », dit-il avec un léger sourire.

Il n'avait pas besoin d'en raconter plus, mais il le fit quand même.

« Je lui ai dit qu'elle était intelligente et drôle. Et vraiment belle. Ce qui, à l'époque, m'avait déjà paru une déclaration particulièrement stupide.

— Oui. Ça l'était. Surtout adressée à une fille de quatorze ans.

— C'est alors que son amie Zofia est revenue avec les boissons qu'elle était allée chercher, poursuivit-il en faisant abstraction de la pique de Hanson. C'était la première fois que je la voyais. Elle avait l'air d'avoir seize ans, mais elle m'a expliqué qu'elle était arrivée dans la classe d'Aurora après Noël. Quand elle a vu tout ce sang sur mes vêtements, mes lèvres et mon œil enflés, elle a été aux petits soins pour moi. Elle est allée me chercher de la glace, puis elle m'a fait asseoir à côté d'elle sur le canapé et elle m'a caressé les cheveux tout en me mettant de la glace sur la tête. Et c'était tellement agréable, que quelqu'un s'occupe de moi comme ça. »

Il faillit lui en dire plus. À propos de sa mère, de comment il avait dû s'occuper d'elle, et non l'inverse. À propos de l'absence de contact dans sa vie, du fait que personne ne prenait soin de lui. Cela aurait eu l'air d'une excuse. Et ce n'était peut-être que cela.

« Vous avez couché avec elle ?

— Je n'en ai pas la moindre idée, Dieu m'en est témoin », répliqua-t-il, la bouche subitement sèche.

Il tendit la main vers son mug et but le reste de son café d'un trait, bien qu'il fût totalement froid.

« Quelqu'un a sorti de la tequila, et beaucoup d'entre nous ont commencé à boire des shots. Je ne connaissais pas la moitié des gens présents, mais on s'encourageait les uns les autres. Et soudain, Zofia a eu envie de vomir, et elle s'est précipitée dehors. Je suis sorti la chercher, et c'est alors que je suis tombé sur Aurora et que je lui ai demandé comment elle allait rentrer.

— Comment Aurora allait rentrer chez elle ?

— Non, Zofia. Aurora était vraiment inquiète à ce propos. Elle m'a dit que Zofia était censée dormir chez elle, mais Aurora ne pouvait pas laisser ses parents voir son amie dans cet état, parce qu'ils l'auraient dit à sa mère. Alors j'ai déclaré que je m'en chargerais, et j'ai convaincu Martin de la laisser dormir dans la chambre de ses parents, étant donné qu'ils étaient absents. »

Jonah s'interrompit, la bouche toujours aussi sèche, mais il n'avait plus de café qui puisse le soulager.

« Je me rappelle l'avoir emmenée à l'étage, puis je me suis assis au bord du lit avec elle, et je me suis senti comme une merde quand la tequila est montée d'un coup. Je crois que je me suis allongé. Et c'est tout ce dont je me souviens. À partir de là, c'est le grand trou noir, jusqu'à ce que je me retrouve à mi-chemin de chez moi, vers minuit, sans ma veste, mais toujours couvert de sang. Le lundi suivant, Zofia a été retirée de l'école et renvoyée en Pologne. J'ai essayé d'entrer en contact avec elle par l'intermédiaire de Topaz, mais j'ai découvert que j'avais laissé passer ma chance. C'est alors qu'Aurora, qui aurait pu m'apprendre la vérité, a disparu, et je n'ai jamais eu de réponse à tout ça. »

Quand il cessa de parler, un silence profond s'installa. Le regard de Hanson le brûlait, et il baissa les yeux. Ses mains tremblaient violemment.

« Mon Dieu ! s'exclama Hanson. Est-ce que vous avez la moindre idée du nombre d'hommes qui ont essayé de se servir de cette excuse ? Le fameux "Je ne m'en souviens pas" ? Et tout ça vient s'ajouter au truc avec Jojo. Je suppose que si vous étiez chez elle hier soir, c'est parce que vous couchez avec elle, non ? Vous couchez avec un suspect ?

— Non, répondit-il d'un ton ferme cette fois-ci. Je n'ai jamais eu de relation personnelle avec un suspect. J'essaie de résoudre une affaire, Juliette. Tout le reste est secondaire. Tout. Je vous ai donné le nom de Zofia parce que je suis déterminé à aller au bout de cette enquête, même si cela implique de vous dévoiler quelque chose dont j'ai eu honte toute ma vie. »

Hanson secoua la tête.

« Vous êtes censé… » dit-elle d'une voix mal assurée.

Elle se leva et partit sans finir sa phrase. C'était inutile. Il savait bien ce qu'elle voulait dire.

Au plus profond de lui, il sentait qu'il l'avait trahie. Pour elle, l'étape suivante serait de signaler cela à sa hiérarchie. Et il ne pouvait rien faire pour l'en empêcher.

Au cours de l'après-midi, Jonah sentit sa peur prendre le pas sur tout le reste. Chaque fois que Hanson se déplaçait ou qu'elle parlait, il se surprenait à l'observer en se demandant ce qu'elle disait aux deux autres. L'angoisse et le manque de sommeil étaient un cocktail mortel, et il se concentrait sur tout sauf sur l'enquête. Alors que c'était là-dessus qu'il devait se concentrer. Là-dessus, bon sang !

À 12 h 45, O'Malley frappa à sa porte, et Jonah sentit son pouls s'accélérer à l'idée que le sergent allait lui parler de Zofia. Mais l'expression d'O'Malley était neutre.

« Tu seras probablement content d'apprendre que les premiers relevés téléphoniques viennent d'arriver, dit-il. J'ai ceux de Topaz, Brett et Daniel pour cette année. On dirait que Connor et Coralie sont chez O_2, alors nous allons devoir demander l'autorisation dans les règles. »

Jonah acquiesça. Il avait souvent été confronté à cette procédure. Les principales compagnies de téléphone se servaient de portails en ligne, mais quelques-unes ne fournissaient leurs relevés que lorsqu'ils étaient demandés par écrit. La requête passait devant une commission, qui actait la décision et renvoyait les informations. Cela pouvait être rapide ou prendre plusieurs jours, et il n'y avait aucun moyen de le savoir à l'avance.

Il sentit une étincelle d'intérêt traverser sa fatigue et sa peur. Avec les trois relevés dont ils disposaient, il y avait déjà de quoi trouver des interactions pertinentes. Beaucoup de coups de fil croisés, cela pouvait signifier quelque chose.

Il était frustrant de ne pas disposer des messages en eux-mêmes, du moins pour l'instant. À moins d'avoir une très bonne raison pour demander qu'on leur en transmette le contenu, et que la décision ait été approuvée par un secrétaire d'État, la police n'avait accès qu'aux noms des contacts et à la date et l'heure des communications. On pouvait également récupérer des informations de localisation, mais leur précision n'était absolument pas garantie, comme des affaires récentes l'avaient prouvé. Les appels étaient transmis par l'antenne disponible la plus proche, qui n'était pas nécessairement si proche que ça de l'endroit d'où le coup de fil avait été passé. Pour plus de précision, il fallait un smartphone doté d'un GPS et la permission d'y accéder.

L'autre problème en matière d'enquête sur des affaires anciennes, c'était la destruction des archives. Mais la bonne nouvelle, c'était que grâce aux lois sur l'antiterrorisme, les compagnies de téléphone devaient les conserver pendant toute une année. Mais c'était leur responsabilité de décider de conserver ou non ces informations plus longtemps, alors il verrait bien si la chance leur souriait. Quant aux contenus des messages, seules quelques compagnies les conservaient, et même avec tout l'appui de l'appareil légal, les enquêteurs ne trouvaient souvent rien.

« OK, dit-il à O'Malley en songeant qu'il était temps de se ressaisir. Tu peux commencer par ces derniers jours ? Regarde si l'un des trois a envoyé des messages aux deux autres, ou à d'autres membres du groupe.

— Ouais, je m'y mets. »

Jonah était en train de relire les rapports sur les deux incendies lorsque la tignasse blonde de Jojo apparut derrière la porte vitrée des bureaux de la Criminelle. Son instinct lui disait que le premier sinistre avait été une mise en garde destinée à Aleksy.

Mais c'était peut-être plus que ça. D'après le rapport, Aleksy était à la maison tandis que Jojo buvait un verre dans un bar avec un groupe d'amis grimpeurs. Ç'avait peut-être été une première tentative de meurtre sur Aleksy.

Il avait beaucoup de questions à poser à Jojo. Il sortit de son bureau et demanda à Hanson aussi naturellement que possible :

« Juliette, pouvez-vous prendre le relais de l'agent d'accueil ? »

Hanson acquiesça sans croiser son regard et alla chercher Jojo à la porte. Jonah l'entendit lui rappeler qu'elle l'avait déjà rencontrée. Il n'entendit pas si Jojo avait répondu.

Il continua de les observer tandis qu'elles se dirigeaient vers la salle d'interrogatoire. Jojo l'avait vu, mais elle ne lui avait adressé qu'un léger signe de tête avant de fixer son regard droit devant elle. Elle semblait un peu nerveuse. Il se demanda si elle craignait qu'on lui pose d'autres questions sur Aleksy, ou sur l'incendie, ou si elle avait parlé à l'un des autres.

« Patron, dit O'Malley en agitant la main. Les messages du téléphone d'Aleksy Nowak sont arrivés. »

Jonah quitta Jojo des yeux et tira une chaise, pris d'un réel intérêt.

« Je vais les consulter avant de parler à sa petite amie. Y a-t-il des textos du jour de sa mort ? Le 14 ? »

O'Malley ouvrit la base de données et fit une recherche par date. Il y avait plusieurs messages ce jour-là, de et vers son téléphone.

« Commence par le dernier », dit Jonah.

O'Malley l'ouvrit. Il était bref, mais Jonah sentit une boule se former dans son ventre en le lisant.

Désolé, j'ai bien peur d'être dans la lande. Une autre fois, peut-être.

« On dirait qu'il a dit à quelqu'un où il allait, observa Jonah. Tu peux sortir toute la conversation entre ces deux numéros ? »

O'Malley copia-colla le numéro dans la fenêtre de recherche. Il n'en ressortit que deux textos, le premier à 10 h 13, le matin de sa mort. Aleksy avait reçu un message d'un numéro inconnu :

J'aurais dû t'envoyer un texto plus tôt. Je m'excuse de t'avoir crié dessus. Vraiment. C'était un comportement nul, et j'ai déchargé tout mon stress sur toi. Je sais que tu ne pensais pas à mal, et qu'en réalité tu tiens beaucoup à nous. J'aimerais vraiment avoir une chance de m'expliquer et de sauver ce qui peut l'être. Peux-tu me pardonner et oublier, au moins suffisamment pour aller boire un verre tout à l'heure ?

Aleksy avait envoyé son dernier message juste après midi, à l'évidence longtemps après la réception du premier.

O'Malley soupira à peu près au même moment où Jonah eut fini de lire le message.

« C'est très intéressant, dit-il. D'autant que ces deux-là avaient été effacés du téléphone, ajouta-t-il en désignant la mention "RÉCUPÉRÉ" à côté de chaque texto.

— Tu peux vérifier ce numéro ? demanda Jonah. C'est celui d'un des membres du groupe ? »

O'Malley ouvrit la base de données principale sur son deuxième écran et tapa le numéro. Il n'obtint aucun résultat.

« Ce n'est donc pas le portable principal de Jojo, Brett, Topaz ou Daniel Benham, dit Jonah.

— Ni de Connor ou Coralie, observa O'Malley. Ils sont enregistrés dans la base, eux aussi, même si on n'a pas encore leurs relevés. On est donc en présence d'un deuxième téléphone, ou alors, celui de quelqu'un qui n'est pas dans le groupe. »

Jonah examina de nouveau l'une des phrases du message.

J'aimerais vraiment avoir une chance de m'expliquer et de sauver ce qui peut l'être...

Il y avait une implication, là-dedans. C'était le genre de chose qu'on disait à un partenaire. Et le ton blagueur aurait très bien pu être celui de Jojo.

La réponse d'Aleksy sonnait également comme une fin de non-recevoir qu'on adresse à un partenaire. Le ton était boudeur.

Jojo et Aleksy s'étaient-ils disputés ? La référence à une interférence signifiait-elle que Jojo s'était immiscée dans une conversation ? Ou bien, était-ce quelqu'un d'autre ? Peut-être une maîtresse d'Aleksy ?

Cependant, Jonah était enclin à penser que le ton de ces messages ne correspondait pas à celui d'une relation adultère. Aucun ne mentionnait que l'autre lui manquait, il n'y avait pas de sous-entendus sexuels… Aucune des caractéristiques habituelles des messages que s'échangent des amants.

Cela pouvait-il être une relation amicale ? Dans un groupe où les liens sont forts, la référence à l'importance de la relation était possible.

« Qu'est-ce qu'on en pense, alors ? demanda O'Malley. C'est sa petite amie qui l'a descendu ?

— Difficile d'en être sûr, répondit Jonah en se levant. Mais le moment est certainement venu de mettre Jojo sur le gril. »

35

Tandis qu'elle la conduisait à la salle d'interrogatoire, Hanson glissa quelques coups d'œil discrets à Jojo Magos. Elle était de nouveau en débardeur, cette fois-ci avec une échancrure dans le dos qui laissait ses épaules à nu, ce qui permit à Hanson de constater à quel point elle était musclée.

Elle faisait plus jeune que son âge, malgré les heures passées en plein air. Son aspect sain et sportif était attirant, même aux yeux de Hanson. Et s'en rendre compte ne fit qu'augmenter sa colère envers l'inspecteur Sheens. Sa logique apparente n'était-elle qu'une vaste arnaque ? Se contentait-il d'aller où sa libido le menait ?

Il ne tarda pas à les rejoindre et glissa une cassette neuve dans le magnétophone sans piper mot. Jojo le regardait faire, les coudes posés sur la table. Hanson songea qu'elle avait l'air angoissé, et elle se demanda si l'inspecteur l'avait préparée à affronter cette entrevue.

Jonah lança l'enregistrement, puis prononça les formules habituelles et remercia Jojo de s'être déplacée.

« Je vous ai demandé de venir pour vous poser quelques questions à propos du vandalisme et des incendies dont vous avez été victime. Il y a de bonnes raisons de penser qu'en fait tout cela n'était pas accidentel.

— Oui, répondit Jojo d'une voix un peu rauque. Je crois que dans les deux cas, ce n'était pas un accident.

— L'enquête menée par les assurances suggère que les feux ont été déclenchés intentionnellement, à l'aide d'un combustible, dit Jonah en faisant glisser un document vers elle. On s'est servi de votre propre essence, et on a retrouvé une de vos salopettes imbibée de gasoil. Et nous voici devant un deuxième incendie, clairement délibéré, celui-là. »

Jojo entrouvrit la bouche, et elle dévisagea Sheens pendant un court instant.

« Je ne... Qu'est-ce que vous racontez ?

— Pourquoi vous trouviez-vous dehors quand je suis arrivé sur les lieux, hier soir ?

— Parce que j'ai vu le feu.

— Et pourtant vous ne faisiez rien pour le stopper ?

— Je n'ai... J'étais choquée. Je venais de me réveiller. »

Jonah haussa un sourcil.

« Quand je suis arrivé, j'ai cru que vous étiez dans la maison, inconsciente. Comme vous ne répondiez pas, je suis monté dans votre chambre. Le lit n'était pas défait, et vous étiez encore habillée. »

Jojo sembla surprise.

« C'est parce que je ne m'étais pas couchée dedans. Je me suis endormie sur le canapé. Tout a été... si épuisant. Je me suis installée sur le canapé pour lire et je me suis assoupie. En me réveillant, j'ai vu les flammes et une silhouette. Je suis sûr d'avoir vu quelqu'un. La première chose que j'ai essayé de faire, ça a été de le trouver, mais il n'y avait plus personne. Simplement le jerrycan d'essence. Et quand vous êtes arrivé, je regardais simplement l'incendie en me disant que tout allait y passer.

— Le jerrycan était à vos pieds.

— Je sais, dit-elle d'un ton où perçait la frustration. Je me suis approchée quand je l'ai vu. Je savais que c'était un acte délibéré. Et j'ai pensé à avant...

— Il me semble qu'Aleksy était dans la maison la fois précédente, dit Jonah.

— Oui. Il avait vraiment eu de la chance de ne pas s'être retrouvé coincé dedans. Je suis rentrée tard, j'avais bu un verre au pub avec d'autres grimpeurs, et il dormait.

— Ces grimpeurs peuvent-ils confirmer l'heure où vous les avez quittés ? Que vous n'êtes pas, en réalité, rentrée plus tôt pour détruire vos serres et déclencher l'incendie ? »

Jojo secoua la tête en fixant un point entre Sheens et Hanson, comme si cela n'était qu'une sorte de canular.

« Pourquoi voudriez-vous que je mette le feu à ce qui m'importe le plus ? Mon jardin, mes outils, ma maison... Aleksy...

— Peut-être parce que votre petit ami avait découvert quelque chose qu'il n'aurait pas dû à propos de votre implication dans le meurtre d'Aurora. »

Jojo parut foudroyée. Hanson éprouva un étrange accès de compassion pour elle. La dureté de Sheens suscitait une réaction, même chez elle.

« Ce sont des conneries ! s'exclama Jojo. Je n'ai rien à voir avec Aurora, et je n'aurais jamais fait de mal à Aleksy. Même pas en rêve. Et si vous comptez prétendre le contraire, allez vous faire foutre. »

Jonah haussa les épaules, comme si cela n'était pas un problème.

« Vous avez changé de numéro de téléphone au cours des dernières années ? »

Hanson remarqua que Jojo était de nouveau déstabilisée.

« Quoi ? Non. Non, j'ai toujours eu le même. Depuis... Quinze ans, peut-être plus.

— Vous avez un deuxième téléphone ?

— Non.

— Même pas pour le travail ?

— C'est déjà une tannée de me rappeler où j'ai mis le mien, alors en avoir deux... répliqua-t-elle en essayant de faire de l'humour. Pourquoi voulez-vous savoir ça ?

— Le jour de sa mort, Aleksy a reçu des textos où quelqu'un demandait qu'ils se voient, et qui révélaient où il comptait aller faire de l'escalade. Des messages qui, par la suite, ont été effacés. »

Un profond silence tomba. Hanson était tout aussi abasourdie que Jojo en entendant ça, mais cette dernière semblait encore plus choquée. Elle était livide. Elle avait l'air malade.

« Putain ! s'exclama-t-elle en portant la main à sa tête tout en se penchant sur le côté, dans un geste que Hanson connaissait bien.

— Je vais vous apporter un verre d'eau », murmura-t-elle en se levant.

L'inspecteur Sheens leva les yeux vers elle, apparemment surpris, puis il acquiesça.

Hanson alla se servir à la fontaine dans le couloir, où elle remplit un gobelet aux deux tiers. Quand elle revint, tous deux étaient silencieux, et Jojo semblait prise de nausée.

Elle réagissait au choc, et Hanson savait exactement ce qu'elle pouvait ressentir. À douze ans, il lui était arrivé la même chose lorsqu'un des terminales avait été renversé par un camion qui roulait trop vite juste devant l'école. Depuis, elle avait observé cette même réaction chez de nombreuses personnes, dont certaines étaient coupables, mais la plupart innocentes. Quoi qu'il en soit, si Jojo vomissait ou tombait dans les pommes, ça ne les aiderait en rien.

Jojo but quelques gorgées d'eau.

« Vous pouvez savoir à qui était ce téléphone ? demanda-t-elle au bout d'un moment d'une voix hésitante. Si quelqu'un l'a tué...

— On se penche sur la question, répondit Jonah d'un ton neutre. Mais je me suis dit que vous pourriez avoir des infos là-dessus.

— La seule chose que je sais, c'est que ces messages n'étaient pas sur le téléphone d'Aleksy quand ils l'ont trouvé. Si ç'avait été le cas, j'en aurais parlé à la police, à l'époque. Si quelqu'un l'a tué, il disposait de beaucoup de temps pour les effacer. On n'a retrouvé Aleksy que le lendemain.

— Vous avez regardé ses messages ? Pourquoi ?

— Pourquoi, à votre avis ? répondit Jojo subitement en colère. Je venais de le perdre. Je voulais récupérer chaque parcelle d'Aleksy sur laquelle je pouvais mettre la main. Et... Je cherchais des réponses. Je voulais savoir s'il était mort à cause de moi. »

Le silence retomba. Jonah réfléchissait. Hanson se pencha en avant, en espérant qu'elle n'allait pas se mettre en travers du déroulement de l'interrogatoire qu'il avait prévu.

« Et pourquoi serait-il mort à cause de vous ? » demanda-t-elle aussi gentiment que possible.

Jojo secoua de nouveau la tête.

« Quelque chose n'allait plus entre nous, mais je ne comprenais pas quoi, dit-elle sans les regarder. Ce matin-là, Aleksy m'avait envoyé un texto pour me dire qu'il partait faire de l'escalade. Il m'avait demandé si je serais dans le coin plus tard, parce qu'il avait besoin d'avoir une conversation sérieuse avec moi. »

Jonah se redressa légèrement, mais sans piper mot.

« Vous savez à quel sujet ? poursuivit Hanson.

— Je n'en ai pas la moindre idée. Sur le coup, j'ai supposé qu'il allait se séparer de moi. Je lui ai envoyé un texto incendiaire, en lui demandant ce qu'il voulait dire au juste. Je lui ai dit qu'il pouvait me parler tout de suite, mais il n'a pas répondu. Alors, je l'ai appelé. Je l'ai appelé à de nombreuses reprises, mais il n'a jamais répondu. J'étais tellement convaincue qu'il allait me laisser tomber. J'étais tellement blessée et en colère.

— Vous aviez des raisons de vous attendre à une séparation ?

— Non… Ce n'était pas comme s'il en avait marre de moi. Mais je voyais que quelque chose n'allait pas et qu'il essayait de me le cacher. D'habitude, il était tout le temps enjoué, et soudain… il devenait sombre. Chaque fois qu'il pensait que je ne le regardais pas. Après, j'ai fini par en tirer la conclusion logique…

— Vous vous rappelez s'il a eu un rendez-vous avec quelqu'un la veille de sa mort ? »

Le regard de Jojo devint un peu plus vague.

« Je ne… Je ne me le rappelle pas.

— Il n'avait mentionné aucun rendez-vous ? Ce jour-là ou le jour de sa mort ?

— Pas que je me souvienne, répéta-t-elle, les yeux légèrement brillants dans la lumière crue. Si j'avais eu l'impression qu'il avait rendez-vous avec quelqu'un, j'aurais probablement essayé d'y aller.

— Alors, vous n'avez pas idée de ce qui pouvait assombrir son humeur ?

— Peut-être..., répondit-elle en fronçant les sourcils. Il a eu une prise de bec avec Brett, quand nous étions chez lui. Mais Aleksy a pris ça avec humour. D'ailleurs, je ne suis même pas sûre que c'était juste avant... C'était peut-être plus tôt que ça. C'est si difficile de se souvenir ! s'écria-t-elle d'un ton exaspéré. Mais je n'ai rien trouvé dans ses textos après sa mort. Cela dit, si certains ont été effacés... Y a-t-il quelque chose que je n'ai pas vu ?

— Nous sommes en train d'analyser son téléphone, répondit Jonah sans préciser que lui aussi était curieux de le savoir. Pouvez-vous me dire où vous étiez hier, en début de soirée ? ajouta-t-il en changeant de sujet.

— Oui. J'étais chez Brett. Nous y étions tous.

— Tous les six ? »

Jojo acquiesça.

« Et s'est-il passé quelque chose là-bas qui aurait pu motiver l'incendie ? L'un d'eux semblait-il vous en vouloir ?

— Non. »

Jojo marqua une pause.

« Aucun d'eux n'avait l'air en colère, mais je suppose que... J'ai déclaré que nous devions dire la vérité, même à propos de choses dont nous n'étions pas sûrs. J'ai dit qu'il était temps de tout révéler, parce que sinon, l'assassin d'Aurora allait s'en tirer. »

Jonah hocha la tête et elle le regarda d'un air pensif.

« Je n'ai pas songé qu'en fait le meurtrier était l'un de nous. Enfin, d'un point de vue logique... Je voulais simplement qu'on le découvre, et que ce soit quelqu'un d'autre que nous. C'est tout. »

Le regard de Jojo se troubla et se perdit dans le vague.

« J'ai passé huit ans à me dire que j'ai provoqué la chute d'Aleksy avec mes coups de fil et mes textos, reprit-elle d'une voix hésitante. Mais il est peut-être mort parce que... parce qu'il avait compris quelque chose à propos d'Aurora ?

— C'est une possibilité, répondit Jonah. Alors si quelque chose vous revient à propos d'Aleksy ou d'une conversation étrange, ça serait bien de nous en faire part. »

Jojo acquiesça. Jonah se demanda à quoi elle pensait, mais elle ne rajouta rien.

« Dites-moi, reprit-il au bout d'un moment. Quand vous avez dissimulé la planque, avez-vous fait autre chose pour éviter que les chiens ne la trouvent ?

— Oh ! s'exclama Jojo en rougissant. Oui. J'ai… j'ai traîné une hermine morte devant l'arbre et je l'ai déposée un peu plus loin. Je me disais que les gens penseraient que les chiens étaient attirés par son odeur, et qu'ils les éloigneraient. Ça puait tellement…

— Vous avez fait ça toute seule ? Sans l'aide de Brett ? »

Jojo acquiesça, l'air gêné.

« Je lui ai dit de continuer à combler l'entrée de la planque, mais il avait la gueule de bois, et il n'était bon à rien. Alors j'ai pris l'hermine et j'ai tracé une piste avec son odeur, mais quand je suis revenue, il était toujours à la même place, avec l'air d'avoir envie de vomir. Ensuite, on est tous les deux allés obstruer l'accès. »

Jonah la regarda pensivement.

« C'était vraiment une idée à vous ?

— Oui. Ce n'était pas… J'essayais simplement d'éviter que la police trouve la drogue. Je ne voulais pas les empêcher de trouver Aurora. »

Jonah laissa s'écouler un moment avant de reprendre la parole.

« Merci. Si vous pensez à autre chose, n'hésitez pas à nous en faire part. »

Il éteignit le magnétophone, et Jojo se leva, visiblement soulagée.

« Je vous raccompagne », dit-il tout en adressant à Hanson un bref signe de tête.

Tandis qu'ils traversaient les bureaux, Jojo coula un regard vers Jonah.

« Je suis contente que vous soyez redevenu agréable. Je n'ai pas aimé ma rencontre tout à l'heure avec Sheens l'inspecteur de police. »

C'était gênant pour Jonah de se voir rappeler que par moments, il n'était qu'une brute. Tommy Sheens l'avait bien éduqué.

« Je suis tout le temps Sheens l'inspecteur de police, répondit-il avec un sourire las. Mais ça ne signifie pas que je suis tout le temps un con.

— Oh, ça, je n'en sais rien ! » répliqua-t-elle en souriant aussi.

Jonah laissa échapper un petit rire.

« Vous vous rappelez quand vous m'aviez couru après ? » demanda-t-elle subitement.

Comme elle s'était arrêtée devant la porte, Jonah fit de même.

« Vous avez probablement oublié, reprit-elle. C'est le quotidien d'un flic. Mais je m'en souviens.

— Moi aussi… Vous êtes la personne la plus irritante que j'aie jamais essayé de rattraper.

— Vous auriez dû laisser tomber, fit-elle avec un sourire en coin.

— Je ne pouvais pas vous laisser abandonner votre pull. Et en outre, je ne suis pas du genre à laisser tomber. Pas à moins d'y être absolument obligé. »

Elle acquiesça, puis sembla hésiter.

« J'ai appris pour votre père, dit-elle en se balançant sur ses jambes. Je sais que ça remonte à loin, mais je tenais à vous dire que je suis désolée.

— Vous ne devriez pas. C'est ce qu'il pouvait arriver de mieux à ma mère. »

Pourtant, il avait disparu d'une façon horrible. Parfois, à cette idée, il se réveillait en pleine nuit et se débattait pour s'extirper de ses draps, convaincu qu'il était encerclé par des flammes.

« Tout le monde dit qu'il avait mauvais caractère.

— C'est vrai. Et même quand il n'était pas spécialement en colère, il était mauvais.

— C'était courageux de la part de votre mère, de le quitter ainsi. Et de quitter la communauté des gens du voyage. Ça a dû être dur pour elle. »

Aujourd'hui, Jonah avait du mal à s'imaginer que sa mère ait pu être aussi forte. C'était difficile de voir au-delà de l'alcoolique paranoïaque et fragile qu'elle était devenue. Mais Jojo avait raison. C'était étrange d'aborder ce sujet, au bout d'autant de temps, avec quelqu'un qui semblait le comprendre. Étrange et cathartique.

« C'était dur, oui, et pendant longtemps. Les gens du voyage ne divorcent pas. Ils ne se quittent pas. C'est ce qu'ils lui ont dit. J'avais sept ans quand on est partis et ils venaient encore la harceler quand j'en ai eu quatorze ou quinze. Ils la menaçaient ou ils tentaient encore de l'amadouer. Parfois, il venait, lui aussi, mais il l'a fait plus rarement après qu'elle avait appelé la police… Elle l'a quitté pour mon bien. Elle se moquait de son propre sort, mais elle se préoccupait beaucoup du mien.

— J'aurais aimé que ma maman fasse de même », dit Jojo en posant la main sur la poignée de la porte.

Jonah pressa le bouton vert qui en commandait l'ouverture.

« Ce serait bien que vous restiez à portée de votre téléphone, dit-il avant qu'elle disparaisse. Il se pourrait que j'aie d'autres questions.

— Je comptais aller m'acheter de la magnésie et faire une nouvelle tentative sur la voie Dagger-Edge, répondit-elle avec un soupir. Et qui sait ? Peut-être qu'après avoir été passée sur le gril j'aurai la rage nécessaire pour franchir la dernière prise.

— C'est loin ?

— À une demi-heure, environ. À côté de Burley. J'en aurai probablement pour une heure à faire l'aller-retour en ville pour remplacer mes chaussures d'escalade, et je ne vais pas m'attarder très longtemps sur le site parce que l'après-midi les voies ne sont pas éclairées par la lumière du soleil.

— OK… Très bien. Bonne chance. »

Elle lui jeta un long regard en coin avant de partir, qui lui rappela presque la Jojo qu'il avait plus ou moins connue pendant plus de trente ans.

Il tenta de lui dissimuler le fait que malgré la conversation qu'ils venaient d'avoir, il la considérait encore comme un suspect et qu'il était encore prêt à envisager qu'elle mentait.

L'entretien avec Jojo n'avait pas atténué la colère de Hanson. Elle en était ressortie avec la sensation qu'il n'avait eu lieu que pour son édification, même si au terme de celui-ci, elle était sûre que Jojo ne s'était pas attendue à passer sur le gril.

Mais ensuite, elle s'inquiéta. Était-elle ridicule ? Ils étaient au beau milieu d'une affaire. Sheens faisait ce qu'un bon policier était censé faire, pousser un suspect dans ses retranchements.

Il fallait qu'elle discute avec Zofia. Jusqu'à ce qu'elle parvienne à se faire une opinion sur la question, tout le reste lui semblait en suspens. L'idée de travailler avec quelqu'un qui avait commis une agression sexuelle lui était insupportable.

Elle consulta son compte Facebook pour la cinquantième fois peut-être, mais son message proposant un horaire pour un appel Skype n'avait toujours pas été lu. Elle eut envie de fracasser son écran, mais à la place, elle se leva et dit à Lightman qu'elle sortait prendre l'air.

Au lieu de se décanter, tout semblait devenir plus trouble et plus complexe, et Jonah ne savait pas trop comment interpréter les réactions de Jojo, ou l'apparente froideur d'Aleksy à son encontre.

Il ne pensait pas que Matt Stavely, dont Lightman avait annoncé l'arrivée peu après le départ de Jojo, allait l'aider à clarifier quoi que ce soit. Il l'observa tandis que O'Malley l'emmenait vers la salle d'interrogatoire.

Stavely avait l'air tendu et stressé. Ses yeux se posaient partout de façon erratique, et quand il enleva son bonnet, ses cheveux grisonnants et mal coiffés étaient collants de sueur.

Jonah prit les notes de O'Malley sur sa rencontre avec Stavely et retourna au poste. Il chercha Hanson des yeux, s'attendant à ce qu'elle soit en train de le dévisager, mais elle n'était pas là. Le soulagement qu'il ressentit lui fit honte.

Quand Jonah arriva devant la porte de la salle, O'Malley s'y trouvait, en train de tripoter son téléphone.

« On est prêts ? demanda Jonah.

— Ouaip ! Le témoin va exploser si on ne commence pas bientôt, on dirait. »

Jonah était du même avis. Matt Stavely s'agitait sur son siège et trépignait, littéralement. Il sortit une cigarette et se mit à la faire rouler entre ses doigts.

Lorsqu'ils entrèrent, Stavely sursauta et remit sa cigarette dans la poche de son sweat à capuche. Il tenait à peine en place pendant les formules d'introduction destinées à l'enregistrement et il posait les yeux partout sauf sur Jonah.

« Alors, Matt, dit ce dernier pour lancer l'entretien. Vous voulez nous parler de quelque chose.

— Ouais, répondit aussitôt Stavely. Je... Hier, après la visite du sergent, j'ai réfléchi, et je me suis dit qu'il y avait un truc qui pourrait être important.

— Quelque chose en rapport avec votre travail ?

— Ouais. En 1989, on m'a branché avec un type. C'était par l'intermédiaire d'un autre dealer, parce que ce type voulait... bon, il voulait des trucs que l'autre dealer n'avait pas. Du flunitrazépam.

— Du Rohypnol », dit Jonah, la boule au ventre.

Il avait travaillé tout au long des années 1990, au moment où cette drogue avait fait irruption dans les milieux de la fête. Il avait entendu parler d'hommes ayant des comportements bizarres dans les bars et qui en avaient des boîtes sur eux, sans parler des affaires de viol, très médiatisées.

Ce dont les médias avaient moins parlé, c'étaient des nombreuses affaires où les victimes avaient été droguées puis volées, sans subir d'agression sexuelle. L'amnésie que provoquait ce médicament était aussi utile aux voleurs qu'aux violeurs.

Mais dans le cas le plus courant, c'étaient les consommateurs qui rédigeaient eux-mêmes leurs fausses ordonnances pour continuer à oublier. Certains avaient fini par se suicider.

Pour toutes ces raisons, à la fin des années 1990, la prescription du Rohypnol avait été réglementée, et tant Jonah que ses collègues avaient constaté une baisse importante de son usage dans les affaires criminelles. Cela dit, il refaisait surface de temps à autre dans le cadre d'un vol ou d'une agression. Étonnamment, pour les viols, c'était beaucoup plus rare.

« Ouais, répondit Stavely. Du Rohypnol. Avec de la coke. Une association intéressante. »

Jonah acquiesça lentement. Un drogué accro au flunitrazépam était rarement un utilisateur de cocaïne. Ces deux substances étaient très différentes, l'une vous mettait dans un état d'oubli et de somnolence, l'autre vous donnait un surcroît d'énergie. La coke était la drogue de la fête, et si quelqu'un qui aimait faire la fête se servait également de Rohypnol, on pouvait penser que c'était pour quelqu'un d'autre. Pour une victime.

« Et il a un nom, cet acheteur ? demanda Jonah.

— Non. C'était organisé, il m'envoyait un texto et il déposait l'argent. Je prenais l'argent et je mettais la drogue à la place. L'autre dealer m'avait dit que c'est aussi comme ça qu'il bossait avec lui. Il voulait que personne ne sache qui il était. Ce qui est toujours chiant. Ce n'est pas comme si les dealers allaient s'en vanter. »

Il renifla bruyamment en s'agitant sur sa chaise.

« Quelle quantité lui vendiez-vous ?

— En général, une plaquette de vingt-huit cachets de deux milligrammes. »

Jonah ne se souvenait pas précisément de toutes les caractéristiques du Rohypnol. Combien de cachets quelqu'un aurait-il donnés à une victime ?

« Pour autant que je le sache, trois ou quatre suffisent, dit Stavely comme s'il avait deviné que Jonah n'en savait rien. Avec de l'alcool. Et je tiens à dire ici et maintenant que si j'ai fourni le matos, je ne m'en suis jamais servi sur quelqu'un. Et j'ai toujours espéré que le type les prenait pour se calmer après une nuit difficile ou un truc dans le genre.

— Vous le fournissiez tous les combien ?

— En général, une fois par mois, ou toutes les six semaines. Parfois, il prenait simplement de la coke, alors il ne devait pas se servir tant que ça du Rohypnol.

— Vous laissiez ça où ?

— Au départ, c'était sous un banc à Southampton, et ensuite, à partir du milieu des années 1990, dans une remise adossée à la mairie de Waterlooville. Et c'était une tannée pour y aller, mais ça valait le coup. Il payait le double du prix du marché pour le dérangement. »

Jonah avait espéré que l'endroit trahirait un de ses suspects, mais il semblait que cet acheteur était un homme prudent.

« Ça s'est fini il y a peu de temps, ajouta Stavely. Et c'est dommage. C'était un bon revenu, et régulier.

— Ça s'est arrêté quand ?

— Il y a deux ans environ, dit-il en haussant les épaules.
— Pas plus que ça ?
— Moins de trois, c'est sûr. »
L'arrangement avait donc duré longtemps. Depuis 1989. Cela amena Jonah à se demander pourquoi il avait pris fin.
« Il n'avait pas de raison particulière d'arrêter, pour autant que vous le sachiez ?
— Non, aucune, à part qu'il a dit qu'il n'en avait plus besoin. J'imagine qu'il a déménagé, ou quelque chose comme ça. »
Cela ne collait avec aucun de ses suspects, songea Jonah. Connor et Topaz avaient déménagé sept ans auparavant, et Coralie peu après.
« Et vous n'avez aucune autre information sur lui ? Vous ne l'avez jamais vu ? »
Stavely secoua la tête.
« Je n'étais pas assez curieux pour risquer de faire capoter mon deal en restant traîner dans le coin.
— Vous avez encore son numéro de téléphone ?
— Non. C'étaient des textos et je les ai effacés. »
Un silence s'installa. Stavely s'agitait de plus en plus.
« C'est tout ? Je peux y aller ? finit-il par demander.
— Bien sûr », répondit Jonah.
Il se leva pour laisser sortir Stavely, observant d'un air pensif ses mouvements nerveux.
« Hier, il était agité à ce point quand tu l'as vu ?
— Non, répondit O'Malley. On pourrait dire qu'il avait l'air méfiant, mais il était calme. Tu as vu dans mes notes qu'il a appelé quelqu'un juste après ?
— Tu crois que ce coup de fil a changé les choses ?
— Ça se pourrait. Ou alors, c'est que les commissariats instillent en lui la crainte du Seigneur.
— J'aimerais que tu vérifies si l'un de nos suspects n'a pas un lien avec cet endroit. Ou s'il en a eu un par le passé. Stavely a peut-être été persuadé de venir ici, et peut-être pas. Mais je le soupçonne de ne pas nous dire tout ce qu'il sait. Notamment la raison pour laquelle il pense qu'il y a un lien. Peut-être son

acheteur lui a-t-il dit qu'il avait commis un crime sur une jeune fille. Ou peut-être connaît-il son identité.

— Je vais vérifier ça, y a pas de blème. »

Jonah sourit devant la tournure très personnelle de sa phrase.

« Merci. »

Hanson regagna son bureau dix minutes avant l'heure qu'elle avait suggéré pour l'appel Skype avec Zofia Wierzbowski, et elle vit tout de suite qu'un message l'attendait.

Zofia lui avait envoyé son identifiant. Hanson téléchargea Skype sur son téléphone et ajouta Zofia dans ses contacts, puis elle se mit en quête d'une salle de réunion libre et avec du WiFi.

Cela lui prit beaucoup plus de temps que prévu. Pour un poste de police moderne, Southampton Central était assez mal loti en connexion internet. Elle avait trois minutes de retard quand elle parvint enfin à l'appeler, mais Zofia ne sembla pas s'en formaliser.

« Merci d'avoir accepté cet entretien, dit Hanson en parlant devant le téléphone qu'elle avait posé sur la table. Pour l'instant, je n'enregistre pas, mais voyez-vous un inconvénient à ce que je le fasse au besoin ?

— Non, dit Zofia avec un accent marqué. Ça me va bien.

— J'ai tout d'abord besoin de vous interroger sur la fête à laquelle vous êtes allée », dit Hanson en se demandant pourquoi elle se sentait si nerveuse.

Peut-être parce qu'elle souhaitait, comme Jonah lui-même, qu'il ne se soit rendu coupable de rien.

« Vous pouvez me dire comment vous y êtes allée ?

— Oui, pas de problème. Je vais à la fête avec Aurora... »

Et Zofia lui raconta, dans sa syntaxe plutôt bizarre, la même histoire que Jonah.

« Il n'aurait pas dû que je boive. C'était mal. Je me suis vomi et lui – Jonah Sheens – il a occupé de moi. Il m'a mis dans un lit. »

Hanson inspira un grand coup.

« Pouvez-vous me dire s'il s'est passé quelque chose entre vous cette nuit-là ?

— Entre moi et Jonah ? »

Zofia marqua une pause.

« Je… Je n'ai dit à personne ça, avant. J'aurais dû… J'ai été agressée ce nuit-là. »

Quand Jonah et Lightman entrèrent dans la salle d'interrogatoire, Daniel Benham avait l'air pensif. Son avocate, en revanche, semblait dure comme l'acier.

« Merci de vous être à nouveau déplacé, dit Jonah.

— Aucun souci, répondit Benham.

— Il y a pas mal de questions que j'aimerais vous poser, mais je vais essayer de faire vite. »

Benham n'eut aucune réaction, et son avocate non plus, alors Jonah reprit la parole.

« Pour commencer, nous avons identifié le dealer qui vous avait vendu la Dexédrine et nous lui avons parlé, mais nous avons besoin de savoir si vous lui avez montré l'endroit où la drogue était cachée, ou si vous en avez discuté avec lui.

— Mon Dieu, non ! s'exclama Benham d'une voix grave. J'étais disposé à l'aider, mais ma confiance en lui n'allait pas aussi loin. On ne dit pas à un dealer où l'on cache ce qu'il vous vend, à moins de vouloir qu'il vous le vole sous votre nez. Ce n'est pas comme s'il existait des recours légaux, et les menacer, c'est entrer en terrain dangereux.

— Il ne vous a pas demandé ce que vous comptiez faire avec ? insista Jonah.

— Non. Et je ne le lui aurais pas dit, répondit fermement Daniel.

— D'accord. Et pour revenir au sujet des achats de drogue ultérieurs, le dealer a suggéré qu'il a continué à fournir l'un d'entre vous. On creuse la question, mais ça serait beaucoup mieux pour vous d'en parler franchement si vous êtes impliqué.

— Je ne suis pas certain que la question soit pertinente », dit l'avocate.

Benham émit un rire bref.

« Je n'ai rien eu à voir avec Matt Stavely depuis ce deal-là. Et pas simplement parce que je ne voulais plus rien avoir à voir avec lui ou avec la drogue après la disparition d'Aurora. Je suis devenu politicien, nom de Dieu, et Mary m'aurait tué.

— C'est peut-être une raison de vouloir garder le secret là-dessus.

— Le jeu n'en valait pas la chandelle. Et l'idée me semblait... révoltante, après cet été-là.

— OK, dit Jonah. Quelques éléments en rapport avec la mort d'Aleksy Nowak sont également apparus. »

Benham lui adressa un regard vide.

« Aleksy ? Mais il ne connaissait même pas Aurora.

— Non, admit Jonah. Mais il connaissait le reste du groupe, et il en a éventuellement su un peu trop.

— Qu'est-ce qu'il aurait bien pu savoir ? Il n'a rencontré Jojo que vingt ans plus tard.

— Étant donné que nous menons cette enquête trente ans après la mort d'Aurora et qu'on découvre encore des informations, Aleksy aurait très bien pu trouver quelque chose. »

L'avocate murmura un bref commentaire à l'oreille de Benham, et celui-ci haussa les épaules.

« Ça va. Ça va. Poursuivez.

— J'aimerais que vous vous remémoriez les jours qui ont précédé la mort d'Aleksy, si vous le pouvez. »

Benham lui adressa un regard mi-ennuyé, mi-exaspéré.

« Ça n'est pas très facile à faire.

— Je sais, dit Jonah en choisissant d'être conciliant. Mais certains événements ont peut-être été marquants. A-t-il eu une dispute avec quelqu'un, par exemple ?

— Aleksy ? Il ne se disputait jamais. Il était trop... Je ne sais pas. Il prenait les choses en dérision, trop peut-être. Ce que je veux dire, c'est que parfois, il rendait les gens dingues à force de les chambrer ou de les titiller. Mais c'était impossible de se disputer avec lui.

— Jamais le moindre conflit ? insista Jonah. Même avec Jojo ?

— Non, vraiment. Ces deux-là étaient... Ils formaient un de ces couples si bien assortis que c'en est irritant. Vous voyez ce que je veux dire. Vous, vous vous engueulez avec votre femme sur des stupidités, et eux, ils se font des blagues et se bécotent dans un coin quand ils pensent que personne ne les voit. »

L'expression de Benham changea de façon fugace.

« Je… En fait, il y a… Seigneur, j'avais oublié tout ça. Il y a bien eu une sorte de querelle. Je suppose… je suppose qu'elle était liée à la boisson. Et rien de concret n'a semblé en sortir.

— J'aimerais en savoir plus, même si ça semble anodin.

— Eh bien… »

Benham s'éclaircit la gorge.

« On avait pris l'habitude de faire des soirées chez Brett, quand Mary et moi avons eu des enfants et que nous nous sommes mis à moins recevoir. Il y avait donc une soirée chez lui. Mais il y a eu… quelque chose. Une espèce de dispute. Je crois que c'est parce que Brett n'avait pas arrêté de draguer Jojo et qu'Aleksy n'appréciait pas ça.

— Vous l'avez vu la draguer ?

— Oui, dit Benham en faisant la grimace. De nombreuses fois. Je pense qu'il admirait son côté sportif et sa force. Et Jojo est très marrante. J'imagine que parfois, Brett avait l'impression qu'elle était quelque chose qu'Anna n'était pas. Ce qui ne veut pas dire qu'il n'aime pas Anna ! Il l'aime, c'est clair. Et je ne pense pas qu'il l'ait jamais trompée.

— Alors Brett aime flirter… Et Jojo a-t-elle répondu à ses avances ?

— Non. Elle était peut-être un peu flattée par ses attentions, mais elle avait des limites, et lorsqu'il avait l'air de vouloir les franchir, elle s'éloignait. »

Jonah acquiesça tout en se demandant si, en privé, Jojo avait été moins à cheval sur ces limites. Son comportement en public dissimulait peut-être la relation privée.

« Écoutez, je ne sais pas si j'ai tout interprété correctement dans cette histoire, dit Benham. Le mieux, ce serait de leur poser la question.

— Vous vous rappelez quand c'était ?

— Oh… pas vraiment. Je veux dire… Ça s'est passé après le mariage de Topaz et Connor. Alors ça devait être… il y a neuf ans. Ou plus récemment. Même si je crois qu'Aleksy est mort depuis… huit ans ?

— C'est arrivé l'année précédant la mort d'Aleksy par conséquent. On ne peut pas être plus précis ?

— Je ne crois pas… Et comme je vous l'ai dit, c'était sans conséquence. »

Le bref silence qui s'installa fut interrompu par Lightman.

« Et Aleksy ? Est-ce qu'il montrait de l'intérêt pour quelqu'un d'autre ?

— Non, dit Benham en secouant la tête. Vraiment pas. Il taquinait Coralie et Topaz, et Mary et Anna aussi, parfois. Mais il nous taquinait tous tout autant.

— Il n'a pas rencontré l'un d'eux en privé ?

— Pas que je sache.

— OK, merci. »

En quittant la salle, Jonah se surprit à gamberger sur cette querelle entre Aleksy, Brett et Jojo. Peut-être fallait-il discuter avec les conjoints de ses suspects.

C'était, selon lui, quelque chose qu'il fallait toujours faire au cours d'une enquête. Parler à des personnes isolément, c'était comme les observer dans le vide. Ces six personnes avaient un vécu bien plus vaste que cette nuit dans la forêt et le récit qu'elles avaient fait de leurs déplacements. Jonah voulait avoir le tableau le plus complet possible, pour chacune d'elles. Quelle que soit la série compliquée d'événements qui avait conduit à la mort d'Aurora, elle reposait sur les ados qui s'étaient retrouvés là ; peut-être sur la présence de leur professeur ; sur ce que chacun d'eux avait apporté dans ses bagages, ce soir-là.

Il consulta l'heure sur son téléphone. Déjà 17 heures passées, et il se rendit compte qu'une fois de plus il avait oublié de déjeuner. Il chercha s'il ne traînait pas quelque chose à grignoter dans son bureau, mais en vain.

En ressortant, il vit les trois membres de son équipe à leur bureau, et il évita de croiser le regard de Hanson, même s'il pouvait sentir qu'elle l'observait d'un œil froid.

« OK ! Je vais voir Anna Parker et probablement Mary Benham ensuite. Ben, tu viens avec moi. Domnall, j'aimerais que tu relâches Stavely et que tu continues avec les relevés téléphoniques. Hanson, vous suivez Stavely et vous découvrez s'il va voir quelqu'un. Et s'il vous plaît, soyez prudente ! », ajouta-t-il en songeant à l'incendie et à la sensation qu'il avait eue d'être épié.

Son propre avenir avait beau le préoccuper, cette menace était toujours là.

« Faites-vous accompagner d'un agent.

— OK, dit-elle. Et… je peux vous dire un mot avant que vous partiez ?

— Bien sûr », répondit Jonah en essayant d'être léger.

Il conduisit Hanson dans son bureau et posa une fesse sur son bureau plutôt que de prendre une chaise. Il avait l'impression d'attendre un verdict.

« J'ai appelé Zofia, et je pense que vous aimeriez savoir ce qu'elle a dit.

— J'aimerais bien, oui, répondit Jonah sans être convaincu que ce soit vrai.

— Il ne s'est rien passé entre vous, dit Hanson d'un ton sec. Zofia affirme qu'elle a essayé de vous entraîner sur cette voie et qu'elle a essayé à plusieurs reprises de vous déshabiller, mais que vous ne l'avez pas laissée faire, que vous l'avez bordée et que vous êtes parti.

— Mon Dieu… »

Subitement, il se sentit faible, et très conscient de la sueur qui lui couvrait le visage. Il ne s'était rien passé.

Hanson restait guindée, elle ne prenait aucune part dans le soulagement qu'il ressentait.

« Il y a autre chose, cependant, reprit-elle avec une trace de réprobation encore présente dans sa voix. Ça n'a peut-être aucun rapport avec notre affaire, mais quelqu'un d'autre a agressé Zofia. À un moment, elle s'est réveillée, et elle était sur le ventre avec quelqu'un sur le dos. Elle n'a jamais pu voir qui c'était. »

Hanson détourna le regard et croisa les bras. Elle avait l'air aussi gênée que lui.

« Je lui ai demandé si elle était sûre que ce n'était pas vous, et elle a été très claire. Elle dit qu'elle s'en souvient dans les moindres détails. Les bras de son agresseur étaient recouverts d'une chemise, et vous, vous étiez en t-shirt. Elle avait essuyé du sang dessus, plus tôt dans la soirée. Il lui a murmuré à l'oreille que si elle bougeait, il la tuerait, et quand il a eu fini, il est parti. Elle n'a pas osé lever la tête pendant un long moment. »

Le soulagement de Jonah se mua en une sensation glacée. La même que lorsqu'il avait pensé qu'Aurora avait été violée.

« Elle l'a signalé aux autorités ?

— Sa mère n'a pas voulu croire qu'elle n'était pas consentante. Et ils l'ont envoyée à l'étranger.

— Merde ! Alors la question, c'est : est-ce qu'on se lance aussi dans une enquête sur un viol pendant une fête il y a trente ans ?

— C'est à vous d'en décider, chef. »

Elle était encore en colère, ça se voyait. Le fait que lui-même aurait très bien pu commettre ce viol la taraudait encore. Il comprenait cette colère mieux qu'il ne l'aurait voulu.

« Je suis content que vous lui ayez parlé.

— Espérons que je n'aie plus jamais à faire ce genre de chose, d'accord ? » dit-elle avec aigreur.

Elle se tourna pour s'en aller.

« Merci, Juliette, dit-il.

— De quoi ?

— D'avoir attendu de découvrir la vérité avant de signaler ça à la hiérarchie. Et de l'avoir découverte. »

Elle acquiesça, mais elle était encore pleine de colère.

Jonah espérait que celle-ci s'estomperait avec le temps. Il avait beau être engoncé dans ses propres peurs, il voyait bien que Hanson constituait un énorme atout pour son équipe. Et même si la gêne qui s'était installée entre eux risquait de perdurer, il souhaitait vraiment que Juliette reste.

36

Jonah composa le numéro professionnel de Brett et, comme il l'avait espéré, ce fut Anna qui décrocha.

« Ça ne vous dérange pas que nous passions vous poser quelques questions ? demanda-t-il comme s'ils n'étaient pas déjà en chemin. Vous semblez bien connaître le groupe et vous pourriez peut-être nous aider.

— Oh, répondit-elle d'un ton mal assuré. Oui, certes, aucun problème. Est-ce que vous... Avez-vous besoin de la présence de Brett ? Il est parti faire un tour à vélo.

— Non, c'est très bien ainsi ! »

Jonah se dit qu'il avait de la chance. Il serait beaucoup plus facile de demander à Anna d'être franche si Brett n'était pas là pour l'écouter.

« Nous le verrons peut-être avant de partir, mais ce n'est pas essentiel. Il nous a beaucoup aidés jusqu'à présent.

— Oh, très bien ! » s'exclama Anna, à l'évidence réconfortée par cette remarque.

Il appela également chez Daniel Benham, avec moins de chance, cette fois-ci. Il tomba sur Polly, qui lui dit que ses parents étaient tous deux absents. Daniel était probablement en train de rentrer de son interrogatoire au poste, mais Jonah préféra ne pas mentionner ce fait.

« Je retenterai ma chance plus tard, répondit-il d'un ton léger. Rien d'urgent. »

La circulation était fluide, et la chaussée avait séché après la pluie. Une fois qu'ils eurent franchi la rocade, il était presque agréable de conduire sur les petites routes de campagne qui menaient chez Brett et Anna tout en plongeant la main dans un paquet de chips. Mais rapidement, les pensées de Jonah reprenaient le même cycle. Il tentait de trouver un sens à tout cela. Au moins, Lightman le connaissait-il assez pour le laisser gamberger en silence.

À leur arrivée, Anna les traita en invités, comme la fois précédente. Son ton chaleureux et ses mouvements posés tandis qu'elle préparait du café et qu'elle disposait des truffes en chocolat maison sur une soucoupe avaient quelque chose d'étrangement apaisant.

« J'ai de la crème, ou du lait, si vous préférez, dit-elle à Lightman, qui avait demandé un café. Mais elle sera froide. Je ne peux pas vous faire de la mousse avec la crème.

— Le plus facile pour vous », répondit-il.

Elle réchauffa donc un peu de lait et le versa sur son expresso.

« Passez dans le salon ! suggéra-t-elle en empilant tout cela sur un plateau. Le bar n'est pas très confortable. »

Jonah pensait que rien dans cet intérieur épuré n'avait l'air confortable, mais il fut agréablement surpris de trouver un canapé profond dans lequel s'enfoncer.

« Vous êtes une hôtesse fantastique, lui dit-il chaleureusement. Je crois comprendre que Brett et vous accueillez généralement les réunions du groupe chez vous.

— La plupart, répondit-elle avec un sourire légèrement gêné. Mais je ne suis pas si fantastique. C'est Brett le véritable expert. C'est un cuisinier extraordinaire, et il aime que tout soit parfait.

— Et vous n'êtes pas aussi perfectionniste ? Plus créative, peut-être ? ajouta-t-il en souriant.

— J'imagine ! s'exclama-t-elle avec un petit rire. Si vous voulez le formuler gentiment. Je suis bien plus maladroite que lui. »

Jonah ne pensait pas que c'était de la fausse modestie. Anna lui semblait particulièrement dure avec elle-même.

« Eh bien, aujourd'hui, vous avez fait du bon travail ! » affirma Jonah en engloutissant une truffe.

Il aurait bien mangé quelque chose de plus substantiel, mais il devait bien admettre qu'elles étaient incroyables.

« Puis-je vous poser une question à propos de l'une de vos soirées ? Il y en a une en particulier qui a retenu notre attention.

— Oh… Oui, si je peux… si je peux vous être utile.

— C'était il y a longtemps. Huit ans environ. Quand Aleksy était encore en vie. »

Il marqua une brève pause, et quand elle acquiesça, il reprit.

« Il y a eu une dispute, ce qui était apparemment inhabituel au sein du groupe. C'était entre Aleksy, Brett et Jojo, je crois. On nous a dit que vous étiez intervenue pour apaiser les choses.

— Oh, souffla Anna, l'air gêné. C'est exact. Oui.

— Vous vous en souvenez, alors ?

— Oui. Mais ce n'était rien de grave.

— J'en suis sûr. Mais ce que nous avons appris, à force d'enquêter sur des crimes, c'est que les petits détails nous indiquent souvent où sont les grandes choses. Ou alors, qu'ils les dissimulent.

— Eh bien… je suppose, oui… Mais je ne crois pas que ce soit en rapport avec Aurora… Si c'était… si c'était autre chose qui clochait un peu, cela pourrait-il mettre quelqu'un dans l'embarras ?

— Nous ne souhaitons pas engager de poursuites contre qui que ce soit pour des crimes sans rapport avec la mort d'Aurora, dit Jonah d'une voix ferme en reposant sa tasse. Ce n'est pas notre objectif. Et s'il y a une petite infraction que nous pouvons écarter de notre enquête, il vaut beaucoup mieux que nous le sachions maintenant. »

Anna acquiesça lentement.

« D'accord. Eh bien… Aleksy avait décidé de fouiner partout. C'était de ma faute, je crois. Je lui avais dit que Brett ne me laissait pas entrer dans son bureau. Je ne sais pas vraiment pourquoi je lui avais dit ça. C'était une sorte de blague, parce que Brett déteste le désordre et… il est un peu obsessionnel compulsif, en fait, confia-t-elle avec un léger sourire. C'est très touchant, et j'ai appris à m'en accommoder. Mais je n'aurais pas dû parler du bureau à Aleksy. C'était une erreur. Il a décidé que quelque chose devait y être caché, et après qu'il avait un peu bu, il est parti aux toilettes et il a décidé d'aller y jeter un coup d'œil. »

Jonah l'observait, intrigué.

« Quand je les ai retrouvés, ils étaient en train de se disputer. J'ai plus ou moins deviné à propos de quoi, étant donné qu'ils étaient dans le bureau de Brett et que je savais que ses affaires n'allaient pas trop bien à l'époque. J'ai eu l'explication par la suite. Il avait tellement honte, je pense que c'est pour ça qu'il était sorti de ses gonds avec Aleksy. Il avait fait de fausses déclarations. Pas énormément, mais... il avait omis de déclarer des choses aux impôts.

— Aleksy lui en voulait beaucoup ?

— Oui. Mais je crois que j'ai réussi à calmer les choses. Je leur ai rappelé que rien ne comptait plus que leur amitié et qu'ils étaient tous les deux ivres.

— L'incident a-t-il eu des conséquences ? demanda Lightman en intervenant pour la première fois.

— Non. Bon, après avoir parlé avec Brett, j'ai envoyé un texto à Aleksy pour le prier de nous excuser. Je lui écrivais que j'étais au courant et que la situation n'était pas idéale, mais que je m'en accommodais et que je ne pensais pas qu'elle allait perdurer. Je l'ai prié de n'en parler à personne.

— Et qu'est-ce qu'il a répondu ?

— Il m'a dit que c'était à moi de voir. Mais qu'il se faisait du souci pour moi et qu'à ma place il se désengagerait tout de suite.

— Parce que vous étiez très impliquée dans les affaires de Brett ? Alors Aleksy a décidé de ne rien dire pour vous rendre service ?

— Oui, je crois, dit Anna en rougissant légèrement. Je sais que cela fait de moi la complice d'un crime. Mais je vous certifie que ce n'était pas à grande échelle, et Brett s'est mis en règle depuis longtemps. Il n'a pas eu besoin de tricher de nouveau.

— Merci, dit Jonah. Je sais que c'est un sujet difficile.

— Je vous en prie. Vous... vous croyez que cela donnera lieu à des poursuites ?

— Je ne pense pas. C'est assez clair, et ça n'a rien à voir avec Aurora. »

En réalité, il n'était pas en mesure de confirmer cette hypothèse dès maintenant, mais rassurer Anna semblait être la bonne chose à faire.

« Bien ! s'exclama-t-elle avec un soulagement évident. C'est bon à savoir. »

En entendant du bruit, Anna se tut et se tendit un peu.

« Je suis rentré ! lança Brett depuis le vestibule.

— Nous sommes dans le salon ! répondit-elle. La police est passée échanger quelques mots. »

On entendit des pas feutrés, puis Brett apparut en combinaison de cycliste, des mitaines aux mains. Ses cheveux étaient humides de sueur, et son maillot moulant en était également taché.

L'espace d'un instant, il eut l'air vraiment en colère de voir Jonah et Lightman. Mais ensuite, il fit l'effort de sourire. Cela amusa Jonah. Se montrer poli et respectueux envers la police semblait faire partie de l'éducation de la classe moyenne. À l'évidence, Jojo était passée à côté de ça, et Topaz s'en fichait joyeusement.

« Je... sens un peu, dit Brett d'une voix où perçait la fatigue. Désolé, ajouta-t-il en s'avançant vers eux.

— Ce n'est pas grave. C'est nous qui faisons irruption. La dernière chose que souhaite quelqu'un après une longue randonnée à vélo, c'est trouver des flics dans son salon. »

Le ton amical sembla apaiser Brett. Si Jonah lui parlait aussi gentiment, c'était en partie pour ne pas mettre Anna dans le pétrin. D'un autre côté, si l'on lisait entre les lignes de la conversation qu'il venait d'avoir avec elle, Brett pouvait se montrer assez critique quand il le voulait, et Jonah ne pensait pas qu'Anna était en mesure de lui tenir tête.

Cette dynamique était intéressante à observer. Il avait interrogé de nombreux criminels qui étaient, d'une manière ou d'une autre, violents avec leur conjoint. À l'instar de Brett, nombre d'entre eux aimaient tout contrôler, et ils étaient désagréables avec leur partenaire quand ce dernier ne se montrait pas à la hauteur de leurs attentes. Cela dit, être un petit tyran domestique ne faisait pas de Brett un assassin, de même qu'être un jeune à problèmes avec du caractère ne faisait pas de Connor un meurtrier.

« Oh, je peux vous poser une petite question ? demanda Jonah tandis qu'ils se dirigeaient vers la porte.

— Bien sûr.

— Dans l'une de vos dépositions, à l'époque, vous avez déclaré que vous étiez entré dans la rivière pour essayer de trouver Aurora. Mais on vous a demandé pourquoi votre pantalon était sec quand la police est arrivée.

— Oh, mon Dieu, dit Brett en portant la main à son front. Je m'en souviens. C'était... J'avais vomi sur mon pantalon. J'avais la gueule de bois, et à force de courir dans tous les sens, ça m'a pris. Il y avait un cadavre d'animal, et nous avons dû passer devant pour nous rendre à l'arbre. Quand nous... quand nous avons comblé l'accès à la planque. Jojo vous en a parlé, non ? Ça sentait tellement mauvais, et j'avais une telle cuite, que j'ai vomi. Et comme je ne voulais pas qu'on pense que j'étais ivre, j'ai mis un pantalon propre. Et ensuite, quand on m'a demandé... »

Jonah lui sourit.

« Vous avez déclaré que vous aviez enlevé votre pantalon. Je comprends. Merci, M. Parker. »

Ils sortirent, et Jonah ajouta mentalement au pot-pourri de l'affaire tout ce qu'Anna venait de lui dire. La querelle avait donc porté sur des histoires de fraude. Mais l'entreprise de Brett n'existait pas encore à l'époque de la mort d'Aurora, et il ne voyait pas de lien entre une fraude fiscale et le meurtre d'une jeune fille des années auparavant.

Son téléphone sonna au moment où il passait le portail de Brett, et la voix de O'Malley résonna dans les haut-parleurs.

« On a eu Coralie Ribbans au téléphone. Elle affirme qu'elle a un truc important à nous dire. Elle peut être là à 17 h 30.

— OK. Ça marche. Dis-lui de passer.

— Et l'autre info, c'est que j'ai trouvé un lien avec cet endroit à Waterlooville où Matt Stavely allait faire ses livraisons. Andrew Mackenzie y a animé un groupe de scouts tous les jeudis soir pendant des années. Je vérifie les dates.

— Bingo ! s'exclama Jonah avec un sourire. Bien joué, Domnall.

— Tu peux remercier Google. Ou plutôt moi et Google. Disons que tu nous dois une pinte chacun, et on est quittes. »

Jonah raccrocha et essaya d'intégrer cette nouvelle information. La possibilité que Mackenzie ait un passé de violeur existait bel et bien. Jonah se demanda s'il s'était trompé à propos d'Aleksy. Le premier incendie chez Jojo aurait-il pu être un simple acte de vandalisme ? Sa mort pourrait-elle être accidentelle ?

Il éprouvait à nouveau ce sentiment de trouble, la sensation d'être dans le brouillard. Et l'impression d'avoir un trou à la place de l'estomac n'aidait pas.

« Tu peux ouvrir le truc à la carotte et à l'houmous ? demanda-t-il à Lightman. Et regarde à l'arrière si tu ne trouves pas autre chose, avant que je tue quelqu'un pour le manger. »

Dès leur arrivée, Jonah alla droit au bureau de O'Malley.

« Bon ! dit-il. Les relevés téléphoniques et le téléphone d'Aleksy Nowak. On en est où ?

— Il y a plusieurs choses, répondit O'Malley. Des messages entre Aleksy et Jojo.

— Super. Tu peux commencer par le jour de sa mort ? »

O'Malley afficha une conversation entre Jojo et son petit ami datant du 14. Mais ce n'était pas vraiment une conversation. Aleksy avait envoyé un message à 11 heures, disant qu'il fallait qu'ils parlent à son retour, et Jojo lui avait adressé une réponse pleine de colère et de crainte.

Ensuite, elle lui avait envoyé huit autres messages en lui demandant de décrocher son putain de téléphone. Elle l'avait aussi appelé douze fois.

Jonah se sentait un peu mal à l'aise en lisant cela. On avait l'impression que Jojo avait pété les plombs. Cela aurait-il suffi à la pousser à le tuer ? Le fait qu'il soit sur le point de la quitter ? Ou du moins, qu'elle le pense ?

Mais en consultant les horaires des coups de fil, il vit qu'elle avait continué d'appeler après l'heure de sa mort. Jusqu'en fin de soirée.

« Tu peux afficher d'autres messages de Jojo à Aleksy ? J'aimerais les comparer avec ceux de notre interlocuteur inconnu, celui qui savait où Aleksy comptait aller faire de l'escalade. »

O'Malley acquiesça.

« Elle a gardé le même numéro pendant dix-sept ans, alors ce n'est pas trop difficile. »

Alors, Jojo disait la vérité à ce propos, songea Jonah.

O'Malley fit défiler en arrière de quelques pages, pour arriver au début du mois. Il ouvrit un message que Jojo avait envoyé le 2 juillet. Jonah se sentit un peu voyeur en le lisant.

Salut, beau gosse ! C'était une bonne séance ? Tu rentres à quelle heure ? Il te reste un peu d'énergie pour moi... ? Tu me manques ! Bisous.

« Essaies-en quelques autres. »

O'Malley en afficha un datant de quelques jours plus tard.

Elle vient de décider qu'elle n'aimait pas le concept et elle veut que je retire le parterre de roses des Alpes. J'envisage de planter des chardons et des berces géantes et de m'en aller... Si tu as le temps de prendre du vin en rentrant, je vais en avoir besoin. BEAUCOUP de vin. Je t'aime, même si tout de suite, je suis folle de rage. Bisous.

Le sergent cliqua ensuite sur le tout dernier message, qui datait de septembre. Il n'eut qu'un bref instant pour se demander pourquoi elle continuait à envoyer des messages à Aleksy deux mois après sa mort, puis le texte apparut.

Salut, beau gosse. Je suis à Font. J'ai fait la 7a. Enfin, putain ! Tes conseils m'auraient vraiment été utiles pour celle-là, mais j'ai fini par y arriver. Tu m'as beaucoup manqué aujourd'hui. J'aurais voulu que tu sois là pour fêter ça avec moi. En fait, j'aurais voulu que tu sois là simplement pour pouvoir te tenir dans mes bras, t'embrasser et te serrer contre moi. Il ne s'est pas encore passé une seule journée sans que j'aie envie de ça. Est-ce que je t'ai dit que j'ai rêvé que je te retrouvais allongé là-bas, que je t'embrassais et que tu revenais à la vie ? C'est la première fois que j'ai envie qu'un conte de fées soit vrai. Tu me manques. Je t'aime. Je t'aime. Bisous.

« Pauvre femme ! » dit O'Malley.

37

Quand le début de soirée arriva, Hanson avait l'impression d'être une ratée. Elle avait suivi Stavely jusqu'à son appartement : il n'avait fait aucun détour, ne s'était pas arrêté pour voir quelqu'un et n'avait pas reparu à l'entrée de son immeuble.

Fatiguée et distraite, elle n'avait pas demandé à un agent de l'accompagner, comme le patron le lui avait dit. Ce qui se révéla être une bonne chose quand son téléphone sonna brièvement et qu'elle commit l'erreur de lire le message que Damian lui avait envoyé.

Tu as bien dormi ? Son lit était douillet ?

Elle inspira profondément à deux reprises avant de répondre.

Je n'ai pas beaucoup dormi. Je travaillais, comme je te l'ai dit. Je n'étais avec personne.

Elle sentait son cœur battre de façon gênante. Elle ne démarra pas. Elle savait qu'un autre message allait arriver dans la minute.

Comme prévu, son téléphone émit une nouvelle notification.

Ha ha ha ! Tu me prends pour un crétin ? Tu n'es pas rentrée chez toi. J'étais là. Je t'attendais pour essayer d'arranger les choses, et toi tu étais en train de baiser avec un mec. Tu n'es qu'une garce pathétique.

Son corps sembla perdre subitement toute force. Elle posa la tête sur le volant et demeura ainsi tandis que les minutes s'écoulaient, l'une après l'autre.

Il fallait qu'elle se bouge. Il fallait qu'elle travaille, qu'elle se jette dans quelque chose et qu'elle l'oublie. Il fallait qu'elle réussisse, aussi, pour montrer ce dont elle était capable – même si elle avait l'impression de ne plus être sur la même planète que les immeubles décrépits en face d'elle, que l'enquête, ou même que sa voiture.

Dans les relevés téléphoniques récents, deux ou trois choses de plus intéressèrent Jonah. Daniel Benham avait appelé Brett Parker l'avant-veille. Et Coralie avait appelé Brett plusieurs fois depuis son arrivée à Southampton.

La veille au soir, Daniel avait envoyé un texto à Coralie, qui n'avait pas répondu. Il n'y avait pas grand-chose de plus en termes de messages, ce qui n'était pas vraiment une surprise. Si Jonah avait été suspecté dans une affaire de meurtre, lui non plus n'aurait rien envoyé par écrit, même si, pour l'instant, la police n'avait pas accès au contenu des messages.

Il y avait aussi un déluge de messages entre Jojo et Brett, puis Brett et Coralie, datant de l'avant-veille.

« Ils s'organisaient pour se voir chez Brett », dit Jonah en hochant la tête.

Il songea de nouveau à Coralie. Curieusement, elle était la plus facile à oublier dans le groupe. Elle ne semblait se trouver au centre de rien. Tout le monde la voyait comme l'ombre de Topaz plutôt qu'au cœur de la bande. Et, en général, les autres semblaient moins l'apprécier que ne le faisait Topaz.

Elle n'avait pas l'air d'être une personne intelligente ou avec de l'ascendant. Sa carrière n'avait rien d'universitaire ou d'impressionnant. Mais Jonah ne pouvait pas écarter l'idée qu'elle soit bien plus intelligente qu'elle n'en avait l'air, ou, dans le cas contraire, qu'un des autres l'ait convaincue de l'aider à dissimuler quelque chose.

Il afficha les notes que O'Malley avait prises sur elle, et les parcourut. Il n'y avait rien de particulièrement éclairant, excepté la relation qu'elle entretenait avec son père, laquelle semblait un peu trop fusionnelle. Celui-ci avait façonné la plus grande partie de sa vie. Il l'avait fait entrer à l'université et lui avait obtenu chacun des emplois qu'elle avait eus. Elle passait beaucoup de temps avec lui, même aujourd'hui, avait noté O'Malley, ce qui était manifeste lorsqu'on regardait ce qu'elle postait sur les réseaux sociaux.

Bizarrement, alors qu'elle aimait se taguer en de nombreux endroits avec de nombreux amis, il y avait très peu de références à ses amis d'enfance. Jonah rumina ça, son rôle d'outsider. Cela faisait d'elle la personne la plus digne de confiance, mais cela signifiait aussi qu'on lui avait probablement caché certaines choses.

Lightman se présenta à 17 h 50, après avoir fini d'interroger la femme qui pensait avoir été agressée par Mackenzie.

« Je suis pratiquement sûr que c'est une impasse. Elle a été agressée, c'est quasiment certain, par quelqu'un qui ressemblait un peu à Mackenzie, mais vu le lieu, un endroit où, pour autant qu'on le sache, Mackenzie n'a jamais mis les pieds, je pense qu'il s'agit de quelqu'un d'autre. Je voudrais passer le dossier à l'équipe de l'inspecteur Matthews, pour qu'ils mènent l'enquête. »

Jonah acquiesça en songeant à Zofia et à son viol, qui n'avait été signalé que trente ans après les faits. Il fallait qu'il décide ce qu'il comptait faire à ce propos.

C'est à ce moment-là que, par-dessus l'épaule de Lightman, il vit Coralie arriver. Elle était en tenue de sport. Jonah soupira. Il ne trouvait pas qu'arriver en retard à une convocation de la police parce qu'on était à la gym constituait une excuse suffisante.

Il remarqua ses baskets rose et gris, dont les couleurs étaient exactement assorties à son haut rose et à son legging gris. Par-dessus, elle avait enfilé un léger sweat à capuche gris-bleu, et ses cheveux blonds étaient attachés en queue-de-cheval. Une fois de plus, son look était exagérément juvénile. Hormis le léger relâchement de la peau de ses bras, elle aurait toujours pu passer pour une étudiante. Et ses mouvements nerveux la faisaient paraître encore plus enfantine.

« Viens assister à l'entrevue avec moi, tu veux bien ? » demanda-t-il à Lightman.

En entrant dans la salle, Jonah se remémora les ragots vieux de plusieurs décennies à propos des fêtes chez Coralie, quand son père était à l'étranger, ce qui se produisait relativement souvent. Il n'avait pas le souvenir d'y avoir jamais participé, mais il avait entendu parler de l'alcool, des joints et des jeux sexuels un peu limites qui les animaient. Et il se rappelait Topaz en train de discuter, avant l'une des plus grosses fêtes, à propos de qui serait ou ne serait pas invité. C'était Topaz qui décidait de tout, comme s'il s'agissait de sa maison et de sa fête, et non de celles de son amie.

« Vous vouliez nous raconter quelque chose, je crois, Miss Ribbans, dit Jonah pour lancer l'enregistrement.

— Oui, répondit Coralie. J'étais... Vous m'avez posé des questions sur Mackenzie. Et sur si... si je l'avais vu ou pas. Je ne m'attendais pas à cette question, alors je n'étais pas vraiment prête à y penser.

— Et maintenant, vous avez eu le temps d'y réfléchir ?

— Oui. Oui, j'ai eu le temps. Je veux dire... Pas à propos de cette nuit-là. Je le répète, je ne l'ai pas vu. Il aurait pu être là. Mais je ne l'ai pas vu, tout simplement. C'est à propos d'avant. »

Subitement, une courte sonnerie retentit bruyamment. Coralie sursauta légèrement, puis elle fouilla dans sa sacoche. Elle en tira un iPhone rose, qui continua de sonner et, à la grande surprise de Jonah, elle décrocha.

« Salut, souffla-t-elle. Je peux te parler plus tard ? Je suis au poste de police. Je... je les aide. »

Il y eut un silence, puis le son ténu d'une voix masculine.

« Oui. Oui, d'accord. On se parle plus tard. Au revoir. »

Coralie raccrocha, l'air un peu plus nerveuse qu'avant.

« Ce n'était que Papounet, dit-elle en remettant le téléphone dans son sac.

— Pas de problème, répondit Jonah tout en se posant de vraies questions sur la relation entre Coralie et son père. Poursuivez dès que vous serez prête.

— Oui, souffla Coralie en remettant nerveusement son sac à son épaule. Quelques mois avant qu'Aurora… Avant cette nuit-là… J'ai vu quelque chose au lycée. J'étais restée pour finir une dissert, et M. Mackenzie m'avait demandé de la déposer après la fin des cours. J'ai dû louper un cours de danse à cause de ça, et je suis montée dans son bureau à 17 h 30. La lumière était allumée, alors je suis entrée, et j'ai vu… j'ai vu M. Mackenzie avec Aurora. »

Jonah attendit un moment avant de poser sa question.

« Que faisaient-ils ?

— Il était tout contre elle. Il lui tendait un livre en lui souriant, mais ensuite, il a posé sa main sur le visage d'Aurora. »

Et il savait qu'elle allait camper cette nuit-là, songea Jonah. *Il savait qu'elle était là.*

« Comment Aurora a-t-elle réagi ? demanda-t-il.

— Elle avait l'air… gênée. Peut-être un peu effrayée.

— Ils vous ont vue ?

— Oui. Soudain, M. Mackenzie m'a aperçue. Il était tout souriant et il m'a demandé d'entrer, en disant qu'il venait de recommander un livre à Aurora, comme si de rien n'était, et je me suis mise à… douter de ce que j'avais vu. »

Jonah acquiesça lentement. Il avait entendu exactement la même histoire à de nombreuses reprises, que ce soit dans la bouche de victimes de violences sexuelles ou dans celle d'observateurs comme Coralie.

Et pourtant, il sentit encore le doute s'insinuer en lui. Il fallait qu'il réfléchisse à cette preuve contre Mackenzie, qui entrait en conflit avec la construction qu'il bâtissait petit à petit dans sa tête.

« Désolé ! s'exclama-t-il subitement. Je ne vous ai pas proposé une boisson chaude. Laissez-moi vous apporter quelque chose. J'ai quelques détails supplémentaires à aborder avec vous.

— OK, répondit-elle sans que cette tension la quitte. Un café, ce serait bien. Merci. »

Toutes les cinq minutes environ, Stavely jetait un coup d'œil au parking depuis la fenêtre de son salon. L'attente était insupportable. Il avait essayé de jouer à *Doom* pour se distraire, mais il était trop tendu. Quatre cigarettes d'affilée n'avaient réussi en rien à atténuer l'angoisse qu'il ressentait.

Quand la voiture se gara enfin, c'était peut-être la quinzième fois qu'il regardait. Il attendit, totalement immobile, afin de s'assurer qu'il ne s'était pas trompé. Puis il alla chercher son téléphone.

Il envoya un texto d'un seul mot au numéro qu'il avait mémorisé, puis s'assit et attendit. Sa jambe était prise d'un tressaillement incontrôlable.

Son téléphone sonna trente secondes plus tard, et il sentit une sensation désagréable remonter le long de son échine en lisant le nom de Daniel Benham.

Il était temps d'y aller.

Il se leva, glissa ses cigarettes et son portefeuille dans sa poche, puis il prit ses clés et sortit.

L'angoisse était toujours présente, mais quelque chose en lui se réjouissait vraiment de ce qui allait se produire.

Hanson était toujours postée devant la monstruosité datant des années 1960 dans laquelle Stavely habitait. Celle-ci était située à l'intérieur de ce qu'elle savait être le territoire des gangs, et elle sentit son cœur battre plus fort quand un groupe de jeunes hommes surgit des espaces verts au bout du parking et passa devant sa voiture. Elle n'avait pas besoin de se trouver là. Le patron lui avait simplement demandé de suivre Stavely, pas de planquer devant chez lui. Mais elle était pétrifiée. Ou plombée, peut-être.

Damian lui avait envoyé huit textos depuis qu'elle avait cessé de répondre. Cela faisait une demi-heure qu'elle essayait de rassembler ses esprits. Il fallait qu'elle rentre au poste, mais avec chaque nouveau message, le mur qui la séparait du monde extérieur semblait s'épaissir.

Elle entrevit une silhouette qui sortait de l'immeuble par l'escalier et la suivit des yeux pendant un bon moment avant de se rendre compte qu'il s'agissait de Stavely, les épaules voûtées, son bonnet enfoncé jusqu'aux yeux.

Il prenait la direction du centre-ville. Elle démarra précipitamment la Fiat et se mit à le suivre. Un parcours en zigzag l'amena jusqu'à une cabine téléphonique couverte de graffitis, dans Merton Road. Elle passa devant lui en voiture et vit qu'il parlait dans le combiné tout en jetant des coups d'œil autour de lui. Elle se demanda s'il avait peur d'être agressé, ou surveillé. Le regard de Stavely glissa sur elle à travers la vitre de la voiture, mais heureusement, il n'eut pas l'air de la reconnaître. Elle se reconcentra sur la chaussée.

Un peu plus loin, il y avait trois places libres devant une friterie et une pharmacie, où elle se gara. Elle distinguait tout juste Stavely dans son rétroviseur intérieur, et elle fouilla ostensiblement dans son sac à main posé sur le siège passager au cas où quelqu'un prêterait attention à elle.

Le coup de fil ne dura pas longtemps. Stavely raccrocha, puis se mit aussitôt à marcher dans sa direction. Il ne lui jeta pas un regard quand il passa devant elle, la tête basse. Elle s'apprêtait à redémarrer lorsqu'il fit halte à l'arrêt de bus, une vingtaine de mètres plus loin.

Stavely s'appuya sur les sièges et prit une cigarette. Hanson lâcha sa clé de contact, puis elle sortit son téléphone et fit semblant de le consulter. Elle se demanda si elle n'était pas en train de s'obstiner bêtement. Quelle chance y avait-il pour que Stavely aille quelque part en particulier ? Cela faisait plusieurs heures qu'il avait été relâché, et depuis, il n'était allé parler à personne.

Mais le coup de téléphone avait piqué son intérêt. Pourquoi appeler d'une cabine ? Il avait un portable, c'était sûr. Qui diable allait téléphoner dans une cabine de nos jours ? Ou était-ce le mode opératoire standard quand vous vendiez de la drogue, afin que personne ne puisse remonter votre piste ? Mais dans ce cas, comment vos clients vous contactaient-ils ?

Un bus passa lentement devant elle et stoppa devant l'arrêt. Stavely monta dedans.

« J'espère que tu n'es pas en route pour aller faire tes putains de courses au Tesco », murmura-t-elle en démarrant derrière lui.

Jonah avait dérivé vers son bureau sans même s'en apercevoir, et il se retrouva debout devant sa table, les yeux dans le vide. Il fallait qu'il comprenne tout ça. Qu'il comprenne ce qui se passait en coulisse.

Depuis le début, des indices de culpabilité pointaient vaguement vers chacun d'eux. Daniel Benham, qui avait acheté la drogue et qui l'avait probablement déplacée. Connor, qui s'était relevé pendant la nuit. Brett, qui semblait bien aimer les jeunes filles.

Jonah se rendit compte que parmi ces indices, deux avaient été fournis par Coralie.

Et voilà que, subitement, deux nouveaux éléments de preuve avaient émergé, qui pointaient vers Andrew Mackenzie. Deux coups dévastateurs pour sa réputation. L'un de Stavely, l'autre, encore une fois de Coralie.

Que feriez-vous, se dit-il, si vous vouliez dissimuler un viol et un meurtre tout en protégeant vos amis ? Et si vous étiez suffisamment intelligent pour comprendre que vous pouviez enfumer tout cela en fournissant des preuves qui incriminent différentes personnes, si bien qu'il n'y aurait jamais moyen d'accuser clairement quelqu'un ?

Pour condamner quelqu'un, il faut prouver au-delà du doute raisonnable qu'il a commis un meurtre. Mais ça, c'est impossible quand on soupçonne vaguement que d'autres ont pu le commettre.

Était-ce ça, l'intention, depuis le début ? Si le corps avait été retrouvé des années auparavant, y aurait-il eu les empreintes de Brett ou de Connor sur cette canette de bière ? Et la drogue aurait-elle été déplacée ensuite, pour suggérer que Daniel Benham était le coupable ? Peut-être y avait-il eu un troisième indice pour impliquer le garçon restant.

Mais c'est alors que Mackenzie avait surgi. Il avait été pris en photo à son arrivée au poste et il avait fait la une des journaux. Soudain, il y avait une nouvelle personne à cibler, entièrement extérieure au groupe et qui ne représentait rien pour l'assassin. Et depuis, les preuves pour le faire paraître coupable ne cessaient de s'accumuler. D'abord grâce à Stavely, et ensuite à Coralie.

Quelqu'un manipulait tout ceci. Quelqu'un fabriquait des preuves et se servait de Coralie et de Stavely. Et il appelait probablement cette dernière pour s'assurer qu'elle faisait bien ce qu'elle était censée faire.

Il repensa à cette canette pleine de Dexédrine et à ce qu'elle était censée vouloir dire pour eux.

Elle suggérait une overdose.

Mais – et c'était un gros mais – cela ne fonctionnait que si le tueur savait qu'Aurora était morte d'une overdose. Sinon, une canette pleine de drogue sur la scène de crime n'avait aucune signification.

Sa main lui parut un peu déconnectée du reste de son corps quand il décrocha pour appeler McCullough.

« Salut, Linda, dit-il en réponse à la voix fatiguée de la légiste. La scène de crime originale, en 1983. Le campement. On a ramassé beaucoup de choses là-bas, non ?

— Oui. Mais je n'ai rien regardé là-dedans.

— Mais tu as accès à tout ça ?

— Si je vais fouiller dans les archives, oui, répondit-elle sans grand enthousiasme. Quelque chose me dit que je vais encore me coucher tard.

— La canette, poursuivit Jonah. On est d'accord pour dire qu'elle a été mise là à dessein. Si on l'avait trouvée, disons... au bout d'un an, tu aurais pu détecter des empreintes digitales et de la salive, non ?

— Eh bien, j'étais encore étudiante, à l'époque, répondit-elle d'un ton sarcastique. Mais quelqu'un d'autre aurait pu le faire, oui.

— En imaginant que ce se soit produit, on aurait quand même été en mesure de déterminer si Aurora avait été victime d'une overdose à ce moment-là, non ? Les tissus mous auraient encore été présents ?

— Eh bien... Oui, je suppose que oui.

— Alors, pourquoi l'avoir laissée là, alors que ça expliquait comment elle était morte, à moins que ce ne soit pour accuser quelqu'un d'autre ? »

Un silence s'installa.

« Et tu te sers de ça comme... Quoi ? Une preuve qu'elle a fait une overdose ?

— Je m'en sers comme d'une raison pour aller regarder ailleurs, dit-il. Nous n'avons pas ces empreintes, mais nous étions peut-être censés les avoir. Et comme cette canette était là, personne n'aurait été chercher plus loin les causes de l'overdose. On a trouvé d'autres récipients sur le campement. Beaucoup de canettes vides, de bouteilles et de briques en carton, ainsi que quelques gobelets en plastique. Les rapports disent qu'ils ont été ramassés, mais jamais analysés, parce que en 1983 ils ne cherchaient pas de signes d'overdose. Et pourquoi l'auraient-ils fait ? Mais maintenant, j'aimerais savoir si un de ces récipients contient des traces de Dexédrine.

— Seigneur ! s'exclama McCullough. Ça peut représenter beaucoup de travail...

— Mais je pense que c'est nécessaire. Si on avait ça, on aurait la cause certaine de la mort. »

Linda soupira.

« Tu as raison. Et je crois que ma journée de travail a du plomb dans l'aile, moi qui me réjouissais de pouvoir rentrer à l'heure chez moi...

— Tu es merveilleuse ! » dit Jonah.

Et il raccrocha avant qu'elle ait le temps de discuter.

Ne pas perdre Stavely aux arrêts de bus était difficile. Lors des trois premiers, la circulation venant en sens inverse avait fourni à Hanson une excuse pour rester derrière le bus et regarder qui en descendait. Mais au quatrième, la route était dégagée et elle avait été obligée de le doubler, puis elle s'était garé quatre cents mètres plus loin pour le laisser repasser devant.

Ce petit manège s'était reproduit plusieurs fois, jusqu'à ce qu'ils arrivent au centre-ville. Hanson commençait à s'inquiéter. S'ils atteignaient une zone réservée à la circulation des bus, elle serait coincée, mais Stavely avait fini par descendre à Commercial Road, juste avant que le bus ne s'engage dans Above Bar Street. Elle parvint à se glisser devant Stavely et à se garer sur le parking du Frog and Parrot, à l'angle de la rue.

Elle se dirigea tranquillement vers l'entrée du parking et le vit passer devant elle. Pas difficile de lui emboîter le pas, ce qu'elle fit, mais elle faillit lui rentrer dedans quand il bifurqua subitement pour s'engouffrer dans un grand magasin John Lewis.

Ce n'était pas une bonne nouvelle pour quelqu'un faisant une filature. Avec leurs multiples accès, les grands magasins étaient un enfer. Pendant sa formation, elle avait essayé de filer un suspect lors d'un exercice, et lorsque celui-ci était entré dans l'un d'eux, elle l'avait perdu en quelques minutes à peine.

Elle franchit les portes du sas et marqua une pause à l'intérieur en essayant de l'apercevoir. Les rayonnages n'étaient pas très hauts et, en les balayant du regard, elle le vit, penché au-dessus de l'un d'eux.

Il était dans le secteur des ustensiles de cuisine, ce qui lui parut étrange. Elle avait du mal à s'imaginer Stavely en train de chiner des services à vaisselle le week-end.

Elle s'approcha en essayant de rester dans son dos pour ne pas se faire repérer, puis remonta l'allée et fit un détour en passant devant les caisses jusqu'à se poster juste derrière lui.

Il se retourna subitement et la dévisagea, ce qui la prit totalement par surprise. Leurs regards se croisèrent, et elle sentit l'espèce de peur animale qu'elle n'éprouvait que face à une personne violente.

L'instant lui parut durer une éternité, puis il murmura « Excusez-moi » et, détournant les yeux, il la contourna pour se diriger vers les caisses.

Elle le suivit des yeux, ayant du mal à croire qu'il ne l'ait pas reconnue, qu'il n'allait pas se mettre à courir ou essayer de l'agresser. C'est alors qu'elle se rendit compte que, en fait, il ne l'avait jamais rencontrée. Pour lui, elle n'était qu'une femme comme une autre, et non le flic qui l'avait observé à travers le miroir sans tain.

Apparemment concentré sur les caisses, il s'avança vers l'un des employés disponibles en tenant un petit paquet en plastique d'où dépassait une poignée. Elle mit un certain temps à comprendre qu'il s'agissait d'un gros couteau de cuisine. Ce n'est qu'à ce moment-là qu'elle s'aperçut qu'elle avait laissé son téléphone dans sa voiture et qu'elle ne pouvait donc pas avertir les autres.

Jonah avait failli oublier de rapporter le café qu'il avait promis à Coralie. Il le posa soigneusement devant elle, mais les égards qu'il comptait avoir pour elle s'arrêtaient là.

« Je ne pense pas que vous nous disiez la vérité, Coralie, dit-il en s'asseyant sans prendre la peine de ressortir ses notes.

— Qu'est-ce que vous voulez dire ? demanda-t-elle d'une petite voix.

— Vous débarquez subitement ici avec une histoire bien pratique à propos d'Andrew Mackenzie, un homme qui, jusqu'à présent, n'avait provoqué aucune réaction chez vous. Auparavant, vous avez pointé le doigt sur Connor Dooley, et vous nous avez suggéré de douter de Brett Parker. Essayez-vous de nous induire en erreur de votre propre chef, ou êtes-vous manipulée par un autre membre du groupe ? »

Un rouge vif monta aux joues de Coralie.

« Pas du tout ! Ce que j'essaie de faire, c'est... c'est dire la vérité alors que... que personne d'autre ne le fait.

— Ça ne colle pas vraiment, répliqua Jonah. Où étiez-vous avant-hier soir ? » ajouta-t-il dans la foulée.

Une expression de souffrance traversa subitement le visage de Coralie.

« Qu'est-ce que vous voulez dire ?

— Vous êtes allée voir l'un des membres du groupe, non ? En cachette ?

— Nous y sommes tous allés ! »

Jonah fut momentanément déstabilisé par sa réponse.

« Je suis arrivée la dernière, et je n'y suis allée que parce que les autres le faisaient. »

Jonah se remémora les messages qui avaient circulé entre eux.

« Chez Brett Parker ? »

Coralie acquiesça.

« Et après, où êtes-vous allée ?

— Je suis rentrée à mon hôtel », répondit-elle d'une voix tendue.

À son expression, Jonah vit qu'elle mentait.

« Où êtes-vous allée ?

— Mais c'est vrai ! protesta-t-elle. Je suis vraiment rentrée à l'hôtel ! »

Jonah lui jeta un regard neutre.

« Mais pas toute seule ?

— Je ne... »

Elle se tut et resta un moment sans rien dire, puis elle reprit d'une voix calme :

« Je veux y aller, maintenant.

— J'ai besoin de votre aide, Coralie, dit-il avec de l'urgence dans la voix. On vous manipule, et je pense que c'est l'assassin qui le fait. Si c'est l'un de vos amis, ou votre amant, ce n'est pas grave. Il a violé et tué une jeune fille, et il n'y a aucune garantie qu'il n'ait pas fait pis depuis.

— Aucun de nous n'a fait quoi que ce soit ! s'écria-t-elle avec férocité. C'était ce... ce prof ! On a tous vécu un enfer à cause de lui ! Je ne vais pas vous aider à faire du mal à mes amis alors que vous avez l'assassin sous le nez.

— Et vous pensez ça depuis combien de temps ? Jusqu'à hier, vous ne saviez même pas qu'il était sur place.

— Je regrette de ne pas l'avoir su. J'aurais aidé Topaz à le faire arrêter, et on aurait pu... on aurait pu continuer à vivre et à être heureux au lieu de devoir faire semblant d'être ce que nous ne sommes pas, et je n'aurais... je n'aurais pas fini... toute seule. »

Quelque chose se brisa en elle. Soudain, elle fondit en larmes et se mit à gémir comme une enfant.

À présent, Hanson courait. Les autres piétons lui jetaient des regards étonnés tandis qu'elle fonçait sur le trottoir, mais ça ne l'inquiétait pas. Stavely venait de monter dans un taxi et se dirigeait vers le nord, et il fallait à tout prix qu'elle récupère son téléphone et sa voiture.

Le bon côté, songea-t-elle avec ironie, c'est qu'elle était parvenue à passer quinze bonnes minutes sans consulter frénétiquement son écran pour voir si Damian lui avait envoyé un texto.

Jonah sortit de son entretien avec Coralie l'esprit un peu confus. Il n'avait rien tiré de plus d'elle. Elle avait continué de pleurer en secouant la tête jusqu'à ce qu'il lui propose une pause.

En prenant son téléphone pour passer un coup de fil, il vit que Hanson avait essayé de le joindre. Il s'inquiéta un instant, le temps de la rappeler, et il fut soulagé de l'entendre décrocher.

« Un petit problème, chef ! dit-elle, le souffle court. Stavely vient de téléphoner à quelqu'un, puis il s'est acheté un grand couteau de cuisine et il est monté dans un taxi. J'ai le numéro de licence. Je suis en train d'essayer de le suivre, mais je dois d'abord regagner ma voiture.

— Et vous êtes toute seule... ?

— Désolée, chef. Je sais que vous aviez dit... J'ai oublié de demander à quelqu'un. »

Elle lui lut le numéro de licence du taxi, et Jonah le répéta à O'Malley, qui était sorti en même temps que lui de la salle d'interrogatoire et qui avait encore son carnet et son stylo à la main.

« Je l'ai vu partir vers le nord d'Above Bar Street. C'est une Passat noire.

— Bien joué. Suivez-le si vous pouvez, mais faites attention. Une idée d'où il pourrait aller ?

— Non, chef. J'ai bien peur que non.

— D'accord, on se met en route, et on va le signaler. Et faites attention ! Mettez votre gilet pare-couteaux si vous pouvez et restez bien à distance s'il descend de son taxi. »

Il raccrocha et appela aussitôt l'équipe du standard au cinquième.

« J'ai un taxi qui va vers le nord sur Above Bar Street. Une Passat noire. J'ai besoin qu'une voiture de patrouille se mette dessus. »

Tout en parlant, il traversa à grandes enjambées les bureaux de la Criminelle en vérifiant que ses clés étaient bien dans sa poche. O'Malley était sur ses talons.

Quelques secondes plus tard, l'opérateur lui indiqua qu'il venait d'envoyer la voiture de patrouille et que la plaque du taxi avait été signalée. Il raccrocha juste avant d'atteindre la porte.

« Mais où il va comme ça, avec un couteau de cuisine, putain ? » demanda-t-il à O'Malley.

38

Jojo descendit de voiture et s'étira, heureuse de sentir l'air pur et de profiter d'un peu de liberté. Qu'aurait-elle fait si elle avait été obligée de rester dans la salle d'interrogatoire, comme un animal en cage ? Et que ferait-elle si elle devait y retourner ?

Elle chassa cette pensée en se concentrant sur la beauté du paysage. C'était magnifique, ici. Avec son téléphone, elle prit en photo les collines boisées qui menaient à la voie Dagger-Edge, puis elle la posta sur le forum d'escalade pour que tous voient ce qu'ils étaient en train de rater. Personne n'avait répondu à son invitation à la rejoindre ici. C'était ça, le problème, quand les gens avaient un boulot normal.

Elle se dirigea vers l'arrière de la Jeep, prit son sac à dos et, après avoir glissé une bouteille d'eau dans la poche latérale, elle l'enfila et s'engagea sur le sentier forestier.

Le téléphone de Jonah sonna dans les haut-parleurs de sa voiture peu après son départ.

« Linda, salua-t-il. Des nouvelles ?

— Oui. Ça ne m'a pas pris tant de temps que ça. J'ai découpé quelques emballages et quelques canettes, et j'ai trouvé le filon. Il y avait des restes d'un paquet de Dexédrine dans une brique de jus d'orange. Elle a été dissoute à un moment donné.

— Assez pour faire une overdose ?

— Facilement ! Il en reste probablement plus d'un demi-gramme, et davantage encore sur les parois de l'emballage. Je vais la peser, mais si un sachet entier a été versé dedans, c'est quatre à cinq fois la quantité nécessaire pour tuer quelqu'un.

— Excellent travail !

— Je peux rentrer chez moi, maintenant ? Ou tu as besoin de tous les résultats cette nuit ?

— Demain, ce sera très bien. »

Il raccrocha et s'arrêta pour réfléchir. Il avait toujours cru que l'assassinat d'Aurora avait été un acte délibéré. Mais si ce n'était pas le cas ? Si le meurtrier ne s'était rendu compte de ce qu'il avait fait que le lendemain matin ?

Cela aurait été une découverte terrifiante.

Il repassa dans sa tête les dépositions concernant le lendemain du drame. De Connor, qui titubait en essayant de retrouver Aurora, à la culpabilité et l'état de choc de Benham, en passant par les tentatives de dissimuler la drogue d'un Brett en pleine gueule de bois.

Soudain, l'évidence lui sembla aveuglante ! Il aurait dû s'en apercevoir bien avant ! Il n'y en avait qu'un parmi eux qui pouvait être assez ignorant en matière de crime pour vider un sachet entier de Dexédrine dans une brique de jus d'orange afin de commettre un viol. Il n'y en avait qu'un qui pouvait être retourné se coucher en laissant Aurora se traîner jusqu'à un trou et y faire une overdose toute seule.

Étrangement, une vague de souvenirs lui revint, lui donnant l'impression qu'il se regardait de l'extérieur, et il se rappela la fête trente ans auparavant et le garçon qui avait encouragé Zofia à boire. Celui qui n'avait cessé de remplir encore et encore son verre de tequila. Et qui avait demandé à Jonah où il allait l'emmener, comme s'il était prêt à rendre service.

Il savait. Il en était sûr. Le lendemain matin, cette personne était la seule du groupe en mesure de se rendre compte qu'Aurora était morte, parce qu'il l'avait vue.

Pendant environ deux kilomètres, Hanson n'avait pas repéré le taxi, ce qui était très frustrant. Elle avait pris à gauche dans

Commercial Road, espérant qu'il avait fait de même. Mais bien sûr, il aurait tout aussi bien pu prendre à travers le parc, vers le nord, le long de l'itinéraire du bus, et elle commençait à se dire que c'était probablement le cas. Elle se demandait où aller quand, avec soulagement, elle finit par le voir tourner à gauche sur la deux-voies de Havelock Road.

C'était le chemin qu'elle empruntait habituellement pour sortir de la ville, par le pont routier, et qui, de là, menait à New Forest. Stavely avait choisi le plus mauvais moment pour traverser la ville en taxi. Les voitures roulaient pare-chocs contre pare-chocs. Ça devait lui coûter une fortune, mais ça rendait la filature plus facile pour Hanson. Cela ne fit que la conforter dans l'idée que celui-ci était payé pour faire ce qu'il était en train de faire.

Jusqu'au pont, ils avancèrent comme des limaces, mais ensuite, le rythme augmenta un peu. Hanson dut accélérer pour garder la Passat en vue et jeta un coup d'œil dans son rétroviseur en espérant à moitié y voir la voiture de patrouille. Elle était partagée entre la peur du couteau que Stavely avait acheté et le désir d'être la première sur place.

Quand elle atteignit un tronçon de route sans intersections, elle passa la main derrière elle en tâtonnant pour attraper son gilet pare-couteaux. L'enfiler tout en conduisant n'était pas l'idée qu'elle se faisait de la prudence au volant, mais s'il fallait choisir entre ça ou s'escrimer avec pendant que Stavely s'en prenait à quelqu'un, elle choisissait la conduite peu responsable sans la moindre hésitation.

Son téléphone sonna alors qu'elle n'avait passé qu'un seul bras dans le gilet. Elle jeta un coup d'œil à l'écran, s'attendant à voir le numéro de Sheens, mais ce fut « Damian » qui s'afficha. Cette fois-ci, cela ne lui donna pas la sensation de couler. Elle en avait cent pour cent marre de lui.

Le temps qu'elle termine d'enfiler et de boucler le gilet, il avait déjà rappelé. Hanson vérifia que le taxi de Stavely était toujours devant elle, puis elle prit son téléphone d'une main et balaya l'écran de son pouce pour faire apparaître les coordonnées de l'appelant.

Elle ne ressentit qu'une légère pointe d'adrénaline en cliquant sur « Bloquer ».

Jonah aussi était secoué par une grosse dose d'adrénaline quand il sortit du parking du poste au volant de sa Mondeo. Il n'aurait jamais choisi la dernière arrivée dans l'équipe pour filer un suspect armé, même si elle semblait intelligente et généralement raisonnable. Les couteaux n'étaient vraiment pas des armes marrantes à gérer. L'année où il avait été admis dans la police, une autre recrue était morte d'un coup de couteau au bout de trois mois de service.

Étant donné la densité de la circulation à cette heure-ci, il doutait que O'Malley et lui parviennent à rattraper Stavely et Hanson. Mais cela ne voulait pas dire qu'il n'allait pas essayer. Quand il brancha son gyrophare et sa sirène, la plupart des véhicules s'écartèrent de son chemin, mais il dut quand même piler devant un couple entre deux âges qui s'était tranquillement engagé sur un passage piéton. N'en croyant pas ses yeux, il les regarda traverser devant lui à petits pas, malgré le boucan qu'il faisait.

« Ça t'arrive de détester des gens, Domnall ?

— Oh, mon Dieu, oui ! Tout le temps ! » répondit le sergent.

Elle n'aurait pas su dire pourquoi, mais Hanson commençait à trouver les lieux familiers. Elle supposa qu'elle devait aller vers le domicile d'un des suspects, mais elle ne voyait plus trop lequel, n'étant passée chez eux qu'une seule fois. Elle appela Sheens et lui laissa un message expliquant à peu près où elle se trouvait, puis attendit qu'il la rappelle.

Ce ne fut pas long.

« Je viens d'avoir un coup de fil du standard. La voiture de patrouille est sur le pont routier, elle a enclenché son gyrophare et sa sirène, dit-il. Ils pensent pouvoir vous rejoindre dans les dix minutes, en considérant qu'ils couperont leur gyrophare et leur sirène quand ils seront près de vous rattraper. »

Hanson se sentit soulagée, quoique pas tant que ça. Stavely risquait d'arriver à destination avant qu'ils la rejoignent. Elle était assez loin de Southampton, elle avait quitté la deux-voies et roulait en direction de Lyndhurst.

Sur son téléphone, elle fit défiler ses contacts pour essayer de voir qui parmi les suspects habitait dans le coin. Stavely pouvait être en train de se rendre chez Jojo Magos, chez les Jackson ou chez Brett Parker. Il y avait une vague possibilité qu'il ait fait un détour pour aller chez Daniel Benham, à Bishop's Waltham, auquel cas la patrouille aurait peut-être une chance d'arriver à temps.

« Si Stavely va chez Brett ou chez Jojo, ils arriveront trop tard, dit-elle. On est à peine à quelques minutes de là, je crois. Et de chez les Jackson, aussi... probablement moins de dix minutes, mais pas de beaucoup.

— S'il descend avant l'arrivée des renforts, empêchez le taxi de repartir, dit Sheens. Et dites calmement à Stavely que la voiture de patrouille arrive dans deux minutes. Prévenez-nous, ils remettront leur sirène en marche.

— Bien. Je vous tiens au courant. »

Elle raccrocha et commença à se préparer mentalement à un affrontement. Au moins avait-elle déjà été confrontée à une situation de ce genre par le passé, même si ce n'était que de loin. Le tout, c'était de garder son calme et de projeter une impression d'autorité. Ça, elle le savait.

Et ne pas s'approcher assez près pour prendre un coup de couteau. Ça aussi, elle le savait.

« Tes relevés, ils allaient jusqu'à aujourd'hui ? demanda Jonah à O'Malley en naviguant dans le flot de voitures en direction du pont routier.

— Jusqu'à hier, je crois. Pourquoi ?

— Dès que nous aurons empêché Stavely de faire ce qu'il s'apprête à faire, je veux être certain de l'identité de celui qui a appelé Coralie pendant qu'on l'interrogeait, parce que je suis prêt à parier que ce n'était pas son père.

— On dirait que tu sais déjà qui c'est, dit O'Malley en lui jetant un regard en biais que Jonah surprit.

— Je m'en fais une assez bonne idée, oui. »

C'était chez Brett Parker. Ils se trouvaient sur la route sur laquelle débouchait son allée, et il n'y avait aucun autre véhicule en vue. Hanson dut se laisser un peu distancer. Elle se demanda ce qu'elle ferait en atteignant le portail. Elle se demandait aussi ce que Stavely comptait faire quand il y serait. Ils n'allaient pas l'inviter à entrer s'il annonçait qu'il venait poignarder Brett. D'ailleurs, les Parker reconnaîtraient-ils même son nom ?

Elle n'avait pas beaucoup de temps pour déterminer les raisons de sa présence ici, mais quelque chose lui disait que c'était en rapport avec une menace. Pour une raison quelconque, Brett constituait une menace trop importante pour que l'assassin la tolère. À tel point qu'il était prêt à envoyer Stavely chez lui.

Elle s'engagea dans un virage et, voyant un véhicule qui roulait en sens inverse, elle se rangea instinctivement sur le bas-côté pour le laisser passer. C'est alors qu'elle se rendit compte que c'était le taxi, et elle se maudit en le voyant arriver à sa hauteur. Sheens lui avait demandé de l'empêcher de partir.

Mais elle constata avec soulagement que la banquette arrière était vide. Stavely était descendu.

Elle-même s'était arrêtée devant la propriété de Brett, le long du mur d'enceinte de pierre grise, à quelques mètres du portail. Elle se gara et coupa son moteur, ne sachant trop que faire. Le taxi n'avait pas eu le temps de remonter l'allée jusqu'à la maison de Brett et de ressortir, mais il n'y avait pas la moindre trace de Stavely.

Avait-il escaladé le mur ? Ou l'avait-on laissé entrer à pied ?

Elle descendit de voiture, vérifia que sa matraque était dans la poche de son gilet et se dirigea lentement vers la grille. Un rapide coup d'œil lui permit de constater que personne ne se trouvait sur le long tronçon de l'allée qu'elle était en mesure de voir.

Elle se déplaça vivement jusqu'au mur où se trouvait la sonnette et, se mettant de dos, la pressa.

Au bout d'un bref instant, Anna répondit.

« Puis-je vous aider ?

— C'est la police. Agente Hanson. Un homme armé s'approche de chez vous. Il faut que vous m'ouvriez et que vous laissiez ouvert, puis mettez-vous quelque part à l'abri avec votre mari. Enfermez-vous dans une pièce. »

Il y eut un bref silence, puis Anna reprit la parole.

« Brett n'est pas là. Êtes-vous sûre… ? Je n'ai laissé entrer personne !

— Je l'ai suivi jusqu'ici. Il doit être non loin de la maison, à présent. Vous pouvez m'ouvrir ? Une voiture de patrouille est en chemin.

— Oh, mon Dieu ! dit Anna. Je ne… Il n'y a que dans la salle de bains que je peux m'enfermer.

— Allez-y ! Et ne faites aucun bruit. »

Le portail s'ouvrit avec un petit bourdonnement. Hanson se glissa à l'intérieur et remonta en courant dans l'allée tout en tirant son téléphone de sa poche.

Le téléphone de Jonah sonna au moment où il s'engageait sur le pont routier. Il se sentait prêt à tamponner la moitié des voitures autour de lui et, malgré la sirène, il y en avait encore qui tentaient des queues de poisson pour ne pas perdre leur place dans la file.

Quand le nom de Hanson s'afficha sur l'écran du tableau de bord, il décrocha aussitôt.

« C'est Brett Parker, dit-elle d'une voix essoufflée. Stavely est entré à pied. Le portail est ouvert pour la voiture de patrouille. Je suis… pas très loin derrière lui. »

Jonah consulta l'heure.

« Elle devrait arriver dans six minutes. Je garderais mes distances à votre place, dit-il en guise de mise en garde.

— Anna est toute seule. Je lui ai demandé de s'enfermer dans la salle de bains.

— Ça devrait le retenir suffisamment longtemps. Restez à l'extérieur.

— La porte est ouverte ! Merde !

— Restez dehors, Hanson ! » s'écria Jonah.

Mais elle avait raccroché.

Hanson passa la tête dans l'embrasure, s'attendant à moitié à se faire trancher la gorge d'un coup de couteau. Mais rien ne se produisit. Le vestibule était désert.

Le silence fut brusquement brisé par un grand bang qui la fit sursauter. Puis un autre, et un autre encore. À l'évidence, quelqu'un était en train d'essayer de défoncer une porte. À l'étage.

Anna s'était enfermée dans une salle de bains là-haut, et Stavely devait savoir où elle se trouvait.

« Police ! » cria-t-elle en sortant sa matraque.

Il y eut une pause, puis les coups recommencèrent.

Elle se dirigea vers l'escalier circulaire en brandissant sa matraque d'une main indéniablement tremblante. Les marches étant recouvertes d'un tapis, elle ne fit aucun bruit en les grimpant rapidement.

« Matt ! Une voiture de patrouille arrive, et nous savons que vous êtes armé ! cria-t-elle. Lâchez votre couteau et sortez dans le couloir. »

Elle entendit un craquement qui ressemblait fort au son d'une porte qu'on enfonce, puis subitement, un silence total.

Hanson s'engagea sur le palier, d'où elle voyait plusieurs portes fermées. Puis, au fond, sur la droite, une qui était ouverte.

Ses pieds semblaient animés d'une vie propre tandis qu'elle s'avançait. Elle respirait par le nez et expirait tous les deux pas en essayant de se calmer.

Elle ralentit en arrivant devant le battant enfoncé. La moquette était couverte d'échardes provenant du verrou et il y avait un grand creux au bas du panneau.

Elle se déplaça latéralement pour jeter un coup d'œil par l'ouverture et vit une section de mur blanc cassé, puis, quand elle s'approcha, un petit tableau et un fauteuil apparurent dans son champ de vision.

Ce n'était pas une salle de bains. Néanmoins, la pièce avait un verrou. Anna avait peut-être voulu s'y enfermer. Mais pourquoi n'avait-elle pas crié au secours ?

Le gémissement lointain d'une sirène brisa le silence. Le son de la cavalerie en chemin.

Mais Stavely était déjà entré. Anna avait peut-être besoin d'aide.

Elle poussa la porte très lentement, son cœur battant follement dans sa poitrine. À présent, elle distinguait une table sur laquelle était posé un ordinateur de bureau.

Quelque chose bougea brusquement devant elle, et elle se pétrifia.

Une longue seconde de panique s'écoula avant qu'elle se rende compte que ce qu'elle voyait, c'était un rideau. Il bougeait parce que la porte-fenêtre qu'il masquait était ouverte.

Hanson craignit soudain que Stavely ait blessé Anna puis se soit enfui. Elle s'avança encore, jusqu'à embrasser du regard la totalité de la pièce. Personne. Pas d'Anna, pas de sang, et nulle part où se cacher.

« Anna ? » lança-t-elle à voix basse.

Aucune réponse. On entendait mieux les sirènes, à présent. La voiture devait être en train de remonter l'allée.

Anna ne se trouvait pas ici. Elle avait dû s'enfermer ailleurs.

Hanson balaya la pièce d'un regard vide. Qu'avait pu faire Stavely ? Pourquoi était-il venu ici, avant de s'enfuir ?

Elle s'approcha des portes-fenêtres aussi silencieusement que possible et glissa un coup d'œil à l'extérieur. La pièce avait un petit balcon. En contrebas, la tonnelle recouvrait la terrasse de sa canopée. Pas la moindre trace de Stavely, mais il lui aurait été facile de s'enfuir en s'agrippant aux montants.

Elle tira son portable de sa poche et appela Sheens, qui avait l'air en colère. Il lui demanda ce qu'elle foutait, mais elle n'en tint aucun compte.

« Stavely est ressorti par une fenêtre et s'est fait la malle. Bizarrement, il a enfoncé une porte et il est parti.

— C'était la porte du bureau de Brett Parker ?

— Quoi ? J'imagine, répondit Hanson en balayant la pièce du regard.

— Il n'a rien touché ?

— Non. »

Mais ensuite, elle posa les yeux sur l'ordinateur. L'écran était allumé. Il attendait un mot de passe.

« Eh bien, je pense qu'il a dû allumer l'ordi.

— Vous feriez mieux de dire aux agents qu'il s'agit d'une scène de crime ! Et ensuite, vous leur demandez de saisir l'ordinateur et tout autre appareil qu'ils trouveront.

— Et Stavely, que faisait-il là ? » demanda Hanson.

Mais alors, les pièces parurent se mettre en place d'elles-mêmes.

« C'était ça qu'il voulait ? s'exclama-t-elle. Faire du bureau une scène de crime ? Il voulait nous mener à Brett Parker ?

— J'imagine, répondit Jonah. Avant de mourir, Aleksy Nowak est entré dans le bureau de Brett où il a trouvé quelque chose qui a déclenché une querelle. Anna croyait que c'était lié aux finances de son entreprise, mais je pense qu'il a trouvé un téléphone plein de messages de filles. De jeunes filles. Je suis convaincu que Brett a été un prédateur sexuel pendant très longtemps, et qu'il a tué Aleksy pour le dissimuler. Nous verrons si j'ai raison quand nous examinerons son ordinateur, ou si nous trouvons des téléphones.

— Putain ! s'écria Hanson avant d'aussitôt s'excuser. Désolée, chef ! Et… qu'est-ce que je dis à Anna ?

— Simplement que l'intrus a déplacé quelques objets. Et que nous aurons besoin qu'elle passe au poste pour faire une déposition.

— OK. »

Elle espérait se montrer assez impassible pour cacher à Anna Parker que son mari était peut-être un violeur en série et un assassin.

39. AURORA

Samedi, 23 juillet 1983, 3 h 05

« Désolé », dit-il en émergeant de la pénombre.

Il titubait, l'air vaseux. Ivre, songea-t-elle. Et probablement à peine réveillé.

« Je ne savais pas que tu étais là. »

Il s'arrêta à quelques pas derrière elle, presque dans l'ombre, chancelant. Elle dut tendre le cou pour le regarder. Son cœur battait encore d'effroi.

« Qu'est-ce que tu fais debout ? demanda-t-il. Je croyais que tu étais partie te coucher.

— J'avais soif. »

Il acquiesça et se retourna pour poser un regard vague sur le camp.

« Je vais te trouver une bière. »

Elle aurait voulu argumenter, lui dire que ce n'était pas ce qu'elle avait en tête, mais elle n'avait pas envie de le décevoir à nouveau. Elle désirait qu'il la regarde comme il regardait Topaz.

Elle eut un pincement au ventre en se rappelant comment il s'était jeté sur sa sœur. Elle ne voulait pas songer à ce qu'ils avaient fait ensuite. Ça lui donnait froid. Ça lui donnait envie de vomir.

Brett passa un moment à fouiner dans les sacs de nourriture et finit par rapporter une bière. Il l'ouvrit et la lui tendit, puis il s'affala à moitié à côté d'elle en la heurtant. Elle se décala, mais il s'approcha de nouveau et lui glissa un bras dans le dos.

Elle sentit qu'elle se raidissait. Elle se rappela que tout récemment encore, il avait passé les mains sous la jupe de sa sœur.

« Désolé », dit Brett.

Il se pencha en arrière en plissant les yeux.

« Je croyais que t'avais envie d'un câlin. »

Elle but une gorgée de bière et sentit que ça ne passait pas.

« J'ai besoin de jus d'orange, dit-elle en se levant, heureuse de se décoller de lui.

— Oh, ouais. Pas de bière. J'avais oublié. »

Il se leva aussi, ayant visiblement du mal à garder l'équilibre.

« Reste à côté du feu. Je vais en chercher. »

Elle songea à lui dire qu'elle pouvait le faire elle-même, mais elle était encore morte de froid, et c'était le seul endroit où il faisait un peu chaud. Elle se rassit, s'approchant aussi près que possible des braises sans que sa jupe prenne feu, et elle souffla dessus pour ramener un peu de chaleur. Le temps que Brett revienne, elle était parvenue à ranimer quelques flammes.

« Tiens », dit-il en brandissant la brique de jus d'orange, qu'elle prit avec reconnaissance.

Elle porta le bec verseur à ses lèvres et but une gorgée.

La bière avait dû lui laisser un sale goût dans la bouche, parce que le jus d'orange lui parut amer.

Mais elle avait trop soif pour arrêter de boire. Elle but la brique d'un trait, et n'arrêta que lorsqu'il n'en restait plus une seule goutte. Elle dut reprendre son souffle. Elle était hors d'haleine et poisseuse à cause du jus qui avait coulé, mais elle n'avait plus soif. À présent, elle n'avait plus la bouche sèche, mais… elle la picotait un peu. Lui paraissait légèrement engourdie.

Brett s'accroupit à côté d'elle et lui adressa un étrange sourire, dont elle ne savait trop que penser.

« Comment tu te sens, maintenant ? »

Il tendit la main vers elle, mais elle recula instinctivement la tête.

« Ne sois pas bête », dit-il posément.

Sa main continua d'avancer. Il la resserra gentiment sur son cou et sa mâchoire.

« Non, s'il te plaît », dit-elle.

Quelque chose n'allait pas. Lui. Le campement. Quelque chose en elle.

« Non, s'il te plaît.

— Il faut que tu apprennes à savoir quand il faut rendre les armes, dit-il en relevant de l'autre main sa jupe jusqu'en haut de ses cuisses.

— Brett ! » s'écria-t-elle en le repoussant.

Il se jeta sur elle, plaquant sa bouche contre la sienne, et la projeta au sol. Son coude tomba dans les braises et elle l'écarta d'un geste brusque. Elle sentit des bouts de bois se planter dans son dos. Il pesait sur elle de tout son poids. Son premier baiser, qu'elle avait imaginé tant de fois, n'était ni tendre ni doux. C'était une chose implacable, féroce et douloureuse.

Elle tenta encore de le repousser, mais il était bien plus fort qu'elle. Plus elle se débattait, plus elle se sentait faible. Et prise de vertige.

Il écarta sa bouche et s'agenouilla. Il débouclait la ceinture de son jean.

Aurora essaya de rouler sur le côté. De se lever et de s'éloigner de lui. Mais elle se sentait faible. Toute tremblante. Elle parvint à se mettre à quatre pattes. Le sol avait l'air bizarre, tout semblait flou quand elle essayait d'avancer.

Il l'attrapa par la cheville et tira un coup sec. Elle sentit qu'elle glissait en arrière, les brindilles et les feuilles mortes lui raclaient le visage, le couvrant d'égratignures et de griffures.

« Allez, Aurora, dit-il en se penchant jusqu'à ce qu'elle sente son haleine lui frôler l'oreille. Ce qu'il te faut, c'est une bonne baise. »

40

Quand Jonah raccrocha, O'Malley avait une foule de questions à lui poser.

« Pourquoi tu crois que c'étaient des jeunes filles ?

— En partie parce que la semaine précédant la mort d'Aurora, Brett avait résisté à Topaz, mais il avait embrassé une fille plus jeune qu'elle, et en partie à cause de ses liens avec Matt Stavely. Je pense que ce dernier vendait vraiment du Rohypnol, mais à Brett Parker plutôt qu'à Mackenzie. Je crois que Stavely s'est retrouvé entraîné dans pas mal de choses dans lesquelles il n'avait aucune envie de s'impliquer.

— Alors, quoi ? Il nous a amenés ici pour se débarrasser de Parker ?

— J'imagine.

— Et Aleksy Nowak ? Pourquoi n'a-t-il rien dit à la police quand il a trouvé ce qu'il a trouvé ?

— Je ne pense pas qu'il ait immédiatement compris ce que c'était. Je parierais que c'était un téléphone plein de messages échangés avec ces filles. Quand tu vois ça, tu n'as pas moyen de savoir l'âge qu'elles ont. Tu te dirais simplement qu'il trompait sa femme, non ?

— Ouais, c'est sûr, dit O'Malley d'un ton pensif. Mais si c'était moi et que Parker pétait subitement les plombs parce que j'avais vu ça, j'aurais probablement commencé à me poser des questions...

— Ouais... Je pense qu'Aleksy a dû ruminer ça pendant deux semaines, et qu'il avait envie que Jojo aille voir la police avec lui. C'est pour ça qu'il lui a envoyé un message en disant qu'il voulait lui parler. Brett a dû se rendre compte qu'il avait donné de lui une sale image, et il s'est servi d'un autre de ses téléphones pour envoyer un texto à Aleksy.

— Seigneur ! s'exclama O'Malley. C'est... c'est machiavélique, non ? Il avait tout planifié.

— Oui. Excepté le fait que Stavely allait se retourner contre lui. »

Un silence s'installa, puis O'Malley lâcha :

« Le premier crime. Le meurtre d'Aurora. Ce n'était pas délibéré.

— Non. Les autres avaient l'habitude de prendre de la drogue. Ils savaient très bien quelle quantité pouvait se révéler mortelle. Mais Brett, qui n'en avait jamais pris, a regardé ce sachet en se disant qu'il n'y en avait pas beaucoup, et il ne connaissait pas assez les effets d'une overdose pour pouvoir les repérer chez Aurora. Le lendemain matin, il est parti avec Jojo pour cacher l'accès à la planque. Mais celle-ci s'est éloignée pour chercher un cadavre d'animal tandis qu'il s'apprêtait à boucher l'entrée. C'est le seul qui ait eu l'opportunité de trouver Aurora ce matin-là. Le temps que Jojo revienne, il avait pris conscience de ce qu'il avait fait. Aurora avait rampé jusqu'à ce trou pendant qu'elle faisait son overdose, et elle y était morte. Alors, il a vomi. Pas à cause de l'odeur de l'animal, mais parce qu'il a compris qu'il l'avait tuée.

— Est-ce qu'on attend jusqu'à ce que la scientifique jette un coup d'œil dans cet ordi, où on va le pincer tout de suite ? demanda O'Malley.

— J'espère qu'il va rentrer chez lui et s'apercevoir que son plan parfait est tombé en ruine, dit Jonah avec un petit sourire. Tout ça à cause d'un dealer de seconde zone dont il pensait pouvoir faire ce qu'il voulait. »

Jonah se demanda si Stavely allait refaire surface, ou s'il avait prévu un plan de fuite. Il aurait vraiment bien aimé lui poser quelques questions.

Mais en se remémorant tout ce qu'avait fait Stavely, il se sentit mal à l'aise. Pourquoi ce couteau ? Pourquoi aller chez Brett armé d'un couteau ? Stavely devait bien savoir que Brett n'y serait pas, sinon, il n'aurait pas essayé de faire de son bureau une scène de crime. Il savait probablement aussi que Hanson le suivait. Alors pourquoi prendre une arme, ce qui augmentait considérablement ses chances d'être arrêté ?

Peut-être pour attirer l'attention de Hanson, songea-t-il. Un homme armé d'un couteau qui va quelque part, ça attire l'attention, c'est sûr... Jonah sentit son ventre se nouer. C'était peut-être ça l'idée, mais cette idée, ce n'était peut-être pas Stavely qui l'avait eue.

Et si c'était Brett, qui lui dictait ses actes depuis longtemps, qui lui avait demandé de s'armer d'un couteau ? Et s'il lui avait dit ça pour s'assurer que l'attention de tout le monde se focaliserait là-dessus ?

Le sentiment que quelque chose clochait le gagnait tout entier. Quoi que Stavely ait pu faire, il semblait bien qu'il avait attendu de voir Hanson en train de l'observer devant son appartement avant de l'entraîner, et d'entraîner du coup Jonah et toute l'équipe, sur une fausse piste. Stavely n'avait pas besoin d'aller jusqu'à une cabine pour téléphoner. Il aurait pu le faire de son portable, et Brett le contactait probablement comme ça depuis des années. Mais passer un coup de fil était un bon moyen de donner un sens à ce qu'il allait faire ensuite.

Il rappela Hanson.

« Juliette, vous êtes avec Anna ?

— Oui. Elle est devant moi, et elle va bien.

— Très bien. Pourriez-vous lui demander si elle aurait une idée d'où se trouve son mari ? Il faudrait l'informer que quelqu'un est entré chez eux par effraction. »

Hanson transmit la question, puis Jonah entendit Anna lui répondre.

« Elle dit qu'il doit se trouver quelque part sur un chemin de randonnée. Elle va essayer de l'appeler... »

À l'autre bout du fil, Anna fit un peu de bruit, puis dit quelque chose.

« Il ne répond pas, dit Hanson. Mais Anna affirme qu'elle peut le localiser avec Find My Friends sur son iPhone. Il l'a ajoutée à ses contacts, ce qui fait qu'elle peut aussi voir où il se trouve, si elle en a besoin. »

Jonah patienta. Son cœur faisait des choses étranges dans sa poitrine. Au bout de quelques secondes, la voix d'Anna résonna de nouveau.

« Elle dit qu'il est dans la forêt, près de Burley. »

Le cœur de Jonah fit un bond. Il entendait encore Jojo dire, à la fin de sa déposition, quelques heures plus tôt :

Peut-être une heure ? C'est près de Burley...

« Merci », répondit-il mécaniquement.

Il raccrocha. Puis il enclencha la sirène et le gyrophare en essayant de faire abstraction de l'horrible sentiment qui venait de le saisir. Il était beaucoup, beaucoup trop tard.

Brett courait à petites foulées sur le chemin, le sourire aux lèvres. Tout était splendide, le soleil, les arbres, la vue. Son corps lui faisait l'effet d'une machine vivante. Puissante et parfaite.

Il avait hâte de voir Jojo. Il éprouvait pour elle un tel mélange d'affection et de haine... « Haine » n'était probablement pas le bon mot. Déception, peut-être.

Il l'avait mise en garde tant de fois. Avec son jardin, et avec Aleksy. Tant d'avertissements subtils.

Et après toutes ces années pendant lesquelles elle s'était montrée obéissante et serviable, subitement, elle s'était retournée contre lui. La conversation avec l'inspecteur au centre d'escalade, dont Stavely l'avait informé. La déposition qu'elle avait faite au poste, le lendemain, ou son attitude quand elle était passée chez lui avec les autres. Ça, il n'arrivait pas à passer l'éponge ! La façon dont elle s'était tenue là, chez lui, à le regarder droit dans les yeux en affirmant que l'heure était venue pour tout le monde de dire la vérité !

Elle n'avait pas écouté ses mises en garde. Les questions que Sheens leur avait posées l'indiquaient clairement. Elle les avait conduits jusqu'à lui.

Il se demanda ce qui avait changé. Était-ce Sheens ? L'avait-il manipulée plus adroitement qu'il ne l'en aurait cru capable ?

Il ressentit une véritable douleur en songeant à cette trahison. Ce matin-là, quand ils avaient dissimulé la planque ensemble et qu'elle s'était servie du cadavre de l'hermine pour masquer les odeurs, elle avait montré une réelle détermination. Elle lui avait dit qu'elle allait le protéger. Et elle avait forcément vu qu'Aurora était là-dedans. Elle savait certainement que c'était pour ça qu'il avait vomi.

De toute façon, elle l'avait déjà protégé avant même cela. Elle n'avait rien dit quand tout le monde demandait si quelqu'un avait vu Aurora après qu'elle était partie se coucher. Alors qu'elle avait non seulement vu Aurora, mais lui aussi. Elle l'avait regardé en clignant des yeux, de l'autre côté du feu.

Évidemment, sur le moment, Brett avait pensé qu'elle couvrait juste le fait qu'il avait tenté de forcer Aurora. Une situation légèrement gênante, et une fille disparue qu'il fallait qu'il retrouve avant les autres pour pouvoir la convaincre de ne rien dire.

Mais Jojo lui avait dit qu'elle dissimulerait la chose… ou pratiquement. Elle était de son côté ! Et elle était restée de son côté quand Aleksy s'était aperçu que quelque chose clochait.

Brett savait que garder le téléphone chez lui quand il ne s'en servait pas était vraiment stupide. Il s'en voulait encore. Tant de plans soigneusement préparés, et il avait été découvert parce qu'il n'aurait jamais cru que quelqu'un irait fouiller dans les tiroirs de son bureau.

Après qu'Aleksy l'avait trouvé, il l'avait caché autre part, derrière des livres dans le bureau. Et à vrai dire, il s'en était rapidement procuré un autre et avait planqué l'ancien dans le grenier. Il avait aussi pris l'habitude de verrouiller son bureau, parce que l'ordinateur posait également un problème.

Le plus étrange avec Jojo, c'est qu'elle semblait être séduite par lui, mais qu'elle ne voulait rien de sexuel entre eux. Il lui avait fait des avances, y compris après la mort d'Aleksy, mais elle avait toujours refusé. Il aurait peut-être dû comprendre que, malgré ses rires et ses sourires, elle n'était pas vraiment de son côté, même si elle acceptait qu'il la prenne dans ses bras ou qu'il lui fasse des compliments, même si elle l'écoutait, le regard calme, quand il se plaignait un peu d'Anna.

Elle l'avait même écouté alors qu'elle était dévastée de chagrin par la mort d'Aleksy, et elle lui avait confié que son petit ami s'apprêtait à la quitter. Brett l'avait prise dans ses bras quand elle lui avait avoué en sanglotant que c'était elle qui avait harcelé Aleksy et que c'était de sa faute s'il était mort.

« Ce n'est pas de ta faute », avait-il calmement répondu. C'était un mensonge. C'était entièrement de sa faute. Elle n'aurait pas dû amener Aleksy dans tout ça.

Il ne savait pas trop s'il appréciait la symétrie de la situation. Le fait que Jojo allait mourir, tout comme Aleksy. Il avait un tout petit doute : les deux morts seraient-elles trop similaires ? Sheens pourrait peut-être le percer à jour. Tout pouvait se désagréger.

Mais cette angoisse était contrebalancée par toutes ces années passées à s'en tirer impunément. Il avait tout planifié avec soin, et personne ne pourrait établir de lien avec lui. Pas avec la fausse piste que Stavely devait créer chez Daniel Benham.

De plus, Jojo l'avait laissé tomber. En fin de compte, elle s'était retournée contre lui. Et elle devait être punie pour ça.

O'Malley rechercha sur Google où se trouvait la voie Dagger-Edge, et consulta des sites d'escalade pour trouver comment s'y rendre. Puis Jonah appela le standard et demanda qu'on y envoie la voiture de patrouille la plus proche.

« Il faut qu'ils se garent sur le parking devant Station Road, dit-il à l'opérateur. Et qu'ils prennent le sentier central. Il bifurque sur la droite. Ensuite, il faut aller tout droit jusqu'à une autre bifurcation où un panneau indique la direction de Burley Ridge. C'est là qu'ils se trouvent.

— Brett est parti depuis combien de temps ? demanda O'Malley.

— Je n'en sais rien. Mais Jojo doit y être depuis plus d'une heure. Peut-être deux. »

Jojo avait gardé Dagger-Edge pour la fin. Cette voie, c'était son fléau personnel, avec ce dernier mouvement pour attraper une prise qui aurait dû être facile, mais qui était tout simplement trop haut et trop loin. Même encordée, elle n'était jamais parvenue à la franchir.

Mais aujourd'hui, elle n'avait pas de corde. Elle avait beaucoup pensé à Aleksy en venant. Aleksy, dont elle commençait à se dire qu'il ne l'avait pas trahie, et qu'il n'était pas tombé à cause d'elle. Aleksy, et la capacité qu'il avait de se lancer sans aucune aide dans des voies qui auraient fait blêmir d'autres personnes.

Parfois, je pense que je ne le fais que parce que je n'ai pas le choix, lui avait-il dit un jour.

Eh bien aujourd'hui, elle ne se donnait pas le choix.

Ses mains trouvèrent le creux où démarrait la voie. Ses doigts se refermèrent dessus, et ses pieds se mirent en place sur l'arête au-dessous. Elle connaissait tout ça. Elle était comme chez elle.

Le mouvement suivant devait être effectué avec vivacité. Elle ramena son pied droit vers elle et glissa son orteil dans une anfractuosité. La prise semblait infime, mais l'adrénaline rendait Jojo légère, et elle poussa dessus pour se hisser plus haut.

Elle venait d'effectuer un changement d'appui pour préparer la prochaine prise quand elle entendit un bruit derrière elle. Elle se décala légèrement et regarda en bas à gauche. C'était Brett. Il reprenait son souffle, les mains derrière la tête, coudes écartés. Il portait un jogging, et son front était couvert de sueur.

« Salut, Jojo ! » lança-t-il.

Mais ç'avait beau être Brett – Brett qui s'était montré si gentil avec elle pendant trente ans – un frisson la parcourut.

Elle se rendit compte qu'elle était tout juste hors de sa portée.

« Qu'est-ce que tu fais là ? demanda-t-elle.

— C'est toi qui m'amènes ici, répondit-il avec un sourire. Je t'avais prévenue, je t'avais dit de ne pas le faire. Pourquoi es-tu allée leur parler ? Pourquoi n'es-tu plus mon alliée ? »

Elle le dévisagea un instant.

« Ton alliée ? »

Elle tendit la main gauche vers la prise suivante – un baquet, une prise facile à tenir –, puis elle posa le pied droit dans une fissure et poussa dessus. À présent, elle était vraiment hors de portée, mais il s'approcha du pied de la voie.

« Tu sais bien que je ne voulais pas qu'elle meure, dit Brett d'un air blessé. Tu le savais à l'époque, mais aujourd'hui, tu sembles l'avoir oublié. »

Il parlait d'Aurora ! D'Aurora, bien sûr.

Subitement, Jojo eut la sensation que c'était ainsi qu'Aleksy était mort, et ça lui donna la nausée. Brett avait dû lui parler avec ce ton désapprobateur et un peu colérique, puis il l'avait tué. Avait-il grimpé derrière lui pour le tirer en arrière ? Non. Ils étaient au pied de la Mechanical Vert. Brett avait probablement fait le tour pour monter au sommet de la voie par le chemin d'accès, et il avait dû attendre qu'Aleksy arrive pour le pousser d'en haut.

« Je n'ai rien oublié du tout », dit-elle.

Elle effectua le mouvement suivant avec un peu moins d'assurance. Elle ne pouvait s'empêcher de penser au cri qu'Aleksy avait dû pousser en tombant.

« Je viens de comprendre beaucoup de choses. Tu l'as tué, n'est-ce pas ? »

Elle savait qu'elle ferait mieux d'essayer de l'amadouer, mais elle brûlait d'envie de l'entendre l'avouer.

« Aleksy ? Bien sûr que je l'ai tué. Cet imbécile est allé fourrer le nez où il n'aurait pas dû. Il n'aurait pas mis bien longtemps à faire le lien. »

Elle passa les trois prises suivantes dans un élan où se mêlaient la peur et la rage. En jetant un coup d'œil vers le bas, elle vit que Brett attaquait la paroi. Il était maladroit et peu élégant, mais il avait aussi de la force. Il passa aisément le premier creux.

Il grimpait vers elle, probablement dans l'idée de la rattraper et de la faire tomber. La nausée qu'elle ressentait augmenta.

« Jojo, j'aimerais bien que tu comprennes que c'est toi qui me forces à faire ça, dit-il d'une voix légèrement essoufflée en se préparant au mouvement suivant. Tout comme Aleksy. Je n'ai jamais voulu faire de mal à personne.

— Tu ne voulais pas faire de mal à Aurora quand tu l'as violée ?

— Lui faire du mal ? Ça lui a plu. Elle en avait envie. J'ai vu comment elle me regardait toute la soirée... »

Il s'interrompit le temps d'effectuer un autre mouvement, sans effort apparent, puis reprit :

« Tu sais bien que je ne lui voulais aucun mal. Quand j'ai vu qu'elle était morte... C'était affreux. Et je vous ai tous protégés pendant trente ans, dit-il en se hissant un peu plus haut. J'aurais pu facilement faire accuser l'un d'entre vous. Mais je ne l'ai pas fait. Je vous ai tous mis à l'abri. »

Jojo continuait à grimper. Elle avait à présent atteint le point qu'elle n'avait jamais réussi à franchir. Le point au-delà duquel elle n'était jamais allée. Elle se trouvait à neuf mètres au-dessus du sol, et le mouvement suivant impliquait qu'elle se balance en l'air avec une bonne dose d'espoir. C'était la dernière étape avant d'arriver au sommet et de terminer la voie. Encore un seul mouvement, et elle pourrait se hisser sur l'herbe au bord de la paroi abrupte.

Elle l'avait loupé chaque fois, même lorsqu'elle était encordée. C'était trop haut. Trop loin. Chaque fois, elle redescendait en rappel, et elle s'en voulait. Mais aujourd'hui, elle ne pouvait pas descendre en rappel, et faire certains de ces mouvements en sens inverse allait être difficile. Le plus simple – le plus sûr –, c'était d'atteindre le sommet.

« Tu as la trouille, Jojo ? » demanda Brett d'une voix subitement très différente.

Il n'essayait pas de s'expliquer. Il essayait de lui faire peur.

Elle sentit un frisson la parcourir quand elle se rendit compte que, pour lui, ce serait vraiment plus simple si elle tombait.

« Pourquoi aurais-je peur ? » demanda-t-elle, bien qu'elle sentît l'adrénaline qui pulsait dans son corps.

Sa jambe gauche commençait à trembler légèrement, et elle se força à respirer profondément pour éviter que ça empire.

« Tout le monde a peur de mourir, dit Brett. Même Aleksy. Tu aurais dû voir sa tête quand je l'ai poussé en arrière. Il pensait être arrivé en haut ! »

Jojo ferma les yeux pour chasser l'image de sa chute, mais en vain. La vision de sa longue chute, de sa lente descente vers le sol… Elle eut l'impression qu'elle-même était en train de tomber.

« J'imagine qu'Aurora… a dû avoir peur, elle aussi », dit-elle.

Brett progressait. Il était de plus en plus près, à quelques dizaines de centimètres à peine. Et s'il arrivait assez près pour lui saisir le pied tandis qu'elle restait bloquée là ? Pourrait-elle tenir ?

« Elle aurait dû demander de l'aide, au lieu de s'éloigner en rampant ! s'écria-t-il. Mais j'imagine qu'elle était perturbée. Elle a pensé qu'elle serait en sécurité là-dedans. Au lieu de quoi, elle est morte dans ce trou, toute seule. »

Jojo secoua la tête. Elle songea à cette fille aussi brillante que gentille, et cela lui serra le cœur. Mais ça la mit également en colère. Brett avait pris sa vie pour tirer un coup sans intérêt.

« Va te faire foutre, Brett ! » s'exclama-t-elle.

Et sans plus y penser, elle se projeta vers la prise finale.

L'instant où elle resta suspendue dans les airs lui parut abyssal. Elle eut l'impression qu'une minute entière s'écoulait avant que ses doigts entrent en contact avec la roche.

Quand ils se refermèrent sur la prise, elle fut envahie par une sensation inattendue de facilité. Seul l'instinct lui dicta de l'agripper, tandis que son cerveau percutait avec un instant de retard qu'elle avait réussi.

Son pied droit heurta quelque chose, une grosse saillie sur la paroi, et elle s'appuya dessus. C'était comme prendre pied sur une marche.

Elle sourit. Cela s'était révélé aussi facile que ce que les gens prétendaient.

Elle trouva une autre prise plus petite où elle plaça son pied gauche et poussa jusqu'à ce que sa main droite atteigne le haut de la paroi. Puis elle se hissa dessus.

Elle se leva en tremblant un peu et se tourna vers Brett, en contrebas.

Il se débrouillait bien pour quelqu'un qui n'était pas grimpeur, d'autant plus qu'il était en baskets. Son corps avait une fermeté que beaucoup de grimpeurs n'obtenaient qu'après des années d'entraînement, probablement parce qu'il avait passé des décennies à courir, à faire du vélo et à nager.

Mais le mouvement suivant était plus difficile, et il lui en manquait encore un avant d'atteindre la fameuse dernière prise.

« Comment ça va, Brett ? » demanda-t-elle d'un ton triomphant.

Il leva les yeux vers elle. Son expression ne permettait pas de savoir s'il était concentré sur le fait de s'accrocher à la paroi, ou s'il la haïssait. Elle espérait que c'était la seconde de ces deux possibilités.

« Tu as besoin d'un coup de main ? » lança-t-elle en souriant.

Elle se demanda s'il allait louper cette prise-là. Le poids de son corps était très mal réparti, il pesait à fond sur sa jambe gauche alors que c'était précisément celle qu'il fallait libérer. Mais il se jeta en avant et parvint à passer l'obstacle, sa taille jouant en sa faveur.

Il ne lui restait qu'un mouvement à passer avant de la rejoindre.

« C'est quitte ou double, à présent ! dit-elle. Un dernier mouvement. »

Il marqua une pause et libéra son bras droit un instant. Il fit jouer ses doigts avant de reprendre vivement sa prise.

« Ah, ouais ! C'est ça le problème quand on n'est pas un véritable grimpeur. Ce sont les mains qui vous trahissent en premier. »

Il rit, mais le son qui sortit de sa gorge n'était qu'une sorte d'aboiement rauque.

« Elles tiendront bien assez longtemps pour te balancer du haut de cette putain de falaise, Jojo. »

Malgré la sueur dont il était couvert, il lui sourit.

« Tu aurais dû faire front avec moi et ne pas dire que tu m'avais vu avec elle. »

Jojo rit à son tour.

« C'est ça, le truc, Brett. Je ne t'ai pas vu. Je fixais les flammes, et tu étais de l'autre côté. Pour moi, tu étais invisible. Et tu l'es resté. Tous les petits jeux auxquels tu crois qu'on a joué pendant ces trente dernières années ne se passaient que dans ta tête. »

Elle vit que cela l'avait troublé. Il la regardait en essayant de déterminer si elle disait la vérité. Mais soudain, son expression se durcit, et il baissa les yeux vers la paroi.

« Ce n'est pas grave, dit-il. De toute façon, tu vas mourir. »

Elle ne put s'empêcher de sourire tandis qu'il regardait autour de lui pour trouver une prise. Il scruta la paroi pendant un bon moment avant de finalement en repérer une sur le petit creux qui se trouvait plus d'un mètre sur sa droite. Et bien sûr, un mètre au-dessus de lui.

« C'est celle-là, oui ! » s'exclama-t-elle joyeusement.

Elle fit un pas de côté pour se poster en aplomb de la prise.

« Pas si proche que ça ! » ajouta-t-elle.

Brett décolla sa main droite et la tendit dans cette direction avant d'aussitôt la plaquer de nouveau au rocher.

« Brett aurait-il un peu peur ?

— Ferme ta putain de gueule ! »

Il ne releva pas les yeux vers elle. Il était trop occupé à se préparer. Il déplaça son poids sur la droite, ses tempes palpitaient un peu. Il semblait compter mentalement à rebours avant de se lancer.

« Seigneur, tu as l'intention d'y aller quand, Parker ? J'ai des choses à faire, moi ! »

Il ne répondit rien. Il se préparait à exécuter ce dernier mouvement, et Jojo sentit qu'elle se tendait en même temps que lui. Elle s'accroupit légèrement en essayant par la pensée de le pousser à y aller. De le pousser à sauter.

Soudain, il bondit. Mais elle vit immédiatement qu'il doutait d'y parvenir au moment même de sauter. Il ne s'était pas vraiment impliqué à fond dans ce mouvement.

Il ne se déplaça que d'une trentaine de centimètres. Il eut beau tendre la main droite, elle resta très loin de la prise.

Un spasme étrange secoua son corps au moment où il tomba. Plus tard, quand Jojo eut le temps d'y repenser, elle se demanda s'il avait eu du mal à croire ce qui lui arrivait.

Il tomba vite, et elle suivit sa chute des yeux jusqu'à ce qu'il heurte la terre sèche, rocailleuse et impitoyable.

Le téléphone de Jonah sonna au moment où ils se rangeaient sur le bas-côté de la route. Deux voitures de patrouille se trouvaient déjà là, mais les agents en sortaient tout juste. Ils n'avaient que quelques secondes d'avance sur eux.

« Jojo, dit-il vivement en décrochant. Vous allez bien ?

— Ne stressez pas, l'entendit-il répondre d'un ton si sarcastique et détendu qu'il pensa qu'il avait été attiré dans un piège. Le cas de Brett Parker est réglé.

— Qu'est-ce que vous voulez dire ?

— Il s'est foutu en l'air, répondit-elle. Pas délibérément, devrais-je ajouter. »

Jonah courut quand même tout du long jusqu'à la voie d'escalade.

O'Malley était sur ses talons, et les agents suivaient derrière. En débouchant dans la clairière, il vit le corps de Brett Parker et ralentit. O'Malley lui rentra dedans et s'excusa.

Jonah avait du mal à détourner les yeux de l'étrange empilage de membres sur une grande flaque de sang. Mais il fallait qu'il trouve Jojo.

Il mit sa main en visière et regarda en l'air. Jojo Magos, assise au bord du rocher, balançait tranquillement ses jambes. Elle lui fit signe de la main.

« Vous allez bien ? cria Jonah.

— Vous me l'avez déjà demandé ! cria-t-elle en se relevant. Je vais très bien. J'arrive. Il faut crapahuter un peu pour descendre de l'autre côté. J'en ai pour une minute. »

Elle disparut, et reparut par la droite de la voie quelques instants plus tard.

Elle salua de la tête les agents regroupés autour du cadavre, l'air légèrement paumés, et adressa à Jonah un sourire un peu torve.

« J'ai enfin passé le dernier mouvement de cette satanée voie, dit-elle d'un ton posé mais triomphal. On dirait que c'est plus facile quand on pense que quelqu'un va nous tuer si on n'y arrive pas.

— Bien joué, répondit Jonah un brin ironiquement. Je vois que Brett a échoué, lui ?

— Ouais. C'est probablement mieux ainsi. S'il avait réussi, je l'aurais poussé moi-même. »

41

Jonah appela les Jackson sur le chemin du retour. Être finalement parvenu à trouver des réponses lui donnait une sensation de victoire, mais qui était, plus que d'habitude, entachée par la douleur que les Jackson allaient ressentir en apprenant comment leur fille était morte : seule, des suites d'une overdose provoquée par une drogue qu'elle n'avait pas voulu prendre, après avoir été violée par un garçon en qui elle avait probablement confiance.

Cette fois-ci, ce fut Joy qui décrocha, récitant de façon charmante et un peu datée son numéro de téléphone.

« Je suis l'inspecteur Sheens. Je suis désolé de cette longue attente, mais l'enquête a connu des développements très importants dont j'aimerais vous faire part. Pourriez-vous passer au poste avec Tom, s'il vous plaît ? Je pense qu'il serait préférable que nous nous entretenions ici.

— Oh, souffla Joy. Tom, est-ce qu'on peut... Est-ce qu'on peut passer au poste ? Je suis sûre que oui. Ils ont quelque chose d'important à nous dire. Est-ce que vous... Est-ce que vous savez qui l'a tuée ?

— Oui, nous le savons. »

« Il croyait que je l'avais vu. »

Le ton de Jojo était inhabituellement direct. C'était étrange de l'écouter parler sans qu'aucun sarcasme perce dans sa voix, sans qu'elle affiche un demi-sourire ou une moue moqueuse. Mais il était extrêmement fier de tout ce qu'elle disait, et de l'impression que sa déposition allait donner d'elle.

« Il m'a vue regarder dans cette direction, mais il ne s'est pas rendu compte qu'il était trop loin du feu pour que je le voie. Il a cru que je m'étais tue pendant des années.

— Qu'est-ce qui lui a fait croire que vous alliez le couvrir ? demanda O'Malley qui jouait son rôle de flic consciencieux.

— Comme j'ai proposé de dissimuler la planque, il a pensé que c'était lié. Et aujourd'hui, il m'a dit qu'il pensait que moi aussi j'avais vu qu'Aurora était dedans. Vous vous souvenez qu'il avait vomi pendant que je traînais le cadavre de l'hermine pour dissimuler l'odeur ? Sur le moment, j'ai cru que c'était à cause de la puanteur, mais en réalité, il venait de la voir et de comprendre ce qu'il avait fait... Quand il grimpait derrière moi sur la voie, il n'arrêtait pas de dire qu'il n'avait aucune intention de la tuer. Et il semblait convaincu qu'elle avait apprécié qu'il la viole...

— Il n'a jamais évoqué après le meurtre le fait que, selon lui, vous l'aviez vu?

— Non. Je pense que dans sa tête, il se passait beaucoup de choses n'ayant que peu de rapport avec la réalité. Il affirmait qu'il nous avait tous protégés pendant trente ans, étant donné qu'il ne nous avait pas incriminés. Curieusement, il s'était donné pour mission de préserver le groupe. C'était... un désir de contrôle, je pense, mais peut-être pensait-il vraiment qu'il était un type bien. Quand j'ai rencontré Aleksy, il a fait beaucoup d'efforts pour devenir son ami. Pour le gagner à sa cause.

— Et cette attitude amicale, elle a duré jusqu'aux événements les plus récents ? demanda O'Malley.

— Ouais », répondit Jojo en détournant le regard.

Elle jeta un coup d'œil à Jonah, puis fixa un point dans le vague.

« C'est ce que je pensais, poursuivit-elle. Mais il y a eu... Il y a eu une querelle avec Aleksy. Je vous en ai déjà parlé, non ? je voyais bien que quelque chose clochait, mais je n'ai jamais deviné qu'il avait découvert les sales petits secrets de Brett.

— Et à part ça, est-il ressorti quelque chose de cette querelle ?

— Non. Enfin… oui, en fait. Brett s'est fait discret pendant un moment, et quelques jours plus tard, mes remises et la plus grande partie de mon jardin ont brûlé. Ensuite, Brett est subitement redevenu mon meilleur ami, il était absolument charmant. Il flirtait. Il me faisait sentir… qu'il se souciait plus de moi qu'Aleksy, lequel m'avait à peine aidée à nettoyer tout ça. Tout s'est un peu embrouillé. »

Jojo marqua une pause.

« Aujourd'hui, il semble évident que Brett pensait que je savais quelque chose. Cet incendie, c'était une manière de me dire de me taire. Ensuite, après cet avertissement, il a voulu m'attirer de nouveau vers lui, non ? Ce qu'il voulait dire, c'était : *Regarde comment ça dégénère quand on n'est pas amis, et regarde à quel point tout baigne dans le cas contraire.* »

Elle soupira.

« Il m'a dit qu'il avait tué Aleksy. Et il a essayé de me convaincre que c'était de la faute d'Aleksy, parce qu'il n'aurait pas dû fouiner dans son bureau. Je ne sais même pas… Je ne sais même pas ce qu'il avait trouvé.

— Est-ce qu'il vous a dit comment Aurora était morte ? demanda Jonah d'une voix posée.

— Oui. En fait… Il a dit qu'elle aurait dû demander de l'aide au lieu de ramper jusqu'à ce trou. Est-ce qu'elle était… Était-elle morte quand on a comblé l'accès ? Brett le croyait, mais…

— On est encore en train de travailler sur les rapports toxicologiques », répondit O'Malley.

Jojo secoua la tête.

« Je n'arrive pas à croire qu'il ait été stupide à ce point. Lui faire avaler de la drogue sans savoir ce qu'il faisait, puis la laisser mourir sans même s'en rendre compte… Et le lendemain matin, il s'en prenait à tout le monde parce qu'elle avait disparu, dit-elle amèrement. Il s'en prenait à nous parce qu'il ne pouvait pas la trouver et lui manipuler le cerveau. »

Une fois qu'ils eurent terminé, Jonah proposa à Jojo de la raccompagner jusqu'à la porte. Ils traversèrent silencieusement les bureaux de la Criminelle, puis descendirent au rez-de-chaussée.

Jonah se surprit à remarquer ses bras et ses jambes nus... et qu'elle était toute proche.

Il s'arrêta devant la porte d'entrée, une façon de l'inviter à faire de même.

« Si cela peut vous aider, les légistes sont sûrs qu'elle est morte bien avant que quiconque se réveille. La Dexédrine était dans des sachets de cinq grammes, et il semble que Brett lui en a fait avaler un sachet entier. C'est entre cinq et vingt fois la quantité suffisante pour faire une overdose, et Aurora ne devait guère peser plus de soixante kilos. Le pharmacologue estime que la mort a dû avoir lieu dans l'heure qui a suivi la prise. »

Jojo regarda ses pieds sans rien dire. Puis elle secoua la tête et adressa un pâle sourire à Jonah.

« J'imagine que tout cela va mettre un certain temps à se régler, dit-elle.

— C'est le cas, en général. Mais ça finit par arriver. »

Le sourire de Jojo prit un peu de couleur.

« Je vous reverrai bientôt, alors. »

Topaz monta à l'étage en espérant que Connor comprendrait qu'il fallait qu'elle s'isole. De nouveau, elle se dirigea vers la chambre d'Aurora plutôt que vers la sienne.

Elle avait l'impression que sa sœur y entrait avec elle. Elle voyait son visage souriant, son teint diaphane, ses cheveux dorés, sa gestuelle vive et timide.

Elle s'assit doucement sur le lit, se remémorant ce que Connor lui avait dit quand elle était rentrée dans la cuisine plongée dans le silence.

C'était Brett. C'est Brett qui l'a tuée, ma chérie. Tes parents ont essayé de te joindre.

Elle avait contacté son père sur le portable dont il ne se servait que rarement, et celui-ci lui avait dit ce que la police pensait : c'était une agression sexuelle qui avait débouché sur un homicide involontaire. Brett l'avait droguée et tuée.

« Mais il a payé ! avait ajouté Tom. Il a essayé de s'en prendre à Jojo et il est tombé d'une voie d'escalade. »

Topaz avait raccroché. Une vague de culpabilité désespérée l'avait submergée. Elle avait ri avec l'homme qui avait tué Aurora. Elle l'avait serré dans ses bras. Trente ans auparavant, elle avait couché avec lui, la nuit même où il l'avait tuée.

Mais tandis qu'elle pleurait amèrement sur l'épaule de Connor, un autre sentiment avait fait irruption. Une sensation de soulagement.

Pour la première fois depuis la disparition d'Aurora, elle était en mesure de penser à sa sœur sans être consumée par l'absence de réponse. Sans avoir à se demander par quoi elle était passée.

Assise dans la chambre de sa sœur, entourée par ces papillons et ces fleurs de jeune adolescente, elle s'imaginait sa merveilleuse sœur assise à côté d'elle, exaspérante, belle, rêveuse. Et cela la fit sourire.

C'était la conversation avec Anna qui s'était révélée la plus difficile. Au fur et à mesure que Jonah lui décrivait les crimes de son mari, elle avait de plus en plus de mal à respirer. Elle avait tenté de se lever, de quitter la pièce.

Hanson l'avait accompagnée boire un verre d'eau et prendre l'air. Vingt bonnes minutes s'étaient écoulées avant que Jonah puisse lui dire que son mari était mort.

Quand Anna avait finalement réussi à parler, l'histoire qu'elle leur avait racontée était l'une des plus tristes qu'il avait jamais entendues. Anna oscillait entre un désir féroce de protéger son mari et l'admission du fait qu'il la brutalisait moralement, qu'il était toujours sur son dos, qu'il trouvait à redire à tout ce qu'elle faisait. Il regardait tout le temps son téléphone et se mettait en colère dès qu'elle disait quelque chose à ses amis, alors elle avait cessé de dire quoi que ce soit à qui que ce soit. Une fois, pour se venger du fait qu'elle avait lu ses e-mails, il avait arrêté de lui parler pendant trois jours, et très souvent, il lui balançait des horreurs avant de s'excuser subitement et de lui dire à quel point il l'aimait... et à quel point elle était gentille d'accepter de l'épauler alors qu'il était si perturbé. Il s'était également servi de son téléphone pour surveiller ses allées et venues.

Jonah éprouva une certaine satisfaction en songeant qu'en fin de compte ça s'était retourné contre Brett, parce que Anna avait pu le localiser quand il cherchait à tuer Jojo, et ils auraient pu lui mettre la main dessus s'ils en avaient eu le temps.

Après son entretien avec Anna, il en avait eu un autre avec Stavely, lequel s'était constitué prisonnier plus tard dans la soirée. Stavely avait salué Jonah de la tête quand on l'avait emmené dans les locaux de la Criminelle, et ce dernier avait failli lui sourire en retour. Le dealer avait mis trente ans à faire ce qu'il fallait faire.

En fait, Stavely s'était révélé un don de Dieu. Ils avaient conclu un accord avec lui : laisser tomber les accusations d'obstruction à la justice et de violation de la propriété privée à condition qu'il leur donne tout ce qu'il savait sur Brett Parker. Sa déposition avait été brève et convaincante, et il avait révélé beaucoup de choses à Jonah.

Matt Stavely était entré dans la sphère de Brett Parker quelques mois après la mort d'Aurora. Brett s'était présenté à l'ancien appartement de Stavely par un soir de pluie de novembre et lui avait dit que la drogue que Daniel Benham lui avait achetée se trouvait dans un trou, pratiquement intacte, et que Benham n'allait jamais retourner la chercher. Il avait dit à Stavely qu'il pouvait prendre le tout, et même qu'il le paierait s'il allait la récupérer.

« Je veux qu'elle disparaisse, lui avait déclaré Brett. Et idéalement, s'il reste quelques indices, je veux qu'ils semblent clairement pointer vers quelqu'un d'autre. »

Brett avait donné à Stavely une canette de bière écrasée qu'il avait glissée dans un sachet en plastique, et il lui avait dit que les empreintes digitales de Connor Dooley se trouvaient dessus.

« Si tu la déposes là-bas, je serai tranquille, même s'ils comprennent un jour qu'il y avait de la drogue dans cette planque. »

Stavely, qui avait pris mauvaise décision sur mauvaise décision au cours des mois précédents et qui, malgré l'argent de Benham, avait contracté une dette colossale auprès de son fournisseur, avait accepté. Un stock de Dexédrine d'une valeur de plusieurs milliers de livres et deux cents livres d'avance représentaient pour lui une véritable bouée de sauvetage.

Du coup, à la suggestion de Brett – qui lui avait indiqué comment se rendre sur les lieux –, il avait attendu les premières heures de la veille de Noël, en tablant sur le fait que la forêt et les routes seraient probablement désertes. Muni de lampes de poche et d'une pelle, il s'était rendu à l'endroit indiqué et s'était mis à creuser jusqu'à tomber sur les premiers sachets.

Il ne lui avait pas fallu longtemps pour trouver Aurora.

Il avait passé l'heure suivante à tourner en rond en se demandant ce qu'il devait faire. Prévenir Brett Parker ou la police ? Mais comment expliquer tout ça ? Cette expédition nocturne pour récupérer de la drogue ? Il allait vraiment se retrouver dans la merde.

D'autant, il s'en rendait compte à présent, que Brett Parker était déjà au courant.

Le reste de la nuit avait été un véritable cauchemar. Il avait creusé autour des restes en décomposition d'Aurora, et seul le sol gelé l'avait protégé de l'odeur pestilentielle. Il avait placé les paquets de drogue dans un cabas, un par un, en essayant de ne pas toucher l'adolescente. Certains étaient imbibés des fluides corporels du cadavre. Aujourd'hui encore, il ne pouvait pas y penser sans que ça lui donne envie de vomir. Il avait cassé la glace sur les hauts-fonds près de la berge et rincé les sachets dans l'eau avant de les glisser dans le sac avec les autres.

Au lever du soleil, il avait tiré la canette de bière de son sac et l'avait glissée dans le trou, puis il avait remblayé la cavité jusqu'à ce qu'on ne voie plus qu'un tas de terre retournée. Ensuite, il était rentré chez lui, sans même garder un souvenir du trajet de retour.

Il avait appelé Brett, qui lui avait dit de ne pas se montrer stupide. À présent, ils étaient dans le même bateau, et Brett n'allait pas permettre qu'il en souffre. Si Stavely se rangeait de son côté, il pouvait faire beaucoup de choses en sa faveur.

Stavely était terrifié par ce qu'il venait de découvrir, mais également attiré par la somme d'argent que Brett lui proposait. Pour finir, il était devenu un employé épisodique de Brett Parker, et il s'était retrouvé de plus en plus impliqué dans les choses horribles dont celui-ci se rendait coupable. Il le fournissait en cocaïne, un peu en Dexédrine, puis, par la suite, en Rohypnol.

« Cela vous inquiétait-il ? avait demandé Jonah.

— Bien sûr que oui, putain ! avait rétorqué Stavely d'un ton outré. Mais j'étais entré dans son sale jeu. J'étais dedans jusqu'au cou, et j'avais peur de ce qui pouvait arriver si je lui disais non. Alors, j'ai fermé ma gueule et j'ai fait ce qu'il me demandait. »

Ce qui, entre autres choses, l'avait amené à mettre par deux fois le feu chez Jojo Magos, à huit années d'intervalle. Du début jusqu'à la fin, Brett avait bien pris soin de ne rien faire lui-même.

Mais Brett avait beau s'être montré prudent, au fil du temps, il avait commis quelques erreurs. Il avait laissé entrer Stavely dans son bureau quand celui-ci était venu se faire payer, afin qu'Anna pense qu'il s'agissait d'une transaction ordinaire. Et quelques années plus tard, dans un moment d'orgueil mal placé, il lui avait montré les textos qu'il échangeait avec les jeunes filles dont il profitait. Brett était convaincu que son dealer et lui étaient dans le même camp. Il n'avait pas remarqué l'expression de dégoût sur le visage de Stavely.

Celui-ci avait finalement vu l'opportunité de révéler la vérité quand Brett lui avait demandé de lancer les flics sur une fausse piste. Il était censé s'assurer que Hanson était devant chez lui à le surveiller, puis commettre toute une série d'actes. Mais il avait demandé au chauffeur de taxi de l'emmener chez Brett, et non chez Daniel Benham, où il devait faire semblant de lui vendre de la drogue. Brett lui avait dit de jouer les imbéciles avec le couteau de cuisine, qui était censé rester dans son sac une fois qu'il aurait permis de leurrer Hanson.

« J'ai pensé à cette fille enterrée, à toutes les autres jeunes filles violées et tout ça, et… Eh bien, je suis peut-être un naze et un dealer, mais je ne suis ni un assassin ni un putain de violeur, et je ne pouvais plus le laisser faire ça. J'ai une nièce qui a l'âge de ces filles, nom de Dieu ! »

Stavely leur avait proposé de leur communiquer tous ses échanges avec Brett Parker, ce dont Jonah lui était reconnaissant. Il fallait qu'ils se mettent à la recherche des autres victimes de viol.

Ils pouvaient commencer par Zofia Wierzbowski, songea-t-il. Et il y avait aussi Coralie Ribbans. Jonah appréhendait le moment de parler avec elle, car il était convaincu qu'elle avait été sa victime pendant des décennies, et qu'elle était tellement sous son influence qu'elle ne s'en était même pas rendu compte.

Le temps de régler tout ce qu'il y avait à régler, il était 1 heure du matin. Avant de rentrer chez lui, Jonah retourna dans son bureau et retira très doucement la photo d'Aurora du tableau, en ôta le mastic adhésif et ouvrit l'une des boîtes contenant les éléments de preuve. Il rangea la photo dedans et chassa de ses pensées les visions d'Aurora en train de se recroqueviller sous terre pour y mourir toute seule. Elle méritait qu'on garde un autre souvenir d'elle.

Le lendemain, il y aurait d'autres choses à faire, et beaucoup d'autres encore les jours suivants, mais il fallait dormir, aussi. S'occuper de sa famille, de ses amis, mener une vie normale. Il était temps de rendre à sa mère la visite qu'il lui avait promise.

42

Le soleil s'était montré pour Aurora, et d'une certaine façon, Topaz trouvait cela approprié. Elle se remémorait souvent sa sœur baignée par la lumière, une expression rêveuse au visage. Topaz s'était également habillée en son honneur, elle avait enfilé une robe à fleurs vaporeuse, boutonnée sur le devant, blanche, rouge et verte. Pas de noir pour elle aujourd'hui.

Entre l'église et le cimetière, Connor lui donna la main. Devant eux, leurs parents suivaient les quatre professionnels qui portaient le cercueil. Il ne pesait probablement guère plus qu'une plume, avec le peu qu'il restait d'Aurora. Topaz essaya de ne pas y penser.

Elle pressa la main de son mari. Au bout d'un instant, il pressa à son tour la sienne. Elle se demanda s'ils pourraient jamais redevenir comme avant, avant que tous ces secrets soient déterrés et qu'elle se mette à douter de la seule personne en qui elle avait toujours eu confiance. Elle se demanda aussi si Connor oublierait jamais qu'elle avait choisi de coucher avec l'assassin d'Aurora plutôt qu'avec lui.

Elle jeta un coup d'œil par-dessus son épaule au trio qui les suivait. Jojo et Daniel encadraient Anna, la portant presque à bout de bras. Son visage ruisselait de larmes. Elle ne serait jamais venue si Jojo n'était pas allée la chercher chez elle en voiture en lui disant que la cérémonie n'aurait pas lieu sans sa présence.

Comment allaient-ils tous gérer l'enterrement de Brett ? Ils verraient ça un autre jour.

Jojo paraissait tellement forte tandis qu'elle soutenait et apaisait Anna. Topaz se surprit à envier cette force, puis elle décida qu'elle devait l'imiter, tout simplement.

Mary et Polly Benham suivaient le trio. Elles parlaient à voix basse, bras dessus bras dessous, et la seule véritable amie d'Aurora, Becky, marchait à leur côté. Elle était aussi ronde et timide que pendant ses années de lycée, et ses yeux étaient rouges et gonflés.

Coralie les suivait, à moitié cachée derrière eux, la tête courbée sous un petit chapeau noir, mais Topaz distinguait de grosses taches de mascara sous ses yeux.

« Attends ! » dit-elle subitement à Connor en s'écartant pour laisser passer les autres.

Lorsque Coralie arriva à sa hauteur, Topaz lâcha la main de Connor et la tendit vers sa plus vieille amie.

« Coralie, dit-elle. Viens. »

Coralie fit un pas vers elle, et Topaz la serra très fort dans ses bras. Les larmes silencieuses de son amie se muèrent en sanglots bruyants. Topaz la tint contre elle en la berçant. Elle savait que Coralie pleurait autant à cause de la perte de l'homme dont elle avait cru qu'il l'aimait, l'homme qui avait entretenu une relation à longue distance avec elle pendant trente ans afin de la manipuler, qu'à cause d'Aurora ou de qui que ce soit d'autre.

« Il est parti, à présent, mais cela signifie que plus personne ne nous sépare », dit Topaz.

Et à sa grande surprise, Connor se joignit à leur étreinte, passant un bras autour de chacune d'elles et caressant doucement le dos de Coralie, ce dont Topaz lui fut reconnaissante.

Ils furent les trois derniers à entrer dans le cimetière, formant un trio aussi étrange que Daniel, Anna et Jojo. L'officiant lui adressa un signe de la tête et commença la mise en terre d'Aurora.

Topaz songea que la terre avait longtemps retenu sa sœur. Elle n'avait aucun droit de la prendre à nouveau. Aurora aurait dû se trouver parmi eux, avec sa famille, et peut-être avec ses propres enfants. Elle s'imagina la mère qu'Aurora aurait pu devenir. Elle savait qu'elle aurait été merveilleuse dans ce rôle.

Elle sentit sa gorge se serrer quand le cercueil descendit dans le trou, deux semaines à peine après qu'on avait exhumé les restes de sa sœur. Elle détourna les yeux, puis, quand son tour vint, elle prit une poignée de terre à côté de la tombe et tendit la main au-dessus du cercueil en bois de châtaignier.

« Je suis désolée », murmura-t-elle.

Et elle desserra le poing.

REMERCIEMENTS

Un premier roman est toujours le produit d'une énorme quantité d'aide fournie par une foule de personnes. J'en ai tellement à remercier ! Mais certaines ont été des étoiles brillantes comme des novæ.

La première entre toutes est mon adorable agente, Felicity Blunt, qui a reconnu très tôt qu'il y avait quelque chose à défendre, qui m'a soutenue aussi bien dans les moments difficiles que dans les bons moments, et dont l'œil acéré a rendu ce livre dix fois meilleur qu'il ne l'aurait été.

Le merveilleux Joel Richardson, un éditeur qui déchire et qui est probablement responsable des autres bonnes choses que vous trouvez dans ce livre. Je lui dois d'être en mesure de me consacrer à l'écriture.

Rufus et Paul, qui ont extraordinairement encouragé leur maman/compagne, qui ont montré beaucoup de compréhension pendant au moins une partie du temps qu'elle passait à écrire et qui lui ont apporté une aide phénoménale lorsqu'il s'agissait de procrastiner en s'amusant. L'un d'eux a même servi de détecteur d'erreurs à un moment crucial.

Kyn, qui m'a relue et qui m'a indiqué les endroits où j'étais très opaque.

L'équipe éditoriale de Penguin, pour l'aide inappréciable qu'elle m'a fournie, ainsi que les membres du service des droits étrangers, qui ont vendu le livre à des pays dont je n'aurais même pas rêvé.

Et tous les autres qui m'ont aidée de tant de façons différentes. Il y a tant de ressources que j'ai trouvées inestimables en effectuant mes recherches pour ce livre, et j'aurais mieux fait de toutes les noter.

Apprendre à connaître l'univers de la police – si peu que ce soit – s'est révélé fascinant, de même que se rendre compte à quel point il peut être différent de ce que certaines fictions nous montrent. Je tiens à citer les fantastiques (et sincères) articles de Clare Mackintosh sur ce qui la hérisse dans la façon dont la police est représentée dans les œuvres de fiction. Ils m'ont vraiment ouvert les yeux. Il me faut aussi remercier les forces de l'ordre du Cambridgeshire, qui ont été assez patientes pour répondre aux questions très stupides que je leur posais. J'espère simplement n'avoir déçu aucun d'entre vous.

Pour finir, je prie les forces de l'ordre du Hampshire de m'excuser d'avoir situé l'équipe de Jonah dans le poste de police de Southampton et d'y avoir façonné mon propre service de police criminelle. J'espère qu'elles pourront me pardonner, pour cela et pour tous les autres crimes que constituent les inventions dont j'ai affublé la réalité.

Cet ouvrage a été imprimé en France par
CPI Brodard & Taupin
Avenue Rhin et Danube
72200 La Flèche (France)

pour le compte des Éditions Fayard
en septembre 2022

Photocomposition Belle Page

PAPIER À BASE DE
FIBRES CERTIFIÉES

Fayard s'engage pour
l'environnement en réduisant
l'empreinte carbone de ses livres.
Celle de cet exemplaire est de :
1,800 kg éq. CO_2
Rendez-vous sur
www.fayard-durable.fr

N° d'édition : 78-3072-9/01 - N° d'impression : 3049072